VENGEANCE GLACÉE

AMAZON CROSSING

VENGEANCE GLACÉE

MELINDA LEIGH

Traduit par Louis Poirier

AMAZON CROSSING

Édition originale parue aux États-Unis en 2020 sous le titre
See Her Die, Montlake

Publié par
Amazon Crossing, Amazon Media EU SArl
38, avenue John F. Kennedy, L-1855 Luxembourg
December 2021

Adaptation de la couverture par : studio pym, Milano
Photos : © Rosanna U © Margus Muts / Getty Images; © STILLFX
© Don Martinez © Nina Mikryukova / Shutterstock

ISBN : 9782496708035

www.apub.com

Chapitre Un

Le cri s'estompa, étouffé par les murs du chalet. Alyssa cligna des yeux dans l'obscurité. Dehors, le vent de mars sifflait à travers les arbres. À l'intérieur, le calme qui imprégnait l'air était presque aussi vif que le froid mordant. Les battements de son cœur résonnaient à ses oreilles.

Un hibou ?

Son instinct lui disait que non. Ce n'était pas le bon son.

Il n'y avait pas de lumière à allumer. L'électricité et l'eau courante étaient coupées. Cela dit, elles squattaient un terrain de camping qui était fermé pour la saison. Elles ne pouvaient pas se plaindre du manque d'équipements.

— Harper… murmura-t-elle. T'as entendu ?

Personne ne répondit.

Elle jeta un coup d'œil de côté, cherchant l'autre sac de couchage étendu devant la cheminée, là où son amie dormait habituellement. Pendant la nuit, le feu s'était réduit à quelques braises incandescentes ; il fallut donc quelques secondes pour que sa vision s'adapte à la pénombre de l'aube. Il n'y avait rien sur le sol.

Le sac de couchage de Harper avait disparu. Tout comme son sac à dos.

Le sang d'Alyssa ne fit qu'un tour, parcourant ses veines comme une souris se précipitant vers son trou. Elle se redressa vivement ;

son sac de couchage tomba de ses épaules. Une poussée d'adrénaline la réveilla immédiatement. Retenant sa respiration, elle fixa l'espace vide sur le sol et écouta attentivement. Harper était probablement sortie faire pipi. Elle avait pu surprendre un animal. Ou un animal l'avait fait sursauter.

Non.

Elle se sentit vraiment stupide. Harper n'aurait pas pris son sac de couchage et son sac à dos pour aller faire pipi.

Elle était partie.

Mais pourquoi ? Et comment ? Harper n'avait pas de voiture.

Merde !

Alyssa attrapa son sac à dos, ouvrit la poche avant et y plongea la main. Son portefeuille avait disparu. Elle fouilla jusqu'au fond du sac.

Ses clés manquaient aussi, naturellement. Son portefeuille contenait son permis de conduire et ses quarante-trois derniers dollars, qui devaient lui permettre de tenir jusqu'à vendredi. On était lundi. Comment allait-elle acheter à manger ? Comment allait-elle se rendre au travail sans moyen de transport ?

Son estomac se contracta. Elle s'était fait avoir. Harper s'était liée d'amitié avec elle dans la seule intention de lui voler son argent et sa voiture. Avec quarante-trois dollars d'essence, Harper pouvait être déjà loin. Alyssa pensa au moment où elle était allée chercher Harper au travail, la veille au soir. Elles s'étaient arrêtées dans une épicerie. Harper avait dit qu'elle avait reçu un pourboire. Elle avait acheté un grand sac de marshmallows. Elles les avaient grillés au feu de bois et s'étaient régalées.

Cette petite fête était-elle une façon pour Harper de faire ses adieux ?

Alyssa s'extirpa de son sac de couchage et ramassa sa parka. Elle se leva en frissonnant, remonta la fermeture éclair de son manteau et enfila ses bottes. Elle avait gardé son bonnet en laine pour dormir.

Elle faisait confiance à Harper, mais elles ne s'étaient rencontrées que le mois précédent au refuge pour sans-abri. Qu'est-ce qu'Alyssa savait vraiment d'elle ?

Seulement ce qu'elle t'a dit. Et tu l'as crue. Parce que tu es naïve et stupide.

Alyssa courut vers la porte d'entrée et l'ouvrit. Elle sortit une lampe torche de sa poche et la dirigea vers les arbres. Elle poussa un soupir de soulagement en voyant sa vieille 4-Runner garée là où elle l'avait laissée. Harper n'avait pas pris son 4 x 4. Alyssa s'affaissa contre le montant de la porte. De la neige était tombée la veille au soir alors qu'elle était au travail, et il n'y avait pas d'autres empreintes devant le chalet que les siennes. Harper n'était pas sortie par la porte principale. Alyssa ferma la porte et se retourna.

Alors, où était Harper ? Et où étaient le portefeuille et les clés d'Alyssa ?

Elle revint à son sac à dos. Peut-être avait-elle rangé ses clés dans une autre poche. Elle était rentrée fatiguée du travail. Elle inspecta toutes les sections du sac, puis vérifia les poches de son manteau. Pas de clés. Pas de portefeuille. Elle sortit son téléphone portable et l'alluma. Elle ne pouvait le recharger qu'au travail ou dans sa voiture et essayait d'économiser la batterie. De plus, elle n'utilisait ce téléphone que pour contacter son travail ou Harper. Quand elles étaient ensemble, il n'y avait pas de raison de laisser le téléphone allumé. Celui-ci s'anima, mais elle ne vit ni SMS ni appel manqué.

Elle fourra le téléphone dans sa poche. Elle ne voulait pas croire que Harper l'avait trahie. C'était l'idée de Harper de faire équipe. Le plan était de se soutenir mutuellement. Ce n'était pas normal qu'elle soit partie sans dire un mot. Alyssa rejoua leur dernière conversation dans son esprit. Harper n'avait pas semblé avoir l'intention de partir. Elle avait dit que le chalet était le meilleur endroit où elle avait dormi de tout l'hiver. Elle avait rassemblé assez de bois pour tenir plusieurs jours. Mais il n'y avait personne d'autre qui aurait pu prendre les affaires d'Alyssa.

Les larmes aux yeux, elle remit ses affaires dans son sac. Elle avait besoin de la clé de son véhicule ou elle serait bloquée. Pourquoi Harper avait-elle pris les clés, mais laissé la 4-Runner ?

C'est quoi ce bordel ?

Ça n'avait aucun sens. Harper était une maline. Elle n'aurait jamais concocté un plan aussi débile. Mais peut-être que le plan n'était pas le problème. Peut-être qu'elle n'était pas encore partie. Alyssa pouvait peut-être encore la rattraper.

Elle posa son sac à dos et se dirigea vers la fenêtre qui donnait sur l'arrière du chalet. Une quinzaine de mètres séparaient la cabane des bois environnants. Alyssa plissa les yeux dans l'obscurité, en direction de l'endroit qu'elles avaient choisi comme latrines, derrière un bosquet de sapins. Une silhouette se déplaça à l'orée de la forêt.

Harper ?

La colère brouilla la vision d'Alyssa. Elle se précipita vers la porte arrière.

Tu penses pouvoir voler mes affaires ? Tu vas voir.

Elle ouvrit doucement et se glissa au-dehors, puis courut dans la neige en direction du bois. Elle se cacha derrière un arbre et jeta un coup d'œil prudent. Elle repéra la forme sombre émergeant d'entre les arbres près du lac.

La silhouette ne portait pas de sac à dos. Harper l'avait-elle caché quelque part ? Qu'est-ce qu'elle fabriquait ?

Alyssa la suivit en gardant ses distances, mais sans risquer de se faire semer. Elle avait fait environ trente mètres lorsque la silhouette se tourna vers elle.

Sa forme ne ressemblait pas à celle de Harper. Elle était mince. Cette personne était plus grande, plus large – plus masculine.

La panique envahit la poitrine d'Alyssa.

Était-ce le propriétaire du camping, Phil ? Quelqu'un avait pu voir de la fumée s'élever de la cheminée du chalet et l'appeler. Le camping était fermé. Personne n'était censé être là.

C'était peut-être Phil, qui venait les chasser de là. C'était peut-être pour ça que Harper s'était enfuie.

Elle sentit un goût amer au fond de sa gorge. Si c'était vrai, alors Harper avait sauvé ses fesses et l'avait laissée affronter Phil seule. Et elle avait quand même volé ses affaires.

Salope.

Et maintenant ?

Si c'était Phil… il était plutôt en forme, mais il était vieux. Elle pouvait sans doute courir plus vite que lui.

Il revint sur ses pas – se dirigeant droit vers elle.

Phil ?

La posture de l'homme laissait présager qu'il n'était ni irrité ni en colère. Il se déplaçait d'un air décidé.

Elle se baissa derrière l'arbre et attendit, retenant son souffle. Un petit bruit croassant sortit du fond de sa gorge, comme si quelque chose s'était brisé. En se serrant contre l'arbre, elle pria pour qu'il n'ait pas entendu.

Le vent soufflait fort, soulevant des bourrasques de neige. Où était-il ? Lentement, elle regarda autour du tronc d'arbre et se figea. Il était à peine à dix mètres.

Elle se cacha à nouveau. Des larmes coulèrent sur ses joues, glaciales.

Faites qu'il ne me trouve pas.

Le bruit d'un pas dans la neige. Était-il plus près ? Elle risqua un autre coup d'œil derrière le tronc d'arbre. Deux coups de feu retentirent – et la peur la paralysa. Sa bouche s'ouvrit. Elle plaqua sa main sur ses lèvres pour étouffer son cri.

Pendant quelques précieuses secondes, ses pieds restèrent collés au sol, puis elle surmonta sa stupeur, fit volte-face et courut.

Chapitre Deux

Le shérif Bree Taggert tendit la main vers sa table de chevet et éteignit la sonnerie de son téléphone. Elle inclina l'écran pour déchiffrer la notification. L'appel provenait du standard. Elle jeta un coup d'œil à sa nièce de huit ans, Kayla, pressée contre elle, mais l'enfant n'avait pas bougé. Une grande chienne d'arrêt blanche et noire, Ladybug, leva la tête depuis sa place aux chevilles de Bree. Vader, le chat noir de Bree, occupait le deuxième oreiller, aussi loin de la chienne que possible. L'enfant et les animaux combinés ne laissaient à Bree que l'extrême bord du matelas. En essayant de ne pas réveiller Kayla, Bree sortit du lit en glissant à moitié… Attrapant son téléphone, elle se précipita vers la salle de bains avant qu'il ne sonne à nouveau.

Elle ferma la porte et répondit à voix basse :

— Shérif Taggert.

— Nous avons reçu un appel d'urgence signalant plusieurs coups de feu au camping de Grey Lake.

L'opérateur lui donna l'adresse.

Bree se sentit soudain réveillée, sous l'effet de l'adrénaline. Quelques coups de feu dans les bois ne justifiaient pas un coup de fil au shérif à l'aube.

— Des victimes ?

— Une victime signalée, une femme. L'appelant, également une femme, chuchotait et ne parlait pas clairement.

— Est-elle toujours en ligne ?

Bree savait par expérience que les opérateurs du 911 essayaient de rester au téléphone avec les appelants jusqu'à l'arrivée des forces de l'ordre. Elle refoula son souvenir avant qu'il ne la déconcentre davantage. Ses capacités de compartimentation étaient mises à rude épreuve depuis que sa sœur avait été assassinée en janvier.

— Négatif, dit l'opérateur. Elle avait peur que le tireur l'entende et a raccroché.

Le souvenir refoulé refit surface et noua l'estomac vide de Bree.

— Combien d'unités ont répondu ?

— Trois. Le temps d'arrivée de la voiture la plus proche est de douze minutes.

Trop long. Ils devaient être de l'autre côté du comté.

Les équipes de nuit étaient réduites au strict nécessaire dans le département du nord de l'État de New York à la tête duquel Bree avait été nommée trois semaines auparavant. Les équipes de jour n'étaient guère mieux pourvues en personnel. Ses adjoints étaient répartis dans l'immense étendue du comté de Randolph, essentiellement rural.

— Je suis en route.

Bree raccrocha, prit une gorgée de rince-bouche directement à la bouteille, cracha et se glissa hors de la salle de bains. Elle ouvrit le placard. La chienne regarda Bree échanger son pyjama en flanelle pour un pantalon cargo marron foncé, un débardeur basique et une chemise d'uniforme beige.

Après avoir enfilé des chaussettes en laine, elle ouvrit le coffre-fort biométrique qu'elle avait installé sur l'étagère du haut.

Elle attacha son Glock miniature à sa cheville, passa sa ceinture de service dans les boucles de son pantalon et glissa son Glock 19 dans son étui.

Quand elle était inspectrice à la criminelle de Philadelphie, elle ne portait que son arme et un badge. En tant que shérif, elle n'avait pas besoin des vingt-cinq kilos d'équipement de patrouille standard, étant donné qu'elle ne quittait même pas son bureau la plupart du temps. Mais elle avait sur elle quelques petits objets essentiels en plus de ses armes : des menottes, un spray au poivre, une matraque extensible et un garrot de combat.

Deux mois plus tôt, elle avait vu à quelle vitesse une personne pouvait se vider de son sang.

Bree se dirigea vers la porte et la chienne sauta du lit, faisant rebondir le matelas et tinter ses plaques d'identification. Bree retint son souffle, mais sa nièce continua de ronfler. Ladybug suivit Bree au rez-de-chaussée.

Il restait une bonne heure avant le lever du soleil, mais il y avait de la lumière dans la cuisine. En entrant dans la pièce, et tout en essayant de ne pas trébucher sur la chienne, Bree sentit une odeur de café frais.

Dana Romano, l'ancienne partenaire de Bree à la police de Philadelphie, aujourd'hui à la retraite, lisait un livre de cuisine en buvant du café. C'était une lève-tôt et elle était déjà habillée, ses cheveux blonds courts et striés de gris savamment ébouriffés. Elle posa sa tasse de café.

— Qu'est-ce qui ne va pas ?

— Il y a eu une fusillade.

Bree enfila une paire de bottes rangée près de la porte arrière. Ladybug se pressa contre les jambes de Bree, manquant à nouveau de la faire trébucher.

— Tu pourrais me laisser un peu d'espace, dit Bree à la chienne.

— Elle est vraiment attachée à toi, observa Dana en se levant.

— Mais pourquoi ?

Deux mois après que Bree avait été magistralement manipulée pour adopter cette chienne abandonnée, elle était toujours déconcertée par sa présence. Mais elle était heureuse que son angoisse se soit calmée.

Ladybug n'avait rien à voir avec les chiens du père de Bree. Elle était joviale et n'aurait jamais blessé un enfant. Ce vieux souvenir raviva les cicatrices que Bree portait depuis trente ans à la cheville et à l'épaule. Et en songeant à son père et ses chiens, impossible de ne pas se rappeler aussi la nuit où son père avait tué sa mère avant de se suicider. Bree avait caché son frère et sa sœur cadets sous la véranda. Elle chassa ce passé traumatique de son esprit. Elle allait arrêter un criminel. Elle ne pouvait pas se permettre d'être distraite.

— Peut-être qu'elle sait que tu as besoin d'elle.

Dana se dirigea vers la machine à café sophistiquée qu'elle avait rapportée de chez elle, à Philadelphie. La meilleure amie de Bree avait tout abandonné pour déménager à Grey's Hollow et l'aider à élever sa nièce et son neveu orphelins.

— Pas de temps pour un café.

Bree enfila sa veste d'hiver.

Comme d'habitude, Dana l'ignora. Elle lui versa du café dans un mug de voyage.

— Kayla est dans mon lit. Si elle se réveille seule…

Dana vissa le couvercle et attrapa une barre protéinée dans un tiroir.

— Je vais m'asseoir près d'elle.

— Merci.

Dana tendit la tasse et la barre à Bree et attrapa le collier de la chienne.

— Sois prudente.

— Bien reçu.

Bree referma la porte derrière elle. Un cheval hennit dans la grange sombre tandis que Bree courait jusqu'à son 4 x 4 de fonction, en suivant l'allée dégagée dans la neige. Dans le nord de l'État de New York, début mars, c'était encore l'hiver. Elle grimpa dans son véhicule, fourra son café et sa barre protéinée dans les porte-gobelets de la console et démarra. Elle s'engagea sur la route principale et entra l'adresse dans le GPS. Elle y serait dans sept minutes. Le camping n'était pas loin de chez elle. Cinq minutes s'étaient écoulées depuis qu'elle avait reçu l'appel. Elle alluma son gyrophare et appuya sur l'accélérateur, faisant passer son trajet de sept à six minutes.

Elle ralentit en apercevant l'entrée du camping de Grey Lake. Elle quitta la route principale pour prendre le chemin enneigé qui menait au terrain de camping. Les lumières de son véhicule tourbillonnaient, rouges, blanches et bleues sur la neige. Au-delà, les bois étaient sombres.

Elle ne vit pas d'autres véhicules de police. Elle était la première sur les lieux.

Elle attrapa sa radio.

— Shérif Taggert, code 11.

L'opérateur répondit :

— Reçu. L'arrivée de l'unité 12 est prévue dans une minute. Deux unités supplémentaires vont suivre dans quatre minutes.

— Reçu, dit Bree en expulsant l'air emprisonné dans ses poumons.

Les renforts n'étaient pas loin, même s'il était hors de question de les attendre. Un éventuel tireur actif devait être arrêté dès que possible.

Ses phares éclairaient des traces de pneus dans le chemin étroit et enneigé. Appartenaient-elles au véhicule du tireur ?

Les poils de sa nuque étaient hérissés et une montée d'adrénaline fit grimper son rythme cardiaque. Son 4 x 4 glissa dans un virage et elle partit en queue de poisson. Elle tourna dans la direction du dérapage. Dès que ses pneus retrouvèrent de l'adhérence, elle appuya à nouveau sur l'accélérateur.

Des panneaux de bois cloués aux arbres dirigeaient les visiteurs vers des chalets numérotés. Elle suivit les flèches pendant encore quelques minutes, s'enfonçant plus profondément dans les bois, jusqu'à ce qu'elle repère un panneau indiquant *Chalet 20*. Elle arrêta son 4 x 4 au bout de l'allée et scruta la clairière, à la recherche du tireur ou de la victime.

Elle ne vit personne. Elle passa le bras derrière son siège et prit sa veste en kevlar floquée d'un *Shérif*. Elle se dégagea de sa veste d'hiver et enfila la veste en kevlar par-dessus sa chemise d'uniforme. Tout en regardant à travers le pare-brise, Bree l'enfila, la laissant ouverte afin de faciliter l'accès à son arme.

Le chalet occupait le centre d'une clairière de la taille d'un terrain de baseball. Son regard suivit les traces de pneus. À une quinzaine de mètres de la cabine, le pare-chocs arrière d'une Toyota 4-Runner grise dépassait de derrière un bosquet. Une série d'empreintes allait de la 4-Runner à la porte d'entrée du chalet. Il n'y avait pas d'empreintes en sens inverse. Quelqu'un était entré.

La victime ? La personne qui a appelé les secours ?

Le tireur ?

Elle saisit la poignée de sa portière. Un gyrophare apparut dans son rétroviseur. Elle jeta un coup d'œil derrière elle. Les lumières d'une voiture de patrouille perçaient la pénombre de l'aube. Quelques secondes plus tard, le véhicule se gara à côté du sien et l'adjoint Jim Rogers en sortit.

Bree sortit dans le froid et le rejoignit derrière son véhicule. Leur haleine fumait dans le matin gris pâle. Malgré la température, de la sueur s'accumulait sous la chemise et le gilet de Bree.

Elle sortit son arme.

Rogers fit de même.

— On entre ?

— On y va.

Bree avait une vue dégagée sur le côté nord de la cabine, mais elle ne pouvait pas voir le côté sud ni l'arrière.

— Vous êtes déjà entré dans un de ces chalets ?

— Oui.

Rogers plissa les yeux.

— On dirait des deux-pièces.

Il prit un bâton, dessina un rectangle dans la neige et utilisa le bâton comme une baguette.

— Pièce principale. Chambre à coucher. Salle de bains.

— Vérifions d'abord l'arrière.

Bree ouvrit la voie vers le coin avant de la cabine. Ils firent le tour en longeant le mur. Bree s'arrêta sous une fenêtre trop haute pour voir à l'intérieur. Elle fit signe à Rogers de lui faire la courte échelle. Il joignit les mains. Bree y posa le pied et jeta un coup d'œil par-dessus le rebord de la fenêtre, prête à esquiver si quelqu'un pointait une arme sur son visage.

Le tireur pouvait être n'importe où.

Elle découvrit la pièce principale, qui combinait cuisine et salon.

Un canapé et une chaise en bois avaient été écartés de la cheminée pour faire de la place pour un sac de couchage. Dans la cheminée, des braises émettaient une lueur orange pâle sous une épaisse couche de cendres grises et noires. Un sac à dos se trouvait à proximité, fermé et prêt à partir.

En descendant, elle secoua la tête et murmura :

— Vide, mais quelqu'un squatte ici.

— Pas la première fois, dit Rogers.

Ils continuèrent vers l'arrière de la cabine. Plusieurs séries d'empreintes reliaient la véranda arrière et les bois, à une quinzaine de mètres de là. Mais ils ne virent ni corps, ni sang, ni tireur.

Bree contourna le coin suivant. La rive de Grey Lake se trouvait à environ vingt-cinq mètres du chalet et elle distinguait la surface plate et opaque de l'eau gelée à travers les arbres dénudés par l'hiver.

Ils s'arrêtèrent sous une autre fenêtre et répétèrent l'opération précédente. La chambre semblait également vide.

Elle redescendit. À voix basse, elle dit :

— Il y a deux portes fermées.

Rogers hocha la tête.

— Placard et salle de bains.

Un oiseau de nuit cria, mais à part ça, les bois étaient silencieux.

Bree revint vers l'avant du chalet, suivie par Rogers.

Elle s'arrêta à côté des marches de la véranda et scruta les bois environnants.

— Où sont-ils ?

Rogers haussa une épaule nerveusement.

— C'était peut-être un appel bidon.

— Je n'aime pas ça.

Bree avait la chair de poule. Son instinct lui criait que quelque chose n'allait pas. Au cours de ses premières années de patrouille, elle et son partenaire avaient répondu à un appel étrange.

Ils avaient été pris en embuscade par un gang et avaient eu la chance de s'échapper sans aucun trou supplémentaire. À présent, de possibles scénarios d'embuscade lui traversaient l'esprit.

— Ça peut aussi être un piège.

D'un regard froid, Rogers admit cette supposition avec un nouveau haussement d'épaules saccadé. Quel que soit le danger, ils y allaient. Ils grimpèrent sur la véranda et flanquèrent la porte. Bree essaya la poignée. Elle tourna et la porte s'ouvrit avec un grincement de gonds rouillés.

Bree franchit le seuil la première et se déplaça sur sa gauche. Rogers prit le côté droit. Bree balaya l'espace du canon de son arme. Des grains de poussière étaient suspendus dans la lumière pâle qui entrait par la fenêtre. Son côté de la pièce était vide. Pas de gros meubles ni de portes derrière lesquels quelqu'un aurait pu se cacher.

— Personne, dit-elle.

— Personne, répondit Rogers.

Elle le rejoignit et ils s'approchèrent de la porte ouverte de la chambre, épaule contre épaule.

La pièce était vide. Bree traversa le vieux plancher jusqu'à l'une des deux portes fermées. Elle sortit une lampe de poche. En se tenant sur le côté, elle ouvrit la porte et braqua sa lampe torche à l'intérieur. Il n'y avait personne dans la petite salle de bains.

— Personne, dit-elle.

Rogers s'accroupit pour vérifier sous le lit.

— Personne.

Il restait encore une porte.

Rogers était le plus proche. Il ouvrit la porte et pointa son arme sur l'embrasure. Un cri perçant retentit.

Le cœur de Bree s'emballa. Elle pointa sa lampe de poche sur le placard. Au fond du petit espace, une adolescente était debout, serrant une hache à manche court dans une main et un téléphone portable dans l'autre. Elle était serrée dans le coin, et elle avait l'air d'essayer de se faire aussi petite que possible. Dans la lumière vive, son visage était aussi blanc que la neige à l'extérieur, et des larmes coulaient sur son visage.

— Lâche la hache ! cria Rogers.

En sanglotant, la fille ouvrit les doigts et leva les mains devant son visage. Elle grimaça. La hache et le téléphone tombèrent sur le sol.

— Pousse la hache loin de toi ! ordonna-t-il.

La fille obéit, poussant la hache avec son pied. Dehors, des sirènes annoncèrent l'arrivée d'autres adjoints.

Rogers recula.

— Sortez lentement ! Gardez les mains où je peux les voir.

La jeune fille émergea du placard, d'une démarche hésitante. Elle était grande, probablement âgée de dix-huit ou dix-neuf ans, vêtue d'un jean usé, de bottes et d'une parka sale. De longs cheveux bruns émergeaient d'un bonnet en tricot, et on aurait dit qu'elle ne s'était pas douchée depuis longtemps. Elle s'approcha d'eux.

— Vous… vous devez l'aider. Il lui a tiré dessus. Il a tiré sur Harper.

— Arrête-toi là !

Rogers fit un pas de côté, pointant son arme sur elle.

Elle cligna des yeux dans sa direction, puis celle de Bree.

— Avez-vous trouvé Harper ?

— Qui est Harper ? demanda Bree.

— Mon amie.

La jeune fille s'essuya les yeux.

— Garde les mains là où je peux les voir, cria encore Rogers.

Elle les leva au-dessus de sa tête.

— Non. Vous ne comprenez pas.

Sa voix se brisa.

— Un homme a tiré sur Harper.

Rogers se précipita vers elle. Il rangea son arme, puis lui passa les mains derrière le dos et la menotta. Il la fit tourner si brusquement qu'elle faillit tomber.

— Où est le tireur ? Où est la victime ?

— Je ne sais pas ! s'écria la jeune fille. Mais Harper s'est fait tirer dessus. Pourquoi vous ne la cherchez pas ? Pourquoi vous m'arrêtez ?

— Parce que tu tenais une hache, dit Rogers.

Elle secoua la tête.

— C'était tout ce que j'avais pour me protéger.

— De qui ? demanda Bree.

— De l'homme qui a tiré sur Harper.

Le ton de la jeune fille était chargé de frustration.

— Ton amie Harper logeait ici avec toi ? demanda Bree.

— Oui, dit la jeune fille.

Étant l'agent de sexe féminin, et n'appréciant pas la façon dont Rogers traitait la jeune fille, Bree s'approcha pour fouiller ses poches et sa personne. Elle trouva un petit outil pliant, mais pas d'arme. Pour l'instant, elle garderait l'outil, la hache et le téléphone comme pièces à conviction.

Ouvrant le téléphone, Bree vérifia que c'était bien cette fille qui avait passé l'appel d'urgence.

— Comment tu t'appelles ?

— Alyssa Vincent, dit-elle.

Son visage était déformé par la confusion et la peur.

— Et le nom de ton amie ? demanda Bree.

— Harper. Harper Scott.

Rogers la tira vers la porte. Elle résista. Il la tira plus fort.

Le bout de sa botte se prit dans un défaut du plancher, elle trébucha et bascula en avant. Ne pouvant utiliser ses mains pour amortir sa chute, elle heurta le sol le visage en premier.

Bree jeta un coup d'œil à Rogers. Il respirait fort. Il avait le visage rouge et de la sueur brillait sur son front. Surcharge d'adrénaline ? Ne pouvait-il pas gérer le stress ? C'était un chasseur passionné, mais les cerfs ne ripostaient pas. La fille n'était pas armée, elle était menottée et ne représentait clairement plus une menace, mais il ne semblait pas assimiler cette information. Quelque chose n'allait pas chez lui. Il avait l'air bizarre. Bree ne travaillait avec lui que depuis quelques semaines. Elle n'avait pas assez d'expérience pour porter un jugement sur son comportement.

Bree fit signe à Rogers de reculer, puis aida la fille à se relever.

— Où la fusillade a-t-elle eu lieu ?

La fille les ramena dans la pièce principale. Des lumières stroboscopiques rouges et bleues clignotaient par la fenêtre.

— Là-bas.

Alyssa se tourna vers la fenêtre arrière et fit un geste du menton.

— Sur la glace. Derrière le chalet d'à côté. J'ai été réveillée par un cri. Je n'ai pas trouvé Harper. Je suis sortie pour la chercher. C'est là que je l'ai vu lui tirer dessus. Elle est tombée.

Les mots de la jeune fille se télescopaient.

— Et elle ne s'est pas relevée. Il m'a vue et je suis partie en courant.

— Combien de fois a-t-il tiré avec son arme ? demanda Bree.

— Deux fois, dit Alyssa sans hésitation.

— Décris-le, dit Bree.

Alyssa ferma les yeux, essayant de se le représenter.

— Grand, pantalon foncé, bottes, manteau foncé. Il portait un bonnet.

— Tu as pu voir la couleur de ses cheveux ou de ses yeux ?

Elle secoua la tête.

— Le bonnet lui couvrait les cheveux et il faisait trop sombre pour voir ses yeux.

Deux agents franchirent la porte d'entrée ; l'un d'eux était le commandant en second de Bree, l'adjoint en chef Todd Harvey.

Bree remit la fille au second adjoint.

— Mettez-la dans votre véhicule et surveillez-la.

Elle fit signe à Rogers.

— Allons voir le lac.

— Oui, chef, répondit Rogers d'un ton sec.

Bree scruta la neige. Quelque part dans la forêt, une victime saignait.

Et un tireur était en liberté.

Chapitre Trois

— Allons-y, Greta.

Matt Flynn fit un signe de la main, dirigeant le berger allemand d'un noir pur vers le prochain obstacle du parcours d'agilité qu'il avait installé dans son jardin. L'aube naissante illuminait l'horizon.

La neige volait sous les pattes du chien.

Greta dressa les oreilles et sprinta vers le tunnel en plastique. Son corps mince et élégant était fait pour la course. Elle traversa l'obstacle, émergeant de l'autre côté à toute vitesse, puis regarda Matt pour recevoir le prochain ordre.

Il se dirigea vers l'obstacle suivant, une caisse poussée devant une clôture en bois d'un mètre de haut.

Matt fit signe à Greta de sauter par-dessus. La chienne sauta sur la caisse et escalada la clôture d'un mouvement fluide. Matt la rappela et elle répéta le saut de l'autre côté. Il agita son jouet et elle vint le mordre, y restant accrochée.

— C'est bien !

Matt la fit tourner autour de lui. Elle tint bon. La chienne atterrit, remuant la queue, appréciant chaque minute de leur jeu. Se faire tirer ainsi dans les airs était son préféré du moment.

— Sa transformation est vraiment incroyable, dit une voix familière.

Matt se tourna dans sa direction.

Sa sœur, Cady, se tenait à l'orée du jardin, les mains posées sur les hanches. Le projecteur monté à l'arrière de la maison de Matt brillait sur sa queue-de-cheval blonde comme les blés.

— Tu as fait un sacré travail avec elle. Elle avait été rejetée par deux familles différentes.

Cady dirigeait une organisation de sauvetage de chiens abandonnés. En tant qu'ancien maître-chien du département du shérif, Matt était spécialement compétent pour s'occuper de ses cas les plus difficiles, dont faisait partie Greta.

— Les gens achètent des chiots parce qu'ils sont mignons, sans connaître les caractéristiques de la race.

Les chiens de berger étaient nés pour travailler. Ils s'ennuyaient facilement.

Matt ordonna à la chienne de lâcher le jouet. Elle obéit et il le fourra dans la poche jambière de son pantalon cargo.

— Elle est super intelligente.

Probablement plus intelligente que les gens qui l'ont abandonnée.

— Tu crois qu'elle va se calmer ? demanda Cady.

— Honnêtement, je ne sais pas. Elle a un an et nécessite toujours beaucoup d'attention.

Matt baissa les yeux vers la chienne.

Greta se tenait au garde-à-vous, ses énormes oreilles noires toujours dressées vers l'avant, son attention entièrement fixée sur Matt.

Elle était prête pour le jeu suivant.

— Je ne la qualifierais pas d'excitée. *Motivée*, plutôt. Je ne suis pas sûr que ça disparaisse avec l'âge.

Quelques secondes d'un silence anormal s'écoulèrent. L'instinct de Matt s'en alerta. Sa sœur n'était jamais silencieuse.

— J'ai besoin de te demander un service, dit Cady.

— La dernière fois que tu as dit ça, tu as envahi mon chenil.

Matt et son partenaire canin, Brody, avaient été pris dans un feu croisé entre le département du shérif et un trafiquant de drogue. Les blessures avaient mis fin à leur carrière. Avec sa prime d'assurance, Matt avait acheté ce terrain et construit un chenil pour former des chiens policiers. Il avait l'intention d'importer des chiens d'Allemagne, mais Cady avait « temporairement » rempli le chenil avec le surplus de ses chiens abandonnés. Trois ans plus tard, le chenil était toujours plein de chiens sans abris, et Matt n'avait fait aucun progrès dans le démarrage de son entreprise.

Cady ouvrit les deux mains en un geste d'impuissance feinte.

Matt posa la laisse sur le collier de Greta.

— De quoi as-tu besoin ?

Elle fit un geste en direction du chenil. Matt reconnut la femme âgée qui se tenait à côté de la fourgonnette de Cady. Soixante-dix ans, les cheveux blancs bouclés et portant un appareil auditif, Mme Whitney accueillait chez elle les vieux chiens récupérés par Cady. Comme la plupart de ces animaux ne pouvaient être adoptés en raison de leur âge ou de leur maladie, Cady avait coutume de dire qu'elle gérait une maison de retraite pour chiens. Habituellement, elle était énergique pour son âge. Aujourd'hui, sa posture était raide et elle avait les mains serrées devant elle.

— Qu'est-ce qui ne va pas avec Mme Whitney ? demanda-t-il.

— Elle a signalé la disparition de son petit-fils.

— Eli ?

Matt ne l'avait jamais rencontré, mais Mme Whitney parlait de lui tout le temps, et il y avait environ un millier de photos du jeune étudiant chez elle.

— Oui.

Le front de Cady se plissa.

— Elle est vraiment inquiète. Tu pourrais essayer de voir où en est l'enquête ? Elle n'entend pas bien et elle est confuse.

— Je ne travaille plus pour le département du shérif.

Cady pinça les lèvres.

— Mais tu dois encore avoir des amis dans le département.

Des amis ?

Matt réprima un gloussement.

— Tu te souviens quand même qu'ils m'ont tiré dessus.

Officiellement, il s'agissait d'un accident, mais les relations de Matt avec le département du shérif étaient tendues.

— Mais tu es proche du nouveau shérif, suggéra Cady.

— Je ne l'ai pas revue depuis qu'elle est devenue shérif.

Matt et Bree devaient dîner ensemble quelques semaines plus tôt, mais elle avait annulé. Il espérait qu'elle était juste occupée.

Cady eut un regard suppliant.

— S'il te plaît, écoute juste Mme Whitney.

Matt soupira.

— Tu sais bien que je vais le faire.

Ils se dirigèrent vers Mme Whitney.

Le vent se leva sur le jardin et Mme Whitney frissonna.

— Merci beaucoup de votre aide.

Matt leva la main.

— Entrez donc un moment. Je n'ai pas encore pris mon café.

Greta avait besoin d'exercice dès qu'il la sortait de sa caisse le matin. Sinon, elle tourmentait Brody. Matt lui donna l'ordre de le suivre en allemand et ils se dirigèrent vers la maison.

Greta lui emboîta le pas, levant les yeux de temps en temps pour déchiffrer ses intentions.

Matt la conduisit dans la cuisine. Depuis son panier, Brody soupira. Greta se dirigea droit vers lui, baissa les épaules et remua son arrière-train.

Comme Brody l'ignorait, elle le mordilla.

Matt lui ordonna de le laisser tranquille.

Greta s'arrêta et regarda Matt, comme pour vérifier s'il était sérieux. Il maintint le contact visuel. Sa queue s'affaissa. Elle jeta un dernier regard déçu à Brody, puis se dirigea vers le bol d'eau.

Lorsqu'elle eut fini de boire, elle prit un jouet noir dans une boîte et le lança en l'air.

Matt prépara du café.

Cady tira une chaise pour Mme Whitney, puis s'assit. Brody se leva, s'étira et s'approcha pour saluer Cady. Elle le gratta derrière les oreilles.

— Bon chien, Brody. Cette jeunette t'agace, hein ?

Brody remua la queue. C'était un berger allemand classique noir et beige, avec de grands yeux bruns, et il excellait dans l'art de paraître pitoyable. Aujourd'hui, il avait posé la tête sur les genoux de Cady et lui lançait un regard malheureux qui aurait pu lui valoir un Oscar.

— Brody a troqué les séances d'entraînement matinales par des siestes après le petit-déjeuner, dit Matt.

Brody quitta Cady pour saluer Mme Whitney, s'asseyant et donnant la patte d'un air poli. La vieille dame sembla se calmer en caressant la tête du chien.

Matt apporta trois tasses et s'assit en face de Mme Whitney.

— Merci de m'écouter, dit-elle. Je ne sais pas à qui d'autre m'adresser. Je me fais tellement de souci pour Eli.

— Quand a-t-il disparu ?

Matt posa les avant-bras sur la table de sa cuisine et accorda toute son attention à Mme Whitney.

Elle tira un mouchoir de son sac à main et le pressa contre son visage blafard.

— Hier soir, il devait venir chez moi pour le dîner du dimanche. En ne le voyant pas arriver, j'ai appelé ses amis.

Matt s'éclaircit la gorge.

— Je ne voudrais pas être… euh, indélicat, mais peut-être qu'il est avec quelqu'un. Est-ce qu'il a une petite amie ?

Les joues pâles de Mme Whitney rougirent.

— Non. Il n'a pas de petite amie en ce moment, et je sais bien qu'un jeune homme préfère passer un week-end avec une jeune femme plutôt que de rendre visite à sa grand-mère.

Elle poussa un bruyant soupir.

— Mais si Eli avait décidé de ne pas venir, il m'aurait appelée. Il m'aurait peut-être donné une excuse ridicule, mais il aurait appelé. Il sait que je m'inquiète. Je l'ai appelé. Je lui ai envoyé un texto, mais il n'a pas répondu. Ça ne lui ressemble pas non plus.

— Et les autres membres de la famille ? demanda Matt. Des frères, des sœurs… ?

— Il n'y a personne.

La voix de Mme Whitney devint presque un murmure.

— Eli est enfant unique. Mon fils et sa femme ont été tués dans un accident de voiture quand Eli avait seize ans. Ça fait six ans que nous sommes juste tous les deux.

— Je suis désolé.

Matt déglutit avec difficulté, ému par leur situation.

Elle acquiesça.

— Ses amis ont dit qu'il était allé à une fête samedi soir. Ils se sont renseignés et quelqu'un qui était à cette fête a vu Eli partir vers une heure du matin, mais personne n'a eu de ses nouvelles depuis. J'ai appelé la police. Un agent est venu prendre ma déclaration, mais il a dit la même chose que vous. Qu'Eli avait probablement trouvé un plan d'un soir.

Elle dit ses derniers mots d'une voix hésitante.

— Il y est allé en voiture, à cette fête ? demanda Matt.

— Non. Il utilise toujours l'une des applications de covoiturage.

Madame Whitney secoua la tête.

— Un conducteur ivre a tué ses parents. Eli ne conduirait jamais en ayant bu.

— Madame Whitney craint que la police n'en fasse pas assez.

Cady passa le bras autour des épaules de la vieille dame.

Madame Whitney baissa la tête et ferma les yeux pendant quelques secondes. Son cuir chevelu rose brillait à travers ses cheveux blancs.

Levant le menton, elle ouvrit les yeux et renifla.

— Le policier n'arrêtait pas de dire : *C'est un adulte. Il n'a pas besoin de l'autorisation de sa grand-mère pour faire ce qu'il veut.*

Elle s'interrompit pour inspirer profondément.

— Mais je connais mon petit-fils. Il lui est arrivé quelque chose. S'il vous plaît, dites-moi que vous allez m'aider à le retrouver.

— Où habite-t-il ? dit Matt en prenant un bloc-notes et un stylo.

— À Scarlet Falls.

Madame Whitney donna l'adresse précise, qui était située dans la ville voisine.

Matt la nota, puis demanda :

— Quel est le service de police chargé de l'affaire ? Scarlet Falls est sous la juridiction de la ville, du comté et de l'État.

— Je ne sais pas.

Madame Whitney plissa les yeux. Sans répondre, elle étouffa un sanglot avec son mouchoir.

— Vous connaissez le nom de l'agent qui est venu vous voir ? demanda Matt.

— Non, dit Mme Whitney. Je suis désolée. Je n'entends pas bien. Il m'a donné sa carte, mais je l'ai perdue, dit Mme Whitney en tapotant les poches de son manteau. Je suis tellement inquiète. Je n'arrive pas à me concentrer.

— Pas de souci. Je peux me renseigner pour savoir qui est chargé de l'affaire.

Matt ne pouvait pas dire non à cette petite vieille dame qui, malgré ses forces déclinantes, n'avait jamais refusé son aide à un animal en détresse.

— Je n'ai pas pu dormir de la nuit. Ce matin, j'ai allumé les infos et j'ai vu…

Elle reprit sa respiration, le souffle court.

— Les journalistes ont dit que la police fouillait les bords de la rivière ce matin. Ils cherchent un étudiant qui a disparu.

Elle réprima un sanglot.

— Ce doit être Eli.

— Vous n'en savez rien, dit Cady en touchant l'avant-bras de Mme Whitney, avant de se tourner vers Matt. Je suis allée chez Mme Whitney tôt ce matin chercher un chien pour un rendez-vous chez le vétérinaire. Elle était en larmes.

— Le policier vous a-t-il donné plus d'informations lorsqu'il a pris votre déposition ? demanda Matt.

Madame Whitney renifla.

— Il a dit qu'il allait parler aux amis d'Eli et se renseigner dans le quartier où la fête avait eu lieu. Il voulait aussi voir si Eli avait utilisé une application de covoiturage après la fête également. Mais je n'ai plus eu de nouvelles de lui. Sur le moment, il n'avait pas l'air très inquiet.

— Matt va déterminer où en est l'enquête.

Cady implora silencieusement son frère du regard.

Madame Whitney se moucha.

— S'il vous plaît, aidez-moi à le retrouver.

— Je ferai tout mon possible, dit Matt.

La plupart des personnes portées disparues réapparaissaient d'elles-mêmes. Les policiers ne lançaient généralement pas d'enquêtes à grande échelle pour des adultes, en l'absence d'indices inquiétants ou de circonstances inhabituelles.

Une larme de gratitude coula sur la joue de Mme Whitney.

— Que Dieu vous bénisse.

— Pourriez-vous me donner une liste des amis d'Eli ? demanda Matt. Et une photo de lui ?

— Je vais vous envoyer une photo par SMS, dit Mme Whitney. Son meilleur ami s'appelle Christian Crone. Ils vivent avec deux autres garçons dans un appartement hors du campus.

Elle ouvrit son sac et en sortit un petit carnet.

Elle le fit glisser sur la table en direction de Matt.

— Voici l'adresse et tous leurs numéros de téléphone portable. Eli a fait en sorte que je puisse les joindre au cas où j'aurais besoin de quelque chose et qu'il ne soit pas disponible. Ce sont de bons garçons. Ils sont tous déjà venus chez moi pour le dîner dominical.

Matt eut un mauvais pressentiment. Eli semblait être un trop bon garçon pour laisser sa grand-mère s'inquiéter.

Cady se leva et raccompagna Mme Whitney jusqu'à la porte. Le bon côté des choses, c'était que l'affaire donnerait à Matt une raison de rappeler Bree, et sans paraître trop insistant. Il prit son téléphone et regarda l'heure. Six heures trente. Trop tôt pour appeler son numéro personnel. Il prit la télécommande et alluma la télévision pour regarder les nouvelles locales. Un météorologue donnait le bulletin du jour.

Matt appela le département du shérif, mais Bree n'était pas dans son bureau. Il lui laissa un message. Tout en se demandant qui appeler au département de police de Scarlet Falls, il songea à tout ce qui avait pu arriver à un étudiant ivre au milieu de la nuit.

Eli avait pu trébucher dans le parc, glisser et se cogner la tête. Il avait pu tomber dans la rivière et se noyer. Si Eli était trop responsable pour poser un lapin à sa grand-mère, alors aucun des scénarios qui venaient à l'esprit de Matt n'avait de *happy ending*.

Chapitre Quatre

Bree scruta les arbres sans voir personne. Elle se tourna vers Todd.

— Prenez votre fusil et couvrez-nous.

Quand elle avait pris la tête du département, elle avait examiné les dossiers de tous ses adjoints pour avoir une idée de leurs compétences. Todd était le meilleur tireur avec une arme d'épaule.

Pour atteindre les bois, ils devaient traverser quinze mètres de terrain découvert. Le ciel du matin s'était éclairci en pâles nuances de rose et d'orange. Un bosquet de conifères se trouvait à l'orée du bois. Le tireur pouvait s'être caché derrière eux. Todd sortit son AR-15 du coffre de son véhicule et prit position derrière un rocher. Il s'agenouilla et posa son fusil sur le sommet du rocher.

Bree et Rogers piquèrent un sprint dans la neige. Une fois l'orée du bois atteinte, elle se mit dos à un arbre, puis jeta un regard derrière le tronc. Elle ne vit que de la neige et des arbres. Elle croisa le regard de Rogers et fit tourner son doigt en l'air. Le visage rouge de Rogers était devenu pâle et moite. Ils se séparèrent et contournèrent les conifères chacun d'un côté.

La neige avait été fortement piétinée derrière les pins, mais il n'y avait personne.

Bree tourna sur elle-même. Elle ne voyait aucune autre cachette dans les bois dénudés, mais les poils de sa nuque refusaient de se coucher. Bien qu'elle ait été élevée en ville par une cousine après la mort de ses parents, elle était née à Grey's Hollow. Sa famille avait possédé un terrain dans la campagne. Elle avait passé les huit premières années de sa vie à courir dans des bois comme celui-ci. Mais ce matin, la forêt lui faisait peur.

Elle se tourna vers Rogers. Il étudiait les traces de pas. Des lignes se formaient autour de ses yeux sous l'effet de la concentration. Il était apparemment le meilleur traqueur du département. Bree avait pour principe d'utiliser les meilleures compétences de ses agents. Tout en gardant un œil sur les bois, elle le regarda déchiffrer les traces.

Rogers s'éclaircit la gorge et désigna la clairière enneigée.

— Quelqu'un a utilisé cet endroit comme latrines.

— Logique, dit Bree. Il n'y a pas l'eau courante dans le chalet et les conifères créent un paravent.

De retour dans son élément, Rogers semblait se calmer.

— La plupart des traces font juste des allers-retours vers le chalet, sauf celles-ci.

Il désigna des empreintes de pas qui s'éloignaient de la zone des latrines et suivaient une trajectoire parallèle au lac.

— Dommage que la neige soit trop poudreuse pour voir de vraies empreintes.

— On ne voit même pas la taille des bottes, acquiesça Rogers.

Bree et Rogers suivirent les traces de pas le long du rivage. Derrière le chalet suivant, le n° 19, les traces menaient à la véranda. Puis elles tournaient vers le lac et disparaissaient sur la glace.

Todd quitta sa position derrière le rocher et les suivit. Il scrutait le bois de part et d'autre tout en marchant.

Rogers dit :

— Le vent a balayé la neige à la surface du lac.

Bree essuya quelques flocons collés à sa veste.

— Une idée de la direction que le tireur a prise ?

— Sommes-nous sûrs qu'il y a vraiment eu un tireur ?

Rogers secoua la tête.

— Si quelqu'un s'est fait tirer dessus, où est le corps ? Où est le sang ?

Bree regarda Grey Lake. Long et étroit, le lac s'étendait sur des kilomètres. C'était le début du mois de mars et il était encore gelé.

Rogers s'éclaircit la gorge.

— Il y a aussi la possibilité qu'elle mente. Peut-être qu'elle a inventé toute l'histoire.

— Pourquoi aurait-elle fait ça ?

— Pour attirer l'attention.

Bree haussa un sourcil.

Rogers poursuivit.

— Pensez-y. Elle n'a nulle part où aller, et il fait putain de froid dehors. Le chalet n'a pas l'eau courante, et la seule source de chaleur est la cheminée. Pas facile de survivre dans ces conditions. Ramasser du bois sec tous les jours demande un effort considérable, surtout pour une fille.

Bree se souvint de la jeune femme tenant une hache à la main. Elle ne semblait pas du genre mollasson.

— Vous pensez qu'elle a inventé une amie et des coups de feu ? demanda Bree. Ça semble bien compliqué. Pourquoi se donner tant de mal ?

Rogers haussa les épaules.

— J'ai vu des gens commettre des crimes juste pour aller en prison, surtout en hiver.

— Comment le fait de dénoncer un crime lui permet-il d'avoir un endroit où dormir ? En nous appelant, elle a reconnu son intrusion et a perdu l'accès à son seul abri.

Bree voyait plus de raisons pour Alyssa de garder le silence.

— Peut-être qu'elle ne voulait pas rester ici, dit-il. Peut-être qu'elle n'est pas stable. La plupart des sans-abri sont soit toxicomanes, soit atteints de troubles mentaux.

— De nombreuses personnes sont sans-abri pour des raisons indépendantes de leur volonté, répliqua Bree.

Rogers se renfrogna et écarta les bras.

— J'ai du mal à croire que quelqu'un se soit fait tirer dessus ici, et que nous n'ayons pas trouvé une seule goutte de sang sur toute cette neige blanche et cette glace. Tout ce que je dis, c'est que c'est une possibilité. Nous n'avons aucune preuve de l'existence d'une deuxième fille, encore moins d'un tireur.

Bree ne savait pas quoi croire. Elle possédait un détecteur de mensonges assez précis. Cette fille avait semblé véritablement traumatisée. Mais les circonstances étaient étranges.

— C'est notre travail de comprendre ce qu'il s'est passé.

Le coin de la bouche de Rogers tressaillit, comme s'il voulait dire quelque chose et avait du mal à retenir ses mots. Quelques secondes plus tard, il ne pouvait plus se contenir.

— Tout ce que je dis, c'est que nous sommes déjà à la limite de nos moyens.

— Donc, vous voulez ignorer le signalement d'une fusillade par une citoyenne parce que nous sommes trop occupés ?

Il parut mal à l'aise.

— La citoyenne en question n'est pas très crédible.

Il pinça les lèvres pendant une seconde, mais encore une fois, il ne parvint pas à garder le silence.

— Le shérif King n'aurait pas gaspillé ses ressources avant d'avoir la preuve qu'un crime a été commis.

Bree serra les dents. La corruption flagrante de son prédécesseur était de notoriété publique, et il était frustrant qu'il soit encore idolâtré par certaines personnes.

— Nous n'ignorerons pas un tel signalement sans avoir mené une enquête approfondie. C'est compris, adjoint Rogers ?

— Oui, chef, répondit Rogers sur un ton pincé.

Même si Bree détestait le remettre à sa place, elle n'avait pas le choix si elle voulait garder le respect de tous les gens qui étaient sous ses ordres.

Ils étaient si nombreux.

En tant que shérif, ses responsabilités allaient bien au-delà de la supervision d'une équipe de policiers. Elle dirigeait aussi la prison du comté. Dans les municipalités qui n'avaient pas leur propre police, le département du shérif était le principal organisme d'application de la loi. Il couvrait tous les crimes et délits, de la contravention au meurtre. Son bureau délivrait également les permis de port d'arme, exécutait les mandats et transportait les prisonniers. Bon sang, même le contrôle des animaux était sous sa juridiction ! Être shérif était une énorme responsabilité.

Elle se frotta le front. Le froid lui piqua le visage. Elle voulait aller dans un endroit chaud. Elle voulait une tasse de café, un petit-déjeuner géant et huit heures de sommeil ininterrompu. Au lieu de ça, elle allait tenter de reconstituer la fusillade.

Bree fit demi-tour et repartit vers le chalet. Elle s'y arrêta pour parler au chef adjoint.

— Todd, il nous faut des photographies des pas sur la neige. Ensuite, je veux que la fille nous montre exactement comment le tireur et la victime étaient positionnés. Nous ferons un deuxième interrogatoire approfondi au poste. Demandez aussi un mandat pour fouiller les deux chalets.

Ils étaient passés de la réponse à un appel d'urgence à une recherche d'indices. Pour ça, il fallait un mandat.

— Et la scène ? demanda Todd. Voulez-vous étendre le périmètre ?

— Sécurisez la zone, mais attendez pour la recherche à pied. Si on peut faire venir un canin, il ne faut pas lui brouiller la piste. Appelez la police d'État. Voyez si on peut leur emprunter un chien.

— Oui, chef.

Todd fit demi-tour et se dirigea vers son véhicule.

Malgré ses problèmes personnels avec les canidés, elle appréciait leur capacité à flairer tout ce qui était drogue, explosifs, personnes disparues ou suspectes.

Bree se tourna vers Rogers. Il avait toujours l'air vexé. Elle n'aimait pas qu'il conteste son autorité. Mais elle ne voulait pas non plus le perdre. Elle était déjà en sous-effectif, et ses compétences de traqueur étaient précieuses. Malgré son attitude négative à son égard, ses performances professionnelles au cours des trois dernières semaines avaient été solides. Son impression générale des compétences de Rogers en tant qu'adjoint était favorable. L'attitude désagréable de Rogers aujourd'hui était-elle le reflet de son aversion pour elle, ou une réponse personnelle à ce cas particulier ?

Elle l'observa quelques secondes. Il avait des cernes sous les yeux. Il avait été debout toute la nuit. Son service s'était officiellement terminé il y a un moment, et il avait fait face à une situation potentiellement dangereuse avec pour seul moteur l'adrénaline. Pour ne rien arranger, après avoir quitté les lieux, il devait retourner au poste pour terminer les rapports de la nuit.

Bree dit doucement :

— Écoutez, Rogers… j'espère que vous avez raison. J'espère qu'elle a tout inventé. J'espère que nous perdons tous notre temps. Parce que je préfère qu'on me mente plutôt que d'avoir un tireur en liberté ou une victime qui se vide de son sang en ce moment même. Je ne pourrais jamais me le pardonner, si une jeune femme mourait parce que je ne l'avais pas assez cherchée. Ou si d'autres personnes perdaient la vie parce que je n'avais pas essayé de trouver un tueur. Ou si je m'autorisais à avoir des préjugés sur un témoin parce qu'il est sans abri, et que j'ignorais son récit en fonction de cette condition plutôt qu'en menant une enquête approfondie.

Rogers répondit sans desserrer les dents.

— Oui, m'dame.

Frustrée, Bree inspira profondément. La vérité était que, même si elle avait de nombreuses années de service sur lesquelles s'appuyer, elle n'avait aucune expérience du leadership. Elle avait travaillé en patrouille au début de sa carrière, puis était rapidement passée au poste de détective. Elle avait coopéré avec des équipes, mais elle n'avait jamais été la patronne. Naviguer avec ce nouveau rôle de leader, c'était comme se frayer un chemin dans un champ plein de bouses de vache les yeux bandés. Dans toutes les directions, il semblait y avoir un nouveau tas de merde.

Elle se dirigea vers l'entrée du chalet. Rogers la suivit et ils marchèrent dans un silence inconfortable. Le temps qu'ils atteignent la clairière, deux autres adjoints étaient arrivés.

Elle se tourna vers Rogers.

— Il y a assez d'uniformes, maintenant. Vous pouvez terminer votre service.

Il s'éloigna. Bien qu'il n'ait pas voulu travailler sur l'enquête, sa posture était raide, comme s'il était irrité par son renvoi.

Elle aurait toujours tort, quoi qu'elle fasse.

D'après ce qu'elle savait du shérif précédent, il aurait renvoyé quiconque l'aurait ainsi mis au défi. Bree ne pouvait pas se permettre de renvoyer tous ceux qui étaient difficiles. Le département avait déjà perdu près d'un tiers de ses adjoints. Lorsqu'elle avait accepté le poste, elle savait qu'il était en plein bouleversement.

Elle savait qu'elle devrait reconstruire l'ensemble de l'unité et que le processus de transition serait douloureux.

Certaines personnes résistaient spontanément à la croissance et au changement. Mais la réalité de ce processus se révélait plus frustrante qu'elle ne l'avait pensé, et elle n'était là que depuis trois semaines.

Et puis mince.

Bree s'arrêta à son véhicule pour prendre quelques gorgées de café. Elle n'avait ni le temps ni l'énergie de s'occuper des attitudes et des egos de chacun, ce matin. Elle devait enquêter sur une fusillade. C'était presque un soulagement d'avoir une enquête pour l'occuper.

Pour le moment, elle pouvait mettre de côté les problèmes du département et faire ce pour quoi elle était le plus douée. Résoudre une affaire criminelle. Elle se dirigea vers le véhicule qui contenait son témoin.

Todd courut vers elle.

— Shérif ?

Elle s'arrêta. Le titre lui semblait toujours étrange.

— Les brigades canines de la police d'État sont occupées à rechercher un étudiant qui a disparu pendant le week-end. Je peux faire venir une équipe au plus tôt en fin d'après-midi.

Bree regarda en l'air. À l'est, le lever de soleil rougissait le ciel matinal, mais des nuages épais s'assemblaient à l'ouest. Elle sortit son téléphone et consulta la météo.

— Il va encore neiger. Ça devrait commencer en début d'après-midi.

Elle n'était pas sûre de connaître l'effet de la neige fraîche sur la capacité d'un chien à suivre une piste, mais cela couvrirait tous les indices présents au sol.

— Et Matt et Brody ? demanda Todd.

Matt était lié au meurtre de sa sœur par l'intermédiaire de son meilleur ami, et il l'avait aidée à résoudre l'affaire. Ils avaient formé une bonne équipe, mais le passé de Matt avec le département du shérif la fit hésiter.

— On dirait que je n'ai pas d'autre option, dit Bree.

— Y a-t-il une raison pour laquelle vous ne voulez pas appeler Matt ? demanda Todd.

— Ce serait préférable de faire appel à une équipe officielle.

Bree passa sous silence sa véritable préoccupation. L'un des adjoints qui avaient tiré sur Matt avait quitté le département. L'autre était Rogers. Officiellement, il s'agissait d'un accident, mais les interactions de Matt avec Rogers et les autres adjoints étaient naturellement un peu délicates. Lui demander de travailler pour le département du shérif semblait peu indiqué.

Mais ça lui donnerait l'occasion de le revoir. Malgré le fait qu'elle n'avait ni le temps ni l'énergie pour un engagement personnel en dehors de sa famille – comme en témoignait son absence de réponse à ses messages ces dernières semaines –, il lui avait manqué.

Bree se massa la tempe. Faire appel à Matt entraînerait des complications, mais elle lui faisait confiance. Elle ne pouvait pas en dire autant de tous les hommes sous son commandement. Ce serait bien de savoir que quelqu'un assurerait ses arrières.

— Je vais l'appeler.

Sortant son téléphone de sa poche, elle examina les hommes en uniforme qui se déplaçaient sur les lieux. Elle avait confiance en son chef adjoint. Todd était l'une des personnes qui l'avaient convaincue d'accepter le poste. La plupart de ses adjoints semblaient heureux d'avoir une nouvelle direction, mais quelques-uns n'appréciaient pas sa nomination.

Elle s'éloigna pour avoir un peu d'intimité et passer l'appel. Le soleil levant se reflétait sur le lac gelé en nuances de rouge sanglant. À l'exception de Todd, Matt ne faisait pas entièrement confiance à ses adjoints.

Le pouvait-elle ?

Chapitre Cinq

Le téléphone de Matt vibra. Il le sortit de sa poche. Bree.

Il avait beau avoir trente-cinq ans, voir son nom sur l'écran de son téléphone lui donna un coup de fouet. Il tempéra son enthousiasme et s'éclaircit la gorge.

— Hey, comment ça va ?

— Désolée, dit Bree.

Elle semblait stressée.

— Je sais que j'aurais dû répondre à ton message il y a des semaines, mais c'était la folie au travail et à la maison.

— Tout va bien avec les enfants ?

Matt s'inquiétait pour eux – et pour elle. La famille Taggert avait subi plus que sa part de tragédies.

— Pas vraiment, mais je n'ai pas le temps d'en parler maintenant, dit-elle. Je dois te demander un service. À toi et Brody.

Il entendait du vent et des voix en arrière-plan. Quelqu'un appela le chef adjoint.

Il eut un instant de déception. Elle était sur une scène de crime. Elle ne le rappelait pas pour des raisons personnelles. C'était pour le boulot.

— Que pouvons-nous faire ? demanda-t-il.

— J'ai une situation inhabituelle.

Elle expliqua son affaire actuelle, une fusillade avec peu de preuves et un unique témoin loin d'être idéal.

— Je dois suivre les traces du tireur. Je ne peux pas avoir une brigade canine avant la fin de l'après-midi et il va encore y avoir de la neige. Je sais que c'est beaucoup demander, mais est-ce que toi et Brody pourriez essayer ?

Matt se pencha et posa la main sur la tête de Brody. Les oreilles du chien se dressèrent, comme s'il pouvait entendre la voix de Bree et comprendre la conversation. Matt n'aurait pas été entièrement surpris qu'il le puisse. Brody était l'animal le plus intelligent qu'il ait jamais rencontré. Le gros chien s'anima et sa queue commença à balayer le carrelage. Matt se demandait souvent lequel d'entre eux regrettait le plus le travail de police.

— Brody dit qu'il adorerait aider, dit Matt. Il y a quelque chose dont j'aimerais te parler, de toute façon.

Considérant que Bree l'évitait, lui rendre service pouvait la rendre plus encline à coopérer.

— Où es-tu ?

— Merci.

D'une voix où perçait le soulagement, elle lui indiqua le lieu où se rendre.

— On arrive au plus vite.

Il raccrocha.

Brody gémit.

— Ouais. On va sortir, lui confirma Matt.

Il envoya Greta dans sa caisse et rassembla son équipement.

Brody attendit à la porte qu'il soit enfin prêt. Ils partirent dans sa Suburban, Brody occupant le siège passager. Matt entrouvrit la fenêtre et le chien colla sa truffe à l'ouverture. Le chien frémissait d'excitation.

Comme s'il savait qu'ils avaient du travail à faire.

Quarante minutes après l'appel de Bree, Matt garait sa Suburban dans la clairière, derrière trois véhicules d'adjoints et le 4 x 4 du shérif. Il descendit et ouvrit la portière à Brody.

Une fois la laisse accrochée au collier, le gros chien sauta du véhicule, mais trébucha lorsque ses pattes antérieures touchèrent le sol.

— Ça va, mon pote ?

Matt s'agenouilla à côté de son chien. Normalement, Brody était agile et avait le pied sûr. Matt inspecta le sol, où scintillaient des plaques de glace.

Et merde.

Brody se dirigea vers les hommes en uniforme rassemblés devant un chalet.

— OK. On y va.

Matt se leva et essuya la neige de son pantalon.

Le vent et l'humidité le frappèrent au visage ; l'air sentait la neige. Le chien avait raison. Ils feraient mieux d'y aller. Il ouvrit le coffre, sortit son sac et le glissa sur l'épaule. Les recherches pouvaient être imprévisibles. Matt aimait être bien préparé. Il passa un bonnet et une paire de gants chauds.

Brody gémit, apercevant le chef adjoint Todd Harvey debout à côté de sa voiture de patrouille, à une vingtaine de mètres.

La queue du chien remua vivement. Matt laissa le chien le tirer vers l'adjoint.

— Salut, Brody.

Todd frotta les oreilles de Brody.

— Voilà un bon garçon. Comment ça va ?

Matt secoua la tête.

— Et moi, on ne me salue pas ?

Sans cesser de caresser le chien, Todd leva les yeux.

— Tu n'es pas mal, mais tu n'es pas Brody.

— Ça se défend.

Matt s'en moquait. Il préférait aussi son chien à la plupart des gens.

Todd désigna le chalet qui se trouvait au milieu de la clairière.

— Le shérif est là-bas avec le témoin.

— Merci.

Matt appela Brody et suivit la direction indiquée. En contournant le chalet, il aperçut deux femmes à travers les arbres. Même à cette distance, il reconnut Bree à sa façon de se déplacer – avec détermination. Elle ne gaspillait pas d'énergie. Chaque mouvement était aussi concentré que son esprit. D'une certaine façon, elle lui rappelait Brody. Une fois qu'ils avaient trouvé une piste, ils ne s'arrêtaient pas avant de l'avoir remontée.

Bree et l'autre femme se tenaient au bord de Grey Lake. Matt et le chien se frayèrent un chemin à travers les bois sombres et enneigés. Bree était habillée pour la saison avec des bottes et une veste d'hiver, mais elle luttait malgré tout contre le vent qui soufflait en rafales sur la glace.

La saison semblait interminable, cette année.

Elle se tourna vers lui alors qu'il approchait. Ses cheveux bruns mi-longs étaient rentrés dans un bonnet.

Elle ne portait pas de maquillage, mais ça lui allait bien. C'était l'intelligence de ses yeux noisette qui le saisissait à chaque fois.

Sous ses yeux, des ombres profondes creusaient ses joues. Elle n'avait cette affaire que depuis quelques heures. Ce n'était pas ça qui était à l'origine de son manque de sommeil. Qu'est-ce qui la tracassait ? Était-ce la même préoccupation qui l'avait empêchée de répondre à son SMS et l'avait poussée à annuler leur dîner il y a quelques semaines ? Avec deux enfants orphelins, son propre chagrin et un nouveau travail, son niveau de stress devait être hors norme.

— Merci d'être venu, Matt.

Bree lui tendit la main.

— On va faire ce qu'on peut.

Matt la lui serra. Le geste semblait étrangement formel, compte tenu de tout ce qu'ils avaient vécu ensemble. Puis le regard de Bree croisa le sien et lui sourit un instant, avant de redevenir professionnelle.

Matt se détendit un tout petit peu.

— Voici Alyssa Vincent.

Bree désigna la jeune femme qui se tenait à côté d'elle. Les cheveux bruns et les grands yeux d'Alyssa étaient à demi cachés sous un bonnet de ski en laine. Une parka trop grande de plusieurs tailles éclipsait sa fine silhouette. À ses joues creuses, il soupçonna qu'elle était mal nourrie et dégingandée sous son manteau. Son regard ne cessait de fuir le sien, et sa posture, tremblante et méfiante, rappelait à Matt les animaux errants qui ne faisaient plus confiance aux humains pour de bonnes raisons.

— Ravi de vous rencontrer, Alyssa.

Matt ne lui tendit pas la main, de peur de l'effrayer.

Mais Brody n'avait aucune inhibition. Il gémit et agita la queue devant elle. La jeune femme s'accroupit pour le caresser.

Ça sembla la réconforter quelque peu. Contrairement à Bree, l'adolescente semblait se détendre en présence du chien.

— Alyssa a vu une amie se faire tirer dessus à cet endroit, tôt ce matin, dit Bree.

La jeune femme se figea, sa main s'arrêtant sur la tête de Brody pendant quelques secondes. Brody lui toucha le poignet de son museau et elle recommença à le caresser.

Bree poursuivit.

— Cette amie et le tireur ont tous les deux disparu. J'ai pensé que Brody pourrait essayer de suivre leurs traces. J'espère que tu n'as pas besoin d'un objet à eux.

Elle n'avait vu Brody travailler qu'une seule fois. Elle n'avait aucune idée de ce dont le chien était capable.

— Non, dit Matt. Ce n'est pas nécessaire. Il suffit d'emmener Brody à l'endroit où ils ont été vus pour la dernière fois. Il devrait être capable de détecter une odeur à partir de leurs empreintes. Mais on ne saura pas quelle piste il suit.

— On ne va pas faire les difficiles.

Bree glissa une mèche de cheveux sous son bonnet. Son nez et ses joues étaient rougis par le froid.

— Shérif Taggert ? appela un adjoint depuis les bois. On a trouvé quelque chose.

— Excusez-moi une minute.

Bree se dirigea vers l'adjoint. Un instant plus tard, elle appela Matt et Alyssa. Ils suivirent le son de sa voix. Elle examinait un endroit où la neige était aplatie.

— On dirait que quelqu'un est resté derrière cet arbre pendant un moment.

— En observation, suggéra Matt. Tu veux que Brody suive la piste à partir d'ici ?

— Oui. Essayons.

Elle demanda à un adjoint d'emmener Alyssa au bureau du shérif et de la mettre à l'aise.

Matt balaya l'étendue gelée du regard.

— Est-ce qu'il est prêt ?

Elle inclina la tête vers Brody.

— Attends.

Matt s'agenouilla et retira son sac à dos, le posant dans la neige. Il ouvrit une poche latérale et en sortit les bottes de Brody.

— Ton chien a des bottes ?

Lorsque Bree travaillait avec des chiens, elle gardait ses distances ; mais Matt distinguait encore une réelle appréhension dans son regard, alors qu'elle faisait de son mieux pour combattre sa phobie. On pouvait s'y tromper. Il n'aurait pas deviné qu'elle était terrifiée par les chiens s'il ne l'avait pas déjà su.

— Oui, dit Matt. Les semelles en caoutchouc lui donneront de l'adhérence, le protégeront des bords tranchants de la glace et empêcheront la neige de s'accumuler entre ses coussinets.

Brody fit trois pas incertains avant de s'habituer aux bottes. Il n'aimait pas les porter, mais il les acceptait parce qu'il voulait travailler. Une fois concentré sur l'odeur à suivre, il ne se souviendrait même pas de leur présence.

Le chien les guida à travers la neige. La fine glace du bord du lac craqua sous leur poids. Le son se réverbéra à travers le lac. Matt se figea, mais la glace tint bon. Elle devenait plus épaisse un peu plus loin, mais la glace de fin d'hiver le rendait toujours nerveux. La surface du lac gelé n'était pas complètement lisse ; leurs bottes adhéraient aux crêtes et autres imperfections du sol, mais ils avançaient lentement.

Bree indiqua l'endroit où ils se trouvaient.

— Alyssa dit que le tireur se tenait dans cette zone.

Brody renifla le sol et Matt lui laissa le champ libre.

Le chien progressa en cercles concentriques. Il posa le nez au sol, puis leva la tête pour tester l'air. Quelques minutes plus tard, il partit sur une piste, en serpentant au début. Puis il prit de la vitesse une fois la piste confirmée.

Matt glissa, tant Brody tirait sur sa laisse. Il se rattrapa au dernier moment.

— Fais attention, Bree. Ça glisse.

Elle les suivait à quelques pas de distance. Le sol gelé les ralentissait. Brody les conduisit sur une trajectoire parallèle au rivage, à une dizaine de mètres de la terre ferme.

— Le tireur a probablement marché sur la glace pour ne pas laisser d'empreintes, dit Bree.

— Brody n'a pas besoin d'empreintes. Les gens perdent constamment des cellules épidermiques. Pour un chien, c'est largement suffisant.

Matt modérait l'allure de Brody. Il ne voulait pas qu'il glisse et se blesse, surtout après avoir trébuché en sortant du 4 x 4. Ils continuèrent ainsi pendant vingt minutes, ne parcourant que cinq cents mètres sur le lac gelé, avant que Brody ne s'arrête et ne tourne à nouveau en rond. Le nez en l'air, il se dirigea vers le rivage.

Des rafales de neige se levèrent.

— Est-ce que la neige va le gêner pour suivre la piste ? demanda Bree.

— Ça dépend. L'humidité dans l'air aide en fait à retenir et à emprisonner l'odeur près du sol. Cela dit, les environnements plus froids retiennent moins d'odeurs en général. Ce n'est pas nécessairement une mauvaise chose. Comme il y a moins de confusion entre les odeurs, ça pourrait aider Brody à trouver la piste et à s'y tenir.

— Mais ?

— Mais si la neige s'accumule par-dessus l'odeur, elle peut la masquer.

Matt regarda le ciel.

— Ces rafales ne devraient pas affecter Brody d'une manière ou d'une autre.

— Il est censé tomber plusieurs centimètres plus tard dans la journée.

Matt haussa les épaules.

— Autant ne pas perdre de temps… et Brody est très bon.

Comme s'il avait entendu le compliment, Brody repartit, suivant toujours le rivage gelé. Ils marchèrent en silence pendant une demi-heure, leur progression s'interrompant de temps en temps lorsque le chien s'arrêtait pour renifler et tourner en rond.

— As-tu entendu parler d'un étudiant qui a disparu, Eli Whitney ? demanda Matt.

— Celui qu'ils cherchent au bord de la rivière ?

— Lui-même.

Bree hocha la tête.

— C'est la raison pour laquelle je n'ai pas pu avoir de brigade canine ce matin.

— Qu'est-ce que tu sais sur l'affaire ?

Bree lui jeta un coup d'œil.

— Juste ce que j'ai lu quand l'alerte a été diffusée. Pourquoi ?

Matt lui expliqua sa rencontre avec Mme Whitney.

— Je lui ai promis de me renseigner.

— L'avis de recherche a été émis par la police de Scarlet Falls.

— Tu sais qui dirige l'enquête ?

Bree hocha la tête.

— L'inspectrice Dane.

— Merci.

Brody s'était mis à boiter.

Matt le fit s'arrêter.

— Qu'est-ce qui ne va pas, mon pote ?

Il vérifia les bottes pour s'assurer qu'elles ne créaient pas trop de frictions contre ses pattes.

— Est-ce qu'il va bien ?

Bree s'arrêta à côté de lui en fronçant les sourcils.

— Je ne sais pas.

Matt se redressa. Ils n'étaient pas allés bien loin.

Brody tourna la tête et renifla l'air. Il se remit en marche, boitant toujours.

— Il ne veut pas arrêter.

Bree semblait confuse.

— Il n'abandonnera jamais volontairement.

Bree se protégea les yeux du soleil et scruta le bord du lac.

— Le parking et la rampe de mise à l'eau sont juste là devant.

En été, l'espace était prisé par les habitants du coin, qui y garaient bateaux, kayaks et jet-skis.

Matt regarda le chien faire quelques pas avec une souffrance manifeste.

— Il faut qu'on arrête. Je suis désolé.

— Ne t'en fais pas.

Même de loin, Bree distinguait des empreintes de pas allant de la rampe au parking.

Matt se mit à genoux et inspecta à nouveau la patte de Brody. Lorsqu'il palpa l'épaule du chien, celui-ci tressaillit.

Bree fronça les sourcils.

— Il va pouvoir rentrer à pied ?

— Je vais le laisser se reposer quelques minutes.

Matt regarda son chien. Brody s'était-il blessé en sautant du 4 x 4 ?

Elle partit en avant, d'un pas plus vif et plus dynamique.

— Je vois aussi des traces de pneus sur le parking.

Le chien voulut suivre Bree.

— Doucement, mon garçon, dit Matt.

Mais Brody savait ce qu'il voulait. Il dressa le museau et tira sur sa laisse.

— *Fuß!*

Matt lui ordonna de venir au pied.

Brody l'ignora. Au lieu de ça, il renifla le vent et regarda devant lui. Il fit un bond en avant, traînant Matt jusqu'au bord du lac. Au lieu de résister, Matt abandonna et laissa Brody n'en faire qu'à sa tête. Il avait appris très tôt qu'il n'était pas vraiment celui qui tenait la laisse. Le chien savait ce qu'il faisait.

Boitant, Brody s'arrêta à côté de la rampe de mise à l'eau. Autour du béton, l'endroit ressemblait à un marécage gelé. Des bouteilles en plastique vides et d'autres détritus étaient empilés contre la rampe et pris dans la glace. De toute évidence, il s'agissait d'un endroit où le courant amassait des débris. Brody s'assit et aboya.

— Qu'est-ce que c'est ?

Bree le suivait de près.

— Je ne sais pas.

Matt s'accroupit à côté du chien. La fine glace du bord du lac craqua sous son poids. Les bottes imperméables de Matt passèrent à travers, s'enfonçant dans quelques centimètres d'eau. Il balaya la neige accumulée sur la glace. Quelque chose de fin et sombre était suspendu en dessous. Une branche ?

— Qu'est-ce qu'il a trouvé ?

Bree se pencha par-dessus l'épaule de Matt.

Il écarta davantage de neige avec son gant. La glace se fissura davantage, se brisant en morceaux qui flottèrent un peu plus loin. L'objet qui se trouvait dessous n'était pas une branche.

En soupirant, il se redressa et attira l'attention de Bree sur ce qu'il avait trouvé.

Bree pinça les lèvres. Quelque chose affleurait à la surface entre de longues plaques de glace déchiquetées.

C'était une main humaine.

Chapitre Six

Bree se précipita en avant. En atteignant le bord du lac, ses bottes traversèrent la couche de glace et l'eau gelée déferla sur ses chevilles. La main semblait masculine. Était-ce le tireur ? Selon le temps que l'homme avait passé sous l'eau, il y avait une petite chance qu'il puisse être réanimé.

Elle saisit le corps par un biceps. Matt donna un ordre à Brody. Le chien se coucha, puis Matt vint saisir l'autre bras. Ensemble, lui et Bree traînèrent le corps sur la berge. Certainement un homme. Il n'était vêtu que d'un caleçon.

Sa peau était d'un gris bleuté. Bree doutait qu'il puisse être sauvé. Mais des victimes de noyade en eau froide avaient été réanimées après être restées sous l'eau jusqu'à quarante minutes. Quand elle était agent de patrouille débutant à Philadelphie, elle avait sorti un enfant du fleuve Delaware. Il était dans l'eau depuis au moins une demi-heure. Il avait semblé impossible qu'il soit encore en vie. Mais il avait été réanimé et avait survécu.

Bree fit rouler l'homme sur le dos et resta bouche bée. Son visage était détruit, pulvérisé en un amas d'os brisés et de chairs en lambeaux.

Elle recula brusquement, puis expira profondément.

— Il en faut beaucoup pour me surprendre.

L'eau pénétra ses gants et lui glaça les mains tandis qu'elle reprenait son souffle. Elle n'obtiendrait pas le sentiment euphorique que donne le fait de sauver une vie, pas aujourd'hui.

— J'en suis sûr.

Matt se redressa. Il était impressionnant. De la neige parsemait sa courte barbe rousse. Un mètre quatre-vingts, de larges épaules : avec un cadavre à ses pieds, il ressemblait à un guerrier viking sur un champ de bataille hivernal.

Le vent fouettait le lac vide, gelé et désolé. Bree regarda le corps brutalisé et un sentiment d'appréhension la traversa. Cette affaire allait être éprouvante. Elle le sentait dans sa chair. Elle avait deux armes de poing cachées sur sa personne, mais elle était quand même contente d'avoir Matt à ses côtés.

À quelques mètres de là, Brody gémit.

Bree sortit de son état de stupéfaction. Il n'était pas nécessaire de prendre le pouls de la victime. Personne ne pouvait survivre à de telles blessures au visage et à la tête. Son cerveau était visible à plusieurs endroits.

En frissonnant, elle se pencha en avant pour inspecter les mains du cadavre. Des créatures aquatiques lui avaient grignoté les doigts.

— Je n'aurais pas dû déplacer le corps. Il est resté trop longtemps dans l'eau.

— Impossible de le savoir avant de l'avoir sorti et examiné.

— C'est vrai.

— Il a l'air jeune, dit Matt. Peut-être un adolescent ou un jeune homme d'une vingtaine d'années.

— Oui, approuva Bree.

La minceur du corps suggérait la jeunesse. Les cheveux de la victime étaient tondus à ras, mais trop humides pour qu'elle puisse en déterminer la couleur. La peau était maculée de boue. Des matières végétales et autres débris lacustres s'accrochaient au corps.

— C'est peut-être l'étudiant que tu cherchais ?

— J'espère que non.

Mais Matt avait la mâchoire serrée et le regard sombre. Il ne voulait pas que ce soit Eli.

— Je vais appeler l'inspectrice Dane, dit Bree. Et l'informer que nous avons trouvé un corps pouvant correspondre à son signalement.

Hormis le visage endommagé, le cadavre n'était pas en mauvais état. L'eau froide avait retardé la décomposition. Un corps laissé sur la terre ferme se putréfiait beaucoup plus rapidement.

Bree regarda le visage massacré. Le corps venait d'être sorti du lac et les blessures de la victime étaient étrangement exsangues.

— Son visage entier est défoncé. Je ne peux pas imaginer que ça soit accidentel.

— Moi non plus. Je ne vois pas d'autres blessures mortelles évidentes.

Matt soupira bruyamment.

— Il faut être très en colère pour faire ça à un autre être humain.

— En effet.

Bree recula.

— J'appelle le médecin légiste.

Elle sortit son téléphone de sa poche.

— Et une voiture pour vous ramener au chalet, toi et Brody.

Elle et Matt s'éloignèrent de quelques pas. Elle signala le décès au bureau du médecin légiste, puis appela Todd pour lui annoncer la nouvelle.

— Il va nous falloir une équipe médico-légale à la rampe de mise à l'eau.

Puis elle jeta un coup d'œil à Brody. Le chien avait l'air triste.

— J'ai aussi besoin d'une voiture pour Matt et Brody. Le parking fait partie de la scène de crime. Ne laissez personne rouler sur les traces de pneus existantes.

— Oui, chef.

Todd raccrocha.

Bree se tourna vers Matt.

— Comment va-t-il ? demanda-t-elle en indiquant le chien.

Brody s'était allongé sur la neige, se reposant comme s'il savait que son travail était terminé.

Matt fit la moue.

— Je vais l'emmener chez le vétérinaire. Espérons que ce ne soit rien de grave.

Bree aurait aimé ne pas avoir peur de Brody. Elle savait qu'il ne lui ferait pas de mal, mais c'était plus fort qu'elle.

Quelques minutes plus tard, une voiture du département du shérif arriva de la direction opposée et s'arrêta avant le parking.

Bree fit un geste vers le véhicule.

— L'adjoint va vous ramener. Merci pour ton aide, Matt.

— C'est Brody qui a fait tout le travail, mais de rien.

Matt appela le chien, qui se leva péniblement.

Bree regarda Brody boiter vers la voiture de patrouille et grimper avec précaution à l'arrière. Un moment, elle s'inquiéta pour lui.

Matt monta sur le siège passager et le véhicule s'éloigna. Elle regretta immédiatement qu'il n'ait pas pu rester. Non qu'elle ne puisse pas supporter d'être seule avec un cadavre. C'était loin d'être la première fois.

Mais ça lui manquait d'avoir un partenaire fiable, et Matt l'était en tout point.

Un autre véhicule de police apparut sur la route au-dessus du parking. Son chef adjoint en sortit et s'approcha. Il évita de marcher sur les traces de pneus qui menaient à la rampe de mise à l'eau et s'en éloignaient.

Bree se dirigea à nouveau vers le corps. Todd lui emboîta le pas.

Elle rebroussa chemin jusqu'à la rive.

— Essayez de rester sur les traces que Matt et moi avons laissées pour perturber la scène le moins possible.

— Bon sang…

Todd s'arrêta net.

— Qu'est-ce qui lui est arrivé ?

Bree secoua la tête.

— Il vaut mieux ne pas faire de suppositions aussi tôt dans l'enquête. Attendons le médecin légiste.

— C'est le tireur ?

— Trop tôt pour le dire. Nous devrons attendre que le médecin légiste identifie le corps et nous donne l'heure du décès. J'ai besoin que vous sécurisiez la scène. Y compris les traces de pneus et les empreintes de pas dans l'aire de stationnement. Demandez aux véhicules d'intervention de se garer sur le côté sud de la route d'accès. Préparez une zone pour la presse. En cas de doute, il vaut mieux augmenter le périmètre de la scène de crime. On pourra toujours le réduire plus tard. Le contraire est plus difficile.

Todd sortit un petit bloc-notes de sa poche et y écrivit.

— Oui, m'dame.

— Faisons venir une équipe médico-légale ici.

Bree indiqua une série de traces de pneus.

— Ces empreintes de pneus semblent assez bonnes pour être moulées. Certaines des traces de pas sont plus nettes qu'au chalet, peut-être suffisamment pour les relever. Mettez quelqu'un là-dessus.

— Oui, chef.

— Déléguez un adjoint pour commencer un journal de scène de crime dès que possible. Je vais avoir besoin de vous.

Todd se hâta vers sa voiture. Pendant qu'il sécurisait la scène, Bree appela le département de police de Scarlet Falls et demanda l'inspectrice Dane. L'agent de garde la mit en relation avec sa boîte vocale et Bree laissa un bref message.

Elle se tourna à nouveau vers le corps.

Se pouvait-il que ce soit le tireur ? Et si oui, comment s'était-il retrouvé dans le lac ? Elle scruta la surface gelée à la recherche d'un endroit où il aurait pu passer à travers la glace, mais ne vit aucun trou. Le corps humain était légèrement plus lourd que l'eau douce. Les corps coulaient, et un lac n'avait pas beaucoup de courant.

Les victimes de noyade étaient généralement retrouvées près de l'endroit où elles avaient sombré. Où et quand cette victime était-elle entrée dans l'eau ? Qu'était-il arrivé à son visage ?

Bree regarda autour d'elle. Même s'ils avaient trouvé le tireur, il leur manquait toujours la victime.

Chapitre Sept

Deux heures plus tard, Bree regardait le technicien médico-légal secouer une bombe de peinture et s'accroupir à côté d'une empreinte de chaussure. Il avait installé un appareil photo sur un trépied. Il vaporisa légèrement l'empreinte avec de la peinture grise pour créer suffisamment de contraste et faire apparaître le détail de la semelle.

Blanches sur fond blanc, les empreintes de chaussures étaient difficiles à photographier dans la neige. La peinture en spray empêcherait également le plâtre de s'écouler entre les cristaux de neige.

Le technicien prit une photo. Puis il ajouta une échelle, une règle noire en forme de *L*, qu'il enfonça dans la neige jusqu'au niveau de l'empreinte de la chaussure. Il prit une autre photo en utilisant la règle pour montrer la taille de l'empreinte.

Quelques mètres plus loin, un deuxième technicien se préparait à mouler les traces de pneus. Il les avait déjà photographiées avec et sans peinture en spray.

Tenant un sac plastique de plâtre dentaire en poudre, le technicien s'accroupit à côté de l'empreinte et mit de la neige dans une bouteille d'eau en acier inoxydable. Lorsqu'il ajouterait l'eau au plâtre, la réaction chimique réchaufferait le mélange. La neige refroidirait l'eau et aiderait à garder le mélange aussi froid que possible afin qu'il ne fasse pas fondre les traces avant de prendre. Il versa l'eau dans le sac en plastique, le ferma, puis pétrit le sac jusqu'à ce que le mélange atteigne la bonne consistance. Lentement, il le versa dans la trace de pneu.

— Je vais passer aux empreintes de chaussures, maintenant.

— Combien de temps avant de pouvoir les utiliser ? demanda-t-elle.

— Je devrais pouvoir les transporter dans l'heure, mais il leur faudra vingt-quatre heures pour sécher complètement.

Bree se tourna et vit la camionnette du médecin légiste rebondir sur l'herbe gelée et se garer à côté de l'unité médico-légale. Le ruban adhésif de la scène de crime encerclait toute la zone de stationnement. Le Dr Serena Jones et son assistante sortirent de la camionnette et en ouvrirent le coffre. Elles enfilèrent des combinaisons et des bottes en caoutchouc qui leur montaient jusqu'aux genoux avant de s'approcher du rivage.

— Shérif.

Le Dr Jones était une grande femme afro-américaine. Aujourd'hui, elle portait un bonnet en polaire violet sur ses cheveux courts.

Bree eut un coup au cœur. La dernière fois qu'elle avait vu le médecin légiste, c'était pour examiner le cadavre de sa sœur.

Le regard du Dr Jones se dirigea vers le corps étendu sur la rive.

— Un chien policier a trouvé le corps vers neuf heures.

Bree fit volte-face et conduisit la légiste vers le lac.

Elles s'arrêtèrent à trois mètres du corps. Le Dr Jones examina les lieux.

— Est-ce que quelqu'un a touché le corps ?

— Oui.

Bree décrivit comment elle avait trouvé le corps et l'avait sorti de l'eau.

— Je pensais qu'une réanimation était possible. Puis on l'a retourné.

Elle n'eut pas besoin d'en dire plus.

Le Dr Jones fit signe à son assistante, qui s'avança avec un appareil photo. L'assistante commença par des photos à longue distance, puis se rapprocha du corps pour prendre des photos de plus en plus détaillées.

Quand elle eut fini, le Dr Jones s'approcha et s'accroupit dans la boue.

— Il y a des ongles cassés.

— Sans doute des blessures défensives, dit Bree.

Le Dr Jones pencha la tête et essuya un peu de boue sur le poignet, exposant une ligne rouge.

— Étant donné ces marques de ligature, je dirais que la légitime défense est un bon pari.

Elle inspecta les pieds.

— Il y a aussi des marques de ligature autour des chevilles.

Le médecin légiste enveloppa les mains de sacs en papier pour préserver les indices logés sous les ongles.

Bree recula et laissa le Dr Jones travailler. Un frisson la transperça. Elle était dehors depuis l'aube, sans rien de plus que quelques gorgées de café dans le ventre.

Elle n'avait pas faim, mais elle était à court d'énergie.

Le Dr Jones enregistra les températures de l'air et de l'eau. Puis elle et son assistante retirèrent la glace autour des jambes et des pieds, morceau par morceau.

— Nous aurons besoin d'échantillons d'eau et de boue sous et autour du corps, dit le Dr Jones.

Son assistante préleva les échantillons et les rapporta à leur camionnette.

— Je suis prête à déplacer le corps. Puis-je avoir un coup de main, shérif ? demanda le Dr Jones.

— Pas de souci.

Bree se positionna du côté opposé du corps. Elle enfila des gants neufs. Puis elle et le Dr Jones prirent chacune un bras et hissèrent le corps sur un sac mortuaire noir qui était déplié sur la berge. Le Dr Jones rapprocha sa mallette, une boîte en plastique qui aurait pu contenir du matériel de pêche. Elle utilisa un scalpel pour prendre la température du corps *via* le foie. Elle consulta le thermomètre, puis fit quelques calculs sur son bloc-notes.

— Depuis combien de temps est-il mort ? demanda Bree.

Le Dr Jones fronça les sourcils.

— L'eau froide rendra difficile l'estimation de l'heure du décès.

Il était onze heures trente. L'appel concernant la fusillade était arrivé à cinq heures et demie.

— Pouvez-vous me dire s'il est mort depuis plus ou moins de six heures ? demanda Bree.

Le Dr Jones jeta un coup d'œil à son bloc-notes.

— Certainement plus de six heures.

Bree regarda le cadavre sans visage.

Donc ce n'est pas le tireur. Qui est-ce ?

— La police de Scarlet Falls recherche un étudiant qui a disparu, dit Bree. L'inspectrice Dane s'en occupe.

— Oui, dit le Dr Jones. Scarlet Falls a appelé tout à l'heure pour demander si nous avions des corps non identifiés.

Bree vit son chef adjoint approcher.

— Nous avons fouillé la rampe et le parking, dit Todd. On n'a pas trouvé grand-chose d'autre que les empreintes. Les traces de pneus allaient directement à la route principale, comme on s'y attendait.

Bree hocha la tête.

— J'aimerais savoir où il est entré dans l'eau.

— Ça doit être près d'ici, dit Todd.

— Je suis d'accord.

— Alors, et maintenant ?

Bree montra du doigt les déchets congelés et les débris emprisonnés dans la glace.

— Il faut qu'on prélève tous ces déchets. Quand le médecin légiste aura terminé, nous devrons fouiller le fond du lac autour de l'endroit où le corps a été découvert. L'eau n'est pas profonde. Pas besoin de faire appel à l'équipe de plongeurs. Un agent en bottes hautes devrait suffire. Environ trois mètres dans chaque direction.

Bree se leva et croisa les bras pour s'empêcher de frissonner. Ça faisait longtemps qu'elle n'avait pas eu aussi froid.

Elle inspecta la scène. Le médecin légiste était chargé du corps. La police scientifique couvrait le moulage des traces de pneus et des empreintes de bottes. Les adjoints fouillaient les bois. Elle avait donné des instructions pour traiter le reste des éléments. Elle ne pouvait rien faire de plus ici.

— Todd, vous et moi allons retourner au chalet.

Bree aperçut une camionnette de presse sur la route. Elle était surprise qu'il n'y en ait qu'une. Un adjoint leur indiqua un emplacement à l'écart de la scène. Bree s'approcha. Même si elle détestait être filmée, elle préférait faire une déclaration de sa propre initiative plutôt que susciter l'animosité de la presse. Ils faisaient leur travail, tout comme elle.

Le journaliste, un grand blond avec un sourire d'enfer et un micro à la main, la vit approcher.

— Shérif ? Vous auriez une minute ?

— Oui, dit Bree.

— Je suis Nick West.

Il lui tendit la main. Nick était jeune, probablement moins de trente ans.

Bree la lui serra. Un cameraman pointa son objectif vers eux.

Le journaliste porta son micro à sa bouche.

— Ici Nick West de WSNY News, en compagnie du shérif du comté de Randolph, Bree Taggert. Shérif, est-il vrai que vous avez découvert un corps à Grey Lake ce matin ?

Il tendit le micro vers elle.

— Oui.

— Avez-vous identifié le défunt ? demanda-t-il. Est-ce l'étudiant qui était porté disparu ?

— Nous l'ignorons.

Un deuxième cameraman leva sa caméra et la dirigea vers le lac. Bree se planta devant l'objectif.

— Je vais vous demander de ne pas prendre de vidéo jusqu'à ce que le corps soit placé dans le sac mortuaire. Pensez aux proches de la victime. Je ne veux pas que la famille apprenne sa mort à la télé. Dès que le corps sera couvert, vous pourrez filmer.

Le cameraman fronça les sourcils.

— Vous ne pouvez pas…

West leva la main.

— On va attendre.

Le cameraman baissa sa caméra.

— Merci de respecter la victime, dit Bree.

West éteignit son micro.

— Que pouvez-vous nous dire en *off* ?

— Je suis désolée, M. West. Je ne fais pas de *off*, mais je ne cache pas non plus d'informations à moins d'avoir une bonne raison.

— OK.

West ralluma le micro.

— Que pouvez-vous nous dire ?

— Ce matin, vers neuf heures, le corps d'un homme décédé a été retrouvé près de la rampe de mise à l'eau de Grey Lake. Il n'y avait pas d'élément permettant d'identifier le corps. Le département du shérif aidera le médecin légiste par tous les moyens disponibles afin de déterminer l'identité du défunt le plus rapidement possible.

— Savez-vous si la victime a été assassinée ?

— La cause de la mort sera déterminée par le médecin légiste, mais nous explorons toutes les pistes. Je tiendrai une conférence de presse dès que j'aurai plus d'informations.

Il tira le micro vers lui.

— Cette découverte est-elle liée à la fusillade de ce matin au camping de Grey Lake ?

Le micro était de nouveau devant Bree avant qu'elle n'ait eu le temps de réfléchir, mais elle prit le temps de choisir ses mots avec soin.

— À l'heure actuelle, nous n'avons pas officiellement établi ce lien entre les deux incidents.

— Mais vous enquêtiez sur la fusillade lorsque vous avez découvert le corps ?

— Oui.

Bree conserva une expression neutre, mais une petite étincelle de colère jaillit en elle. Nick ne pouvait savoir ça que si quelqu'un de bien placé le lui avait dit. Elle réprima son irritation. Ce n'était pas la faute du journaliste s'il y avait des fuites au sein de son département. Bree était responsable du comportement de son équipe.

— Mais, pour l'instant, nous ne savons pas si les deux incidents sont liés ou s'il s'agit d'une coïncidence.

— Est-il possible que la dépouille appartienne à la victime de la fusillade ? demanda West.

— Non.

Bree secoua la tête.

— Le corps est resté trop longtemps dans le lac.

— Est-ce vrai qu'il y a un témoin oculaire de la fusillade de ce matin ?

Bree se figea et lutta pour garder un visage impassible.

— Je ne peux pas commenter une enquête en cours.

Comment savait-il ça ?

Son département fuyait comme une passoire.

— Excusez-moi, je dois retourner travailler, dit-elle.

— Merci, shérif.

West baissa son micro.

Bree lui fit un léger signe de tête et retourna à sa scène de crime. Elle retrouva Todd et il les ramena au chalet. Une fois arrivée, elle s'arrêta à son 4 x 4 et but un reste de café froid avec la barre protéinée qu'elle avait laissée dans la console centrale. Elle avait besoin de calories, mais ce casse-croûte lui donna la nausée. Elle trouva une bouteille d'eau dans son véhicule et prit quelques minutes pour s'hydrater.

Elle trouva Todd en conversation avec un adjoint. Elle s'approcha d'eux pour s'informer des derniers progrès.

L'adjoint désigna les chalets 19 et 20.

— Nous avons presque fini les zones extérieures. Ensuite, nous ferons l'intérieur des chalets.

Avec l'arrivée de la neige, ils avaient donné la priorité à la recherche d'indices à l'extérieur.

— Nous prenons le n° 20.

Bree fit signe à Todd, se retourna et grimpa les marches du perron.

Todd la suivit dans la pièce principale. Ils enfilèrent des gants. Bree sortit son appareil photo de sa poche et commença à prendre des clichés du sac de couchage et du sac à dos devant la cheminée. Le feu s'était éteint depuis longtemps.

— Avec un bon feu de bois, cette pièce est sans doute assez confortable, dit Todd.

— Il y a des endroits pires où dormir quand on est sans-abri, acquiesça Bree.

À l'écart de la cheminée, Bree détecta une légère odeur chimique. Elle fit le tour de la cuisine, ouvrant les tiroirs et les portes ; tout était vide à l'exception de quelques produits de nettoyage dans un sac sous l'évier de la cuisine : serviettes en papier, chiffons, nettoyants en aérosol, eau de Javel et liquide vaisselle. Bree souleva un chiffon du bout des doigts et le renifla, puis elle sentit le produit nettoyant. C'était la même odeur.

Les squatteurs qui faisaient le ménage étaient rares.

Puis elle ouvrit le frigo. Rien. Inutile de l'utiliser puisque le courant était coupé. À l'exception de la zone devant la cheminée, le chalet semblait inoccupé.

Bree entra dans la chambre.

— On dirait qu'elles n'utilisaient qu'une seule pièce.

Todd la suivit.

— Il n'y a qu'une seule cheminée.

— C'est vrai.

— Et qu'est-ce qu'on cherche ? demanda Todd.

— Je ne sais pas, reconnut Bree. Quelque chose qui ne semble pas à sa place.

— Est-ce qu'on est sûrs qu'un crime a été commis ici ? Le corps peut être sans rapport.

— Nous avons un témoin qui a signalé une fusillade et un corps découvert à moins d'un kilomètre du chalet. Il s'est passé quelque chose.

Mais quoi ?

Il n'y avait aucune preuve que le corps soit lié à la fusillade du chalet. Seul l'odorat de Brody reliait les deux scènes. Il fallait qu'elle reste ouverte à toutes les possibilités. Todd souleva le matelas et regarda dessous. Bree alla de l'autre côté du lit, s'agenouilla et inspecta le plancher avec sa lampe de poche.

Rien que des moutons de poussière. Todd tira le lit et inspecta derrière la tête de lit.

Bree tapa dans sa paume avec sa lampe de poche.

Todd remit le lit en place, recula et inspecta la pièce.

— Peut-être qu'il n'y a rien à trouver à l'intérieur du chalet.

— Peut-être pas, acquiesça Bree. Les filles sont sans-abri et débrouillardes. Elles sont entrées par effraction dans le chalet et l'ont occupé illégalement. Elles n'allaient pas déballer leurs affaires et se mettre à l'aise. Elles auront préféré garder leur sac à portée de main.

— Prêtes à mettre les voiles à tout moment.

— Tout à fait.

— Prenons quand même les empreintes digitales.

Bree fit un tour sur elle-même. Le chalet était petit et il n'y avait pas grand-chose à fouiller. Peut-être qu'une des filles sera dans le système.

Le système automatisé d'identification des empreintes digitales comparait les empreintes trouvées à une base de données nationale. Bree ouvrit la porte du placard. L'intérieur était tout aussi vide que le reste du chalet.

Bree se dirigea vers la porte.

— Nous devons vérifier les antécédents d'Alyssa Vincent et de son amie, Harper Scott. Vérifiez aussi les contacts et l'activité sur le téléphone d'Alyssa.

— Oui, chef.

— Il va falloir que j'appelle le propriétaire du camping.

— J'ai son numéro.

Todd le lui lut.

— Son nom est Phil Dunlop.

Bree entra le numéro dans son téléphone. Personne ne répondit et elle laissa un message. Puis elle sortit.

Un autre adjoint marchait derrière la cabane, cherchant des indices sur le sol. Bree avait appelé des agents supplémentaires, mais elle manquait de personnel.

— Combien de terrain avez-vous couvert ? demanda Bree.

Il fourra les mains dans les poches de sa veste.

— On a fouillé la zone derrière les chalets. On n'a rien trouvé à part les empreintes que vous aviez déjà vues. On les a photographiées et cartographiées. On commence le chalet 19, là.

— Continuez comme ça. Informez le chef adjoint quand vous aurez fini.

— Oui, chef.

Bree passa derrière les chalets. Elle voulait revoir la scène de la fusillade en plein jour. Elle avança dans la neige jusqu'au lac gelé, en passant devant le groupe de conifères. Le soleil perça brièvement les nuages. Ses rayons scintillèrent sur la glace. Non. C'était plus que de la glace. Bree hâta le pas. Les nuages passèrent à nouveau devant le soleil, mais pas avant qu'elle n'ait repéré quelque chose de brillant.

Bree s'accroupit et scruta la glace, repérant deux petits morceaux de laiton.

Un adjoint la rejoignit.

— Qu'avez-vous trouvé ?

— Des douilles.

Bree sortit son téléphone et prit des photos. Puis elle enregistra également leur position GPS. Enfin, elle utilisa une pince à épiler pour mettre les douilles dans un sachet en plastique.

Elle se redressa et glissa le sachet dans sa poche. Elle avait la preuve qu'une arme à feu avait été utilisée à proximité du chalet. Maintenant, il ne lui restait plus qu'à trouver un cadavre et un assassin.

Chapitre Huit

Lundi après-midi, Matt sortit son chien de son 4 x 4 en clignant des yeux pour en chasser la neige.

— Doucement, Brody. Tu t'es foulé l'épaule. Le vétérinaire a dit qu'il ne fallait plus sauter du camion.

Matt allait avoir besoin d'une rampe. Le berger pesait quarante kilos et il n'aimait pas être porté. Matt le posa délicatement dans l'allée. Brody entra dans la maison en boitant.

À leur arrivée dans la cuisine, Greta gémit et gratta à la porte de sa caisse. Une fois Brody installé dans son panier, Matt prit une laisse et libéra Greta. Le chien noir sauta sur Matt et se précipita vers Brody.

— *Fuß!*

Matt lui ordonna de venir au pied, mais elle était trop excitée pour lui obéir. Il fit claquer la laisse sur son collier.

— Brody ne peut pas jouer, aujourd'hui.

Il l'emmena dans la chambre et enfila des vêtements de course. Quand il se retourna, Greta mâchait quelque chose.

— Qu'est-ce que c'est ?

Matt lui ouvrit la gueule et en sortit une chaussette mâchouillée.

— C'était rapide.

Il ouvrit la poubelle et y jeta la chaussette détrempée. Puis il prit une veste, des gants et un bonnet et fit sortir Greta. Heureusement, la neige ne s'était pas encore accumulée sur les routes, et une course d'une demi-heure la calma.

Pour l'instant.

Matt rentra chez lui, donna un os à mâcher à Greta et se doucha. Il s'habilla et passa une demi-heure à examiner les comptes d'Eli sur les réseaux sociaux. Il était actif sur Facebook et Twitter.

Sa page Facebook ne contenait pas grand-chose : quelques photos par semaine d'Eli avec des amis, des selfies souriants, une photo de chien de temps en temps. Tout ça était très sage.

Matt passa sur Twitter. Après quelques tweets, il vérifia qu'il s'agissait bien du même Eli Whitney. La photo de profil était la même, mais son compte Twitter était complètement différent.

Contrairement à son compte Facebook, Eli postait sur Twitter plusieurs fois par jour, ce qui suffisait amplement à donner une idée de ses activités quotidiennes. Matt fit défiler les photos. Eli aimait clairement faire la fête. Matt soupira devant une photo d'Eli buvant de la bière avec un entonnoir.

Eli ignorait-il que ses futurs employeurs regarderaient ces photos ?

Matt fit défiler les tweets jusqu'au week-end. Eli s'y moquait d'une fille aux dents de travers et avait posté la photo d'un type qui se penchait pour ramasser son sac à dos à un arrêt de bus du campus, le pantalon affaissé révélant son anatomie. Eli avait intitulé cette photo « Un nouvel épisode dans la saga de Philippe Laraie ». Sous une autre photo, Eli se moquait d'un sans-abri endormi dans l'embrasure d'une porte.

Donc Eli était un bon petit-fils, mais c'était aussi un jeune idiot qui pouvait être cruel. Le samedi soir, il avait posté une photo de lui en train de boire des verres, en prévision d'une fête sur Oak Street.

Quiconque suivait son fil Twitter savait où Eli était allé samedi soir. Matt nota de vérifier l'adresse. Eli avait même posté une photo au moment d'appeler sa voiture pour rentrer chez lui. Ce n'était pas difficile de suivre Eli à la trace. Il mettait pratiquement tout son agenda en ligne.

Le téléphone de Matt sonna. L'écran affichait *Département de police de Scarlet Falls*.

Il répondit.

— Ici Matt Flynn.

— C'est l'inspectrice Stella Dane qui vous rappelle.

Matt lui avait laissé un message un peu plus tôt.

— Merci. Je voulais vous parler d'Eli Whitney.

— Comment connaissez-vous Eli ? demanda-t-elle d'une voix méfiante.

— Sa grand-mère est une amie de la famille. Elle m'a demandé de me renseigner, dit Matt. J'ai été shérif adjoint dans le comté de Randolph.

Les agences locales coopéraient souvent, mais Matt ne se rappelait pas avoir jamais travaillé avec l'inspectrice Dane.

— Je suis au poste maintenant, si vous voulez passer, dit-elle. Je serai là pendant environ une heure.

— J'arrive dans un quart d'heure.

Matt remit une Greta fatiguée dans sa caisse. Brody dormait dans son panier, ses antidouleurs le faisant visiblement somnoler.

— Je reviens vite, dit-il aux chiens en sortant. Soyez sages.

Au poste de police de Scarlet Falls, le sergent de service reconnut Matt de l'époque où il travaillait au bureau du shérif. Matt sortit sa carte d'identité, mais le sergent lui fit signe que c'était inutile.

— Allez-y.

Matt passa devant quelques bureaux inoccupés. L'inspectrice Dane leva les yeux de son ordinateur à son approche. Elle était grande avec des cheveux noirs et un regard de flic qui analysait tout. Malgré son gros pull, elle semblait avoir froid. Elle serrait un mug fumant des deux mains. Un sandwich à la charcuterie à moitié mangé était posé sur une assiette devant elle.

Il tendit la main et se présenta.

— Appelez-moi Matt. Merci d'avoir accepté de me parler.

— Stella.

Elle se leva à moitié pour lui serrer la main.

— J'ai demandé autour de moi. Vous avez la réputation d'un type correct.

En se rasseyant, elle indiqua son assiette.

— Excusez-moi, je termine de manger.

— Ne vous gênez pas pour moi. Longue journée ?

Elle soupira.

— Oui. Je travaillais sur une série de cambriolages avant qu'arrive cette affaire Whitney.

— Comment se sont passées les recherches, ce matin ?

Au lieu de répondre, elle demanda :

— Que savez-vous de la disparition d'Eli ?

Puis elle prit une bouchée de son sandwich et attendit qu'il réponde.

Matt tira une chaise à côté de son bureau.

— Qu'il a quitté une fête samedi soir et n'est jamais arrivé chez lui, et qu'il a utilisé une application de covoiturage.

Elle avala.

— Le chauffeur qu'il a appelé après la fête a dit qu'il ne s'était pas présenté.

— La fête était sur Oak Street ?

— Oui.

Elle lui donna le numéro de maison, qui correspondait à l'adresse donnée par Eli sur Twitter.

— C'était une grosse fête et la rue était bloquée. Quand Eli est parti, il a commandé son trajet au pâté de maisons suivant, selon le GPS de l'application de covoiturage.

Elle s'essuya les mains sur une serviette, prit son téléphone et afficha une carte.

— Voici la maison.

Elle déplaça légèrement l'écran.

— Voilà où il a demandé sa voiture.

Elle déplaça la carte de deux pâtés de maisons supplémentaires.

— Et c'est ici que son portable a été retrouvé la nuit dernière, au bord de Scarlet River.

— C'est pour ça que vous avez sorti les chiens ce matin.

Matt croisa les bras.

— Oui.

L'inspectrice prit son café.

— Le lac est gelé, mais la rivière ne l'est que partiellement. S'il est tombé dedans…

Alors il est probablement mort.

— Avez-vous entendu parler du corps retrouvé à Gray Lake aujourd'hui ? demanda Matt.

— Oui, mais le médecin légiste avait emporté le corps avant que je n'arrive.

Stella dézooma sur sa carte.

— L'emplacement du corps est à une bonne distance de l'endroit où le téléphone portable a été retrouvé. Je ne vois pas comment le courant aurait pu transporter le corps aussi loin. Mais bon, nous n'avons rien trouvé du tout. J'avais emmené trois chiens. S'il y avait eu une odeur, ils l'auraient trouvée.

Peut-être qu'Eli n'avait jamais été au bord de la rivière. Peut-être que son téléphone avait été volé ou déposé là-bas.

— C'est mon chien qui a découvert le corps à Gray Lake.

Stella leva les yeux de son téléphone.

— Mais vous n'êtes plus adjoint ?

— C'est exact. Je donnais juste un coup de main.

Stella accueillit cette information avec un léger haussement de sourcils.

— Alors vous savez que le corps ne peut pas être identifié visuellement.

— Oui. Il n'a pas de visage. La grand-mère d'Eli est-elle au courant pour le corps ?

Matt ne voulait pas penser à Mme Whitney apprenant la nouvelle de la mort de son petit-fils, sans parler de ce qui avait été fait au corps.

— Je ne sais pas, dit Stella. J'ai repris l'affaire tard hier soir, après que le téléphone portable a été découvert. J'ai essayé de joindre Mme Whitney tôt ce matin, quand on a commencé les recherches, mais elle n'a pas répondu au téléphone. J'ai prévu de me rendre chez elle dès que j'aurai des nouvelles du médecin légiste. Son médecin de famille est d'ici, donc le Dr Jones aura son dossier médical.

— Si c'est Eli, permettez-moi de m'assurer que quelqu'un sera là quand vous l'annoncerez à Mme Whitney. C'est sa seule famille.

— C'est entendu. Merci.

— Quelles autres pistes avez-vous trouvées ?

Matt savait qu'elle n'était sur l'affaire que depuis moins de vingt-quatre heures, mais le premier jour de l'enquête était critique.

— Aucune. Nous avons inspecté le quartier où avait lieu la fête. Personne ne se souvient l'avoir vu. Eli vit dans un appartement du côté nord de l'université. Deux de ses colocataires étaient là quand je suis passée. Le meilleur ami d'Eli, Christian Crone, était alité pendant la fête. Il n'a pas d'alibi. Dustin Lock était avec sa petite amie toute la nuit. La petite amie a confirmé son histoire, mais elle vit seule, et personne ne les a vus chez elle. Alors, prenez ça pour ce que ça vaut. Je n'ai pas eu le sentiment flagrant que Christian, Dustin ou la petite amie de Dustin mentaient, mais on ne sait jamais. Le troisième colocataire, Brian O'Neil, rend visite à sa mère. Il n'est pas là depuis une semaine. J'ai appelé son portable et laissé un message hier soir. Il n'a pas répondu.

— Que pensez-vous des colocataires ? demanda Matt.

— Aucun n'a de casier judiciaire.

L'inspectrice pinça les lèvres.

— Ils sont tous beaux, sportifs, populaires. Ils aiment les filles et faire la fête plus qu'aller en classe.

— Vous venez de décrire un quart de la population universitaire.

L'inspectrice renifla.

— Vous avez sans doute raison.

— Avez-vous fouillé le téléphone d'Eli ?

— Oui. J'ai parcouru ses appels et SMS récents. Je n'ai rien vu d'anormal. Pas de menaces ni de conflits. C'est un fêtard et il a un sens de l'humour cruel. Mais il semble très attentionné avec sa grand-mère.

— Personne n'est parfait, dit Matt.

— Avez-vous vu ses comptes sur les réseaux sociaux ?

— Vous voulez dire Twitter ? demanda Matt.

— Ouais.

Elle fronça les sourcils.

Matt haussa les épaules.

— Clairement, Eli peut être un âne, mais il n'y a rien de violent là-dedans. Il pense sans doute être hilarant.

Stella hocha la tête.

— Le plus souvent, il envoie des SMS à ses colocataires. Il communique aussi avec une jeune femme nommée Sariah Scott. D'après les SMS, elle ne semble pas aussi intéressée par lui qu'il ne l'est par elle. Elle l'a qualifié de « mignon mais immature ». Eli l'a invitée à aller à la fête avec lui, mais elle a refusé.

Stella termina son sandwich et l'arrosa d'une gorgée de café.

— Comment pensez-vous que son téléphone s'est retrouvé au bord de la rivière ?

— Je ne sais pas.

Stella secoua la tête.

— Mais je n'ai trouvé aucun signe d'acte criminel. Plusieurs personnes m'ont dit qu'une fois qu'Eli commence à boire, il ne sait pas s'arrêter. Je suis plus inquiète qu'il se soit évanoui quelque part dans le froid ou qu'il soit tombé dans la rivière.

Quoi qu'il en soit, Matt pensait qu'il y avait de bonnes chances pour que le corps que Brody avait trouvé soit celui d'Eli.

Chapitre Neuf

Il était quinze heures lorsque Bree reprit le chemin du bureau. Elle alluma ses essuie-glaces pour dégager les flocons de neige qui tombaient sur son pare-brise. Elle avait des questions pour Alyssa. Beaucoup de questions. Elle élabora son plan pour l'interrogatoire, mais elle avait la tête lourde. Ayant manqué le déjeuner et passé trop d'heures dans le froid, elle avait brûlé toutes les calories fournies par sa barre protéinée. Les vingt minutes de route lui semblèrent longues. Elle se gara derrière le poste et entra. Son assistante administrative, Marge, apparut à la porte de son bureau avant même que Bree n'ait enlevé sa veste.

Marge avait une soixantaine d'années, des cheveux bruns teints et des sourcils dessinés au crayon. Avec ses cardigans et ses mocassins, elle ressemblait à une grand-mère tranquille – mais c'était une apparence trompeuse. Elle semblait peut-être gentille de l'extérieur, mais à l'intérieur, elle était en titane pur.

Marge tenait un bol fumant entre ses mains.

— Je suppose que tu n'as pas mangé.

— C'est exact.

Bree enleva sa veste et son gilet en kevlar et les accrocha à un portemanteau.

— Asseyez-vous.

Marge posa le bol sur son bureau. Elle leva la main.

— Je sais que tu es pressée d'interroger cette fille, mais tu seras plus efficace si tu prends dix minutes pour manger.

— Je ne vais pas protester.

Bree s'assit derrière son bureau.

— Je meurs de faim. Merci.

— Je t'en prie.

Marge fouilla dans la poche de son cardigan et en sortit trois petits paquets de crackers. Elle les lui tendit.

— Tu veux du café ou de l'eau, ou les deux ?

— Les deux, ce serait merveilleux.

Bree prit la cuillère et remua la soupe, du bœuf aux légumes. Elle démarra son ordinateur et mangea pendant qu'il s'animait.

Bree ouvrit un paquet de crackers et les émietta dans sa soupe.

— Où est Alyssa ?

— Salle d'interrogatoire 2, dit Marge.

— Elle a mangé ?

Bree s'inquiétait pour cette fille. Elle semblait souffrir de malnutrition. Rogers avait-il raison ? Était-elle toxicomane ? Elle ne présentait aucun des autres signes physiques : mauvaise peau, dents pourries, tics nerveux. Mais être sans-abri allait souvent de pair avec la drogue.

Marge haussa un sourcil offensé.

— Bien sûr que je l'ai nourrie. Je lui ai donné de la soupe et un sandwich. Elle aurait également besoin d'une douche et de vêtements propres, mais nous n'avons pas de vestiaire pour femmes dans ce bâtiment.

— Il faudra régler ça, dit Bree entre deux cuillerées.

Elle indiqua une pile de dossiers contenant des candidatures sur le coin de son bureau.

— Certains des adjoints que je compte engager seront des femmes.

Marge sourit.

— Je ne sais pas comment tu vas faire entrer un autre vestiaire dans ce petit bâtiment. On est déjà au maximum.

C'était vrai. Le vestiaire des hommes n'avait même pas de place pour tous les adjoints. Le bâtiment n'avait pas été modernisé depuis que la moquette couleur avocat était à la mode. Le bureau du shérif ressemblait au décor d'une série policière des années soixante-dix, avec son bois usé, son linoléum craquelé et ses armoires de guingois.

Le visage de Marge devint pensif.

— Peut-être que c'est comme ça que nous ferons moderniser notre bâtiment.

Marge ouvrit un deuxième paquet de crackers.

— Je ne vous suis pas.

Le cerveau de Bree était entièrement consacré à sa nouvelle affaire.

— Nous ne pouvons pas faire de discrimination à l'encontre des candidates et nous ne pouvons pas non plus leur refuser l'égalité d'accès aux installations.

— Marge, vous êtes un génie. Comment faisons-nous pour y parvenir ?

Bree ne se faisait pas d'illusions. Son assistante administrative en savait beaucoup plus qu'elle sur la politique locale.

— Tu dois tenir plus de conférences de presse, surtout quand tu as une grosse affaire. Les électeurs ont besoin de te voir.

— Je déteste la politique presque autant que je déteste être à la télévision.

— C'est en partie ce qui fait de toi un bon shérif.

Le regard de Marge se durcit.

— Mais ce comté est toujours un monde d'hommes, et ils se soutiendront. Tu dois avoir le public de ton côté pour équilibrer la dynamique de pouvoir. Tu dis que tu n'aimes pas la politique, mais n'oublie pas que tu travailles pour la collectivité. Les gens méritent que tu leur dises la vérité plutôt qu'être désinformés par des rumeurs.

— Merci pour le rappel.

— Pas de souci. Je vais aussi travailler sur une liste de personnes que tu devras amadouer pour que le bâtiment soit rénové.

Bree gémit et Marge gloussa en sortant du bureau. À son retour quelques minutes plus tard, Bree avait englouti tout le bol de soupe.

Marge posa une tasse de café et une bouteille d'eau sur le bureau.

— Que vas-tu faire de la fille après l'avoir interrogée ?

— Je ne sais pas. Des idées ?

Bree sortit son plateau de clavier. Sur son ordinateur de bureau, elle accéda au dossier automobile d'Alyssa Vincent. La photo de son permis de conduire correspondait et son casier de conduite était vierge. Elle n'avait jamais reçu une seule amende. Une vieille 4-Runner était enregistrée à son nom.

Marge secoua la tête.

— Il n'y a pas beaucoup de refuges pour sans-abri à proximité.

— Il y en a un à Scarlet Falls.

Bree se leva et s'étira. Maintenant qu'elle avait mangé, elle avait les idées plus claires.

— Tu veux que j'appelle pour voir s'ils ont de la place ?

— Non.

Bree voulait garder un œil sur la jeune fille. Alyssa était un témoin, mais elle pouvait aussi être une suspecte.

— Je ne sais pas encore ce que je veux faire d'elle. Merci pour le repas.

Bree finit l'eau et emporta son café avec elle. Elle descendit le couloir lambrissé vers les salles d'interrogatoire et de conférence. Elle s'arrêta dans la salle de repos et acheta deux paquets de M & M's et un Coca au distributeur. Puis elle ouvrit la porte de la deuxième pièce et entra.

Alyssa était assise à la table, la tête posée sur les bras. Sa parka était accrochée au dossier de sa chaise.

Elle leva la tête en clignant des yeux. Elle avait des lignes rouges sur la joue gauche.

— Je ne peux pas croire que je me sois endormie.

Elle se frotta les yeux.

— Je tremblais et tout à coup je me suis trouvée très fatiguée.

— Le corps libère des hormones de stress lors d'un événement traumatique. Elles nous donnent suffisamment d'énergie pour nous permettre de passer l'épreuve. Mais quand c'est fini et qu'elles sont épuisées, c'est le crash.

Au lieu de s'asseoir de l'autre côté de la table, Bree s'assit à côté d'elle et lui fit face – pour mieux pouvoir lire son langage corporel. Elle posa son café et le Coca sur la table.

— Tu préfères de l'eau, du café ou du thé ?

— Non, ça va. Merci.

Alyssa ouvrit la canette.

Bree sortit les M & M's de sa poche. Elle glissa un sachet sur la table vers Alyssa et ouvrit l'autre. Elles croquèrent les bonbons en silence pendant quelques instants. Bree n'était pas pressée de commencer l'interrogatoire.

Alyssa voulait parler. Bree sentait en elle quelque chose sur le point d'éclater.

Alyssa fit tourner le paquet de M & M's sur la table d'un air distrait.

— Cet entretien sera enregistré. Comme ça, je pourrai revenir en arrière et regarder les détails qui m'auraient échappé.

Alyssa renifla et fit un bref signe de tête.

Bree tendit la main et fit basculer un interrupteur près de la porte.

— Je suis le shérif Bree Taggert et j'interroge Alyssa Vincent.

La vidéo serait horodatée.

— Depuis combien de temps es-tu sans-abri, Alyssa ? demanda Bree.

— Environ un an.

Elle joua avec le bord du paquet de bonbons.

— On s'en sortait bien, moi et mon père. Mais ensuite, il a eu un cancer.

Elle soupira profondément.

— C'était au cerveau.

Elle s'interrompit pour réfléchir.

— Il a commencé une chimiothérapie. Les médecins voulaient attaquer la tumeur le plus fort possible. Le traitement l'a rendu vraiment malade et n'a rien fait pour son cancer. Un jour, il allait bien, et le lendemain, il était mort.

Des larmes se mirent à couler sur ses joues.

— Je suis désolée que tu aies vécu ça.

Bree se leva, quitta la pièce et alla chercher une boîte de mouchoirs dans le placard à provisions.

— Où est ta mère ?

— Elle est morte quand j'étais bébé. Je ne me souviens pas d'elle.

Alyssa prit un mouchoir et se sécha les yeux.

— L'argent de mes études et les économies de mon père ont servi à payer ses factures médicales. On avait une assurance, mais elle ne couvrait pas tout. Au moment où il est mort, on s'était déjà fait expulser de notre appartement.

— Alors, tu as perdu ton père et ta maison.

Alyssa hocha la tête.

— J'ai dormi chez des amis pendant quelques mois. Mais ils sont tous partis à l'université et leurs parents en ont eu marre que je squatte leur canapé. Quand le printemps est arrivé, j'ai loué des emplacements dans des campings. Mon père et moi, on campait souvent. J'avais la 4-Runner, tout le matériel, une belle tente et tout. Mais ensuite les campings ont tous fermé pour l'hiver.

— Quand as-tu emménagé dans le chalet ?

— Il y a trois ou quatre semaines. Je ne me souviens pas exactement.

Alyssa but une gorgée de Coca.

— Je dormais dans la 4-Runner, mais je devais me réveiller pour démarrer le moteur toutes les deux heures à cause du froid. Je ne dormais pas beaucoup, et l'essence devenait chère. Je travaille à temps partiel à la laverie, mais ça ne paie pas assez pour louer quelque chose de plus grand qu'un camping. J'ai essayé de trouver un travail à plein temps. Pas de chance pour l'instant.

— Comment as-tu rencontré Harper ?

— Il a fait vraiment froid, une semaine de février. C'était trop pour moi. Je suis allée dans un foyer à Scarlet Falls. C'est géré par une église. C'est là que j'ai rencontré Harper. C'était la première fois que je dormais toute la nuit depuis un mois.

Elle fit la grimace.

— C'était le lendemain de la paie, et quelqu'un m'a volé tout mon argent pendant que je dormais. Je ne retournerai jamais en foyer.

— C'est terrible.

— C'est là que Harper a dit qu'on ferait mieux de rester ensemble et d'éviter les foyers. Je lui avais dit que j'avais campé tout l'été. C'est elle qui a eu l'idée d'utiliser un des chalets. Elle a dit que personne ne le saurait.

Alyssa se gratta le bras, dont la peau était à vif. La manche de son pull remonta de quelques centimètres, exposant deux cicatrices roses parallèles à ses veines.

— Ce n'est pas luxueux, mais tant qu'on fait du feu, on est au chaud. J'ai mon travail, et Harper nettoie des bureaux deux soirs par semaine. Elle gagne plus d'argent que moi. Je la conduis partout, et elle partage sa nourriture. L'arrangement fonctionne – *fonctionnait*…

— Où travaille Harper ?

— Différents bureaux dans toute la ville, dit Alyssa.

— Est-ce que tu la déposes et vas la chercher au travail ?

— Ouais. Le bureau principal est dans la zone industrielle à l'angle de la route 51 et d'Evergreen Road.

Bree nota l'adresse.

— Tu pourrais me décrire Harper ?

— Elle fait environ un mètre soixante-dix. Elle est mince et a de longs cheveux bruns.

Cette description conviendrait également à Alyssa, remarqua Bree.

— Il y avait des produits de nettoyage au chalet. Harper les a rapportés du travail ?

— Non.

Alyssa secoua la tête.

— Elle les a achetés. Elle se serait fait virer, si elle les avait pris à son job.

— Tu as raison, dit Bree. Vous faisiez toutes les deux le ménage dans le chalet ?

— Surtout Harper. Elle est un peu particulière. Elle a peut-être des TOC.

— Que s'est-il passé, ce matin ?

Alyssa avait déjà expliqué à Bree le déroulement de la fusillade lorsqu'elles étaient au chalet, mais Bree comptait lui faire raconter son histoire plusieurs fois, pour détecter d'éventuelles incohérences. Mentir était difficile.

— Je me suis réveillée en pensant avoir entendu un cri.

Alyssa respira lentement pour se calmer.

— Il faisait encore nuit. Je ne savais pas quelle heure il était. Mais j'ai vu que Harper avait disparu, et toutes ses affaires aussi.

Sa voix changea, se chargeant d'une pointe de colère.

— Je ne savais pas où elle aurait pu aller. Elle n'a pas de voiture et elle avait choisi un des chalets les plus éloignés du bureau au cas où quelqu'un y passerait pendant l'hiver. Pour que personne ne nous voie.

Alyssa plissa les yeux.

— J'ai vérifié mon sac à dos. Mes clés et mon portefeuille avaient disparu. Avec tout mon argent. Ce n'était pas grand-chose, mais c'était tout ce que j'avais jusqu'au jour de la paie. Bref, j'ai pensé qu'elle m'avait aussi volé mon pick-up, mais il était toujours garé devant. J'ai regardé par la fenêtre qui donne sur l'arrière et j'ai vu une ombre. Alors je suis sortie chercher Harper.

Elle fit une pause pour reprendre son souffle, mais Bree resta silencieuse. Elle ne voulait pas interrompre son récit maintenant qu'elle était lancée.

— J'ai vu une silhouette entre les arbres. J'ai pensé que c'était Harper et je l'ai suivie. Ce n'était pas elle. C'était un homme. Mais Harper était là aussi. Il a sorti une arme et lui a tiré dessus.

Alyssa déglutit et son visage devint grisâtre. Elle se gratta le bras de plus belle, ses ongles sales s'enfonçant dans sa peau, laissant des traces rougeâtres. Si elle continuait, elle allait se faire saigner, mais elle ne semblait pas remarquer la douleur.

Bree poussa le Coca vers elle, espérant qu'elle arrête de se faire du mal.

— Tu as bien vu cet homme ?

Alyssa prit une gorgée de soda.

— J'étais à environ dix mètres de lui, mais il faisait sombre.

Elle détourna le regard.

— On en a déjà parlé.

— J'espérais que tu te souviendrais de plus de choses, dit Bree. Quel âge avait-il ?

— Je vous ai déjà dit qu'il faisait noir, se plaignit Alyssa, d'une voix chargée de frustration.

Elle posa la canette de soda et se remit à gratter frénétiquement l'intérieur de son avant-bras. Avait-elle besoin d'une évaluation psychologique ?

Bree regarda à nouveau les cicatrices parallèles. Son estomac se noua. Tentative de suicide ?

— Tu le reconnaîtrais si tu le revoyais ?

Alyssa écarta ses cheveux de son visage. Ses yeux semblaient hantés et elle refusait de croiser le regard de Bree.

— Je ne pense pas.

Un mensonge, clairement.

— Y a-t-il autre chose dont tu te souviennes à son sujet ? Un boitement ? La façon dont il se tenait ? Tu as pu voir la couleur de sa peau ?

— Il était blanc.

Le visage d'Alyssa s'était plissé sous l'effet de la concentration.

— La main qui tenait l'arme ne portait pas de gant et la lune l'a éclairée. J'ai vu une marque sur sa main. Elle était grosse et d'une forme bizarre.

— Bizarre comment ?

— Je ne sais pas. Juste bizarre.

— OK.

Bree nota l'information.

— Comme une tache de naissance ou un tatouage ?

Alyssa hocha la tête.

— Quelque chose comme ça.

— La main droite ou gauche ?

Alyssa ferma les yeux.

— La droite.

— Et les affaires de Harper ? Elle les avait avec elle quand elle s'est fait attaquer ?

— Elle transportait toutes ses affaires dans un sac à dos, comme moi.

Alyssa pencha la tête en réfléchissant à la question.

— Il n'était pas dans le chalet, donc elle a dû le prendre.

Ses sourcils s'abaissèrent.

— Mais elle ne le portait pas quand il lui a tiré dessus, donc je ne sais pas où il est passé.

Bree nota que le sac à dos manquait.

— Peux-tu me décrire ce sac à dos ?

— Il est gris.

— Tu sais de quelle marque ?

— Osprey, dit Alyssa.

— Que s'est-il passé après que l'homme a tiré sur Harper ?

— Je ne sais pas. Je n'ai pas vu.

Sa respiration s'accéléra et son visage devint rouge vif.

— J'ai paniqué, je me suis précipitée dans le chalet et j'ai appelé le 911. Puis j'ai pris la hache et je me suis cachée dans le placard.

— Est-ce qu'il t'a vue ? demanda Bree.

— Il m'a regardée droit dans les yeux.

Alyssa frissonna.

— Est-ce qu'il t'a suivie ?

— Je ne sais pas. Je pense que oui. Je n'ai pas regardé en arrière.

Pourquoi ne l'avait-il pas poursuivie et tuée ? Pourquoi laisser un témoin ? Il n'avait peut-être pas vu où elle s'était enfuie.

Alyssa se déchira la peau du poignet d'un coup d'ongle.

Bree se pencha et lui prit la main pour la faire arrêter.

— Tu t'es déjà fait du mal ?

La fille leva les yeux. L'humiliation, la peur, puis la résignation traversèrent son visage.

Bree indiqua les cicatrices à l'intérieur de son poignet.

Alyssa ramena sa manche sur les cicatrices. Son regard se posa sur la table.

— Quand mon père était malade, j'ai commencé à me couper.

— Ça a dû être terrible pour toi.

Alyssa poussa un soupir tremblant.

— Je ne savais pas quoi faire.

— Il n'y avait rien que tu puisses faire.

— Ouais.

Les yeux d'Alyssa se remplirent de larmes, mais elle cligna des yeux en les ravalant.

— C'était le problème.

— J'ai perdu mes deux parents quand j'étais jeune, moi aussi.

Étant donné son propre passé, Bree n'avait aucun mal à imaginer le sentiment d'impuissance et de vulnérabilité, ainsi que le manque de maturité émotionnelle pour faire face à un traumatisme.

Alyssa croisa le regard de Bree pendant un bref instant avant de se détourner.

— La douleur…

Elle se tapota la poitrine.

— Quand mon père est mort, j'ai pensé que j'allais mourir aussi, comme si mon cœur allait s'arrêter. Ça faisait tellement mal.

L'empathie et le chagrin gonflèrent dans la poitrine de Bree, la pression augmentant jusqu'à ce qu'elle ait l'impression de ne plus pouvoir respirer.

— Oui, je vois.

Bree avait un frère et une sœur qui avaient subi le même traumatisme. Alyssa avait été toute seule.

— Quel âge aviez-vous ? demanda Alyssa.

— Huit ans.

Même à trente-cinq ans, ce souvenir remplissait Bree d'une douleur profonde. Elle posa le poing sur son cœur.

— Ça me fait encore mal.

Un instant, elle fut gênée à l'idée que la caméra tournait. Son adjoint en chef, d'autres enquêteurs, peut-être le procureur et les avocats de la défense pourraient éventuellement regarder cette interview, mais Bree n'avait rien dit qui ne soit déjà public. Le monde entier était au courant du meurtre-suicide de ses parents.

Et que Bree et sa fratrie étaient là quand c'était arrivé.

Un bref frisson la traversa, une réaction involontaire à ce souvenir si vif.

Parfois, développer un lien avec un témoin ou un suspect nécessitait des sacrifices. Bree n'avait aucun remords à inventer une histoire pour établir ce lien, mais cette fois-ci, ce n'était pas nécessaire. La vérité fonctionnerait très bien, même si cet interrogatoire la laissait à vif.

Alyssa remonta sa manche de chemise. De minuscules cicatrices roses sillonnaient la chair tendre et pâle du dessous de son avant-bras.

— La plupart des coupures étaient vraiment superficielles.

Elle montra les deux plus longues, près des veines.

— Sauf ces deux-là.

Elle déglutit.

— Je les ai faites le jour de sa mort. Je ne voulais pas le laisser à l'hôpital, mais ils m'ont forcée à partir. Je ne voulais pas non plus être seule à la maison.

Elle toucha du doigt l'une des cicatrices.

— Ça a beaucoup saigné. Je voulais mourir aussi, ce jour-là.

— Tu es allée aux urgences ? demanda Bree d'une voix douce.

— Non, je me suis bandé le bras et le saignement a fini par s'arrêter. Les coupures n'étaient pas assez profondes pour me tuer.

Le ton d'Alyssa semblait exprimer un regret.

— Je n'ai même pas su faire ça correctement.

Cette jeune fille n'avait reçu aucune aide après la mort de son père et elle avait, au minimum, envisagé de se suicider. Rogers avait-il raison sur ce point également ? Alyssa avait-elle inventé toute cette histoire pour attirer l'attention ? La découverte du corps à la rampe de mise à l'eau était-elle une complète coïncidence ?

Mais comment expliquer les empreintes de bottes, les traces de pneus et les douilles ?

Pas de suppositions.

Les preuves détermineraient la direction de son enquête.

— Quand est-ce que je pourrai récupérer ma 4-Runner ? demanda Alyssa.

Et le reste de mes affaires. J'ai vraiment besoin de mon téléphone. Il faut que j'appelle mon patron. Il faut que j'aille travailler.

Le véhicule d'Alyssa avait été remorqué jusqu'au garage municipal.

— Tu peux utiliser le téléphone du poste. Je vais demander à Marge de t'obtenir une ligne extérieure. Tu pourras récupérer toutes tes affaires dès que les techniciens de la police scientifique les auront traitées, dit Bree. Quand dois-tu aller travailler ?

— Mercredi, de midi à vingt heures.

— OK. Tu devrais récupérer ton 4-Runner dans quelques jours.

Bree ne mentionna pas le fait qu'Alyssa n'avait pas de permis de conduire. Elle avait dit que Harper lui avait volé son portefeuille. Mais il serait impossible d'obtenir un permis de remplacement sans preuve d'identité et de résidence. Comme Alyssa était sans-abri, elle ne recevrait pas de nouveau permis. Mais ce n'était pas le moment d'en parler, puisque Bree avait besoin de sa coopération.

Bree n'était pas pressée non plus de libérer le véhicule. Elle soupçonnait que, dès qu'Alyssa en aurait la possibilité, elle disparaîtrait. Tant que Bree gardait son véhicule, ses vêtements et son téléphone, Alyssa ne bougerait pas.

— Mais je n'ai nulle part où dormir, dit Alyssa d'une voix inquiète. Ni rien à me mettre.

— Je comprends que ce soit un inconvénient pour toi. Que dirais-tu de t'installer à l'hôtel pour ce soir et de voir les progrès réalisés par les techniciens demain matin ?

— Je ne sais pas.

Alyssa se gratta l'avant-bras.

— C'est juste pour une nuit ou deux.

Bree ne pouvait pas retenir la jeune fille contre sa volonté, mais elle ne voulait pas non plus perdre le contact avec son seul témoin, d'autant plus qu'elle ne savait pas si l'affaire d'Alyssa était liée au cadavre du lac.

— OK, d'accord, dit Alyssa d'un ton réticent.

— Bien.

Bree pensait aussi que la fille bénéficierait d'une douche chaude et d'un lit propre et chaleureux. Elle détestait l'imaginer à nouveau dans la rue.

— En parlant de ton téléphone, je pourrais avoir ton code d'accès ?

— Pourquoi ? Je m'en sers presque pas.

— Il a un GPS, non ?

— Ouais, dit Alyssa. Mais je l'utilise le moins possible.

— Qui tu appelles ?

— Le travail, principalement. Dernièrement, Harper aussi. C'est à peu près tout. Je n'ai vraiment personne d'autre à appeler.

— Tu as dit que Harper avait de l'argent.

— Oui. De son taf.

Mais la voix d'Alyssa semblait moins confiante. Pensait-elle à des aspects du comportement de Harper qui ne collaient pas complètement ?

— C'est ma faute si Harper a disparu.

— Pourquoi penses-tu ça ?

— Je ne l'ai pas aidée.

La fille remua sur sa chaise, comme si elle était incapable de se mettre à l'aise – avec son corps ou ses actions.

— Je l'ai vu lui tirer dessus, et je me suis cachée. Comme une lâche.

Peut-être s'était-elle enfuie avant que le tireur ne la voie. Peut-être qu'elle ne voulait tout simplement pas admettre qu'elle avait abandonné son amie aussi rapidement.

— Tu as appelé la police, dit Bree.

— Mais j'aurais dû faire quelque chose.

Elle inspira longuement, tremblante.

— Comme ?

Alyssa baissa les yeux, troublée.

— Je ne sais pas.

— Que penses-tu qu'il se serait passé si l'homme qui a tiré sur Harper t'avait attrapée ?

— Il m'aurait tiré dessus aussi.

— Et alors, qui aurait appelé à l'aide ? fit remarquer Bree.

— Personne.

Alyssa avait une petite voix qui rappelait à Bree celle de Kayla.

— Exactement. Et personne ne serait en train de chercher Harper en ce moment. Elle et toi, vous auriez juste disparu.

Mais Alyssa ne semblait toujours pas certaine d'avoir fait le bon choix.

Bree la comprenait. Elle savait ce qu'était la culpabilité du survivant, car elle la ressentait tous les jours. Bree n'était même pas là quand sa sœur était morte, mais elle aurait dû l'être. Maintenant, Bree était en vie, et sa sœur ne l'était pas.

Elle pria silencieusement pour que Harper n'ait pas connu le même sort, et qu'Alyssa ait l'occasion d'alléger sa culpabilité par une longue conversation avec son amie.

— J'ai d'autres nouvelles pour toi, dit Bree.

Alyssa plissa le front.

— Tu sais qu'on a utilisé un chien pour suivre la piste du tireur ?

Elle hocha la tête.

Bree poursuivit.

— On a trouvé un corps. Pas celui de Harper. Un homme.

— L'homme qui lui a tiré dessus ? demanda Alyssa, les yeux écarquillés.

— Non. Celui-là était mort avant que tu ne donnes l'alerte.

Alyssa fronça les sourcils.

— Alors qui c'est ?

— On ne sait pas – pas encore.

Bree la regarda attentivement mais ne vit aucun signe de tromperie. Elle semblait sincèrement confuse.

— Tu ne sais rien d'un autre homme qui pourrait avoir disparu ?

Alyssa secoua la tête.

— OK. Je n'ai pas d'autres questions pour le moment. Je vais te laisser ici pendant que je te trouve une chambre d'hôtel et que je finis la paperasse. Tu as faim ?

— Non, mais pourquoi vous êtes si gentille avec moi ?

Alyssa avait un air méfiant.

Bree décida de dire la vérité.

— Je veux que tu sois disponible pour répondre à d'autres questions. Au fur et à mesure de notre enquête, je vais avoir besoin de ton aide.

Bree espérait retrouver Harper vivante, mais si ce n'était pas le cas, elle pourrait avoir besoin d'Alyssa pour identifier le tireur.

— OK.

Alyssa eut un regard inquiet, comme si elle avait vu le tireur plus clairement qu'elle ne l'avait admis.

Elle était le seul témoin d'un meurtre, et grâce au journaliste Nick West, tout le monde le savait, ce qui faisait d'Alyssa une cible potentielle.

Chapitre Dix

Lorsque Matt entra dans le bureau du shérif, il était presque l'heure de dîner.

— Hey, Marge.

Marge quitta son bureau et s'approcha du comptoir de la réception.

— Où est Brody ?

— À la maison.

— J'ai entendu dire qu'il boitait, aujourd'hui.

— Ouais.

Matt n'avait pas réalisé à quel point il était habitué à avoir le gros chien avec lui la plupart du temps.

— Rien de cassé. Il est sous analgésiques et semble se reposer.

Mais Matt s'inquiétait quand même. Brody était une partie importante de sa vie.

— Mais le vétérinaire craint qu'il développe de l'arthrite dans l'épaule où il a reçu la balle.

— Le pauvre garçon !

Le regard de Marge s'adoucit.

— Je vais lui faire des biscuits maison. C'est un héros !

— C'est vrai, reconnut Matt. Pour ma part, je suis là pour voir le shérif.

Bree avait laissé un message lui demandant de passer au plus vite.

— Vas-y. Elle t'attend.

Marge recula et lui ouvrit la porte qui séparait le hall du reste du bureau. Comme tout le reste, la sécurité du bâtiment avait besoin d'une mise à niveau. Si quelqu'un voulait vraiment entrer, il n'avait qu'à sauter par-dessus le comptoir.

Il passa devant la salle principale, où Jim Rogers travaillait sur un ordinateur. Celui-ci plissa les yeux en voyant Matt approcher. Avant que Matt n'atteigne son bureau, Rogers se leva et s'éloigna à grands pas, se dirigeant vers la sortie arrière.

Crétin.

On aurait cru que Matt avait tiré sur Rogers, et pas l'inverse.

Matt frappa à la porte du bureau de Bree.

— Oui, répondit-elle.

Matt ouvrit la porte.

Elle détourna les yeux de son ordinateur.

— Matt, merci d'être venu.

Matt s'assit sur une chaise face à son immense bureau.

— Comment va Brody ? demanda Bree.

— OK. Il se repose à la maison.

— Mais tu as l'air inquiet.

— Il ne rajeunit pas, admit Matt, à lui-même autant qu'à Bree.

— Je suis désolée.

— Le légiste a-t-il identifié le corps ?

Matt croisa les bras. Une partie de lui voulait la réponse à sa question. L'autre désirait le contraire. Il redoutait d'avoir à dire à Mme Whitney que son petit-fils était mort. Il voulait retrouver le jeune homme vivant. Mais Bree ne lui avait pas demandé de venir au bureau pour une visite de courtoisie, même si ça ne lui aurait pas déplu.

— Non. J'attends toujours.

Il poussa un soupir, tout en sachant que le sursis ne durerait pas. Le dossier médical d'Eli devrait permettre d'identifier le corps. Matt refoula cette idée. Il ne servait à rien d'être obsédé par quelque chose qui n'était pas encore arrivé.

— Tu n'as pas répondu à ma question, tout à l'heure. Tout va bien, à la maison ?

Elle soupira.

— Les enfants ont du mal à s'adapter à la vie sans leur mère. Je suis aussi désolée d'avoir annulé notre dîner.

— Pas de souci. Les enfants passent en premier. Dis-moi si je peux t'aider.

Matt savait qu'élever les enfants de sa sœur était la raison qui avait poussé Bree à déménager à Grey's Hollow. Elle lui avait clairement fait savoir des mois plus tôt qu'elle n'avait pas le temps pour autre chose qu'une relation amicale. C'était Matt qui avait insisté. Il respectait ses priorités, mais il n'était pas sûr de pouvoir être simplement amical – pas avec elle.

Bree posa les coudes sur le bureau et se frotta les tempes.

— J'ai besoin de me faire cloner.

Elle leva les yeux et son expression s'adoucit.

— Je voulais vraiment aller dîner avec toi.

Son regard croisa le sien. Le vert de ses yeux s'intensifia et un éclair de chaleur passa entre eux.

Ayant soudainement chaud, Matt ouvrit sa veste.

— On peut reprogrammer quand tout ça sera fini.

— J'aimerais bien.

Elle sourit presque, puis baissa les yeux sur son bureau encombré. Son expression redevint sérieuse.

— Ce dont j'ai vraiment besoin, c'est de dix adjoints de plus et d'un ou deux enquêteurs expérimentés.

— Mais ?

— Devine ce qui est arrivé au budget du département du shérif quand le shérif King n'a pas remplacé le personnel en partance et que plusieurs cycles budgétaires étaient passés ? L'allocation pour leurs salaires a disparu. Pouf. Maintenant, le conseil d'administration du comté est convaincu que le département du shérif n'a pas besoin de ces adjoints ou d'un enquêteur. À l'heure actuelle, il me manque une douzaine d'adjoints, mais je ne dispose que des fonds nécessaires pour remplacer les cinq qui ont démissionné au cours de la dernière année fiscale. Ces salaires sont dans le budget existant. Si je veux m'agrandir et embaucher du personnel supplémentaire, je dois en faire la demande pour le prochain cycle budgétaire, mais le superviseur du budget du comté me dit que ce n'est pas la peine. Toutes les augmentations seront refusées. Le comté est en déficit. Je dois engager cinq agents avant la fin du cycle budgétaire, sinon je perdrai probablement ces fonds aussi.

— Ça craint, dit-il.

— C'est clair.

— L'ancien shérif gagnait du temps en n'enquêtant que sur les crimes qu'il jugeait importants, et ça ne le dérangeait pas d'arrêter des gens et de les pousser aux aveux au lieu de mener une enquête complète.

— Qu'ils soient coupables ou non ?

— Je ne crois pas qu'il ait vu les choses de cette façon. Il se considérait comme infaillible.

Matt avait vu l'ancien shérif abuser de son pouvoir – et Matt avait été rétrogradé d'enquêteur à patrouilleur canin, puis blessé par balle dans l'exercice de ses fonctions lorsque le shérif l'avait fait entrer par la mauvaise porte lors d'une intervention. Coïncidence ? Matt pensa à l'adjoint Jim Rogers quittant la salle à la seconde où il était entré. Il s'était toujours demandé si Jim avait participé au plan de l'ancien shérif. Il se comportait bizarrement chaque fois que Matt le voyait.

— Le shérif King roulait des mécaniques dans les réunions budgétaires. S'il n'obtenait pas ce qu'il voulait, il arrêtait les patrouilles dans les quartiers des fonctionnaires du comté, et les temps de réponse dans ces zones augmentaient fortement. Si les membres du conseil municipal voulaient bénéficier d'un service de police, ils faisaient ce que voulait King.

Bree secoua la tête.

— Non, merci. Je n'ai aucune envie de fonctionner comme ça. Même si c'est avec de bonnes intentions, ce genre de comportement finit toujours par vous salir.

Bree posa la main sur le seul espace libre de son portefeuille en cuir.

— Je ne travaillerai pas comme ça.

Matt l'avait vue interroger des témoins et des suspects. Elle était très douée pour amener les gens à lui parler – pour obtenir ce qu'elle voulait d'eux. Elle ne permettrait jamais à son ego de prendre le dessus. Elle trouverait un moyen de fonctionner à l'intérieur du système.

— Je ne suis pas en mesure d'engager un enquêteur à plein temps.

Son regard s'illumina.

— Mais j'ai trouvé une solution… En fait, c'est Marge qui a trouvé la faille, parce qu'elle sait tout.

Matt haussa un sourcil.

— Le shérif King aimait embaucher des consultants.

— Il aimait donner de l'argent à ses potes, corrigea Matt.

— Le fait est qu'il y a de l'argent dans le budget pour ça, et je veux t'engager.

Choqué, Matt se figea. L'avait-il mal entendue ?

— Tu veux m'embaucher ?

— Oui. Si je n'utilise pas le fonds alloué aux consultants, je le perdrai aussi.

Elle leva une main rassurante.

— Ce ne serait pas un job à plein temps. Je ferais appel à toi pour les affaires importantes. Tu aurais toujours le temps de travailler avec tes chiens.

Elle fronça les sourcils.

— Tu ne sembles pas très enthousiaste.

— Honnêtement, je ne sais pas ce que je ressens. Je pensais que cette partie de ma vie était terminée.

Les sentiments de Matt étaient clairement mitigés à plusieurs niveaux.

Pendant les deux premières années après sa blessure, il avait tout fait pour retrouver un usage complet de sa main droite. Mais les lésions nerveuses étaient irréversibles. Il lui avait fallu beaucoup de temps pour accepter qu'il ne travaillerait plus jamais dans la police. Si cet arrangement avec Bree ne fonctionnait pas, devrait-il recommencer ce processus à zéro ? Mais il avait adoré être enquêteur et cette offre lui semblait être une façon légitime de reprendre une activité.

Matt leva sa main lésée, fléchit les doigts et sentit la tension familière de sa cicatrice. Il pouvait tirer à très courte distance avec la main gauche, mais son adresse au tir avec une arme de poing ne serait jamais ce qu'elle était autrefois. Par conséquent, il ne pourrait plus être un véritable agent des forces de l'ordre. Il n'avait plus le niveau.

Bree regarda sa main levée.

— Je t'ai vu tirer de la main gauche. Tu es sacrément doué au fusil et ta précision au pistolet est meilleure que tu ne le crois. Je pense que tu pourrais réobtenir un permis.

Selon la loi fédérale, les anciens agents des forces de l'ordre qui répondaient à certains critères pouvaient porter une arme de poing s'ils passaient un test de compétences.

— Ce n'est pas le permis qui m'inquiète. Tirer au stand et utiliser son arme dans une situation de stress, ce n'est pas la même chose.

Frustré, il leva la main gauche.

— Il faut pouvoir tenir son arme naturellement. Ce n'est pas le cas.

— Je comprends. Tu serais un employé civil. Tu ne serais pas obligé de porter une arme.

Elle croisa les bras. Elle semblait surprise qu'il n'ait pas encore accepté.

— J'apprécie que tu m'aies aidée de manière informelle ce matin, mais ce serait mieux si tu avais un statut.

— En effet, admit-il.

Sa chaise pivota d'un quart de tour. Elle l'observa quelques secondes. L'intensité de son regard irradiait comme la chaleur d'un feu de cheminée.

— Tout va bien, de ton côté ? Tu as encore des séquelles de la fusillade de janvier ?

Deux mois auparavant, il l'avait aidée à arrêter un tireur actif. C'était la première fois qu'il était en situation réelle depuis sa blessure. Il avait fait des cauchemars, mais il avait vu son ancien psy à plusieurs reprises. Il prenait soin de lui.

— Non. Ce n'est pas ça, dit Matt.

— Justin ? demanda-t-elle.

— Non. Il est toujours en cure de désintoxication.

Le meilleur ami de Matt, celui qui avait été marié à la sœur de Bree, luttait contre la dépression et la toxicomanie.

— Je suis désolée de l'apprendre.

Les yeux de Bree s'embuèrent.

— Le meurtre d'Erin a laissé des traces chez tous ceux qui l'aimaient.

L'euphémisme de la décennie. La souffrance provoquée par un meurtre rayonnait en cercles de plus en plus larges des parents aux amis de la victime, comme une goutte d'eau tombant à la surface d'un lac. Justin était déprimé et luttait contre la toxicomanie avant que sa femme ne soit assassinée. Mais sa mort l'avait dévasté. Sa spirale destructrice avait accéléré et il avait plongé au fond du trou.

— C'est sûr.

Matt soupira.

— Tiens-moi au courant si je peux faire quelque chose.

— Merci, dit Matt. Mais tu as suffisamment de pain sur la planche et il n'y a rien à faire tant qu'il est hospitalisé.

Il baissa la voix.

— Penses-tu que l'un de tes adjoints aurait un problème à travailler avec moi ?

— Tu veux dire Jim Rogers ? demanda Bree.

Bree ne tournait pas autour du pot. C'était une qualité qu'il appréciait.

Il hocha la tête.

— Je ne sais pas.

Elle se tut pendant quelques secondes.

— Je ne suis en poste que depuis quelques semaines. Pour l'instant, je ne connais personne très bien, sauf Todd.

Matt lut entre les lignes. Elle ne faisait pas confiance à ses hommes.

— Des problèmes ?

— La plupart des adjoints sont prêts à ce que le département soit réorganisé.

— Mais certains résistent au changement ? demanda-t-il. La vieille garde aurait du mal à abandonner les pratiques du passé.

— Si c'est le cas, ils devront s'adapter. Mais c'est injuste de ma part de te demander de travailler ici.

Matt avait aidé Bree quand elle enquêtait seule. Mais ses nouvelles affaires concernaient également tout le département du shérif du comté de Randolph. Matt avait toutes les raisons de ne pas vouloir aider ce département, et il avait déjà promis à la grand-mère d'Eli de retrouver son petit-fils.

L'adjoint Jim Rogers avait tiré les coups de feu qui avaient mis fin à la carrière de Matt et qui auraient pu lui coûter la vie.

Pire encore, Rogers avait tiré sur Brody. Matt refusait de croire que Rogers était de mèche avec l'ancien shérif. Mais le comportement actuel de Rogers ne faisait pas non plus la meilleure impression à Matt. Comment pourrait-il travailler avec un homme en qui il n'avait pas confiance ?

Mais d'un autre côté, pouvait-il faire autrement ?

Refuser laisserait Bree seule avec cette personne sournoise qui avait failli tuer Matt, sans personne pour assurer ses arrières.

Si un autre shérif lui avait demandé de revenir dans le département, sa réponse aurait été un non catégorique. Mais ce n'était pas n'importe quel shérif. C'était Bree.

Au diable tout ça, et Rogers avec ! S'il avait un problème avec Matt, il n'avait qu'à le lui dire comme un homme. Matt n'allait pas laisser Bree tomber à cause de lui.

Il ne pouvait pas non plus laisser un unique incident affecter le reste de sa vie. Il se leva.

— Écoute, j'ai promis à Mme Whitney de chercher Eli, donc je devrai faire les deux. Je lui ai donné ma parole. Je ne peux pas revenir en arrière. Mais à part ça, je suis d'accord. Je signe où ?

— Super. Marge s'occupe de la paperasse.

Bree sourit. C'était une expression qu'il ne voyait pas très souvent sur son visage, et l'avoir provoquée le rendit stupidement heureux.

Peut-être pourrait-il découvrir si sa blessure avait été le fruit d'une fusillade accidentelle ou intentionnelle. Peut-être parviendrait-il enfin à faire la paix avec son passé.

Chapitre Onze

Bree serra le volant avec force. Elle était soulagée d'avoir Matt sur l'affaire, mais elle aurait aimé disposer de lui à plein temps aujourd'hui. Elle respectait son insistance à tenir parole envers une femme âgée. Elle ne pouvait pas lui reprocher d'être intègre. C'était une des raisons pour lesquelles elle le voulait dans son équipe.

Comment Rogers réagirait-il ? Avoir Matt parmi eux allait certainement bouleverser les choses. Elle songea au comportement étrange et insubordonné de Rogers. Peut-être qu'un changement était tout indiqué.

Elle entra sur le parking de Walmart. Elle ne se souvenait pas avoir été aussi fatiguée de toute sa vie, même lorsqu'elle travaillait sur une affaire pendant quarante-huit heures d'affilée. C'était un épuisement qui lui traversait l'âme, né de deux mois de stress et de manque de sommeil, de chagrin et de désespoir, et de s'être efforcée d'élever deux orphelins sans jamais savoir si elle faisait ce qu'il fallait.

Il était dix-huit heures passées. Elle aurait dû être à la maison, en train de dîner avec les enfants. Mais elle était là, à Walmart.

— Pourquoi on s'arrête ? demanda Alyssa depuis la banquette arrière du 4 x 4.

— Le laboratoire n'a pas fini de traiter ton sac à dos. Tu vas avoir besoin de vêtements.

— Vous allez m'acheter des vêtements ?

La voix d'Alyssa exprimait la surprise.

— C'est le moins que je puisse faire. Tu aurais pu fuir la scène ce matin, mais tu ne l'as pas fait. Tu as soutenu ton amie. Tant que tu coopéreras avec mon enquête, je ferai pareil pour toi.

Alyssa fronça les sourcils, puis dit « OK » d'une voix hésitante, comme si ça faisait longtemps que quelqu'un n'avait pas été honnête avec elle. Si son histoire était vraie, même son amie Harper lui avait volé son argent et ses clés avant de se faire tirer dessus. Son père était peut-être la dernière personne à l'avoir traitée correctement, et il était mort depuis un an.

Bree sortit du 4 x 4 et ouvrit la portière arrière à Alyssa. Dans le magasin, elle la laissa choisir deux paires de jeans, un pantalon de survêtement, deux sweat-shirts, des sous-vêtements, des chaussettes et un pyjama.

— Le motel aura des articles de toilette. Tu as besoin d'autre chose ?

— Une brosse à cheveux, dit Alyssa.

Bree la conduisit vers l'avant du magasin.

— Prends aussi une brosse à dents et du dentifrice. Si tu as besoin de produits féminins, pareil.

Elle poussa le chariot pendant qu'Alyssa y jetait les produits.

— J'ai besoin d'un déodorant et d'un rasoir.

Semblant presque excitée, Alyssa abandonna le chariot et se précipita dans l'allée. Elle contourna le coin et disparut. Bree attrapa le chariot et la suivit.

Avant qu'elle ne puisse la rattraper, un cri retentit dans le magasin, suivi d'un bruit d'objets tombant sur le sol.

— Shérif ! cria Alyssa.

— Alyssa !

Abandonnant le chariot, Bree courut jusqu'au coin de l'allée. Elle percuta Alyssa de plein fouet. Bree tomba en arrière et s'écrasa contre un rayonnage. Une douleur lui traversa l'épaule et des flacons de déodorant roulèrent sur le sol comme des billes. Elle se remit sur ses genoux. Le cœur battant fort, elle se releva.

À quelques mètres de là, Alyssa était allongée sur un présentoir de rasoirs jetables. Des produits de rasage étaient éparpillés autour d'elle. Son visage était livide sous l'éclairage fluorescent.

— Qu'est-ce qu'il t'est arrivé ?

Bree regarda de part et d'autre dans l'allée. Elle ne vit personne.

— Je l'ai vu, haleta Alyssa.

— Qui ?

Bree l'aida à se relever.

— *Lui.*

Alyssa écarquilla les yeux.

— Le type qui a tiré sur Harper.

Bree courut jusqu'au bout de l'allée et regarda dans la direction des caisses enregistreuses.

Elle ne vit qu'un couple de personnes âgées et une jeune maman avec une poussette. Pas de suspect.

Bree entraîna Alyssa vers l'accueil du magasin. En même temps, elle appela le poste sur son portable pour faire venir un adjoint. Elle aurait voulu vérifier les sorties et le parking, mais elle ne pouvait pas poursuivre l'homme et protéger Alyssa.

Elle trouva le gérant et ils allèrent au bureau de la sécurité. À l'intérieur, elle se planta devant les écrans, montra son badge et expliqua la situation.

— Montrez-moi les sorties et le parking.

Bree regarda les écrans.

— Alyssa, tu le vois ?

Alyssa plissa les yeux.

— Non.

— Revenez cinq minutes en arrière, dit Bree.

L'agent de sécurité tapa sur le clavier et relança la vidéo.

— Le voilà.

Alyssa désigna le dernier écran.

— Le type à la casquette de baseball.

Un homme en jean et manteau noir traversait le parking. Il portait bien une casquette de baseball, la visière baissée sur le front. Le col de sa veste était relevé, ses épaules voûtées et sa tête inclinée.

— Merde. On ne voit pas du tout son visage.

Bree se pencha vers l'écran.

— On aura sa plaque d'immatriculation quand il montera dans sa voiture.

Mais il sortit du parking à pied, tourna au coin et disparut dans la rue latérale.

Bree se tourna vers l'agent de sécurité.

— Pouvez-vous suivre ses mouvements dans le magasin ? Il doit bien montrer son visage à un moment donné.

— Oui, chef.

L'agent se tourna vers son ordinateur. Un instant plus tard, il indiqua l'un des écrans.

— Il est entré dans le magasin ici, a fait le tour des allées principales, puis s'est arrêté dans l'espace santé et beauté.

Bree regarda l'homme entrer dans l'allée où se trouvait Alyssa. Celle-ci a crié, il a fait demi-tour et s'est rué vers la sortie. Il gardait le visage incliné vers le bas et la visière de sa casquette protégeait son visage des caméras.

— Arrêtez là.

Bree plissa les yeux. L'homme traversait en toute hâte la section de produits d'hygiène.

— On voit la partie inférieure de son visage.

— Oui, chef.

L'agent de sécurité tapota son clavier.

— Pouvez-vous revenir en arrière ? demanda-t-elle.

— Oui, dit-il.

La vidéo défila de nouveau sur l'écran.

— Où sommes-nous, à ce moment-là ?

Bree fit un geste vers l'écran alors que l'homme s'approchait du rayon des déodorants.

— Ici.

L'agent de sécurité indiqua un autre écran.

— Dans l'allée voisine.

Bree se redressa. L'homme tournait la tête en passant devant chaque allée. Cherchait-il un produit en particulier ?

Ou Alyssa ?

Sur l'écran, Alyssa repérait l'individu et sursautait. Elle bondissait en arrière, faisait volte-face et venait percuter Bree. Elles s'affalaient toutes les deux dans les étalages, tandis que l'homme s'éloignait.

Pourquoi s'était-il enfui ? Parce qu'Alyssa avait crié le mot « shérif » ?

Bree portait sa chemise d'uniforme – et son arme. Les avait-il suivies ? Pourquoi ?

Pendant toute leur interaction, il avait gardé la visière de sa casquette baissée sur son front. La position de sa tête ne semblait pas naturelle. Ça ne pouvait pas être une coïncidence. À moins que ?

Alyssa avait pu se tromper. Elle pouvait encore être sous le choc du traumatisme qu'elle avait éprouvé. Ça pouvait être un citoyen ordinaire, effrayé par une fille qui se mettait à hurler.

Mais combien de clients de Walmart ne se garaient pas dans le parking ?

— Attendez.

Bree désigna le deuxième écran. Il y avait quelque chose sur le dos de sa main.

— C'est un tatouage ?

Elle plissa les yeux.

— Vous pouvez agrandir ?

L'agent de sécurité zooma sur l'endroit indiqué. C'était une tache de forme irrégulière.

— Je ne pense pas que ce soit un tatouage.

La tache sombre avait à peu près la forme de l'état du Texas.

— C'est une cicatrice ou une tache de naissance.

Bree se pencha.

— Pourriez-vous copier toutes les vidéos qui montrent cet individu, le moment de cette rencontre (Bree indiqua un des écrans.) et les images du parking pendant trente minutes avant et après ?

Un des adjoints de Bree arriva. Elle lui demanda d'attendre les vidéos pendant que Bree et Alyssa récupéraient leurs achats. Après avoir payé, Bree conduisit Alyssa à l'Evergreen Motel.

Il faisait noir lorsqu'elle se gara et appela un autre adjoint.

— Attendez ici.

Bree enferma Alyssa à l'arrière du véhicule pendant qu'elle lui prenait une chambre du deuxième étage. Puis Bree fit le tour du bâtiment pour se garer sur une place en face de la chambre. L'adjoint Rogers vint se garer à côté de son 4 x 4. Elle sortit de son véhicule et s'approcha de sa vitre.

— Vous avez pu dormir ? demanda-t-elle.

— Oui, chef.

Rogers avait toujours des cernes sous les yeux, mais il avait eu douze heures de repos. Il n'était pas son premier choix, mais elle ferait tourner les adjoints en charge de la sécurité tout au long de la nuit pour qu'ils restent attentifs. On s'ennuyait facilement, à monter la garde tout seul. Il était trop facile d'être distrait ou de s'endormir.

— Un suspect a suivi Alyssa au Walmart. Il va falloir rester vigilant.

— Oui, chef.

Il serra la mâchoire et rougit.

— J'ai aussi besoin de savoir que vous allez la traiter avec respect.

Il cligna des yeux et détourna le regard.

— Je m'excuse pour ce matin. Ce n'était pas correct.

Était-il sincère ? Il n'osait pas croiser son regard.

— OK, très bien.

Bree regarda le parking vide.

— Elle est dans la première chambre au deuxième étage. Il n'y a pas beaucoup de clients et le directeur a accepté de ne pas attribuer la chambre voisine. J'enverrai un autre adjoint vous remplacer dans quelques heures.

— Oui, chef.

Bree scruta le parking, puis conduisit Alyssa à l'intérieur. La chambre n'était pas luxueuse, mais elle était propre. Deux lits doubles occupaient la majeure partie de l'espace et une large fenêtre donnait sur le parking. Elle inspecta le placard, sous le lit et dans la salle de bains. Il y avait une petite fenêtre dans la salle de bains par laquelle un homme adulte n'aurait pas pu se faufiler. Elle retourna dans le salon et regarda par la fenêtre. L'adjoint à l'extérieur avait une vision claire de la porte et des escaliers en ciment menant à la passerelle du deuxième étage. Personne ne pouvait approcher de la chambre d'Alyssa sans être vu. C'était tout ce que Bree pouvait faire.

— Il suffit de regarder par ces rideaux pour voir un policier à l'extérieur.

Bree ferma les rideaux.

— Et s'il part ?

— Alors un autre prendra sa place.

— Et si je regarde dehors et qu'il n'y a personne ?

Bree sortit une carte de visite de son portefeuille.

— Voilà mon numéro de portable. Appelle-moi quand tu veux.

Alyssa resta au milieu de la pièce, serrant ses sacs Walmart et semblant perdue.

— Je n'ai pas dormi dans un vrai lit depuis longtemps, et je ne me souviens pas de la dernière fois où c'était dans un motel.

— Pourquoi ne pas commencer par une douche chaude ? Tu as faim ?

Alyssa ne répondit pas. Elle ne semblait pas intéressée par la nourriture.

— De la pizza, ça te va ?

Bree n'aimait pas manquer le dîner avec les enfants, mais Alyssa semblait trop nerveuse pour rester seule.

Elle s'assit face au bureau et commanda une pizza. Alyssa entra dans la salle de bains. Bree entendit le bruit de l'eau dans la douche. La pizza arriva avant qu'Alyssa ne sorte de la salle de bains. Propre et vêtue du pyjama en flanelle à carreaux acheté chez Walmart, elle avait l'air beaucoup plus jeune que dix-neuf ans.

Bree avait commandé des bouteilles d'eau et du Coca avec la pizza.

— Je ne savais pas ce que tu voulais boire.

Alyssa prit le Coca et croqua dans une part de pizza.

— Il y a un mini-frigo dans la commode.

Bree ouvrit la porte et y rangea l'eau.

— Essaie de dormir un peu. On se voit demain matin.

Alyssa prit Bree par le bras.

— Et s'il revient ?

— C'est pour ça que l'adjoint Rogers est dehors.

— Il ne m'aime pas.

Alyssa croisa les bras.

— Il te protégera.

Bree songea à rester, mais en tant que shérif, elle devait savoir déléguer. Sa propre famille devait passer en premier.

— Verrouille la porte après mon départ. Tout ira bien.

Mais Alyssa ressemblait à une enfant désemparée lorsque Bree quitta la pièce. Émue, Bree passa devant le véhicule de patrouille de Rogers.

Il n'arriverait rien à Alyssa. Elle serait surveillée toute la nuit.

Bree monta dans son 4 x 4. Un sentiment de culpabilité la suivit jusque chez elle. Tout en conduisant, elle fit le point sur l'affaire.

Alyssa était-elle vraiment en danger ? Avait-elle été témoin d'un meurtre ? Soit Alyssa mentait, soit elle souffrait de troubles mentaux ou bien un meurtrier la pourchassait.

Un jeune homme était mort. L'appel d'Alyssa les avait conduits à son cadavre. Les deux choses n'étaient peut-être même pas liées. Mais Bree n'aimait pas les coïncidences. Elle préférait la logique.

Elle se gara à côté de la maison. Elle avait l'impression que plusieurs jours s'étaient écoulés depuis qu'elle était partie ce matin-là. Il était plus de vingt heures lorsqu'elle se glissa par la porte arrière.

Kayla et Ladybug l'attendaient. Le chien se rua vers les genoux de Bree. Bree tendit la main et la gratta maladroitement derrière les oreilles. Malgré l'inconfort de Bree, le chien exigeait son attention.

La petite fille portait son cochon en peluche sous un bras.

— Tu es en retard.

Bree l'embrassa sur le sommet du crâne.

— Je sais. Je suis désolée.

Elle suspendit sa veste et enleva ses bottes. Elle ignorait si elle voulait d'abord manger ou se doucher.

— Dana a laissé ton dîner au four.

Kayla se tenait aussi près d'elle que le chien. Bree les poussa gentiment afin de pouvoir bouger.

— Qu'est-ce que c'est ?

Bree accrocha sa sacoche à un portemanteau. En entrant dans la cuisine, elle posa son téléphone sur l'îlot central. Elle se lava les mains, puis ouvrit le four. Une odeur de poulet fit gargouiller son estomac.

— Poulet au marsala.

Kayla prononça le mot lentement, comme si elle s'y était entraînée.

— J'ai aidé à le préparer.

Bree attrapa une manique et l'utilisa pour porter le plat jusqu'à la table. Le chien se laissa tomber au sol et posa la tête sur ses pattes, sans cesser de suivre des yeux l'assiette de nourriture. Kayla fit asseoir son cochon sur une chaise, puis elle remplit un verre d'eau et l'apporte à Bree, ainsi que des couverts.

— Merci.

Bree découpa un morceau de poulet.

— C'est vraiment bon.

Kayla gloussa et s'assit en face de Bree en posant les coudes sur la table.

— Il y a du vin dedans.

— L'alcool s'évapore à la cuisson.

— C'est ce que Dana a dit.

Kayla semblait déçue.

Kayla parla sans arrêt pendant que Bree mangeait son poulet et ses pommes de terre. La petite fille souffrait encore de cauchemars et d'angoisse de séparation, mais ces dernières semaines, elle avait aussi connu des moments heureux. Bree appréciait chacun d'entre eux. Lorsque Bree eut terminé son dîner, elle connaissait tous les détails de la journée de Kayla, jusqu'aux vêtements portés par son professeur.

— Je suis contente que tu aies passé une bonne journée.

Bree repoussa son assiette. La compagnie de sa nièce avait apaisé ses nerfs à vif.

— On peut lire un autre chapitre de *Harry Potter*, ce soir ?

Kayla attira son cochon contre elle et lui caressa la tête.

— Bien sûr. Va te brosser les dents et mets-toi au lit. Je serai là dans cinq minutes.

Kayla bondit de sa chaise et quitta la pièce.

Enveloppée dans une épaisse robe de chambre bleue, Dana entra dans la cuisine.

— Une tasse de thé ?

— Pas maintenant, mais merci.

— Ah, une histoire avant de dormir ?

— Ouaip.

— Je suis contente que tu aies pu rentrer à temps.

Dana remplit une tasse d'eau et la mit au micro-ondes.

— J'essaie, dit Bree. Kayla semble avoir passé une bonne journée. Comment va Luke ?

Dana soupira.

— Je ne sais pas. Il fait ses devoirs depuis qu'il est rentré de son entraînement de baseball. C'est fou qu'ils commencent déjà. C'est encore l'hiver.

— Ils s'entraînent à l'intérieur jusqu'à ce qu'il fasse meilleur.

Bree avait le même âge que Kayla quand elle avait perdu ses parents. Elle se souvenait exactement de ce qu'elle avait ressenti : une confusion et une solitude écrasantes, le sentiment d'être complètement seule même dans une classe pleine d'autres enfants. Elle ne voulait pas que Luke ou Kayla se sentent aussi isolés. Elle voulait être là pour eux, mais Luke semblait vouloir garder ses distances.

Bree se leva.

— Au moins, Kayla accepte de me parler. Avec Luke, je me heurte à un mur.

Dana hocha la tête.

— Pareil.

— Je lui parlerai après avoir fait la lecture à Kayla.

Bree monta les escaliers. La porte de Luke était fermée.

Kayla était dans son lit. Elle avait aligné ses animaux en peluche de chaque côté d'elle. Le cochon était sur ses genoux. Il avait toujours la meilleure place. Bree s'assit sur le bord du lit et ouvrit le livre. Elles en étaient à la moitié. Au début, Bree craignait que *Harry Potter* ne soit un univers trop sombre, mais Kayla adorait. Peut-être avait-elle besoin d'entendre l'histoire d'un autre orphelin dont la vie était aussi sombre que la sienne.

— Tu crois que maman aurait aimé *Harry Potter* ? demanda-t-elle.

Cette question prit Bree par surprise. Le chagrin lui noua la gorge et ses yeux s'emplirent de larmes. Erin aurait dû être en vie pour partager ces moments avec sa fille.

— Je pense que ta maman aurait beaucoup aimé.

— Moi aussi.

Kayla sourit.

Bree lui fit la lecture pendant une demi-heure, jusqu'à ce que les yeux de la petite fille se ferment et que sa respiration s'apaise. Bree laissa les lumières allumées en sortant de la pièce. Elle frappa doucement à la porte de Luke, mais il ne répondit pas.

De la lumière filtrait sous la porte. Il n'était que vingt et une heures. Dormait-il ?

Elle hésita, la main à quelques centimètres de la poignée. Devait-elle ouvrir ? Il avait seize ans. Sa vie privée était importante pour lui et elle respectait ça, mais elle voulait aussi garder un œil sur lui.

L'image des poignets couverts de cicatrices d'Alyssa lui revint à l'esprit. Elle n'avait eu personne pour s'occuper d'elle après la mort de son père, et son chagrin et sa solitude l'avaient poussée à envisager – peut-être même à tenter – de se suicider. Bree n'aimait pas songer aux ressemblances entre Alyssa et Luke, mais elle ne pouvait pas s'en empêcher.

Elle frappa à nouveau.

Elle fut soulagée d'entendre Luke répondre d'une voix endormie :

— Ouais.

Bree ouvrit la porte de Luke de quelques centimètres. Il était allongé sur le côté, écrivant dans un carnet à spirales. Ses cheveux bruns ébouriffés lui tombaient sur le front.

Bree entra dans la chambre, retourna sa chaise de bureau et s'assit face à lui.

— Comment s'est passée ta journée ?

— Pas mal.

Il était naturellement maigre, mais ses pommettes semblaient plus proéminentes que d'ordinaire. Avait-il perdu du poids ?

Elle indiqua son carnet de notes.

— Sur quoi tu travailles ?

— Gros contrôle d'algèbre, demain.

Ce dont Bree se souvenait des cours d'algèbre aurait tenu sur un timbre.

— Il s'est passé quelque chose d'important, aujourd'hui ?

— Pas vraiment.

Luke tapota son carnet.

— Je dois vraiment finir ces problèmes de révision avant de m'endormir.

— Encore un entraînement de baseball, demain ?

— Ouais.

— Si tu es fatigué, je peux prendre la relève pour nourrir les chevaux le matin, proposa Bree.

Il secoua la tête.

— J'aime le faire.

— OK.

Frustrée, Bree se leva et poussa la chaise sous le bureau.

— Je te laisse terminer. Ne t'inquiète pas pour les chevaux, ce soir. Je fermerai l'écurie.

— Merci.

Il retourna à son problème de maths.

Elle redescendit, se fit une tasse de thé et s'assit en face de Dana.

— Il se couche très tôt, ces derniers temps. C'est normal ?

— Il se lève à l'aube pour nourrir les chevaux, a une journée complète au lycée, puis il va à l'entraînement de baseball. Quand il revient, il nettoie la grange et fait ses devoirs.

Dana se leva et se dirigea vers le garde-manger.

— Il a toutes les raisons d'être fatigué.

Dana revint avec une boîte de pâtisseries. Elle ouvrit le couvercle pour révéler des pains au chocolat.

— C'était prévu pour le petit-déjeuner, mais tu sembles en avoir besoin maintenant.

— Sans aucun doute.

Bree prit une serviette en papier au centre de la table et choisit une pâtisserie.

— Il aime être occupé.

— Et éviter d'affronter ses problèmes. Ça ressemble à quelqu'un d'autre que je connais.

Dana avait été sa partenaire pendant des années. Personne ne connaissait mieux Bree.

— C'est vrai, admit Bree. Comment je fais pour qu'il me parle ?

— Je ne sais pas. Je n'ai pas eu beaucoup de succès non plus.

— Il a peut-être besoin de parler à un homme.

Bree mordit dans le pain au chocolat.

— J'appellerai Adam demain. Avec ma nouvelle affaire, je vais malheureusement faire des heures supplémentaires.

Le frère de Bree habitait tout près, mais c'était un artiste qui avait tendance à se perdre dans son travail pendant de longues périodes.

Dana s'essuya les mains sur une serviette.

— S'il ne veut pas parler à Adam, il acceptera peut-être de voir un thérapeute. C'est parfois plus facile de parler à un inconnu.

— Peut-être.

Mais Bree avait des doutes à ce sujet. Elle n'aimait pas la psychothérapie et l'analyse de Dana montrait bien à quel point elle et Luke se ressemblaient. Les parents de Bree avaient été gravement – fatalement – dysfonctionnels. La sœur de Bree avait eu de gros problèmes d'attachement. Bree n'avait jamais eu de relation vraiment sérieuse. Tous les Taggert avaient-ils des tares ? Au fond d'elle-même, elle espérait que sa famille n'était pas simplement destinée à répéter un cycle de violence et de tragédie.

Chapitre Douze

Dans l'obscurité, il faillit manquer le chemin. À moitié cachée par des conifères, l'intersection était à peine visible. Il enfonça le frein et donna un coup de volant. Son véhicule dérapa. Les pneus tournèrent dans le vide, projetant de la neige et du gravier derrière lui. Il relâcha la pédale d'accélérateur et redressa la voiture.

Du calme !

Ce n'était pas le moment de paniquer. Il avait encore du travail.

Les arbres s'inclinaient au-dessus, rendant l'étroit chemin encore plus sombre. Il continua en maintenant une vitesse lente et régulière sur la voie gelée et pleine d'ornières.

Il fit le tour du bâtiment principal et s'arrêta devant un grand garage. Il descendit de voiture et ouvrit la porte basculante. Le mécanisme métallique rouillé grinça. Il gara la voiture à l'intérieur. Puis il resta immobile dans l'obscurité, regardant fixement les deux paquets enveloppés dans des bâches noires et posés dans un coin.

Une sueur glaciale lui coula dans le dos.

Il n'était pas passé loin, au Walmart.

Suivre le shérif était un choix risqué, mais il avait appris ce qu'il voulait savoir. La fille l'avait certainement reconnu.

Elle devait mourir.

Mais chaque chose en son temps. Les prévisions météorologiques annonçaient une période plus chaude la semaine prochaine.

Les cadavres allaient sentir lorsque la température dépasserait le point de congélation.

Il attrapa le sac d'outils sur un établi, puis sortit et descendit la pente.

Le lac brillait d'un éclat noir dans l'obscurité. Ses bottes glissèrent sur le sol glacé en arrivant sur le ponton. Il avança sur l'eau, en prenant soin d'éviter les planches pourries. Il avait envisagé de jeter le corps au barrage, où l'eau coulait encore, mais l'endroit était trop exposé. Il avait besoin d'isolement. Personne ne venait jamais ici.

Parvenu à la moitié du ponton, il inspecta les alentours. Il fallait qu'il soit sûr de ne pas être observé.

Il avait apporté du matériel de pêche sur place pour se couvrir au cas où il rencontrerait des gens, mais il n'y avait personne.

La glace tint bon tandis qu'il progressait jusqu'à un endroit où l'eau serait suffisamment profonde. Puis il s'agenouilla et sortit le ciseau et le marteau de son sac. Lorsqu'il tapa sur le ciseau, un petit morceau de sang séché tomba sur la glace. En se réhydratant, il passa du brun au rouge vif. Il essuya le marteau sur la glace. Cela laissa une trace rouge. Il fallait qu'il nettoie mieux ses outils.

À chaque coup de marteau, le ciseau s'enfonçait dans la glace. Il se souvint de la dernière fois qu'il avait utilisé ce marteau. Il n'avait pas été aussi délicat. Ce souvenir le fit sourire. Il avait hâte de le refaire.

La vengeance est un plat qui se mange froid.

Lorsque le trou fut assez grand pour y glisser sa scie à métaux, il changea d'outil. La glace n'était pas trop épaisse et il ne lui fallut que quelques minutes pour agrandir l'ouverture. L'eau trouble du lac tourbillonna dans l'ouverture. Il se remit debout, tourna sur place et inspecta à nouveau son environnement.

Il ne vit que de la glace, des arbres et la nuit noire.

Parfait.

La plupart des gens n'aimaient pas l'obscurité, mais la nuit était son moment préféré. Il pouvait faire tout ce qu'il voulait dans le noir. Absolument tout. Sans que personne ne voie rien.

Il retourna au garage. Après avoir posé le sac d'outils, il empoigna la première bâche noire. Les cadavres étaient putain de lourds. Le temps de franchir la porte, son dos lui faisait mal. Il s'essuya le front avec son gant, puis attrapa les bords de la bâche et tira le corps vers le lac. Celui-ci glissa facilement sur la neige. En atteignant le lac, il n'eut aucune difficulté à descendre du ponton sur la glace.

Au bord du trou, il enleva le ruban adhésif. La bâche s'ouvrit, révélant les restes d'un visage sanglant.

Tu es moins beau maintenant, hein ?

Il donna un coup de pied au corps et le regarda rouler de la bâche. Les membres nus rebondirent, mous et inutiles, sur la glace. Avec un profond sentiment de satisfaction, il poussa le corps dans le trou. Celui-ci glissa sous la surface, une main teintée de gris fit un geste circulaire, presque comme un adieu, avant de couler. Les doigts glissèrent sous la surface et disparurent.

Bye, bye.

Il se sentit rempli de fierté. En voilà un qui ne baiserait plus jamais de femme.

Deux connards de moins. Aux suivants.

Le corps coulerait-il et resterait-il en place ? Dans l'idéal, personne ne le trouverait avant le printemps. Mais même si c'était le cas, ça n'avait pas d'importance. Il n'avait jamais été arrêté. Personne n'avait jamais pris ses empreintes digitales. Son ADN n'était répertorié nulle part. Il n'y avait rien qui puisse le relier aux meurtres.

Il se détourna du trou et ramassa sa bâche. Il en aurait encore besoin.

Chapitre Treize

Mardi matin, Matt et Greta terminèrent leur footing avant le lever du soleil. Il se doucha, nourrit les chiens et petit-déjeuna, puis consulta les nouvelles du matin. Il n'y avait pas de détails sur le cadavre retrouvé dans le lac. Aucune nouvelle de la disparition d'Eli ; les recherches n'avaient rien donné. Bree avait fait une brève déclaration la veille à la rampe de mise à l'eau. Les chaînes d'information la rediffusaient en boucle.

Matt buvait sa deuxième tasse de café quand son téléphone sonna.

Bree.

Il répondit.

— Je suis en route pour le bureau du médecin légiste. J'ai pensé que tu voudrais peut-être te joindre à moi.

Matt posa sa tasse dans l'évier.

— Est-ce que le Dr Jones a identifié le corps ?

— Pas encore, mais elle fait l'autopsie ce matin.

Même si Matt détestait assister aux autopsies, il avait l'impression que celle-ci était importante.

— OK. Tu veux que je te retrouve là-bas ?

— Pas de souci. À tout de suite.

Bree raccrocha.

Matt mit Greta dans sa caisse et quitta la maison. Le bureau du médecin légiste se trouvait dans le complexe municipal, non loin du bureau du shérif. Le 4 x 4 de fonction de Bree était déjà garé devant à son arrivée. Il la trouva en train de se mettre en combinaison à l'extérieur de la salle d'autopsie. Son visage était aussi pâle que le masque qu'elle attachait autour de sa tête.

— Ça va ?

Il enfila une combinaison et des bottines et attrapa un masque.

— Ouais, dit-elle en serrant les dents.

Elle s'arrêta à l'entrée, une main sur la porte.

— Je ne suis pas venue ici depuis que c'était le corps d'Erin.

— Tu es obligée d'entrer ? Le Dr Jones te fera un rapport.

Matt était à ses côtés ce jour-là, deux mois plus tôt. Il serait à ses côtés aujourd'hui. Il s'approcha, lui prit la main et la serra.

Leurs doigts s'entrelacèrent brièvement.

— Oui. Il le faut. C'est mon premier homicide depuis que j'ai pris mes fonctions. Et puis, il faut bien que je franchisse le pas à un moment donné. Autant que ce soit aujourd'hui.

Elle prit une profonde inspiration, lâcha sa main et ouvrit la porte. Bree ne choisirait jamais la solution de facilité.

Matt la suivit à l'intérieur. La principale salle d'autopsie contenait une table en acier inoxydable, des armoires et des balances.

Pour Matt, ce n'étaient pas les images et les odeurs qui l'affectaient, mais son imagination. Ses années d'enquêteur lui avaient montré les innombrables horreurs qui pouvaient être infligées au corps humain. À la seconde où l'odeur du formol atteignait ses narines, ces anciennes affaires lui revenaient dans un flot d'images sanglantes qui manquaient à chaque fois de l'étouffer.

Le Dr Jones était plongé dans l'autopsie. Elle était penchée sur le visage du cadavre et dictait ses conclusions pour son rapport.

Elle leva les yeux. Son regard alla de Bree à Matt, marquant un temps d'arrêt.

— Shérif.

Le Dr Jones se redressa et pointa son scalpel vers Matt.

— Je vous connais.

— Oui.

Matt ouvrit la bouche pour lui dire qu'ils s'étaient rencontrés quand Bree avait identifié le corps de sa sœur, mais Bree lui coupa la parole.

— C'est Matt Flynn, dit-elle. C'est le chien de Matt qui a découvert le corps. Il va m'assister en tant qu'enquêteur criminel.

Le médecin légiste sembla réfléchir à cette explication pendant quelques minutes, comme si elle n'était pas entièrement satisfaite. Puis elle pointa le doigt sur Bree.

— D'accord, mais il est sous votre responsabilité. Il s'évanouit et se cogne la tête, c'est vous qui en êtes responsable.

Quelque peu offensé, Matt eut envie de protester qu'il n'était pas du genre à s'évanouir. Mais il savait qu'à la seconde où il exprimerait sa virilité, il tomberait probablement dans les pommes.

— Compris, approuva Bree.

Le Dr Jones s'adressa à Matt.

— Les informations recueillies lors de cette autopsie sont confidentielles. Cet homme est mon patient et il a droit au respect de sa vie privée, comme toute personne vivante.

— Oui, chef. J'étais auparavant enquêteur au département du shérif, déclara Matt.

Ça ne sembla pas impressionner le Dr Jones.

Le corps était couché sur le dos, la poitrine ouverte. L'incision en Y avait été pratiquée, le sternum coupé et les organes internes prélevés pour examen et pesée.

Le Dr Jones désigna le corps avec son scalpel.

— Nous avons devant nous le corps d'un homme blanc.

Elle désigna un écran sur une table d'appoint. On pouvait y voir des radiographies de la poitrine et de l'épaule.

— Les os longs ont des extrémités arrondies appelées épiphyses qui fusionnent à mesure que le corps mûrit. Cette épiphyse claviculaire médiale est entièrement fusionnée. Chez les hommes, cela se produit généralement vers l'âge de vingt ans, à quelques années près.

Elle revint vers le corps et montra les côtes, puis le plastron qu'elle avait retiré.

— L'extrémité sternale de la quatrième côte est un autre bon indicateur de l'âge. L'extrémité sternale est d'abord ronde, mais devient plus irrégulière et pointue avec le temps.

Elle recula et scruta le corps.

— L'état général du corps est excellent. Ce jeune homme était en bonne santé et bien musclé. J'estime qu'il avait entre dix-huit et trente ans.

— Et l'heure du décès ? demanda Bree.

— C'est délicat avec les corps qui ont passé du temps dans l'eau froide.

La légiste posa son scalpel.

— Je pense qu'il a été immergé peu de temps après sa mort.

Elle désigna les mains de la victime, qui étaient violacées.

— Lorsqu'un corps flotte, la lividité est concentrée dans les mains et les pieds, car les corps flottent à plat ventre. Une fois que le cœur s'arrête, le sang s'accumule dans les parties les plus basses. Chez cette victime, la lividité est complètement fixée, et la rigidité est passée. Normalement, cela signifie que la victime est morte depuis plus de trente-six heures, mais l'eau froide retarde l'apparition de la lividité et de la rigidité cadavérique.

Elle balaya le corps du regard.

— On observe une certaine décoloration du torse due au début de la décomposition des organes internes, mais ce n'est pas avancé.

Matt avait vu des corps qui faisaient deux fois leur taille normale à cause des ballonnements.

La légiste consulta son ordinateur.

— La meilleure estimation que je puisse donner est un décès distant de deux à cinq jours.

Bree posa la main sur sa hanche.

— Nous sommes aujourd'hui mardi. Il est donc mort entre jeudi et dimanche.

— C'est exact, dit le Dr Jones.

Matt ne pouvait pas attendre plus longtemps.

— Savez-vous s'il s'agit d'Eli Whitney ?

Le Dr Jones désigna le visage défiguré.

— Les dents et la mâchoire de cet homme sont trop endommagées pour être utilisées à des fins d'identification ou de vieillissement. Mais nous savons d'après les dossiers médicaux qu'Eli Whitney s'est cassé le bras à l'âge de huit ans. Il a également une tache de naissance de la taille d'une carte à jouer à l'arrière de son épaule. Ce corps n'a pas de tache de naissance. Les radiographies ne montrent pas non plus de fracture consolidée du cubitus. Compte tenu de ces facteurs, je ne pense pas que ce corps appartienne à M. Whitney.

Matt expira bruyamment. Bien que soulagé, il était parfaitement conscient que ce jeune homme était l'être cher de quelqu'un d'autre.

— Comment est-il mort ?

— Au début, j'ai envisagé un traumatisme contondant.

Le Dr Jones alla se placer en tête de table.

— La blessure la plus évidente est au visage, mais en examinant de plus près ses blessures faciales, j'ai découvert qu'on lui avait tiré dessus.

— Quelqu'un lui a tiré dessus, puis lui a défoncé le visage ? clarifia Matt.

— Oui. J'ai récupéré deux balles dans son crâne.

Le Dr Jones désigna un plat en acier inoxydable.

— Neuf millimètres.

Matt sentit ses sourcils se soulever.

Un moment de silence s'écoula tandis que Matt et Bree digéraient l'étrange nouvelle. Puis Bree s'éclaircit la gorge.

— Pouvez-vous nous dire quel type d'instrument a été utilisé pour infliger ces dégâts au visage ?

— J'ai trouvé de minuscules morceaux de métal dans les blessures et l'instrument utilisé était lourd et rond.

Le Dr Jones forma un petit cercle avec le pouce et l'index.

— La surface de frappe était environ celle-ci.

Matt sut aussitôt ce qui avait été utilisé.

— Un marteau.

— C'est le plus probable, reconnut le médecin légiste.

Elle fit un signe vers le corps.

— Je vois aussi des ecchymoses sur les avant-bras qui ressemblent à des blessures défensives et il y avait des tissus profondément enfoncés sous les ongles.

— Donc, celui qui l'a tué a probablement quelques égratignures, dit Bree.

— Autre chose d'étrange que nous avons remarqué, c'est que la tête est rasée.

Le médecin légiste indiqua la tête. À côté se trouvait une scie à os. Le Dr Jones n'avait pas encore ouvert le crâne pour retirer le cerveau. Compte tenu des dégâts, ce serait un travail encore plus salissant que d'habitude. Matt n'était pas facilement dégoûté, mais il espérait sincèrement pouvoir s'en aller avant cette étape.

— Beaucoup d'hommes se rasent la tête.

Bree se rapprocha.

— Une fois le corps lavé, nous avons pu constater que les cheveux n'étaient pas rasés jusqu'à la peau, mais coupés à la tondeuse très près du cuir chevelu. Il reste de petites touffes de cheveux ici et là, déclara le Dr Jones. Nous avons également constaté des éraflures là où la tondeuse a touché le cuir chevelu.

— Donc peut-être que la victime s'est débattue pendant qu'on lui rasait la tête, dit Matt.

— C'est possible, convint le médecin légiste.

— Comme mentionné sur les lieux, ses mains et ses chevilles étaient liées à un moment donné. D'après la largeur des blessures, je dirais qu'il s'agissait de serflex.

Le médecin légiste s'interrompit, puis montra deux marques rouges sur le bras de la victime.

— En outre, ces petites brûlures pourraient provenir d'un pistolet paralysant de type taser.

Bree hocha la tête.

— Ce qui expliquerait comment le tueur a neutralisé sa victime.

Le Dr Jones poursuivit :

— Quelques observations supplémentaires qui pourraient aider à identifier la victime : il est mort moins d'une heure après avoir mangé une pizza. Les radiographies montrent un tibia précédemment cassé et guéri, et il a un petit tatouage en forme de trèfle à l'arrière de son omoplate.

Elle cliqua sur sa souris et fit apparaître une photo du tatouage.

— Il est de travers, dit Matt.

— La saturation des couleurs est inégale et les lignes ne sont pas nettes, ajouta Bree. C'est le genre de tatouage qu'on fait quand on est soûl et qu'on regrette le matin. Pouvez-vous me transmettre la photo du tatouage ?

— Oui.

Le médecin légiste cliqua sur son ordinateur, puis revint à son autopsie. Lorsqu'elle enfila des gants neufs et prit sa scie à os, Matt et Bree quittèrent la pièce pour retirer leur équipement de protection individuelle.

Dix minutes plus tard, ils émergeaient du bâtiment. Ils se firent face sur le trottoir. Matt inspira profondément l'air frais, mais il savait qu'il allait sentir le formol tout le reste de la journée.

Bree tourna son visage vers le soleil et ferma les yeux. À neuf heures, ses rayons étaient encore faibles. Mais l'air était vif, et le ciel d'un bleu éclatant qui semblait réservé aux froides journées d'hiver.

— Est-ce que ça va ? demanda-t-il.

— Ouais, dit-elle sans ouvrir les yeux. Et toi ?

— Ouais.

Elle ouvrit les yeux et se détourna du soleil.

— Je dois faire le point sur l'affaire avec Todd et établir un plan pour l'enquête. Tu peux te joindre à nous ?

— J'aimerais bien, mais j'ai promis à Mme Whitney d'interroger les colocataires d'Eli et d'inspecter la zone où il a été vu pour la dernière fois. Comme tu le sais, les quarante-huit premières heures sont cruciales pour une enquête sur une personne disparue.

— Je comprends, dit Bree, qui n'eut pas l'air ravie.

Il indiqua du pouce le bureau du médecin légiste.

— Je dois suivre les principales pistes. Comme ce n'était pas Eli, il se peut qu'il soit encore en vie.

— Pas de souci. Tu as donné ta parole. Je ne voudrais pas que tu manques à ta promesse. Les vrais cas de disparition sont difficiles, admit Bree. Il y en a tellement qui ne sont jamais résolus.

Matt se demanda combien de temps le chef de la police de Scarlet Falls laisserait l'inspectrice Dane rester sur l'affaire d'Eli. Si Stella n'avait pas de pistes, l'affaire serait classée sans suite et son chef lui confierait un autre dossier.

— Si je trouve quoi que ce soit qui ait un lien avec ton enquête, je t'appelle.

— Merci. Je fais pareil.

Bree se détourna.

— On peut se voir après ?

— Oui.

Matt pensa qu'elle enquêtait sur un meurtre – et allait débusquer un meurtrier – seule, sans lui à ses côtés, et il frissonna.

— Bree ?

Elle jeta un coup d'œil par-dessus son épaule.

— Prends soin de toi.

Chapitre Quatorze

Bree se gara devant le motel d'Alyssa.

Elle aurait souhaité que Matt ne soit pas éloigné par la disparition d'Eli, même si elle respectait sa décision d'aider la famille. Lorsque des adultes disparaissaient, sauf s'il était rapidement clair qu'un crime avait eu lieu, la plupart des services de police ne passaient pas beaucoup de temps à les rechercher. Souvent, la famille se retrouvait seule.

Bree se débrouillerait, mais elle n'avait pas réalisé à quel point travailler avec Matt lui avait manqué. Il voyait des pistes qu'elle aurait négligées sans lui. Il était intelligent et ne lui racontait pas de conneries.

Mais elle ne pouvait pas nier que ses sentiments allaient au-delà de leur partenariat professionnel. Son cœur battait un peu plus vite à chaque fois qu'elle le voyait. Elle lui faisait confiance, un honneur qu'elle accordait à très peu de gens. Son sens de l'humour et son sourire facile n'étaient pas désagréables non plus.

Mais elle n'avait pas l'énergie nécessaire pour entamer une relation, n'est-ce pas ?

Matt lui avait fait comprendre qu'il était intéressé, mais elle l'avait repoussé. Il n'attendrait pas éternellement. Une voix intérieure lui dit qu'elle s'en mordrait les doigts. Ce type d'indécision ne lui ressemblait pas. Ce n'était pas comme si elle n'avait jamais eu de relation auparavant, même si elle n'avait jamais été assez attachée à un homme pour être dévastée par leur rupture. Elle n'était même pas sortie avec Matt et il lui manquait déjà.

Heureusement, elle avait énormément de travail pour la distraire. Il fallait qu'elle établisse une limite nette entre leurs relations professionnelles et personnelles. Toutes ses limites étaient floues, en ce moment, alors qu'elle les préférait limpides.

Elle sortit de sa voiture. Un véhicule de patrouille était garé devant la chambre d'Alyssa. Bree échangea quelques mots avec l'adjoint, puis se dirigea vers la porte. Elle s'ouvrit avant que Bree n'ait la chance de frapper.

— Je vous attendais.

Alyssa portait un jean Walmart, un sweat-shirt et des baskets. Lavés et séchés, ses cheveux étaient d'un brun foncé profond et brillant. Mais les cernes sous ses yeux n'avaient pas disparu et elle avait de nouvelles égratignures sur les bras.

— Je suis désolée. J'ai dû faire un arrêt en chemin.

Bree entra dans la pièce et ferma la porte derrière elle. Un coup d'œil au manteau sale d'Alyssa qui traînait sur le dossier de la chaise lui fit regretter de ne pas lui en avoir acheté un neuf ou d'avoir emporté celui-là chez elle pour le laver.

— Tu peux soit rester ici au motel aujourd'hui avec un adjoint garé devant, soit venir au poste et traîner là-bas.

— Vous serez au poste, vous ?

— Une partie du temps. Marge sera là toute la journée.

— OK. Je préfère y aller.

Alyssa attrapa son manteau sale.

— Quand est-ce que je pourrai récupérer mon sac à dos et ma 4-Runner ?

Bree avait complètement oublié le véhicule d'Alyssa. Si elle n'était pas prête à laisser partir la jeune femme, elle ne pouvait pas non plus la contraindre à rester sans raison concrète.

— Je vais appeler la police scientifique et voir ce qu'ils en pensent, dit Bree pour essayer de gagner du temps.

Cette vague réponse sembla satisfaire Alyssa. Elle enfila son manteau et sortit sans regarder en arrière.

Bree fit monter Alyssa sur la banquette arrière de son 4 x 4 et s'installa au volant.

— Tu as faim ?

— Pas vraiment.

Bree jeta un coup d'œil à Alyssa dans le rétroviseur.

— Tu peux commander de la nourriture au restaurant. Ils nous livreront directement. Ce que tu voudras. Des pancakes. Des gaufres. Des œufs. Un burger.

— OK.

Soit Alyssa s'en moquait, soit elle n'avait pas l'habitude de manger trois fois par jour.

Une fois au poste, Bree laissa Alyssa dans la salle de conférence avec un menu et se rendit dans son bureau.

Marge entra et lui tendit une tasse de café.

— Bonjour.

— Bonjour. J'ai dit à Alyssa de commander ce qu'elle voulait pour le petit-déjeuner.

Bree s'assit et but une gorgée de café.

— Qu'allons-nous faire d'elle toute la journée ?

— Je vais lui installer mon iPad et elle pourra regarder des films en streaming pour aujourd'hui, mais on ne peut pas la garder indéfiniment.

— Je sais, mais je ne peux pas la laisser partir. Soit c'est un témoin qui court un grave danger, soit elle a des problèmes psychiatriques. Quoi qu'il en soit, elle n'a nulle part où aller. Et il gèle toutes les nuits, en ce moment.

Marge tripota les lunettes de lecture qui pendaient à son cou.

— N'y aurait-il pas des possibilités d'emploi à l'université ? Peut-être un programme en alternance auquel nous pourrions l'aider à s'inscrire.

— C'est une excellente idée. Il lui faut quelque chose avec un logement. C'est presque impossible de trouver un emploi sans adresse.

— Oui, et à l'expiration de son permis de conduire actuel, elle ne pourra pas en obtenir un nouveau.

— Il faut une adresse pour obtenir une pièce d'identité, dit Bree.

— Certains refuges pour sans-abri permettent à leurs résidents de recevoir du courrier et d'utiliser leur adresse.

— Alyssa m'a dit qu'elle ne retournerait pas dans un refuge.

Marge fronça les sourcils.

— Je vais y réfléchir. En attendant, je vais la nourrir.

— Merci, dit Bree tandis que Marge s'éloignait.

Celle-ci travaillait pour les services du shérif depuis plus longtemps que quiconque. S'il y avait un problème à résoudre, Marge était la mieux placée pour y parvenir.

Todd entra presque aussitôt, un dossier sous le bras.

— Vous avez un instant ? demanda-t-il à Bree.

— Oui.

Elle lui fit signe de fermer la porte.

Todd s'exécuta et se laissa tomber sur une chaise.

— J'ai fait la vérification des antécédents d'Alyssa. Son ancienne adresse, la mort de son père, son expulsion, j'ai tout vérifié.

Il tourna quelques pages.

— Ses empreintes digitales étaient dans le système, donc son identité est également confirmée.

Surprise, Bree demanda :

— Elle a un casier ?

— Une arrestation pour vol à l'étalage l'été dernier. Les accusations ont été abandonnées et elle a été libérée.

— Qu'est-ce qu'elle avait volé ?

Todd consulta son dossier.

— Du beurre de cacahouète et du pain.

Bree soupira.

— C'est sa seule arrestation ?

— Oui.

Il leva les yeux.

— Pas d'infractions liées aux drogues. De plus, elle n'a pas de comptes actifs sur les réseaux sociaux. Il y a deux ans, elle publiait régulièrement sur Instagram. Mais je suppose que le fait de ne pas avoir de wifi, d'ordinateur ou d'électricité a dû poser problème.

— Et son téléphone ?

— Elle ne l'utilisait que pour communiquer avec son travail et un autre numéro. Elle a dit que c'était celui de Harper. Ce numéro semble également être celui d'un compte prépayé.

— Quel est le numéro ?

Bree décrocha son téléphone et composa le numéro que Todd lui indiquait. L'appel bascula immédiatement sur la messagerie vocale.

— C'est le message automatique par défaut. J'espérais entendre une voix féminine pour corroborer un minimum l'existence de Harper Scott.

— À ce sujet, je ne l'ai trouvée nulle part.

Todd consulta la fin de son dossier.

— J'ai trouvé un médecin de cinquante ans, une chanteuse de quarante-deux ans et un comptable qui portent ce nom, mais pas de femme blanche de dix-neuf ans. J'ai essayé les registres des véhicules automobiles de New York, de Pennsylvanie et du New Jersey. Il n'y a pas de casier judiciaire au nom de Harper Scott dans la région.

Bree se laissa aller en arrière. Son fauteuil neuf grinça.

Todd poursuivit.

— Il existe bien une entreprise de nettoyage commercial, Master Clean, basée dans le complexe industriel de Meadows, à l'intersection de la route 51 et de Evergreen Road. Ils n'emploient personne du nom de Harper Scott ou qui corresponde à son signalement. Le gérant m'a dit qu'ils n'ont pas un seul employé de moins de trente ans. J'ai appelé d'autres entreprises de nettoyage commercial. Aucune d'entre elles n'emploie de Harper Scott.

— Vous avez essayé les personnes portées disparues ? demanda Bree.

— J'ai cherché dans les dossiers des personnes recherchées et des personnes disparues par nom et description physique, au cas où Harper Scott ne serait pas son vrai nom. Je ne l'ai pas trouvée.

Todd prit un moment pour respirer et examina ses chaussures d'uniforme.

— Certains des autres agents pensent qu'Alyssa l'a inventée, qu'il n'y a pas eu de coups de feu.

Rogers, peut-être ?

Bree ne demanda pas de noms. Elle appréciait que Todd soit franc avec elle. Le forcer à être plus précis ne l'encouragerait pas à continuer.

— Comment expliquent-ils les douilles ?

— Elles ont pu être déposées là exprès.

Il haussa une épaule.

— Qu'en pensez-vous ? demanda Bree.

— Je pense qu'il est trop tôt pour conclure.

— Bien vu, dit Bree. Nous sommes toujours en train de rassembler des indices. Il nous faut plus de données avant de commencer à formuler de vraies théories. Avons-nous déjà reçu quelque chose de la brigade scientifique ?

— Le registre des indices.

Todd sortit une feuille de son dossier et la tendit à Bree.

Elle la parcourut du regard.

— Il n'y avait pas d'empreintes digitales utilisables sur les douilles de balles, dit Todd.

— Mince, dit Bree. Je savais que c'était peu probable.

Il était difficile d'obtenir des empreintes à partir de douilles usagées en raison de la friction et de la chaleur appliquées à la balle pendant le tir.

— J'espérais qu'on aurait un peu de chance.

— Ils n'ont pas eu beaucoup de chance non plus à l'intérieur du chalet. La plupart des empreintes récupérées n'étaient pas de bonne qualité. Beaucoup de bavures. Ils traitent ce qu'ils ont, mais beaucoup de surfaces étaient très propres, trop propres dans de telles circonstances. Le technicien pense que quelqu'un a utilisé un produit nettoyant.

La majorité des empreintes digitales relevées sur les scènes de crime étaient de mauvaise qualité, donc ce n'était pas choquant. Mais les squatteurs ne faisaient généralement pas le ménage.

Bree se représenta la cuisine du chalet.

— Il y avait des produits de nettoyage de base sous l'évier. Les chiffons étaient humides et sentaient le nettoyant en spray.

— Les filles aimaient-elles la propreté ou ont-elles effacé intentionnellement leurs empreintes digitales ?

— Selon Alyssa, Harper fait souvent le ménage, mais on ne sait pas pourquoi. Restez en contact avec la scientifique.

Les scènes de crime en plein air fournissaient de nombreux indices et le comté de Randolph disposait de ressources limitées. Les techniciens étaient déjà débordés avec deux incidents séparés à traiter.

— Oui, chef.

Todd se leva.

— Et la victime ?

Bree lui résuma les premières constatations du médecin légiste.

— Celui qui a tué la victime éprouvait une forte rage, ce qui signifie généralement que le meurtre était personnel. Tant que le médecin légiste n'aura pas identifié la victime, il sera difficile de trouver son assassin.

— Et maintenant ? demanda Todd.

— Voyez s'il y a eu des crimes similaires dans la région.

— Ça ne devrait pas prendre longtemps avant de savoir si d'autres victimes se sont pris un coup de feu au visage, avant de se faire pulvériser avec un marteau, déclara Todd.

Le chauffage se mit en marche et un courant d'air chaud l'atteignit. Habituellement, Bree gelait dans son bureau, mais aujourd'hui, elle se sentait moite et fiévreuse. Elle avait faim, soif et elle était fatiguée. À cause de son détour par le bureau du médecin légiste, elle avait sauté le petit-déjeuner. De la sueur se répandit entre ses omoplates. Les piles de papiers sur son bureau lui semblaient étouffantes. Sa gorge se serra, comme si le poids de ses nouvelles responsabilités se faisait soudain sentir.

Elle vivait seule depuis qu'elle était sortie de l'académie de police. Maintenant, elle vivait avec deux enfants et Dana. Elle les aimait tous, mais le changement était énorme. Elle n'avait jamais un moment à elle. Et avec Kayla qui se glissait dans son lit tous les soirs, Bree n'avait même pas les nuits pour se ressourcer. En plus de ça, des employés du comté se succédaient constamment dans son bureau.

Elle avait besoin d'être seule pendant dix minutes, de préférence hors du bureau, dans un endroit calme où elle pourrait réfléchir. Son téléphone vibra : elle avait reçu un mail. Le propriétaire du camping de Grey Lake était sur place. Elle répondit rapidement, disant qu'elle était en route.

Bree se leva et enfila sa veste.

— Tenez-moi au courant s'il y a du nouveau.

Elle ne pouvait pas effacer par magie son épuisement, mais elle pouvait prendre de la nourriture et de l'eau en chemin. Un peu d'air frais ne lui ferait pas de mal non plus.

— Où peut-on vous trouver ? demanda Todd.

— Au camping de Grey Lake.

Bree se dirigea vers la porte.

— Je veux revoir le chalet et la rampe de mise à l'eau.

Elle ne pouvait pas s'ôter l'impression d'avoir manqué quelque chose.

Chapitre Quinze

Matt passa deux heures sur Oak Street, frappant aux portes et demandant aux gens s'ils se souvenaient de la fête du samedi précédent. Il montra la photo d'Eli aux habitants du quartier, mais personne ne le reconnut.

Puis il se rendit de l'autre côté du campus, là où Eli vivait avec ses colocataires. Comme le reste du quartier, le bâtiment était un logement étudiant typique : vieux, délabré et entretenu au strict minimum. Il se gara au bord du trottoir et se dirigea vers l'entrée. Quelques gobelets en plastique rouges jonchaient la pelouse enneigée. Matt grimpa les marches de la véranda. Il manquait des barreaux à la balustrade et un vieux canapé se trouvait sous une fenêtre dans le coin.

La grande maison ancienne avait été divisée en trois appartements, un par étage. Eli et ses amis vivaient dans celui du bas. Matt frappa. Personne ne répondit, mais il entendit de la musique à l'intérieur. Il frappa à nouveau, plus fort.

— J'arrive.

Un type blond en survêtement et à l'air sérieusement endormi ouvrit la porte.

Matt se présenta.

— Je cherche Eli. Je suis un ami de sa grand-mère.

— Merde. Ouais. Entrez.

Le blond recula d'un pas.

— Je suis Christian.

La porte d'entrée donnait sur un petit salon. Le plancher était usé et tout aurait eu besoin d'être repeint. Christian le conduisit dans une cuisine exiguë. À part une pile de boîtes à pizza, l'espace était globalement propre. Il y avait une grosse tache d'humidité sur le sol et les armoires s'écaillaient. Mais c'était mieux que la piaule de Matt lorsqu'il était étudiant.

— J'ai du thé, mais pas de café.

Christian remplit une bouilloire et alluma le brûleur.

— Pas pour moi, merci.

Matt se tourna et s'appuya contre le comptoir.

— Je suis ici parce que Mme Whitney s'inquiète pour Eli.

— Ouais. Elle nous a appelés plusieurs fois.

— Vous n'avez pas l'air inquiet.

Christian haussa une épaule.

— Ça ne fait que quelques jours.

— Où penses-tu qu'il se trouve ?

— Avec une fille, j'espère, dit Christian en riant. Sérieusement, j'adore Mme Whitney. C'est une très gentille vieille dame, mais elle est aussi un peu paranoïaque à propos d'Eli.

— Elle a perdu la majeure partie de sa famille.

— Je sais, et c'est pour ça que moi et les autres gars, on va parfois la voir. Enfin… pour ça et son rôti.

— Sa grand-mère dit qu'il l'aurait appelée s'il devait manquer le dîner dominical.

— Peut-être qu'il l'a fait. Si elle retire son appareil auditif, elle n'entend plus rien.

Matt se demanda si c'était aussi la raison pour laquelle Mme Whitney avait manqué l'appel de l'inspectrice Dane.

— Je peux regarder dans la chambre d'Eli ? demanda Matt.

Christian fronça les sourcils.

— Je ne pense pas que je puisse vous laisser entrer sans sa permission.

— Mais il a disparu, dit Matt.

— Peut-être.

— Et si je demande à Mme Whitney de t'appeler ?

— Désolé, mec.

Christian secoua la tête.

— Je vais vous dire la même chose que j'ai dite à l'inspectrice. Si Eli est quelque part avec une fille, il serait furieux que je laisse n'importe qui fouiller sa chambre.

— Tu n'as pas laissé l'inspectrice entrer ?

Matt comprenait en ce qui le concernait. Il n'avait pas de badge. L'un des problèmes de ne pas être flic était de n'avoir aucune autorité. Plus tôt Bree lui donnerait un statut officiel, mieux ce serait. Mais une inspectrice de police, c'était une autre affaire, et le refus de Christian de coopérer éveilla les soupçons de Matt.

— Elle n'avait pas de mandat ni rien.

Christian haussa mollement une épaule.

— J'ai ouvert la porte pour qu'elle puisse voir qu'Eli n'était pas là. C'est une petite pièce. Mais je ne l'ai pas laissée fouiller dans ses affaires.

Sans indication claire d'un acte criminel, l'inspectrice aurait eu du mal à convaincre un juge qu'elle avait besoin d'un mandat de perquisition. Ne pas appeler sa grand-mère ne suffisait pas. Mais Matt trouvait tout de même l'attitude de Christian intrigante. Protégeait-il les intérêts de son ami ? Ou les siens ? Christian avait-il quelque chose à voir avec la disparition d'Eli ?

Matt laissa tomber. Pour l'instant.

— Parle-moi de samedi soir. À quelle heure Eli est-il parti ?

— J'ai déjà dit tout ça à l'inspectrice.

Christian sortit une boîte de sachets de thé du placard.

— Vers vingt-deux heures. Il a pris un Uber, donc il doit y avoir une trace du trajet. L'inspectrice a son téléphone.

Christian fronça les sourcils.

— On était censés y aller ensemble, mais j'ai été malade toute la semaine. Je n'avais aucune envie de faire la fête.

— Alors, il est parti seul. C'est dans ses habitudes ?

Christian jeta un sachet de thé dans une tasse.

— Eli n'est pas timide et il s'intéresse à une fille. Sariah Scott. Mais elle lui a mis un râteau. Il avait besoin de se défouler.

Le récit de Christian cadrait avec ce qu'il avait dit à Stella Dane, mais Matt pensait toujours que quelque chose n'était pas net. Si l'un des potes de Matt n'avait pas donné signe de vie pendant plusieurs jours, il se serait inquiété.

Un autre étudiant entra dans la cuisine en traînant des pieds. Il portait un pyjama en flanelle, un sweat-shirt de l'université et des pantoufles trouées en peau de mouton. Ses cheveux bruns se dressaient d'un côté de sa tête.

Christian pointa le doigt vers lui et présenta Matt.

— C'est un ami de Mme Whitney, il cherche Eli. C'est Dustin.

— Salut.

Dustin ne semblait pas non plus s'inquiéter pour Eli.

— Salut, dit Matt. Est-ce que tu as vu Eli samedi soir ?

— Je l'ai vu plus tôt dans la journée.

Dustin sortit une boîte de céréales du placard. Il se remplit un bol et traversa la pièce en direction du frigo.

— Mais j'ai dormi chez ma copine cette nuit-là.

— Tu passes souvent la nuit chez elle ? demanda Matt.

Le jeune homme indiqua la tache d'humidité.

— Depuis que notre chauffe-eau s'est mis à fuiter il y a une semaine, oui. Ce putain de propriétaire l'a fait déconnecter mais ne l'a pas remplacé. Radin.

— Vous avez un autre colocataire, n'est-ce pas ?

Matt regarda autour de lui.

— Ouais. Brian.

Dustin versa du lait d'amande sur ses céréales.

— Il est allé voir sa maman pour son anniversaire.

— Quand est-il parti ? demanda Matt.

— Je sais pas.

Dustin sortit une cuillère d'un tiroir.

— Mardi dernier, peut-être ?

— Je crois que c'est ça, acquiesça Christian.

— Il ne manque pas de cours ? demanda Matt.

— Si, mais sa mère vit tout près. Il pourrait faire l'aller-retour, s'il voulait.

Matt insista. Il n'arrivait pas à croire que ces gars ne se soucient pas d'Eli, et encore moins de Brian.

— Et Brian a déjà fait ça ?

— Non, admit Christian. Mais on n'a jamais dû prendre de douches froides non plus.

Dustin et Christian échangèrent un regard qui fit frissonner Matt. Ils hésitaient à lui révéler quelque chose.

Il les laissa tergiverser pendant quelques secondes. La plupart des gens n'aimaient pas le silence et se dépêchaient de le combler. La bouilloire siffla, rompant le charme.

Christian versa de l'eau chaude dans sa tasse.

— Eli et Brian se sont disputés la semaine dernière. Brian a dit qu'il avait besoin d'espace.

Matt se demanda si les garçons avaient caché cette information à l'inspectrice Dane, ou si c'était elle qui avait omis de lui en parler.

— Mais il est parti depuis une semaine. Vous n'avez pas eu de nouvelles ?

— Non.

Dustin secoua la tête, puis avala une bouchée de céréales.

— Mais Brian s'est un peu énervé après la bagarre.

— Pourquoi se sont-ils disputés ? demanda Matt.

Dustin déglutit.

— Brian aime Sariah, lui aussi.

Classique. Ils se sont battus pour une fille.

Matt soupira.

— Et Sariah, elle aime qui ?

— Je sais pas.

Le ton de Christian laissait entendre qu'il n'y avait pas vraiment réfléchi.

— Est-elle sortie avec l'un d'entre eux ? demanda Matt.

— Non.

Dustin posa sa cuillère dans son bol.

— Eli est fou d'elle, mais Brian a un meilleur ticket. Eli trouvait que Brian en rajoutait pour l'énerver.

Matt croisa les bras.

— Pourquoi Brian a-t-il un meilleur ticket ?

— Parce que c'est Brian, dit Christian comme si c'était une évidence. Il s'envoie en l'air plus souvent que nous tous réunis.

Matt continua à creuser.

— Avez-vous essayé de le joindre ?

— Non. Il était aussi en colère contre nous. J'ai pensé qu'il reviendrait quand il se serait calmé.

Dustin finit ses céréales, lava son bol et le posa sur l'égouttoir. Il n'y avait pas de lave-vaisselle.

Mme Whitney avait donné le numéro de Brian à Matt. Il l'appela. Et tomba directement sur la messagerie vocale.

— C'est Brian. Laissez un message. Ou plutôt, envoyez-moi un texto.

Matt raccrocha. Puis il se tourna à nouveau vers Dustin et Christian.

— Pourquoi Brian était-il en colère contre vous deux ?

Christian laissa tomber son sachet de thé dans la poubelle.

— On pensait aussi qu'il abusait et qu'il devait laisser Sariah à Eli.

Matt pensa que Sariah devrait plutôt décider avec qui elle voulait sortir, mais il garda son opinion pour lui.

— Avez-vous les numéros de téléphone des parents de Brian ?

— C'est juste sa mère, mais ouais. Elle vit à Scarlet Falls. C'est de là que vient Brian.

Christian prit son téléphone au comptoir et lut le numéro.

— Il a de la famille, à part sa mère ? demanda Matt.

— Pas que je sache. Il ne parle pas à son père et il n'a pas de frère ou de sœur.

Matt enregistra le numéro de Mme O'Neil dans son téléphone.

— Y a-t-il autre chose qui pourrait m'aider à retrouver Eli ?

Les deux garçons secouèrent la tête.

— Il reviendra, dit Christian.

Dustin hocha la tête.

— Avez-vous une photo de Brian ? demanda Matt.

— Pas de souci. Je vais vous l'envoyer par AirDrop.

Christian appuya sur un bouton de son téléphone.

Matt ouvrit son dossier photo et accepta l'image. Brian O'Neil avait une silhouette athlétique avec des cheveux blonds et une dentition parfaite.

— Merci. Si vous pensez à autre chose, appelez-moi.

Matt donna ses coordonnées à Christian.

— Merci pour votre aide.

— Pas de problème.

Christian l'accompagna jusqu'à la porte.

De retour dans son 4 x 4, Matt appela la mère de Brian. Il tomba sur le répondeur et laissa un message.

— Bonjour, Mme O'Neil. Je suis un ami d'Eli Whitney, un des colocataires de votre fils. J'essaie de joindre Brian. Merci de bien vouloir me rappeler.

Matt laissa son nom et son numéro.

Il venait à peine de raccrocher que le téléphone sonnait dans sa main. Le numéro de Mme O'Neil apparut sur l'écran.

— Allô, dit-il en décrochant.

— Oui. Je suis Sandra O'Neil. Comment puis-je vous aider ?

— Je cherche Brian. J'espère qu'il pourra m'aider à retrouver son colocataire, Eli Whitney. Eli a disparu.

— Oh non, dit Mme O'Neil.

— Christian et Dustin ont dit que Brian était avec vous.

Il y eut un silence, puis Mme O'Neil répondit :

— Brian était ici la semaine dernière, mais il est retourné à la fac vendredi.

Le sang de Matt se glaça. Personne n'avait parlé à Brian depuis vendredi. Ça faisait quatre jours. Où était-il ?

— Vous lui avez parlé depuis ?

— Non, mais je vais l'appeler tout de suite.

La voix de Mme O'Neil s'était tendue.

— J'espère bien que ce n'est pas une mauvaise blague.

— Non, madame, confirma Matt.

— Après avoir appelé Brian, vous pouvez contacter l'inspectrice Stella Dane au département de police de Scarlet Falls.

Madame O'Neil raccrocha. Elle informerait l'inspectrice Dane que Brian avait disparu. Matt appela Bree. Il tomba là aussi sur le répondeur. Agacé, il laissa un message.

Puis il démarra. Il fallait qu'il trouve Bree. Il appela à nouveau, sans plus de succès. Il ne laissa pas d'autre message. Il voulait la voir en personne.

En fait, il voulait la voir, tout simplement. Il composa le numéro du bureau du shérif. Marge saurait où trouver Bree.

Ça ne pouvait pas être une coïncidence si Eli et Brian avaient disparu tous les deux et qu'un corps avait été découvert.

Selon Christian et Dustin, Brian et Eli étaient fâchés. Est-ce que Brian avait quelque chose à voir avec la disparition d'Eli ?

Mais Matt trouvait que Christian et Dustin ne semblaient pas très inquiets. C'étaient peut-être eux qui mentaient.

Chapitre Seize

Bree bifurqua à l'entrée du camping de Grey Lake. Le lac apparut au détour du chemin. Elle s'arrêta, sortit du 4 x 4 et prit quinze minutes pour manger un wrap végétarien en regardant le soleil scintiller sur la glace. Un peu rassasiée, elle se rendit au bureau du camping.

Un homme ouvrit la porte.

— Je suis Phil Dunlop.

Il tenait une main bandée contre sa poitrine, comme pour la protéger.

— Désolé. Je ne peux pas vous serrer la main.

Il recula et ouvrit grand la porte.

— S'il vous plaît. Entrez, shérif.

Phil portait un jean et une veste en flanelle à carreaux sur une chemise en polaire. Des poils gris dépassaient de son col et une barbe hirsute couvrait ses joues. Il avait environ cinquante ans et semblait en forme, avec un bronzage hivernal qui suggérait qu'il passait du temps à l'extérieur toute l'année. Ses chaussures de randonnée avaient beaucoup servi.

— Qu'est-ce qui vous est arrivé ?

Bree indiqua sa main. Était-ce une coïncidence s'il s'était blessé à la même main que celle qui portait une marque chez le tireur ?

— J'ai glissé sur la glace ce matin et ai atterri sur la main.

— Vous avez vu un médecin ?

Bree ne put s'empêcher de se demander s'il était réellement blessé ou s'il utilisait le bandage pour couvrir la marque.

— Non. Je ne crois pas que ce soit cassé.

Bree regarda autour d'elle. Le petit bâtiment était configuré comme le n° 20. Un bureau d'enregistrement occupait ce qui était censé être le salon. Mais la cuisine était aménagée, et par une porte ouverte, elle aperçut un lit double.

— Est-ce que quelqu'un habite ici ? demanda-t-elle.

— Seulement en été, dit Phil. Contrairement aux autres chalets, celui-ci dispose du chauffage et de l'eau courante en hiver. Le gérant s'installe avant l'ouverture du camping et reste pour le fermer à l'automne. Mais ça ne vaut pas la peine de payer quelqu'un pour garder un terrain de camping vide tout l'hiver.

Il secoua la tête.

— Du moins, ça n'avait pas de sens avant. Peut-être qu'avoir quelqu'un sur place découragerait les sans-abri et les meurtriers.

— Vous vivez ici, en saison ?

— Non. D'habitude, j'embauche un jeune. J'ai une maison au bord du lac, mais je suis ici tous les jours quand le camping est ouvert.

Bree lui montra la photo du permis de conduire d'Alyssa sur son téléphone.

— Vous la reconnaissez ?

Il plissa les yeux en regardant l'image.

— Elle me semble familière. Je pense qu'elle a loué un chalet l'été dernier. Non, pas un chalet, un emplacement de tente. C'est la personne qui s'était installée dans le chalet 20 ?

— Oui. Vous souvenez-vous de problèmes avec elle quand elle était ici ?

— Non.

Il alla au bureau, s'assit et ouvrit un ordinateur portable. D'une seule main, il sort son ordinateur de veille.

— J'ai apporté mes dossiers au cas où vous en auriez besoin.

— Merci.

— Quel est son nom ?

Il avait la main suspendue au-dessus du clavier.

— Alyssa Vincent.

Il tapota plusieurs fois sur son pavé tactile, puis fit défiler une liste.

— La voilà. Elle a loué un emplacement pour toute la saison. Elle payait en espèces au début de chaque semaine.

— C'est elle qui a signalé la fusillade tôt lundi matin.

— Savez-vous qui s'est fait tirer dessus ? demanda Phil.

— Non. Nous n'avons trouvé ni le tireur ni la victime, déclara Bree.

— C'est bizarre.

Il se gratta le ventre et ferma l'ordinateur portable.

Ensuite, Bree lui montra deux images copiées de la vidéo de surveillance du Walmart. Le premier montrait la mâchoire de l'homme qu'Alyssa disait être le tireur. Bree compara la photo à Phil, mais sa barbe cachait sa mâchoire. La deuxième photo était un gros plan de la marque sur sa main.

— Cet homme vous semble-t-il familier ?

Il se leva de sa chaise, se rapprocha et se pencha au-dessus du téléphone.

— Je ne sais pas. On ne voit pas son visage.

— Et ça ?

Bree montra la marque rouge de la forme du Texas sur la main de l'homme.

— L'avez-vous déjà vue ?

Phil secoua la tête.

— Je suis désolé. Non.

— Vous avez dit que vous viviez près du lac. Avez-vous entendu un coup de feu hier matin avant l'aube ?

— Non.

Il abaissa sa main bandée.

— Quand est-ce que vous allez enlever le ruban adhésif des chalets ?

— Vous aviez besoin d'y entrer pour une raison quelconque ?

— Non.

Il gratta le bord de son pansement.

— Je voulais vérifier les dégâts. Ce n'est pas la première fois que nous avons des squatteurs. Parfois, ils font des dégâts assez importants.

— Non, dit Bree. Les filles étaient très soigneuses. Il y a seulement quelques traces de poudre à empreintes digitales.

— Vous êtes sûre ? demanda-t-il. Parce que s'il y a des dégâts, il me faudra du temps pour les réparer avant l'ouverture de la saison.

— Je vais justement y jeter un coup d'œil, dit Bree. Nous essaierons de libérer les lieux d'ici un jour ou deux.

— Merci.

Mais il n'avait pas l'air content.

— Quelque chose ne va pas, M. Dunlop ?

Il baissa les yeux et examina ses ongles pendant quelques secondes.

— J'espère juste que la nouvelle d'un assassinat dans mon camping et du corps retrouvé si près n'aura pas d'impact sur les affaires. La saison est courte. Je ne peux pas me permettre d'en perdre la moitié.

— Vous avez encore quelques mois.

Bree aurait voulu lui reprocher de se soucier davantage de l'argent que de la mort d'un homme, mais elle ne savait pas quels revenus le camping générait.

— Phil avait-il des problèmes financiers ?

— Ouais.

Mais il n'avait pas l'air convaincu. Il continua de tirer sur son pansement.

— Merci pour votre accueil.

Bree quitta le bureau. De retour dans son véhicule, elle confirma que la F-150 stationnée derrière le chalet était le seul véhicule enregistré au nom de Phil.

Puis elle retourna au n° 20. Elle resta un moment dans son véhicule pour finir son café et observer les environs. Le soleil brillait sur la neige et elle voyait le lac scintiller à travers les arbres. C'était calme. Elle devrait peut-être se mettre à camper.

Phil. Elle ne savait pas quoi penser de lui. Sa blessure à la main arrivait justement ce jour-là, et il avait semblé très inquiet pour deux chalets qu'il ne visitait normalement pas de tout l'hiver, même après que Bree lui avait dit qu'il n'y avait aucun dégât.

Elle envoya à Todd un texto lui demandant de faire une vérification complète des antécédents de Phil Dunlop.

Elle sortit de son véhicule. L'air n'était pas aussi froid, aujourd'hui, et la neige commençait à fondre par endroits. Elle ouvrit la porte et entra dans le chalet. Face à la fenêtre qui donnait sur l'arrière, elle imagina Alyssa à cet endroit même, dans le noir, voyant une ombre sur la neige et pensant que c'était la fille qui avait volé son portefeuille et la clé de son véhicule.

Elle sortit par la porte de derrière, descendit les marches et traversa le jardin. En atteignant les arbres, elle s'arrêta à l'endroit d'où Alyssa avait assisté à la fusillade. L'homme se trouvait au niveau des arbres, à environ dix mètres. Il était de profil par rapport à Alyssa. Il avait levé le bras et tiré.

Bree tressaillit comme si elle entendait le coup de feu maintenant. Son imagination était peut-être trop fertile.

Elle s'approcha de l'endroit où, selon Alyssa, Harper se tenait quand elle était tombée. Pourtant, ils n'avaient pas trouvé de sang dans la neige.

Toujours dans son imagination, Bree regarda Alyssa s'enfuir. Pourquoi le tireur ne l'avait-il pas poursuivie ? Peut-être avait-il enlevé le corps à la place. Il était presque impossible de prouver qu'un meurtre avait eu lieu sans le corps de la victime. Bree imagina le tireur transportant le corps inerte de Harper sur ses épaules et le portant sur le lac gelé jusqu'à la rampe de mise à l'eau, où il le mit dans son véhicule et s'en alla.

Était-elle vivante ou morte ?

Avait-il réussi à nettoyer le sang ? Peut-être que son manteau d'hiver l'avait absorbé.

Bree se retourna, plongée dans ses pensées. Sa reconstitution mentale l'avait amenée derrière le chalet 19.

Quelque chose bougea à la fenêtre. Bree attendit pour voir si le mouvement se répétait, mais tout ce qu'elle vit fut le reflet des arbres soufflant dans le vent. Elle se dirigea vers le chalet et monta les marches vers la porte de derrière.

En se positionnant sur le côté, elle essaya la poignée. Elle tourna dans sa paume. Les poils de sa nuque se hérissèrent.

Ça aurait dû être verrouillé, non ?

Elle ouvrit sa veste et sortit son arme en poussant la porte. Elle s'ouvrit en grand. Bree écouta, mais n'entendit rien. Elle voyait la moitié du salon par la porte ouverte. L'intérieur ressemblait presque exactement au chalet 20. Ne voyant personne, Bree franchit le seuil.

Quelque chose claqua. La porte revint dans sa direction, la frappant de plein fouet. Son arme s'envola et atterrit dans la neige. Un corps massif se rua sur elle. Elle enregistra automatiquement son apparence tout en se préparant à se défendre. Homme d'environ un mètre quatre-vingts, portant un manteau sombre, un masque de ski et des gants d'hiver.

Baissant la tête, il la chargea comme un taureau. Il tendit les mains, essayant de l'attraper aux genoux. Bree l'esquiva d'un pas leste. Son épaule s'enfonça dans ses côtes, mais elle parvint à poser les mains en haut de son dos. Elle y mit tout son poids. Le poids vers l'avant, les bras écartés, il n'avait pas de moyen de se retenir et il tomba le nez dans la neige.

Bree attrapa les menottes attachées à sa ceinture. Avant qu'elle ne puisse les lui passer aux poignets, il lui attrapa la cheville et tira. Ses pieds décollèrent et elle atterrit à plat sur le dos. Ses poumons se vidèrent sous l'effet du choc. Quelque chose la frappa derrière l'épaule et sa tête heurta le sol avec une force qui fit tournoyer les branches d'arbres dans le ciel.

Il retira ses gants et sauta sur elle, chevauchant sa poitrine. Il enroula les mains autour de sa gorge et serra. La pression lui coupa la respiration. Des points brillèrent devant les yeux de Bree et elle fut instantanément prise de vertiges. Seule la peur l'empêcha de sombrer. Sa vision et son audition s'atténuaient. Elle était à deux doigts de s'évanouir et d'être à sa merci.

Son champ de vision se rétrécit. Dans un dernier mouvement désespéré, elle saisit l'un de ses doigts et le tordit en arrière. Il relâcha sa prise avant que son doigt ne se brise. Elle attrapa sa manche, la tira sur le côté et essaya de le déséquilibrer. Il étendit les bras de chaque côté pour conserver son équilibre. Son visage était plus proche d'elle. En ramenant ses bras le long de son corps, Bree lui donna un coup à la gorge.

Son poing heurta sa trachée et il émit un bruit étouffé. Le masque de ski se souleva et elle ouvrit la main pour enfoncer ses ongles dans la peau douce à la base de son cou. Alors qu'il toussait et s'étouffait, Bree saisit sa manche, fit une ruade et le projeta sur le côté. La dernière chose qu'elle vit avant qu'il ne se remette sur ses pieds fut une grande tache rouge sur le dos de sa main.

Elle avait la forme de l'État du Texas.

Un bruit de moteur se fit entendre. Il tourna la tête. Puis il ramassa ses gants et se précipita vers les arbres, disparaissant tandis qu'elle clignait des yeux.

Toujours étourdie, elle lutta pour se relever, échouant à reprendre pied sur la neige.

Il fallait qu'elle l'arrête. Où était son arme ? Elle parvint à se rasseoir et faillit vomir. Elle se tourna sur le côté et inspira profondément l'air froid, jusqu'à ce que sa nausée disparaisse. Plusieurs minutes s'écoulèrent. Elle ne savait pas combien.

— Bree !

Matt ? Qu'est-ce qu'il faisait là ?

Sa présence provoqua une vague de soulagement. Elle se redressa sur un coude. Matt courait vers elle depuis le chalet 20.

— Ça va ?

Elle fit un signe en direction des arbres.

— Quelqu'un m'a attaquée. Il est parti par là.

Sa perception du temps était floue, mais elle pensait que trop de temps s'était écoulé. Matt n'avait aucune chance de le rattraper.

Matt changea de cap et se dirigea vers les arbres. Quelques minutes plus tard, il revint dans la clairière en trottinant.

— Je n'ai vu personne, mais ses empreintes allaient jusqu'à la route.

Bree s'assit lentement. Son étourdissement se dissipait.

— Qu'est-ce qu'il t'est arrivé ?

Elle rajusta le col de sa veste et décrivit ce qu'il s'était passé.

— Quand j'ai essayé de me lever, j'ai failli m'évanouir.

— Au lieu d'essayer de te lever immédiatement, tu aurais dû lever les pieds pour rétablir le flux sanguin vers le cerveau.

— Je n'avais pas les idées claires.

Bree lutta contre le brouillard qui avait envahi son cerveau. Elle toucha son holster vide et un mouvement de panique la traversa.

Où est mon arme ?

Elle repéra une trace dans la neige et la récupéra. Après en avoir essuyé l'humidité, elle la glissa dans l'étui fixé à sa ceinture. Ragaillardie par la présence de son arme à sa place habituelle, elle sortit son téléphone.

— Je vais appeler des renforts. On va envoyer un avis de recherche avec sa description générale. Le soleil a ramolli la neige par ici. On doit pouvoir relever ces empreintes.

Elle passa ces appels, puis remit le téléphone dans sa poche. Chassant la neige de son pantalon, elle se releva.

— Qu'est-ce que tu fais ici, à part ça ?

— J'ai téléphoné au poste et Marge m'a dit que tu étais là, dit Matt.

— J'ai interrogé le propriétaire du camping, puis j'ai voulu refaire le tour de la scène, dit-elle.

Elle résuma son entretien avec Phil Dunlop.

— Si sa blessure à la main est bidon, alors ça pouvait être lui. Je suis restée dans mon véhicule pendant un moment avant de venir ici. Il aurait pu me doubler à pied.

— Pour quelle raison ?

— Je dois encore y réfléchir.

Bree se frotta le cou.

Matt déplaça son collier et examina son cou.

— Tu vas avoir un bleu.

— Ce ne sera pas le premier.

Elle évalua son état. La bonne nouvelle, c'était que son ouïe et sa vision étaient presque redevenues normales. Son estomac s'était calmé et elle n'avait plus l'impression d'être au bord de l'évanouissement. La mauvaise nouvelle, c'était qu'Alyssa n'avait pas imaginé l'individu qui les suivait.

Matt indiqua son propre cou.

— Tu viens de t'étaler du sang sur le cou. Tu es blessée ?

Bree examina le bout de ses doigts. Elle avait oublié.

— Ce n'est pas mon sang.

Elle leva la main et lui montra le sang et la peau qui restaient sous ses ongles.

— Je lui ai fait un prélèvement ADN, à cette ordure.

C'était bien pour cela qu'elle l'avait griffé. Dégoûtant, mais efficace.

— Bien joué.

— Il est marqué, maintenant. Malheureusement, les éraflures se trouvent à la base du cou et sont assez faciles à dissimuler en hiver.

L'épaule de Bree lui faisait mal. Elle avait atterri sur quelque chose de dur. Elle allait avoir un bleu là aussi.

Tenant sa main droite loin de son corps pour préserver les indices, Bree se tourna vers le chalet 19.

— Il est revenu chercher quelque chose. On doit trouver ce qu'il voulait.

— Ces chalets ont bien été fouillés ?

— Oui. Mais il est clair qu'il faut recommencer. Il portait des gants. Inutile de chercher des empreintes. Devine ce que j'ai vu quand il les a enlevés pour m'étrangler ?

— Quoi ?

— Une grosse marque rouge sur le dos de sa main, de la forme de l'État du Texas.

Bree fit les cent pas derrière le chalet n° 19 en attendant les renforts.

— Qu'est-ce que tu étais venu me dire ?

— Le colocataire d'Eli Whitney, Brian O'Neil, a disparu.

Matt résuma sa conversation avec les colocataires d'Eli.

— La mère de Brian a dit qu'il était retourné à la fac, mais ses colocataires n'ont pas de nouvelles.

— Qu'est-ce que ça signifie ? demanda Bree.

— Je ne sais pas. J'ai donné le numéro de Stella à la mère de Brian.

— Stella va probablement appeler le médecin légiste, dit Bree. Mais je vais l'appeler aussi. À quoi ressemble Brian ?

Matt lui montra la photo sur son téléphone.

Bree plissa les yeux.

— Il fait à peu près la même taille et le même poids que la victime. La couleur des cheveux semble correspondre aussi.

— Oui, mais cette description est si vague qu'elle pourrait s'appliquer à des centaines d'étudiants.

Dès que Todd arriva, Bree lui demanda de prélever l'échantillon ADN qui se trouvait sous ses ongles.

— Envoyons ça au labo. Peut-être qu'on a de la chance et que l'ADN de ce salaud est déjà dans le CODIS.

Le *Combined DNA Index System* était la base de données ADN nationale du FBI.

Lorsque Todd eut terminé, Bree utilisa une douzaine de lingettes et au moins plusieurs litres de désinfectant pour se nettoyer les mains. Puis elle se dirigea vers le chalet n° 19. Matt et Todd la suivirent. Elle enfila une paire de gants en nitrile et sortit une lampe de poche.

— Todd, vous prenez le coin cuisine. Matt, le salon est tout à toi. Je m'occupe de la chambre et de la salle de bains.

Bree franchit la porte de la chambre et s'arrêta. Les endroits évidents avaient déjà été fouillés. Elle braqua sa lampe de poche dans les coins, puis la déplaça lentement le long des lattes du plancher, à la recherche d'interstices. Elle sortit un stylo et rampa sur le sol, testant chaque latte pour voir si elle bougeait. Une demi-heure plus tard, elle se leva, se frotta les genoux et s'étira le dos.

Puis elle déplaça le lit et vérifia le plancher en dessous. Des bruits de meubles déplacés de l'autre côté du mur indiquaient que Matt et Todd appliquaient la même procédure. Bree retira les tiroirs de la commode et de la table de nuit, puis en examina le dos et les côtés. Elle vérifia derrière et sous chaque meuble, souleva le matelas et en inspecta les coutures.

Le sol carrelé rendit la tâche plus rapide dans la salle de bains. Les joints manquants ou fissurés seraient faciles à repérer.

Après plus d'une heure de recherches, elle n'avait rien trouvé.

En retournant dans la chambre, elle se dirigea vers le placard. Elle ouvrit la porte et tâtonna le long des parois, poussant et frappant sur les panneaux à la recherche d'espaces creux. Rien.

Elle sortit de la pièce.

— Quelque chose ?

Matt secoua la tête.

— Non, dit Todd.

Bree regarda autour d'elle. Elle sentait instinctivement qu'il y avait quelque chose à découvrir. Elle considéra la proximité des chalets 19 et 20. Harper avait-elle caché quelque chose ? Sur une impulsion, elle sortit son téléphone portable et composa le numéro de téléphone qu'Alyssa avait dit être celui de Harper. Une sonnerie étouffée s'éleva.

— Qu'est-ce que c'est ? demanda Todd.

— Le téléphone de Harper.

Bree suivit le son jusqu'au placard. Ça venait de l'intérieur.

Elle pointa sa lampe de poche vers le bas, mais ne vit rien. Elle s'accroupit et entra à moitié dans le placard. Dans le coin arrière, Bree repéra une légère éraflure sur le bois sombre. Les bords de la planche inférieure étaient rayés. Les marques avaient l'air récentes, n'ayant pas eu le temps de s'assombrir avec l'âge. Elle essaya de soulever la planche avec les doigts. Elle bougea d'un millimètre, mais Bree n'arriva pas à glisser les ongles en dessous.

Elle sortit un stylo de sa poche, mais il n'était pas assez fin pour passer entre les planches. Elle leva le regard vers Matt et Todd.

— Est-ce que l'un de vous a un couteau ?

— Oui.

Matt sortit un couteau pliant de sa poche. Il le tendit à Bree.

— Tu as trouvé quelque chose ?

— Pas encore.

Elle se glissa à nouveau dans le placard et utilisa la pointe de la lame comme levier pour soulever la planche inférieure. À l'intérieur, un sac à dos gris était dissimulé. Les planches qui l'entouraient étaient également desserrées et Bree les retira.

— Bingo !

Bree prit quelques photos. Le sac était de marque Osprey.

— Qu'est-ce que tu as trouvé ? dit Matt par-dessus son épaule.

— On dirait le sac à dos de Harper.

Elle le sortit du placard. Il était étonnamment lourd, mais il contenait tous les effets personnels de Harper. Bree ouvrit la poche avant et pointa sa lampe de poche sur le contenu. À l'intérieur se trouvaient un portefeuille marron et un porte-clés Toyota. Elle souleva le portefeuille avec deux doigts et l'ouvrit. La photo du permis de conduire d'Alyssa la regarda. Bree prit une photo, puis ouvrit la pochette principale du sac à dos.

Todd siffla par-dessus son épaule.

Posé sur des vêtements soigneusement pliés et une trousse de toilette, un sac en plastique rempli de bijoux scintillait dans le faisceau de sa lampe de poche. Il y avait des bagues, des colliers et des bracelets en or et en argent avec des pierres colorées et transparentes.

Derrière elle, Todd demanda :

— Vous croyez que ce sont des vrais ?

Un bijou avait été séparé du reste et conservé dans son propre sachet plastique. Un superbe bracelet en pierres claires et rouges. Les pierres claires avaient de riches reflets argentés qui ne ressemblaient pas aux boucles d'oreilles en zircone cubique de Bree, et les pierres rouges semblaient tout aussi chères.

— Diamants et rubis ?

— Je pense que oui.

Bree s'assit sur ses talons et fixa le sac.

— Je ne possède pas beaucoup de bijoux. Mais pourquoi quelqu'un transporterait-il des faux ? C'est lourd, et si ce sac à dos contient tout ce que possède Harper, l'espace y est précieux.

— Une partie au moins doit être vraie, dit Matt par-dessus son épaule. Personne ne retournerait sur la scène d'un crime pour de faux bijoux.

Il se gratta la mâchoire. Sa barbe d'un brun rougeâtre avait poussé, renforçant son air de viking.

— Quand j'ai parlé à l'inspectrice Dane, elle a mentionné qu'elle travaillait sur une série de cambriolages.

— Alors, je dois appeler l'inspectrice Dane.

Bree plaça son téléphone portable au-dessus du sac à dos et prit une photo de son contenu.

— Apportons l'échantillon d'ADN et ce sac à dos à la police scientifique. Qu'ils prélèvent les empreintes en urgence.

— Peut-être que Harper est une voleuse, suggéra Matt.

— Peut-être qu'elles le sont toutes les deux, ajouta Todd.

— Je me demande combien valent ces bijoux.

Bree pensa à la fusillade pour laquelle ils étaient intervenus initialement.

Ils valaient sans doute assez pour tuer.

Chapitre Dix-Sept

Matt regarda dans le sac à dos par-dessus l'épaule de Bree. Selon lui, deux filles sans-abri avec un sac rempli de bijoux ne laissaient pas supposer qu'elles étaient des citoyennes exemplaires. Il vit une vieille boîte d'allumettes jaunie. Le logo lui sembla familier.

— Tu peux lire ce qu'il y a écrit sur cette boîte d'allumettes ?

— Oui.

Bree tourna la tête et plissa les yeux.

— C'est écrit *Grey Lake Inn*. Où c'est ?

— De l'autre côté du lac, dit Matt. C'est fermé depuis des années.

Ils échangèrent un regard.

— À quelle distance se trouve la rampe de mise à l'eau ?

Matt réfléchit.

— La route serpente, mais ce n'est pas loin.

— Allons voir.

Bree se leva et donna quelques instructions à Todd concernant le sac à dos et le moulage des empreintes de pas de son agresseur. Puis elle sortit du chalet 19.

— Tu sais où on va ?

Matt tendit le doigt.

— Suis-moi.

Il monta dans son gros 4 x 4 et sortit du camping, vérifiant dans son rétroviseur que Bree le suivait dans son véhicule. Ils roulèrent jusqu'à la route principale et passèrent devant le parc avec la rampe de mise à l'eau. La route s'éloignait et faisait plusieurs virages avant de revenir vers le plan d'eau. Il ralentit et chercha l'entrée de l'ancien hôtel. Il faillit manquer le portail. Les mauvaises herbes et les arbres envahissaient l'allée en gravier. S'il n'avait pas cherché l'endroit, il l'aurait manqué. Mais plusieurs séries de traces de pneus quittaient la route à cet endroit. Il les suivit et sa Suburban rebondit dans de profondes ornières gelées.

L'allée se terminait par une boucle face à un bâtiment délabré à deux étages. Matt se gara, en évitant de rouler sur les traces de pneus, au cas où il faudrait les relever elles aussi. Il tira le frein à main et sortit. Il retrouva Bree derrière leurs véhicules. Ils regardèrent le vieux bâtiment. La peinture blanche d'origine s'était écaillée et avait pris une teinte grise, et la véranda en bois semblait pourrie.

Bree examina les traces de pneus.

— Quelqu'un est ici depuis que la neige est tombée.

— Soit plusieurs personnes, soit la même personne plusieurs fois, dit Matt.

— Intérieur ou extérieur d'abord ?

Bree fronça les sourcils en considérant la structure en décomposition.

— Il fait froid. Je pense que les gens auront plutôt tendance à se mettre à l'abri. On va d'abord regarder à l'intérieur.

Elle se dirigea vers l'entrée principale.

La porte d'entrée était cassée. Elle la poussa et entra. Matt la suivit de près. L'air sentait le moisi. Des taches noires parsemaient les tapis et le papier peint comme un test Rorschach en 3D.

— Cet endroit était magnifique, avant.

Il contourna les restes d'un rongeur mort dans le hall.

— Quand j'étais enfant, ma famille venait ici l'été. Mon père connaissait le propriétaire et il nous laissait, mon frère, ma sœur et moi, utiliser les petits voiliers qu'il y avait pour les invités. Mes parents s'asseyaient sur le ponton pour nous regarder. Après, on dînait tous au restaurant.

— Ça devait être sympa.

— Oui.

Matt se demanda si Bree avait de bons souvenirs de famille. Probablement pas. Comment faisait-elle pour ne pas être amère à propos de son passé ?

Elle fit demi-tour, les mains sur les hanches.

— Tu sais combien de pièces il y a, dans ce bâtiment ?

— L'hôtel avait vingt-quatre chambres, mais il y a aussi quelques dépendances.

— J'aimerais appeler des adjoints pour les faire participer aux recherches. Mais je ne peux pas justifier les heures supplémentaires à moins qu'on trouve quelque chose. Mon personnel est poussé à son maximum.

— On peut se débrouiller, dit Matt.

— Tu connais les lieux. Comment veux-tu procéder ?

— En gros, le bâtiment principal est un rectangle, avec le hall et la réception au centre. Les chambres se trouvent aux deux étages de ce côté.

Il désigna un long couloir qui ouvrait sur le hall.

— De l'autre côté, il y a une salle de jeux en bas, et un restaurant au deuxième niveau.

— Une aile à la fois, alors.

— Voyons s'il y a un passe-partout quelque part.

Matt se dirigea vers la réception.

— L'endroit se targuait d'avoir gardé son charme désuet. De vraies clés. Pas des serrures électroniques.

— Je n'ai pas vu une vraie clé d'hôtel depuis…

La voix de Bree s'éteignit.

— En fait, je n'en ai jamais vu.

Matt passa derrière le comptoir. L'acajou sculpté semblait encore solide. Une épaisse couche de poussière et de débris recouvrait toutes les surfaces. Il fouilla dans les tiroirs, puis entra dans le bureau. Il dénicha le passe-partout au fond d'un tiroir et revint vers Bree.

— On va commencer par l'étage.

Bree lui fit signe d'ouvrir la voie.

Un grand escalier menait au deuxième étage. Matt s'arrêta au sommet. Un long couloir s'étendait de part et d'autre du palier, avec une rangée de portes d'un côté.

— Toutes les chambres donnent sur le lac ? demanda Bree.

— Oui.

Matt compta les portes.

— Le propriétaire disait que tout le monde avait le droit d'avoir une belle vue.

La première porte était entrouverte.

— Quelqu'un a enfoncé cette porte à un moment donné.

Bree entra la première, une main sur son arme. Elle jeta un coup d'œil dans la salle de bains en entrant.

Matt la suivit dans la pièce vide.

— On dirait que les meubles et les accessoires ont été vendus.

Ce qui rendrait la recherche plus rapide.

— Comment l'endroit a-t-il été abandonné ?

— Le propriétaire est mort. Il s'est avéré qu'il était très endetté. Il était malade depuis dix ans. Le complexe était assez délabré. On dirait que la banque a renoncé à le vendre.

Bree enjamba une bouteille de vodka vide en sortant de la pièce.

— Il ne manque pas de terrain en bord de lac, par ici.

— Tout à fait. La valeur du terrain ne justifie pas de démolir les bâtiments pour un autre usage.

— Ça ne vaut pas non plus la dépense nécessaire pour les remettre en état.

Bree contourna largement un préservatif usagé.

— Les gens sont dégoûtants.

Ils continuèrent dans le couloir. Sans mobilier, quelques coups d'œil permirent d'évaluer chaque pièce du deuxième étage. Ce qui était autrefois un beau restaurant avec des tables en plein air sur une vaste terrasse et une vue imprenable du coucher de soleil était devenu un espace sale et déprimant. Ils fouillèrent rapidement le salon et la salle de jeux du rez-de-chaussée. L'hôtel désaffecté avait clairement été utilisé pour boire, se droguer et avoir des relations sexuelles. Ils trouvèrent d'autres bouteilles d'alcool, des canettes de bière, des préservatifs, des seringues, une pipe à crack et d'autres déchets divers.

De retour dans le hall, Matt se dirigea vers les portes qui menaient à l'arrière du complexe. Il ouvrit les portes-fenêtres et sortit sur la terrasse en bois. Trois marches menaient à l'aire de loisirs. La piscine contenait quelques dizaines de centimètres d'eau gelée. Des déchets et des feuilles parsemaient la glace. Plus près du lac, des rangées de chaises longues cassées et à moitié pourries étaient alignées face au rivage. De hautes herbes émergeaient de la neige. Un ponton avançait d'une quinzaine de mètres sur le lac. Sur le côté gauche de la propriété, caché sous les arbres, se trouvait un long garage. Un grand hangar de stockage se trouvait sur la droite, plus près du ponton.

Bree s'arrêta sur la dernière marche.

— D'autres empreintes.

Les traces de pas sillonnaient le jardin dans les deux sens entre les dépendances, le ponton et l'hôtel.

Bree se dirigea vers le bâtiment de stockage. Matt la suivit à la trace, pour brouiller le moins possible les empreintes existantes.

Le toit s'était effondré et la porte manquait. Matt jeta un coup d'œil à l'intérieur.

— Ils stockaient de tout, ici : des cannes à pêche, des kayaks, des patins à glace.

Mais maintenant, c'était un grand espace vide.

Ils quittèrent le bâtiment et avancèrent sur le ponton.

— J'ignorais à quel point on était proches de la rampe de mise à l'eau. On la voit d'ici.

Bree la montra du doigt.

— Et le camping est juste de l'autre côté de l'eau. D'ici, c'est plus facile de voir que les deux sont proches.

— Peut-être que le tueur a un lien avec le lac. Peut-être qu'il y vit ou qu'il y passe beaucoup de temps.

Bree se protégea les yeux d'une main gantée.

— Quelqu'un a pu faire un trou dans la glace et glisser le corps dans le lac. Le trou aurait regelé, maintenant.

Matt balaya le lac du regard.

— Il n'y a personne qui risque de l'apercevoir.

— Sauf les deux filles qui squattent le camping.

— Harper avait la boîte d'allumettes de l'hôtel, dit Matt. Peut-être que c'est elle, le tueur. Elle a pu faire semblant de s'être fait tirer dessus et placer les douilles exprès.

— Ça expliquerait pourquoi il n'y a pas de sang dans le chalet, acquiesça Bree.

— Et l'homme qui vient de t'attaquer ?

— Elle peut avoir un complice.

Ils firent demi-tour et revinrent sur le rivage. Matt se dirigea vers le garage, Bree restant juste derrière lui.

Les quatre portes basculantes étaient baissées. Des traces de pneus menaient au premier emplacement. Matt se pencha, attrapa la poignée et souleva la porte. Les poils de sa nuque se hérissèrent.

— Ça s'est ouvert bien facilement.

Bree sortit son arme.

— Ça devrait être rouillé, après toutes ces années.

Matt renifla.

— Je sens une odeur d'huile.

Le garage était un grand espace ouvert avec un sol en béton brut. Une chaise se trouvait près du mur du fond. Sur le sol autour d'elle, il y avait des morceaux de corde et de ruban adhésif. Le sol à côté de la chaise était éclaboussé d'une substance sombre, avec une zone claire de la taille d'un être humain au milieu.

Matt se figea. À côté de lui, Bree inspira brusquement. Ils s'approchèrent.

— Quelqu'un était attaché à la chaise.

Bree s'arrêta à quelques pas de la substance sombre sur le béton.

— On dirait du sang, de la matière cérébrale, peut-être même des os.

Elle leva les yeux vers le mur en parpaing.

— Des éclaboussures.

Des taches sombres de sang gelé parsemaient le mur.

— Donc, peut-être que c'est ici que notre victime a été tuée.

— Possible.

Bree se redressa et se tourna pour faire face à la chaise.

— Le tueur a pu l'attacher à la chaise et lui tirer dessus. Puis il l'a couchée sur le sol et l'a frappée avec le marteau.

Matt réfléchit à cette théorie.

— C'est bizarre.

— Toute cette affaire est bizarre. C'est vraiment exagéré.

Bree sortit son téléphone de sa poche.

Elle appela une équipe médico-légale et quelques adjoints.

— La première étape est d'analyser la substance sur les murs et de s'assurer que c'est bien ce que nous pensons.

— Pas de doute.

Matt avait vu suffisamment de scènes de crime.

— Je suppose que le sang pourrait être de la peinture ou de la rouille, mais ces taches sont clairement de la matière cérébrale et des fragments d'os.

— Le comté aurait besoin de plus de techniciens.

Bree jeta un coup d'œil au béton taché.

— Ensuite, nous verrons si les traces de pneus et les empreintes de pas correspondent à celles de la rampe de mise à l'eau et du camping, et nous comparerons l'ADN de la victime aux indices présents ici.

Bree et Matt utilisèrent leur téléphone pour prendre des photos du garage. Deux agents arrivèrent pour sécuriser la scène. L'unité de police scientifique se gara derrière les voitures des adjoints. Les techniciens commencèrent par utiliser un kit d'identification rapide et confirmèrent que la substance rouge foncé était du sang humain.

— Bien, donc on traite ça comme une scène de meurtre.

Bree demanda à ses hommes de commencer un rapport de scène de crime.

Les techniciens déchargèrent leurs caméras et leur équipement et se mirent au travail.

Bree quitta le garage.

— Les techniciens connaissent leur travail. Ils n'ont pas besoin de m'avoir sur le dos. J'ai vu ce dont j'avais besoin.

— Tu vas où ?

Matt accéléra le pas pour rester à sa hauteur. Elle était plus petite que lui d'une tête, mais marchait rapidement quand elle était concentrée.

— Au bureau. Tu vas continuer à chercher Eli ?

— Oui. Mais je n'ai plus de pistes.

Matt n'avait pas accès au téléphone ou à la chambre d'Eli ni à ses comptes bancaires.

— Et je continue à essayer de comprendre comment la fusillade qu'Alyssa a signalée peut être liée au cadavre, et à la possibilité que celui-ci soit Brian O'Neil.

— Jusqu'à présent, le seul lien est Grey Lake.

Bree grimpa dans son véhicule, laissant la porte ouverte.

— Tu peux aussi assister à mon entretien avec Alyssa.

Matt resta devant la portière ouverte.

— Merci.

— Pas de problème.

Au lieu de démarrer son moteur, elle se tourna vers lui.

— J'aime qu'on travaille ensemble.

— Ouais. Moi aussi, dit Matt.

En seulement deux affaires, ils avaient atteint le rythme de travail de partenaires de longue date.

Bree se frotta les yeux. Quand elle baissa la main, son expression était sombre et désorientée. Matt aurait voulu s'approcher, la toucher, lui faire savoir par un lien physique qu'elle n'était pas seule. Mais il ne pouvait pas faire ça ici. Frustré, il serra le poing.

— Tu me suis jusqu'au poste ? demanda-t-elle.

— Je te suivrai n'importe où, dit-il d'une voix trop basse pour que quelqu'un d'autre l'entende.

Elle leva brusquement les yeux pour croiser son regard. Sa bouche ne bougea pas, mais ses yeux souriaient.

Matt recula.

— On se voit là-bas.

Il ramena son propre 4 x 4 jusqu'au poste. Il se gara à côté de Bree derrière le bâtiment et ils entrèrent par la porte de derrière.

Une fois dans son bureau, Bree ôta sa veste et la suspendit au portemanteau.

— J'ai appelé l'inspectrice Dane en chemin. Elle est d'accord : il faut qu'on se parle.

— Est-ce qu'elle veut garder l'affaire d'Eli ?

— Elle n'a rien dit. Je pense qu'on peut travailler ensemble.

Le shérif pouvait exiger de reprendre l'affaire. La disparition d'Eli était probablement liée à son affaire de meurtre. Mais ce n'était pas le style de Bree. Elle avait l'esprit d'équipe.

Bree prit un cahier et un stylo sur son bureau.

— Je vais parler à Alyssa. J'aimerais que tu sois dans la salle d'observation avec Todd. Je voudrais savoir ce que tu penses d'elle.

— Ça marche.

Matt s'engagea dans le couloir. Bree lui emboîta le pas. Il se dirigea vers la salle d'observation.

Des cris retentirent soudain dans le couloir du fond. Quelques secondes plus tard, les adjoints Oscar et Rogers faisaient passer un homme gigantesque par la porte. Un mètre quatre-vingts, cent trente kilos, vêtu d'une veste en cuir cloutée, d'un jean noir déchiré et de bottes de motard.

— Trouduc ! cria-t-il à Rogers. Ces menottes me coupent la circulation.

— Asseyez-vous.

Rogers indiqua le banc de contention.

— Va te faire foutre ! fut la réponse, crachée au visage de l'adjoint.

— Il nous faut les menottes monstres.

L'adjoint Oscar se rapprocha. Il tira les poignets menottés du motard plus haut derrière son dos, lui faisant une clé de bras et le forçant à se hisser sur ses orteils.

Rogers s'essuya le visage avec sa manche. Ses joues étaient rouge vif, et une veine palpitait sur le côté de son cou. Sa main se dirigea vers le taser accroché à sa ceinture.

Le motard aperçut ce geste et se calma, mais il garda la mâchoire serrée et dévisagea les adjoints d'un air méchant.

Oscar dirigea le motard vers le banc. Boulonné au sol, ce banc métallique était muni d'anneaux pour fixer les menottes des personnes arrêtées. Mais au moment où le postérieur du motard allait atteindre le banc, il se releva en rugissant et projeta les adjoints de côté, à la manière de Hulk. Une menotte pendait à son poignet. Son autre main était libre.

Il frappa Oscar d'un coup d'épaule et le fit tomber au sol. Rogers plongea pour lui saisir le bras. Le motard lança un coup de poing. Rogers l'évita, mais la menotte qui pendait le frappa au visage. Du sang jaillit de la coupure et il trébucha en arrière.

Matt s'était automatiquement dirigé vers la mêlée, mais Bree était plus proche. Elle avançait déjà au combat. Il vit la confrontation arriver, mais savait qu'elle serait terminée avant qu'il puisse intervenir.

Il retint son souffle. Bree et le motard allaient entrer en collision.

Elle sortit sa matraque extensible de sa ceinture. D'un mouvement sec du poignet, elle l'ouvrit parallèlement à sa jambe, puis la souleva verticalement devant son visage. Le bâton en avant, ses mains prirent une position d'attente juste devant son menton, les coudes rentrés près du corps.

Le motard se dirigea vers elle et chargea comme un taureau. Mais elle continua d'avancer vers lui et un air de surprise apparut sur son visage. Il essaya de s'arrêter, dérouté par son attitude. Mais il était trop tard. Son élan le porta en avant.

Et Bree était prête.

Elle s'écarta de sa ligne de mouvement. Elle pivota sur la plante du pied et lança sa hanche en avant. Le bâton frappa l'extérieur du bras du motard, puis continua vers le bas et le faucha au niveau des jambes. Les deux coups se succédèrent en un bref instant. L'énorme motard fut projeté au sol comme le ressort d'une souricière. Il roula sur le côté et vomit sur le sol. Une odeur de bière aigre remplit la pièce.

— Menottez-le ! dit Bree.

— Oui, chef.

Rogers s'avança avec une paire de très grandes menottes. Il les fit claquer aux poignets du motard, puis enleva la plus petite paire.

— Debout.

L'homme gémit et vomit à nouveau. Rogers lui donna un coup de pied dans la cuisse.

— J'ai dit : debout.

Bree tremblait presque de colère, mais elle parla d'une voix mesurée.

— Pour quoi cet homme a-t-il été arrêté ?

— Tapage en état d'ivresse, dit Rogers.

Bree donna ses ordres comme un militaire expérimenté. Elle ordonna aux deux adjoints bouche bée de transférer le suspect à la prison du comté.

— On ne peut pas le garder ici de manière sûre. Il peut attendre sa mise en examen dans une cellule en béton.

Le bureau du shérif n'avait que deux petites cellules de détention.

Bree fixa Oscar d'un regard perçant.

— Et nettoyez-moi ça.

— Je ne suis pas la putain de femme de ménage, grommela Oscar.

Bree se tourna vers lui et dit d'une voix très calme, mais parfaitement claire :

— Dans mon bureau. Maintenant.

Elle désigna Rogers.

— Vous êtes le prochain.

Chapitre Dix-Huit

Bree avait l'impression d'être une directrice de lycée, avec un élève dissipé dans son bureau et un autre qui attendait derrière la porte. Elle s'assit derrière son bureau. L'adjoint Oscar la fixa méchamment depuis sa chaise.

Bree ne dit rien.

Il fallut moins de trente secondes à Oscar pour commencer à se tortiller. Au bout d'une minute, il ne parvint plus à se taire. Il pointa le menton en avant.

— Je ne suis pas la femme de ménage.

Son ton était encore rageur, mais plus pleurnichard que furieux à présent.

— De toute évidence, non.

Bree soutint son regard avec une attention sans faille.

— La femme de ménage n'a pas perdu le contrôle de son prisonnier.

La colère disparut lentement du visage d'Oscar. Il déglutit, sachant qu'il avait dépassé les bornes.

— Il n'y aura plus jamais de débordements comme ça. Je ne veux aussi plus jamais revoir une technique de contention bâclée. Nous avons des procédures, ce n'est pas pour rien. Vous vous inscrirez au prochain cours de rappel sur les tactiques défensives.

Il ouvrit la bouche pour argumenter.

Bree le coupa avant qu'il n'aggrave sa situation.

— Votre autre option, c'est une réprimande écrite et un cours de rappel sur les tactiques défensives.

Il ferma la bouche. Ils savaient tous les deux qu'il était en retard sur ses heures de formation continue.

— Oui… madame, dit Oscar en serrant les molaires.

— Au travail, nettoyez-moi ce vomi. Envoyez-moi Rogers en sortant.

Il se rua hors de son bureau. Rogers entra et se mit à marcher de long en large devant le bureau.

Oscar s'était montré maussade, mais chez Rogers, c'était plutôt l'agitation qui régnait.

— Qu'est-ce que ça signifie ?

Ne voulant pas être désavantagée par la hauteur, Bree se leva et se percha sur le coin de son bureau.

Rogers vint faire les cent pas devant elle.

— Quoi donc ?

— Vous avez frappé le suspect alors qu'il était à terre.

Rogers haussa les épaules.

— Il était hors de contrôle. Je l'ai maîtrisé.

— Il avait déjà été maîtrisé.

Bree s'efforça de faire preuve de patience.

— Et attaché. Il était au sol, correctement menotté, en train de vomir. La menace était passée, sauf le risque de recevoir du vomi sur vos chaussures.

— Vous l'avez frappé avec une matraque !

L'adrénaline de Rogers coulait toujours dans ses veines.

— J'espère que vous connaissez la différence entre arrêter une menace immédiate et un usage inutile de la force.

— C'est la faute d'Oscar. Il l'a laissé sortir des menottes. Pourquoi vous ne lui criez pas dessus, à lui ?

— Je ne crie sur personne, dit Bree. J'ai déjà parlé avec Oscar. Nous discutons de vos actions.

Bree l'observa. Rogers n'était pas seulement en colère. Le leadership était peut-être nouveau pour elle, mais son instinct lui disait qu'il se passait autre chose dans ce cas.

— Vous avez eu la même réaction quand nous avons arrêté Alyssa.

— Elle avait une hache.

Rogers fit volte-face et traversa à nouveau la petite pièce.

— Qu'elle avait déjà laissée tomber.

Rogers ne répondit pas. Peut-être avait-il besoin d'une formation ? Le précédent shérif – Bree commençait à le considérer comme Voldemort – était de la vieille école. Elle ne doutait pas qu'il avait dû donner l'exemple en rationalisant, voire en encourageant l'usage d'une force excessive pour « leur donner une leçon ».

— Inscrivez-vous au prochain cours de formation sur le recours à la force.

Le service était en sous-effectif depuis longtemps et les heures de formation continue étaient l'un des sacrifices consentis pour que les équipes de patrouille restent en place. Un adjoint ne pouvait pas être en formation et dans la rue en même temps. Mais une bonne équipe de maintien de l'ordre avait besoin d'une formation régulière.

— Je n'ai pas besoin d'un cours.

— Ce n'est pas une question à choix multiples.

Bree haussa un sourcil.

— Ce que j'ai vu tout à l'heure, c'est un adjoint en colère. Vous ne pouvez pas arrêter de ressentir des émotions, mais vous pouvez arrêter d'agir en fonction d'elles. Ou pire encore : de réagir. Nous sommes censés être des professionnels. Si nous ne pouvons pas garder le contrôle de nous-mêmes, nous perdons le contrôle de la situation. Nous devons garder la tête froide. Parfois, c'est sacrément difficile, surtout lorsqu'une ordure vous crache au visage ou urine à l'arrière de votre voiture de patrouille.

Oui, c'était arrivé à Bree. Elle baissa encore plus la voix.

— Ou quand votre cœur bat si fort que tout ce que vous pouvez entendre, c'est l'écho de votre propre pouls.

Rogers s'arrêta et la regarda, comme s'il la voyait comme un flic pour la première fois.

— Mais nous sommes en position d'autorité, et nous avons la responsabilité de ne jamais en abuser.

On aurait dit un cours magistral.

Mais Bree le pensait vraiment. Elle avait passé son enfance avec quelqu'un qui, non seulement exprimait sa colère tous les jours, mais se délectait de la peur qu'il générait. Ça avait été horrible et c'était la raison pour laquelle elle s'efforçait de garder le contrôle de ses émotions. Mais Rogers semblait avoir besoin d'autre chose que de l'exercice ou du yoga.

Il cligna des yeux et reprit sa marche nerveuse. Il était trop agité pour qu'elle puisse espérer communiquer correctement.

— Je veux que vous preniez le reste de la journée, dit-elle. Rentrez chez vous. Reposez-vous. Nous parlerons demain.

— Quoi ? Vous me renvoyez chez moi ? Mais vous êtes en sous-effectif.

Comment pouvait-il être surpris ?

— Oui.

Bree se leva.

— Vous rencontrez des problèmes. Vous devez vous en occuper. Avez-vous un conseiller ou un thérapeute ?

— Non.

Le ressentiment rétrécit les yeux de Rogers et sa mâchoire se contracta.

— Le shérif King…

— … n'est plus là, interrompit Bree d'une voix calme et ferme. C'est moi, le shérif, maintenant. Je ne dirigerai pas le département de la même manière. Vous devez vous y faire. Ou partir. C'est vous qui voyez.

Elle inspira calmement.

— Rentrez chez vous, Rogers. Prenez le temps de récupérer.

De toute évidence, il n'avait pas les idées claires. S'il disait ce qu'il pensait à cet instant, elle ne doutait pas qu'il le regretterait.

Le visage rouge, il fit volte-face et sortit en trombe.

Bree prit trois respirations profondes avant de quitter son bureau. Elle aurait eu besoin d'une centaine d'heures de yoga pour décompresser, après une journée comme celle-ci.

Elle retrouva Matt dans la salle de repos. Il s'était servi une tasse de café. Il souleva le pot et le secoua pour lui en offrir.

— Oui, merci.

Il lui tendit une tasse pleine.

— Eh bien, on ne peut pas dire que ton job soit ennuyeux.

— Je n'aurais rien contre un peu d'ennui.

Marge passa la tête dans la pièce.

— L'inspectrice Dane est là. Je l'ai mise dans la salle de conférence et lui ai donné du café.

— Merci, Marge.

Bree prit son café et acheta un paquet de M & M's au distributeur. Matt la suivit dans la salle de conférence. L'inspectrice Dane avait posé son manteau sur le dossier d'une chaise. Une tasse de café fumant et un dossier en carton se trouvaient devant elle.

Matt présenta Bree à l'inspectrice.

— Merci de me recevoir, shérif, dit l'inspectrice Dane. Appelez-moi Stella.

Bree leva son paquet de bonbons.

— Il y a des distributeurs automatiques dans la salle de repos.

— Non, merci, dit Stella.

Ils s'assirent. Stella ouvrit le dossier qu'elle avait apporté.

— Nous avons eu plus d'une douzaine de cambriolages résidentiels à Scarlet Falls au cours des six derniers mois.

Bree sortit son téléphone et ouvrit les photos des bijoux découverts dans le sac de Harper.

— Le sac à dos est au labo. Je n'ai pas déballé pour ne pas brouiller d'éventuelles empreintes digitales. Dès que les techniciens auront fini, vous pourrez y avoir accès. Jetez un œil à ces bijoux.

Elle tendit le téléphone à Stella.

Stella agrandit l'image.

— Le bracelet ressemble à celui qui a été volé dans une maison de Scarlet River Drive il y a deux semaines.

— C'est sur le côté nord de la rivière ? demanda Matt.

— Oui.

Stella indiqua le bracelet.

— Il s'agissait d'un bijou de famille. Sa propriétaire était inconsolable.

Elle tira une photo de son dossier.

— Voici une photo où elle le porte.

Bree compara les deux images.

— On dirait bien le même, mais il faudra le faire évaluer par un bijoutier.

Matt jeta un coup d'œil à la photo.

— Est-il enfermé dans un coffre-fort ?

— Non.

Stella secoua la tête.

— Il était rangé dans sa boîte, dans le tiroir à sous-vêtements.

Matt se frotta la barbe.

— Ce n'est pas une cachette très originale.

— Non, reconnut Stella.

— Parlez-moi des cambriolages, dit Bree en portant son café à ses lèvres.

— Les faits ont eu lieu entre minuit et cinq heures, commença Stella. Nous pensons qu'elle doit repérer à l'avance des maisons dont les occupants sont en vacances ou travaillent de nuit. Ce bracelet appartient à une infirmière urgentiste.

— Elle ? demanda Bree. Vous êtes sûre qu'il s'agit d'une femme ?

— Nous avons des images prises par la caméra de sécurité d'une maison voisine. Elle se trouve un peu plus loin dans la même rue.

Stella sortit une photo de son dossier. L'image en noir et blanc montrait une femme qui marchait d'un pas vif.

— Sa silhouette semble féminine. Elle porte un pantalon de yoga noir, une veste noire moulante, un chapeau et un bandana noir qui lui couvrent le visage.

Bree examina la photo.

— Une femme, en effet.

Les cheveux et le visage de la cambrioleuse étaient dissimulés, mais on voyait qu'elle était grande et mince. Bree passa la photo à Matt.

Il la regarda quelques secondes et fronça les sourcils.

— Elle n'a laissé aucune empreinte digitale ?

— Non, dit Stella. Elle fait attention. Sur d'autres photos, on voit qu'elle porte des gants noirs. Elle ne prend rien de volumineux : argent liquide, bijoux, cartes cadeaux, etc. Elle ne reste que quelques minutes. Elle va directement à l'endroit où sont conservés les objets de valeur, comme si elle pouvait les sentir. Et elle file. Habituellement, elle dérobe quelques milliers de dollars en espèces et bijoux.

Stella indiqua la photo du bracelet.

— Mais elle a touché le gros lot à Scarlet River Drive. Ce bracelet vaut à lui seul plus de quatre-vingt mille dollars.

— Est-ce que d'autres victimes avaient un système d'alarme ? demanda Bree.

— Non.

Stella tapota la photo de la suspecte.

— Mais elle ne vise pas les maisons de luxe. Elle ne prend pas les appareils électroniques et les cartes de crédit.

— Tout ce qui pourrait permettre de remonter jusqu'à elle.

Matt se redressa, faisant grincer sa chaise.

— On dirait qu'elle a déjà des informations avant d'arriver, dit Bree.

— Nous pensons qu'elle a un complice. Quelqu'un qui repère les maisons à l'avance.

— Ça semble logique, acquiesça Matt.

— Quel genre de personne peut faire des repérages ?

— Les agents immobiliers. Les vendeurs porte à porte. Les artisans.

Stella secoua la tête.

— Nous avons recoupé les entreprises qui ont travaillé sur plusieurs maisons et les agents immobiliers qui ont eu des biens à vendre dans les différents quartiers.

— Ça a donné quelque chose ? demanda Matt.

— Non, dit Stella. Mais les premiers enquêteurs n'ont relevé que les « interventions récentes » effectuées sur place. J'ai envoyé des agents réinterroger les victimes et noter toutes les interventions pendant plusieurs mois avant les cambriolages. Le ou les voleurs sont très organisés.

— Et des véhicules inconnus dans le voisinage ? demanda Bree.

— Une deuxième caméra de sécurité plus loin dans la rue a filmé cette image.

Stella posa une autre photo sur la table et la montra à Bree. Sur celle-ci, la cambrioleuse montait dans une Toyota 4-Runner.

Tout à coup, Bree oublia qu'elle avait faim. Elle regarda à nouveau la première photo. Se pouvait-il que ce soit Alyssa ? Elle mit de côté ses M & M's et se passa les deux mains sur le visage.

— Qu'est-ce que c'est ? demanda Stella.

— Alyssa Vincent conduit une 4-Runner.

Bree fut alarmée de constater à quel point elle ne voulait pas partager cette information avec l'inspectrice de Scarlet Falls. S'était-elle trop attachée à Alyssa ?

— Il est au garage municipal en ce moment. Nous étions censés le rendre à Alyssa demain.

— Vous pouvez les garder encore un peu, elle et le pick-up ?

— Je peux essayer.

Bree donna à Stella un résumé de l'appel d'urgence passé initialement par Alyssa.

— Mais son portefeuille et ses clés trouvés dans le sac de bijoux volés pourraient me donner quelques jours – à moins qu'elle ne fasse appel à un avocat.

Bree pouvait convaincre Alyssa de rester, mais tout avocat compétent conseillerait à la jeune fille de partir.

— Je suis surpris qu'elle n'ait pas encore demandé un avocat, dit Matt.

— Soit elle est innocente et naïve, soit coupable et trop sûre d'elle.

— Alors qui est l'homme qui l'a suivie à Walmart et qui était dans le chalet 19 aujourd'hui ?

Bree se frotta un œil.

— Son complice ? suggéra Matt.

Bree baissa la main et regarda la photo du voleur. Elle ne voulait pas découvrir qu'Alyssa était une cambrioleuse, qu'elle l'avait menée en bateau depuis le début. Et ce n'était pas parce que Bree avait besoin d'avoir raison à tout prix.

Elle s'était déjà trompée plus d'une fois. Il fallait voir les choses en face : les gens étaient bizarres. Des années plus tôt, elle avait arrêté un type qui avait poignardé son frère pour avoir mangé toutes ses gousses d'ail, et elle avait enquêté sur une petite vieille dame qui avait tabassé son mari à mort avec une brique pour ne pas avoir ramassé ses chaussettes. Bree n'avait rien vu. Elle avait perdu deux jours à interroger tous les employés de son cabinet comptable jusqu'à ce que l'analyse des empreintes digitales lui parvienne. Bree pouvait se tromper. Mais elle ne voyait pas Alyssa comme une criminelle.

Stella serra les dents.

— Comment voulez-vous gérer l'affaire ?

Bree aurait été tentée de reprendre tout le dossier. Certes, elle voulait protéger Alyssa, mais elle ne pouvait pas commencer sa relation avec la police de Scarlet Falls par prendre une affaire à laquelle leur inspectrice avait consacré des mois de dur labeur.

— Les bijoux volés sont votre affaire, mais il y a de fortes chances que ce soit lié à mon homicide. Je pense que nous devrions coopérer.

— Ça me semble une bonne idée.

La mâchoire de Stella se relâcha.

— Il faut que j'interroge Alyssa.

— Oui, bien sûr. Elle est ici, en ce moment. Mais nous devons d'abord mettre au point une stratégie.

Stella plissa les yeux.

— Une stratégie ?

— Oui, dit Bree. Avez-vous assez de preuves pour accuser Alyssa de cambriolage ?

— Non.

— Je la traite comme un témoin. Comme elle est sans-abri, je l'ai hébergée dans un motel la nuit dernière, mais elle est nerveuse. Si nous lui mettons trop de pression, je crains qu'elle s'enfuie et nous n'avons aucune base légale pour la retenir.

Bree avait manipulé la jeune fille pour qu'elle reste, ce dont elle n'était pas fière.

— Alyssa n'a aucun lien avec cette région. Si vous l'effrayez, c'est peut-être la dernière fois que nous la voyons.

— Donc vous voulez que j'y aille en douceur ?

Stella n'avait pas l'air contente. Mais elle poursuivait un cambrioleur en série depuis des mois. Elle voulait clore son affaire.

— Le but devrait être de récolter des informations auprès d'Alyssa et de la faire rester ici, pas d'obtenir une confession.

Stella réfléchit pendant quelques secondes.

— Oui, c'est logique. Si elle réclame un avocat, on est foutues.

— C'est pourquoi je ne mentionnerai pas le fait que la boîte d'allumettes trouvée dans le sac à dos de Harper la relie à une scène de meurtre.

— OK.

Stella glissa son dossier sous son bras et suivit Bree dans la salle d'interrogatoire.

— Voici l'inspectrice Dane.

Bree s'assit à côté d'Alyssa.

L'inspectrice s'installa de l'autre côté de la table.

Alyssa regarda les deux policières tour à tour.

— Qu'est-ce qu'elle fait ici ?

— Nous pensons que tu pourrais avoir des informations concernant une affaire de cambriolage sur laquelle elle travaille.

Alyssa inclina la tête.

— Qu'est-ce qui vous fait penser ça ?

— Avant de commencer, je dois te lire une déclaration sur tes droits.

Bree lut le document, puis glissa le papier et un stylo vers Alyssa.

— J'ai juste besoin de ta signature pour confirmer que tu as compris.

— OK.

Alyssa saisit le stylo d'une main tremblante.

— Mais pourquoi vous me lisez mes droits ? Vous ne faites pas ça quand vous arrêtez quelqu'un ? Vous allez m'arrêter ?

— Non, dit Bree, en passant sous silence le fait que le rôle d'Alyssa était passé de celui de témoin à celui de suspect potentiel lorsque ses affaires avaient été retrouvées avec des objets volés.

Il n'était pas nécessaire d'informer les témoins de leurs droits.

— Mais la loi m'impose de te lire cela. Je dois aussi te dire que nous sommes enregistrées. Comme la dernière fois. Je ne veux pas risquer de commettre une erreur.

— OK.

Alyssa se mordilla nerveusement l'ongle du pouce.

Bree lui montra la première photo du sac à dos.

— C'est celui de Harper ! Où est-ce que vous l'avez trouvé ?

Alyssa tendit la main comme si elle avait pu toucher le vrai sac à dos.

— Dans le chalet voisin de celui où vous logiez, dit Bree.

Alyssa eut l'air soulagée.

— Maintenant, vous savez que je dis la vérité sur Harper.

Bree passa à la photo suivante.

— Qu'est-ce que tu vois, ici ?

— Mon portefeuille ! Mes clés !

Alyssa sourit, mais ce fut de courte durée. Son visage reprit une expression sérieuse.

— Je ne peux pas le croire.

— Quoi ? demanda Bree.

— Vous voyez cette pochette zippée bleue ?

Alyssa désigna le téléphone.

Bree agrandit l'image.

— Celle-là ?

— Ouais.

Alyssa se redressa et croisa les mains sur ses genoux.

— Vous vous souvenez que je vous avais dit que moi et Harper, on a commencé à traîner ensemble parce que je m'étais fait voler mon argent ?

— Oui, dit Bree.

Alyssa se gratta nerveusement le poignet.

— Mon argent était dans cette pochette. C'est Harper qui a dû me le voler. Pourquoi elle a fait ça ?

Sa voix exprimait une douleur sincère qui fit de la peine à Bree.

Bree secoua la tête.

— Je ne sais pas. Tu as un avis sur la question ?

— Elle pensait obtenir plus d'argent grâce à moi, je suppose.

Alyssa détourna les yeux. Une larme coula sur sa joue.

— À chaque fois qu'elle m'achetait à manger, elle utilisait mon propre argent. Je suis trop stupide. Je la conduisais à son travail et tout. Je pensais qu'elle était mon amie, mais elle ne faisait que se servir de moi.

— Où est-ce que Harper travaille, déjà ? demanda Bree.

— Route 51 et Evergreen Road, répondit Alyssa sans hésitation.

Bree secoua la tête.

— Nous avons appelé Master Clean. C'est le nom de l'entreprise. Personne du nom de Harper Scott n'y travaille.

Alyssa en resta bouche bée.

— Je ne comprends pas.

— D'où Harper a-t-elle dit qu'elle venait ? demanda Bree.

— De Scarlet Falls.

Alyssa ne semblait pas très sûre.

Bree se pencha vers elle.

— Nous n'avons trouvé personne du nom de Harper Scott vivant à Scarlet Falls ou dans tout le comté de Randolph.

Alyssa regarda fixement devant elle.

— Alors, elle a menti sur tout ?

Bree ralluma l'écran de son téléphone et montra à nouveau à Alyssa le contenu du sac à dos.

— Tu vois les sacs en plastique ?

Alyssa baissa les yeux.

— Hm, hm.

— Tu sais ce qu'il y a dedans ?

Bree pencha la tête, essayant de lire dans le regard d'Alyssa.

— On dirait des bijoux.

Alyssa leva les yeux.

Bree s'écarta et jeta un coup d'œil à Stella.

L'inspectrice se pencha en avant et posa les coudes sur la table.

— Alyssa, est-ce que Harper t'a parfois emprunté ton véhicule ?

— Non.

La réponse d'Alyssa fut immédiate.

— C'était le pick-up de mon père. Je ne l'aurais jamais prêté.

— Connais-tu quelqu'un qui habite sur Scarlet River Drive ?

Stella passa le doigt sur le bord de son dossier.

— Non.

Jetant un œil craintif au dossier, Alyssa se mit à gratter ses cicatrices au bras.

Stella sortit une photo du bracelet.

— Tu reconnais ça ?

Alyssa secoua la tête, puis se figea.

— Ce bracelet était sur la photo du sac à dos.

— Il a été volé dans une maison de Scarlet River Drive il y a deux semaines.

L'inspectrice rapprocha la photo d'Alyssa.

La jeune fille l'examina pendant quelques secondes, puis regarda Stella.

— Harper avait ce bracelet dans son sac à dos ?

— Oui.

Stella s'écarta.

— Et d'autres bijoux volés, aussi.

— C'est logique, je suppose.

Les cicatrices d'Alyssa commençaient à saigner.

— Elle m'a volé mon argent.

Même si Bree voulait des réponses, regarder la fille se débattre était difficile.

Tu deviens trop gentille.

Bree ne voulait pas l'admettre, mais aider les enfants de sa sœur à surmonter leur chagrin l'avait changée.

Stella ne manqua pas sa chance. Elle fit glisser l'image du cambrioleur grimpant dans la 4-Runner à travers la table.

— C'est une image de caméra de surveillance du voleur quittant la scène du crime.

Alyssa la regarda fixement.

— C'est ma 4-Runner ?

Stella s'avança sur sa chaise et désigna le voleur vêtu de noir.

— Est-ce que tu reconnais cette personne ?

La voix d'Alyssa s'éleva.

— On dirait que c'est Harper.

Mais on aurait aussi pu dire que c'était Alyssa.

Celle-ci fronça les sourcils.

— Si j'avais quelque chose à vendre, je ne dormirais pas dans un chalet glacial sans eau ni électricité.

— Tu avais déjà vu Harper avec des bijoux ? demanda Bree.

— Non.

Alyssa secoua la tête, mais en même temps, elle réfléchissait. Elle désigna l'image de la 4-Runner.

— Quand cette photo a-t-elle été prise ?

Stella tapota la photo.

— Il y a deux semaines.

— On ne peut pas voir la plaque d'immatriculation, dit Alyssa. Et même pas de quelle couleur il est. Comment pouvez-vous être sûres que c'est le mien ?

— Ce serait une assez grosse coïncidence, étant donné que la personne qui conduisait ce véhicule a volé un bracelet qui a été retrouvé dans un sac à dos dans le chalet à côté du tien.

Alyssa regarda les égratignures sur son bras.

— Harper a dû prendre mon véhicule pendant que je dormais.

— Tu as le sommeil lourd ? demanda Stella.

— Je sais pas.

Alyssa haussa une épaule. Puis elle s'affaissa sur sa chaise. Elle avait l'air vaincue.

— Je suis vraiment fatiguée. Je peux retourner au motel, maintenant ?

— Ouais. Je vais demander à un adjoint de te ramener.

Alyssa soupira.

— OK.

Bree fit sortir Alyssa de la salle d'interrogatoire.

— Shérif, qu'est-ce qu'il va m'arriver ? demanda-t-elle.

— Qu'est-ce que tu veux dire ?

Bree voulait éviter cette conversation.

— Cette policière veut m'arrêter.

— Elle veut arrêter le cambrioleur, dit Bree.

Alyssa soupira.

— J'ai l'impression que tout est hors de mon contrôle. Comme si j'étais sur des montagnes russes, et qu'elles s'écroulaient. Tout ce que je peux faire, c'est tenir bon. Et espérer ne pas m'écraser.

Chapitre Dix-Neuf

Matt regarda Bree conclure son interrogatoire. Selon lui, Alyssa ne disait pas tout, mais elle ne lui semblait pas vraiment se comporter en coupable. De toute évidence, il leur manquait encore des informations. Assis à côté de Matt, Todd prenait des notes.

Bree entra dans la salle d'observation et ils se levèrent tous les deux.

— Qu'en pensez-vous ? leur demanda-t-elle.

— Elle a semblé surprise et en colère que Harper lui ait volé son argent, dit Matt.

— J'ai pensé la même chose, acquiesça Todd.

— Mais je pense aussi qu'elle nous cache encore quelque chose, ajouta Matt.

— Probablement.

Bree se tourna vers Todd.

— Du nouveau ?

— La recherche de crimes similaires dans le NCIC n'a révélé aucune affaire en cours où des victimes auraient reçu une balle dans le visage, avant d'être matraquées.

Todd poussa sa chaise sous la table. Le *National Crime Information Center* était un centre d'échange de données sur la criminalité consultable en ligne.

— La vérification des antécédents de Phil Dunlop est faite. Pas de casier judiciaire. Il paie ses impôts sur le terrain de camping et sa résidence personnelle.

— Mince, dit Bree. Autre chose ?

— Je dois une visite à Mme Whitney, dit Matt.

Bree remit son téléphone dans sa poche.

— Je dois aussi parler à Mme Whitney.

— Je peux faire ça ce soir, dit Matt. Je la connais déjà.

— Je pense que je devrais la voir personnellement.

La bouche de Bree se pinça.

Matt eut un mouvement d'agacement.

— Je connais ton dévouement et ton engagement, mais si tu ressens toujours le besoin de contrôler tous les aspects de l'enquête, alors pourquoi m'avoir embauché ?

— Je t'ai embauché parce que je te fais confiance.

Bree soupira et porta la main à son front.

— Alors, tu dois aussi avoir confiance en ma capacité à faire le boulot.

— J'ai confiance, et tu as raison. Il faut que je délègue plus.

Elle sortit son téléphone.

— Je peux encore être à l'heure pour dîner avec les enfants, mais je suis disponible plus tard dans la soirée si vous avez besoin de moi.

— Je pourrais accompagner Matt, proposa Todd.

— Vous êtes sûr ?

Bree le jaugea du regard.

— Vous travaillez presque sans arrêt depuis hier matin.

— J'en suis sûr. Durant les mois où j'étais shérif intérimaire, j'ai eu l'impression d'être dépassé par les événements. J'ai besoin de faire plus de terrain.

Todd semblait déterminé à faire ses preuves.

— OK. Ce serait utile, puisque Matt n'a pas encore d'accréditation, mais veillez aussi à manger et dormir. J'ai besoin de vous en pleine forme demain.

Todd eut l'air satisfait.

— Oui, m'dame.

Bree se dirigea vers son bureau et Todd et Matt quittèrent le poste.

— Je vais conduire, dit Todd. Mieux vaut avoir une voiture officielle, en cas de besoin.

— OK.

Matt se glissa sur le siège passager de la voiture de patrouille. La voiture était aménagée pour un conducteur seul, et l'espace était restreint. L'ordinateur du tableau de bord dépassait du côté de Matt.

Todd les conduisit chez Mme Whitney. Elle vivait dans une maison à un étage près de la gare de Grey's Hollow. Todd se gara et ils sortirent du véhicule.

Matt se figea sur le trottoir.

— Tu aimes les chiens, non ?

— Pas de souci. Avant, j'avais un labrador.

Matt avança vers la porte d'entrée.

— Ce sont des petits chiens, ici.

— Aïe.

Il sonna et des jappements retentirent aussitôt de l'autre côté de la porte. Un instant plus tard, la porte s'entrouvrit, et Mme Whitney jeta un coup d'œil par l'interstice.

— Matt.

— Madame Whitney.

Matt éleva la voix pour couvrir les aboiements et désigna Todd.

— Voici l'adjoint en chef Todd Harvey. Nous aimerions faire le point et vous poser quelques questions.

— Oui. Bien sûr. Hugo, recule. Larry, arrête de grogner.

Madame Whitney se pencha et souleva un petit carlin borgne. Tout en ouvrant la porte, elle repoussa un chihuahua avec le pied. Son pantalon noir était recouvert de poils de chien. Elle portait un cardigan par-dessus un pull et des lunettes de lecture sur une chaîne autour du cou.

Matt et Todd la suivirent à l'intérieur. Hugo le chihuahua renifla leurs chaussures. À chaque fois qu'ils faisaient un pas, il sautait en arrière et jappait. Larry continuait à grogner dans les bras de Mme Whitney.

— Laissez-moi mettre ces deux-là dans l'autre pièce. Nous serons plus tranquilles.

La maison était pleine à craquer de meubles et de lits pour chiens. Sur plusieurs d'entre eux se prélassaient des chiens âgés au museau blanc.

Des jouets jonchaient le tapis. Les meubles étaient couverts de photos encadrées. Quatre-vingt-dix pour cent d'entre elles représentaient Eli, de son enfance à aujourd'hui. Madame Whitney revint quelques instants plus tard, sans les deux chiens. Matt en compta quatre autres qui restaient dans la pièce. La maison sentait légèrement le vieux chien, l'urine et le nettoyant pour tapis.

— Asseyez-vous.

Elle se percha sur un fauteuil à oreilles défraîchi et leur indiqua un canapé caché sous des couvertures.

— Vous avez des nouvelles d'Eli ? demanda Mme Whitney.

— Je suis désolé. Pas encore, madame, dit Matt. J'aimerais que vous me parliez un peu plus de ses amis.

Elle tira sur un fil qui dépassait de son fauteuil.

— Il y a ses colocataires.

— A-t-il déjà mentionné s'être disputé avec eux ? demanda Matt.

— Pas vraiment, dit-elle. Rien d'important, en tout cas. Il n'aime pas que Christian se serve dans sa partie du frigo, ce genre de choses.

Matt se demanda ce qu'Eli ne disait pas à sa grand-mère.

— Avait-il d'autres amis ?

— Ses colocataires sont ceux dont il est le plus proche.

Elle laissa tomber le fil sur le sol et posa les mains sur ses genoux.

Todd se pencha en avant.

— Et concernant les filles ?

— Il n'a pas de petite amie… mais attendez.

Son visage s'éclaircit.

— Il y a bien une fille qu'il a amenée dîner il y a environ trois semaines. Quel était son nom ? se demanda-t-elle. Un nom à consonance biblique. Elle ne parlait pas beaucoup. Samantha. Non. Sariah, c'est ça.

Todd sortit un petit bloc-notes de sa poche et y nota l'information.

— Pourriez-vous décrire Sariah ?

Madame Whitney prit un air pensif.

— Elle est grande pour une fille, et mince. Les cheveux noirs. J'ai une photo. Attendez.

Elle se leva et s'approcha d'un secrétaire où trônaient de nombreuses photos. Elle en choisit une.

— La voilà.

Elle tendit le cadre à Matt et Todd.

La jeune femme était assise à côté d'Eli sur ce même canapé. Elle avait des cheveux noirs tirés en queue-de-cheval. Eli avait passé le bras autour de ses épaules, mais elle semblait s'écarter légèrement de lui. C'était la fille pour laquelle Eli et Brian s'étaient disputés.

— Puis-je emporter cette photo ?

Matt tapa sur le cadre avec un doigt.

— Je promets de vous la rendre.

— Vous pouvez garder celle-ci. J'en imprimerai une autre.

Madame Whitney désigna une petite imprimante posée sur le bureau.

— Eli m'a acheté ça pour Noël, il y a deux ans. Je peux imprimer directement depuis mon téléphone. Il sait combien j'aime les photos, dit-elle avec fierté.

Elle ouvrit le cadre, sortit la photo et la tendit à Matt.

— L'avez-vous revue par la suite ?

Matt prit la photo par les bords.

— Non.

Elle posa le cadre vide sur le bureau.

— Il ne l'a amenée qu'une fois. Il l'a mentionnée une ou deux fois, mais je pense qu'elle l'a largué. Pas une grosse perte, à mon avis. Elle n'aimait pas les chiens.

— Y a-t-il autre chose que vous puissiez nous dire sur la vie d'Eli ? demanda Todd. A-t-il des difficultés à l'université ? Avait-il l'air normal la dernière fois que vous l'avez vu ?

— Il m'a semblé parfaitement normal.

Elle passa le doigt sur le rebord du bureau.

— Il a mangé une livre de rôti.

Sa voix s'étrangla.

Matt sentit une vague d'empathie l'envahir.

— Je vais continuer à le chercher.

— Je vous fais confiance.

Elle ravala un sanglot.

— Si vous pensez à autre chose, appelez-nous.

Todd lui tendit sa carte de visite.

Elle glissa la carte dans la poche de son cardigan et les raccompagna.

Matt et Todd s'éloignèrent de la maison. L'air sentait le frais après l'odeur de vieux chien qui régnait chez Mme Whitney.

Ils montèrent dans la voiture de police.

— Et maintenant ? demanda Todd en démarrant le moteur.

— J'aimerais faire un tour dans le quartier où Eli a été vu pour la dernière fois. Quelqu'un a peut-être une caméra de sécurité.

— Bonne idée. On peut aussi parler aux voisins. Parfois, le bon vieux travail de terrain donne les meilleurs résultats.

Todd prit la route du campus.

Lorsqu'ils arrivèrent dans le quartier, Matt regarda les numéros des maisons. Quelques étudiants marchaient sur le trottoir, portant des sacs à dos.

Matt indiqua une vieille demeure de style colonial.

— C'est là que la fête a eu lieu. Stella a dit que la rue était bloquée. Fais le tour du pâté de maisons.

Todd s'exécuta.

— C'est là qu'il a demandé son véhicule.

Il se gara au bord du trottoir.

— Voyons s'il y a des caméras. Ces maisons sont très proches du trottoir. S'il y a une caméra à l'entrée, il est possible qu'elle filme aussi la rue.

Ils sortirent du véhicule.

— On prend chacun un côté ? demanda Todd.

— Ouaip.

Todd avança sur le trottoir tandis que Matt traversait la rue pour faire de même en parallèle. C'étaient principalement des étudiants qui habitaient par ici et il doutait qu'ils soient couchés à vingt heures. Personne ne répondit aux trois premières maisons. À la quatrième, il appuya sur la sonnette et un étudiant en survêtement aux couleurs de l'université lui ouvrit. Il avait les pieds nus.

— Salut. Je suis Matt Flynn. J'aide le département du shérif dans une enquête.

Il indiqua Todd de l'autre côté de la rue.

— Je suis Brandon Stone.

Brandon était de taille et de corpulence moyennes, avec des cheveux foncés, une barbe broussailleuse et le teint de quelqu'un qui ne passe pas beaucoup de temps à l'extérieur.

— Brandon, tu étais chez toi, samedi soir dernier ?

— Désolé. Je suis allé à une fête.

Il souffla sur sa longue frange pour l'écarter de ses yeux.

— Celle plus loin dans la rue ?

— Ouais. Comment vous savez ?

— On m'a dit qu'il y avait beaucoup de monde. Tu as vu ce type ?

Matt lui montra une photo d'Eli.

Brandon se pencha pour la regarder.

— Ouais. Il était là. Mais je ne connais pas son nom.

— Tu es parti à quelle heure ?

— Je sais pas. Une heure, deux heures. Quelque chose comme ça.

Brandon indiqua le téléphone de Matt.

— Il est parti avant moi.

— Il était ivre ?

— Complètement.

Brandon sembla gêné.

— Je ne le juge pas, hein. Ça m'arrive aussi.

Il fit un large sourire.

— Mais pas le week-end dernier ?

— J'avais un devoir important à rendre. Je ne pouvais pas faire l'idiot. C'est ma dernière année.

Brandon avait l'air déprimé.

— Est-ce que tu l'as vu dans la rue, en partant ?

— Non, dit Brandon.

— Et tes colocataires ? Ils sont là ?

— Non, mais ils étaient tous les deux rentrés chez eux pour le week-end. Il n'y avait que moi, ici.

Matt était sur le point de le remercier et de partir, mais il regarda de plus près la sonnette.

— C'est une de ces sonnettes avec caméra ?

— Ouais.

Brandon hocha la tête.

— On nous a volé des colis le mois dernier, alors on a installé ça.

— Et ça marche ?

Brandon écarta de nouveau sa frange.

— Plus ou moins. C'est un peu trop sensible. Ça capte tous les gens qui passent sur le trottoir. J'ai coupé les notifications sur mon téléphone. Ça se déclenchait toute la journée pendant que j'étais en classe.

— Est-ce que le fait de l'éteindre ne va pas à l'encontre du but recherché ? demanda Matt.

— J'ai laissé les notifications de sonnerie. Donc, mon téléphone sonne si quelqu'un appuie sur la sonnette. L'appli enregistre toujours les mouvements. Si un colis disparaît, on peut consulter l'historique. Mais l'application ne se déclenche pas sur mon téléphone à chaque fois que quelqu'un passe.

Cette maison était idéalement située, à proximité de l'endroit où Eli avait appelé son véhicule.

Matt croisa les doigts.

— Tu veux bien vérifier l'application pour voir s'il y a eu des mouvements signalés dans la nuit de samedi à dimanche, disons entre minuit et deux heures ?

— Pas de souci.

Il recula d'un pas.

— Un instant. Je vais chercher mon téléphone.

Il laissa la porte entrouverte et revint une minute plus tard, faisant déjà défiler les vidéos sur son écran.

— Il y a un tas d'événements enregistrés à cette heure-là.

Il ouvrit le premier fichier et ils virent trois filles passer devant la maison en riant. La deuxième vidéo montrait un couple marchant bras dessus bras dessous. Sur la troisième, un jeune homme seul. La vidéo ne durait qu'une vingtaine de secondes. Dans le noir, l'image était de mauvaise qualité, mais Matt reconnut Eli. Il était vêtu d'un jean et d'un manteau, mais ne portait pas de casquette. Il s'arrêta juste devant la maison. Glissant les mains dans ses poches, il tourna le dos à la caméra et attendit.

— Il attend son chauffeur, dit Matt.

Une voiture s'arrêta devant lui quelques secondes plus tard. Sur le tableau de bord, un panneau lumineux en lettres violettes identifiait l'entreprise de covoiturage. La plaque d'immatriculation n'était pas visible, mais Matt reconnut la marque et le modèle du véhicule : une Dodge Charger.

— C'est lui, dit Matt. Tu peux me faire une copie ?

— Ouais.

Brandon tapa sur son écran.

— Je peux vous l'envoyer par SMS. Donnez-moi votre numéro.

Quelques secondes plus tard, le téléphone de Matt vibra.

— Reçu. Merci !

Matt enregistra les coordonnées de Brandon.

— La police pourra te demander une déclaration et vouloir accéder à ton compte en ligne pour la sonnette.

— Pas de problème.

Brandon se frotta les bras.

— L'historique n'est stocké en ligne que pendant soixante jours.

— Super. Merci.

Matt s'éloigna et passa aux maisons suivantes. Deux autres occupants étaient chez eux. Une jeune femme mentionna la fête en levant les yeux au ciel d'un air agacé. Mais aucun des deux n'avait vu Eli. Matt rejoignit Todd et lui montra la vidéo.

— C'est bien lui.

Todd indiqua son côté de la rue.

— Rien trouvé de mon côté. J'envoie un message au shérif ?

Matt imagina Bree chez elle avec les enfants.

— Je ne veux pas la déranger avant d'avoir quelque chose de plus concret. Dressons d'abord une liste des Dodge Charger immatriculées dans la région. Ça pourrait nous mettre sur une vraie piste.

Chapitre Vingt

Bree gara son 4 x 4 à côté de la vieille Bronco de son frère et coupa le moteur. Adam était là. Elle regarda la maison pendant quelques minutes, décompressant, passant du rôle de shérif à celui de parent. Elle était plus à l'aise avec le premier qu'avec le second.

Lorsque Todd disait s'être senti complètement dépassé lorsqu'il était shérif par intérim, Bree comprenait parfaitement. C'était exactement ce qu'elle ressentait en tant que tutrice des enfants. Il lui semblait que quelqu'un aurait dû vérifier ses références et lui refuser le poste en raison de son manque d'expérience.

De la lumière brillait aux fenêtres de la cuisine et Bree aperçut Dana devant la cuisinière. Kayla mettait la table pour le dîner, tandis qu'Adam sortait des verres du placard. Où était Luke ?

Bree jeta un coup d'œil vers la grange. Les lumières étaient allumées. Luke devait être en train de nourrir les chevaux.

Deux mois après son emménagement, la maison semblait toujours appartenir à Erin plutôt qu'à Bree. Elle avait apporté le mobilier de sa chambre à coucher, moderne et élégant, qu'elle avait dans son appartement de Philadelphie. Elle avait eu besoin de s'approprier au moins une petite partie de la maison. Mais tout le reste lui rappelait Erin – de son obsession pour les vaches aux photos de famille. Elle avait mis au grenier le contenu de la chambre à coucher et donné la plupart des vêtements de sa sœur, à l'exception de ceux que Kayla avait voulu garder. Bree craignait de jeter quoi que ce soit au cas où les enfants en voudraient un jour. Elle ne savait pas ce qu'étaient devenues les affaires de sa mère.

Personne ne lui avait jamais demandé si elle voulait en garder certaines. Toute la théorie de Bree sur l'éducation des enfants était basée sur son expérience de ce qui ne marchait pas.

Pas tout à fait prête à entrer, Bree prit son téléphone et appuya sur un bouton.

Entendre la voix de sa sœur lui fit monter les larmes aux yeux.

— Bree ? Je suis dans le pétrin. Je ne sais pas quoi faire. Je ne veux pas te donner les détails dans un message, mais j'ai besoin de ton aide. Rappelle-moi dès que tu as ce message.

Bree écouta le message deux fois de plus. C'étaient les derniers mots que lui avait adressés sa sœur. Puis elle serra le téléphone dans sa main et écouta son propre rythme cardiaque dans le silence du véhicule.

Elle n'était pas revenue à Grey's Hollow à temps pour aider Erin. La tension s'accentua dans sa poitrine.

Quand elle était occupée à travailler, elle pouvait oublier son chagrin, mais la souffrance réapparaissait dans les moments de calme.

Elle sortit du 4 x 4 et entra dans la grange. Les chevaux mâchaient leur foin. Luke était dans la stalle de Riot. Le grand hongre bai secoua la tête en direction de Bree. Elle le récompensa d'une caresse sur le front.

Puis elle se pencha sur la demi-porte.

— Comment s'est passée ta journée ?

Luke brossait les jambes antérieures de son cheval. Il s'interrompit et regarda Bree. Il avait de gros cernes sous les yeux.

— OK.

— Je suis toujours disponible pour parler. Tu le sais, non ? À propos de quoi que ce soit.

— Oui, tante Bree.

Luke soupira, l'air irrité.

— Je ne veux pas te harceler. Je m'inquiète juste.

— Je sais.

Il retourna au pansage de son cheval.

Bree abandonna. Elle se souvenait suffisamment de son adolescence pour savoir qu'en le poussant davantage, il serait moins enclin à parler.

— À tout à l'heure.

Bree quitta la grange et se dirigea vers la maison.

La porte arrière s'ouvrit et Adam apparut. Boutonnant son manteau, il sortit dans la cour. Il avait vingt-huit ans, mais il était maigre et dégingandé. De loin, il pouvait passer pour un adolescent. Seuls ses yeux montraient sa douleur.

Bree sourit dans le noir. Adam était un artiste introverti. Il pouvait passer des semaines seul avec son travail et ne jamais souffrir de solitude. Mais il avait promis d'aider avec les enfants.

Bree n'avait pas été immédiatement convaincue. Il avait du mal à établir des liens émotionnels. Mais il s'était montré à la hauteur depuis la mort d'Erin. Il n'avait pas manqué un seul dîner de famille hebdomadaire, et il était là, sortant parler à Luke, comme Bree le lui avait demandé.

En l'atteignant, Adam lui passa un bras autour des épaules et lui fit un baiser sur la joue.

— Merci d'être venu dîner, dit-elle.

— Dana me soudoie avec des restes. Elle prépare de quoi me nourrir toute la semaine.

Il continua jusqu'à la grange.

Bree rit en montant les marches et entra dans la maison. La cuisine était lumineuse et animée. Ladybug et Kayla accoururent vers Bree. Elle se prépara à l'impact. Kayla la serra violemment à la taille. La chienne glissa sur le carrelage et faillit faucher Bree aux genoux.

— Ladybug ! appela Dana.

— C'est bon.

Sans avoir perdu sa nervosité, Bree ne paniquait plus lorsque le gros animal disgracieux se jetait sur elle.

— Je ne comprends pas pourquoi elle fait ça à chaque fois que j'entre dans la maison, même si je ne suis allée qu'à la boîte aux lettres ou à la grange.

— C'est un truc de chien. Tu lui as manqué.

Bree embrassa la tête de l'enfant et gratta le chien derrière l'oreille. La cuisine sentait l'ail.

Kayla et le chien retournèrent mettre la table. Kayla pliait soigneusement les serviettes et les plaçait sous les fourchettes, tandis que la chienne l'observait.

— Qu'est-ce qu'on mange ?

Bree ôta ses bottes, accrocha sa veste et posa son téléphone sur l'îlot de la cuisine.

— Tortellini primavera.

Dana ouvrit le four et regarda à l'intérieur. L'odeur d'ail s'intensifia.

— Dana a fait du pain à l'ail, dit Kayla avec excitation. J'ai aidé.

— Kayla aime le beurre.

Dana transféra une plaque de cuisson du four à la cuisinière.

— Je crois qu'on peut manger dès que Luke et Adam arrivent.

Bree ouvrit le réfrigérateur et prit une canette d'eau gazeuse au citron vert. Dana se versa un petit verre de vin rouge. Vader sauta sur l'îlot. Il poussa le téléphone de Bree avec une patte.

— Vader, l'avertit Bree d'une voix sourde. Non.

Elle posa la canette et se dirigea vers le chat.

Sans ciller ni rompre le contact visuel, il poussa le téléphone jusqu'à le faire tomber dans le vide. Bree bondit sans pouvoir le rattraper à temps. Elle le ramassa et regarda si l'écran était fissuré. Non, et tout semblait fonctionner.

Elle caressa le chat.

— C'est pour ça qu'on ne peut rien avoir de beau.

— C'est ta faute, dit Dana en remuant le contenu d'une casserole. Tu as caressé le chien avant lui.

— Je devrais savoir qu'il ne faut pas bouleverser la hiérarchie.

Bree leva les yeux au ciel et gratta le chat derrière les oreilles. Il allait et venait sur le comptoir en se frottant contre elle.

— Tu vois ?

Dana pointa sa cuillère en bois.

— Il te marque pour montrer que tu lui appartiens.

— Pourquoi faut-il que tu sois tellement chat ?

Bree gratta son endroit préféré, sous le menton. Il ronronna et bava sur sa main jusqu'à ce qu'il se détourne soudainement, saute du comptoir et quitte la cuisine. Elle se lava les mains. Vader tout craché. Quand il en avait assez des câlins, il disparaissait.

La porte s'ouvrit. Bree s'émerveillait toujours de la ressemblance entre Adam et Luke. Côte à côte, on aurait dit deux frères. Les gènes des Taggert étaient très présents dans leurs corps maigres, leurs cheveux bruns ébouriffés et leurs yeux noisette tourmentés.

— Un soda ? demanda Bree.

— Oui, merci, dit Adam.

Bree n'avait aucun goût pour l'alcool. Elle avait grandi en sachant que l'odeur de l'alcool dans l'haleine d'un homme en colère signifiait que quelqu'un allait se faire tabasser.

Luke et Adam se lavèrent les mains et tout le monde se mit à table. Bree laissa la conversation flotter autour d'elle.

Luke décrivit le dernier *Call of Duty*. Depuis qu'ils avaient commencé ce rituel du dîner en famille, Adam et lui s'étaient lancé un défi hebdomadaire.

— Tu veux jouer, tante Bree ?

— Tu veux juste quelqu'un de facile à tuer encore et encore, plaisanta Bree.

Luke sourit.

— Tu t'améliorerais si tu jouais plus souvent.

Kayla parla d'un contrôle de maths qui approchait.

— Tu pourras m'aider à réviser, tante Bree ? Je dois connaître mes tables de multiplication jusqu'à six fois douze.

— Bien sûr, dit Bree. On peut faire ça après le dîner.

La conversation était fluide et Bree sentit sa tension s'apaiser. Dans sa vie antérieure, Bree aurait attrapé des plats à emporter ou mangé des œufs brouillés debout au-dessus de l'évier. Puis elle aurait ouvert le dossier de son affaire la plus urgente et elle aurait travaillé. Pas de pause.

Pas de famille. Elle baissa les yeux. Ladybug posa la tête sur le pied de Bree. Pas de chien.

Peut-être que Dana avait raison et que Bree finirait par aimer ce gros cabot. On avait vu plus étrange.

Le temps que le dîner se termine et que la table soit débarrassée, le repas familial avait rechargé ses batteries. Bree interrogea Kayla sur ses connaissances en mathématiques et supervisa son coucher. En redescendant, elle constata que Luke était parti et qu'Adam enfilait son manteau.

— Luke est allé finir ses devoirs.

Adam revint dans la cuisine.

— Je t'accompagne.

Bree enfila ses bottes et le suivit jusqu'à son véhicule rouillé.

— Tu aurais besoin d'une nouvelle voiture.

Il ouvrit la portière dans un grincement métallique.

— Je ne sors pas beaucoup.

— Merci d'être venu dîner. Cela représente beaucoup pour les enfants – et pour moi.

Adam se tourna vers elle.

— Pour moi aussi. Merci d'insister toutes les semaines pour que je vienne.

Bree sourit.

— Je t'en prie.

Il posa un pied dans le véhicule, puis se figea.

— Bree ?

— Ouais.

— Est-ce que tu penses parfois à ce qui nous serait arrivé – à nous trois – si quelqu'un nous avait gardés ensemble après maman et papa…

— Tout le temps, Adam.

Parfois, à trois heures du matin, Bree ne pouvait penser à rien d'autre.

— Je suis content qu'on puisse aider Luke et Kayla.

— Ouais. Moi aussi.

Et peut-être que Bree et Adam pourraient s'entraider au passage. Leur relation avait déjà changé et Bree sentait un lien avec son frère qu'elle était surprise de voir se développer après toutes ces années.

— Tu as parlé à Luke ?

Adam hocha la tête.

— Il ne veut pas en parler. Tout ce qu'il a dit, c'est qu'il veut être normal pendant un moment.

— Je peux comprendre ça, mais je m'inquiète. Notre histoire familiale n'est pas marquée par une stabilité excessive.

— Chacun gère son chagrin à sa manière. Je peins.

Après cette discussion, Adam rentrerait probablement chez lui pour travailler jusqu'à l'aube. Il déposerait son chagrin brut à grands traits sur une toile.

— Ce n'est plus un enfant. On doit respecter ce qu'il souhaite.

— Oui, sans doute. Une grande partie de sa vie a échappé à son contrôle ces derniers temps, dit Bree. Mais tu crois qu'il va bien ?

Adam renifla.

— Je ne sais pas. Est-ce qu'on va bien, toi et moi ?

— C'est juste. Il semblait s'être amusé, ce soir.

Mais Bree aurait voulu que Luke s'ouvre à quelqu'un.

La tête d'Adam s'inclina.

— Est-ce que tu es déjà retournée à la maison ?

La question prit Bree par surprise.

— Notre ancienne maison ?

Adam hocha la tête.

— Non.

Elle préférait ne pas remuer ces souvenirs.

— Et toi ?

— Une fois ou deux, dit-il d'un ton vague. Elle est toujours vacante.

— Pas surprenant.

Bree frissonna et croisa les bras.

— Il y a beaucoup de terrain par ici, et l'endroit était déjà délabré à l'époque.

Si les souvenirs de Bree étaient bons, c'était pratiquement un dépotoir.

Et puis, qui voudrait d'une maison où avait eu lieu un meurtre-suicide ? À moins que les prix de l'immobilier ne crèvent le plafond, cet endroit allait rester sur le marché.

— Il faudrait probablement la condamner, dit Adam.

— Je ne sais même pas à qui elle appartient.

— Moi, je sais.

— Quoi ?

Bree était sous le choc.

— Tu es sérieux ?

— Elle était en vente aux enchères et je l'ai achetée.

Adam ne s'intéressait pas aux vêtements ni à son véhicule ni à toutes les choses que les gens riches semblaient apprécier. Il était facile d'oublier son talent et le fait que ses tableaux se vendaient à des prix très élevés. Il avait acheté la ferme pour Erin et l'avait aidée à payer ses factures pendant des années.

Elle en oublia qu'elle avait froid.

— Pourquoi ?

— Je ne sais pas trop.

Adam leva les yeux vers le ciel nocturne.

— Parfois, j'ai juste…

Il semblait avoir du mal à trouver ses mots.

— Je me demande comment tout ça s'est passé. Comment il a pu faire ça. Et pourquoi. Je sais qu'Erin et toi m'avez dit à quel point il était méchant, mais (Il laissa échapper un soupir.) je n'ai aucun souvenir de cette époque. Rien. C'est un grand vide. Mais je ressens quelque chose quand je retourne sur les lieux.

— Qu'est-ce que tu ressens ?

— Je ne sais pas trop. Pas de la paix et du bonheur.

Il frissonna.

— Mais il y a un lien. Peut-être que mon inconscient reconnaît l'endroit.

Il prit une longue inspiration.

— Je ne me souviens pas d'eux. Pas du tout. Je n'arrive pas à imaginer le visage de ma propre mère.

Bree avait toujours envié Adam pour n'avoir aucun souvenir de cette horrible nuit. Les souvenirs d'Erin étaient flous, eux aussi, mais Bree se souvenait de chaque seconde en haute définition et en son *surround*. Elle avait été terrorisée par des cauchemars tout au long de son enfance. Et ceux-ci avaient recommencé depuis la mort de sa sœur.

Le vent souffla en rafale et un souffle d'air polaire la balaya. Il faisait froid cette nuit-là, quand Bree avait emmené son petit frère et sa petite sœur sous la véranda pour se cacher de leur père. Vingt-sept ans plus tard, elle sentait encore l'air glacial souffler à travers son pyjama. Elle sentait la terre froide sous ses pieds nus et l'odeur de la terre humide.

Elle entendait les coups de feu.

Toute sa vie, elle avait pensé qu'Adam avait de la chance, d'avoir été trop jeune pour se souvenir.

Elle réalisait maintenant qu'au lieu d'un souvenir tragique, Adam avait un espace vide au cœur de sa mémoire. Était-ce là ce que l'art faisait pour lui ? Combler le vide ?

Elle aurait dû l'y aider. Elle n'avait pas pu éviter d'être séparée de sa fratrie après la mort de leurs parents. Adam et Erin avaient été élevés par leur grand-mère. Bree, l'enfant la plus difficile, avait été confiée à une cousine de Philadelphie. Mais elle était adulte depuis longtemps, et elle ne pouvait pas excuser les décisions qu'elle avait prises au cours des vingt dernières années. Elle aurait dû faire plus que contacter Adam de temps en temps. Elle n'aurait pas dû attendre jusqu'à aujourd'hui pour exiger une place dans sa vie. Peut-être n'était-il pas solitaire à cause de sa personnalité innée.

Peut-être qu'il ne connaissait tout simplement pas d'autre façon d'exister.

Elle lui toucha le bras.

— Je suis désolée de ne pas avoir été une très bonne sœur au fil des ans. Je vais corriger ça.

— Bree, tu m'as littéralement sauvé la vie.

— Tu étais un bébé.

— Tu aurais pu t'enfuir. Tu ne l'as pas fait. Tu nous as emmenés, Erin et moi, et tu nous as gardés en sécurité.

— J'aurais aimé qu'on ne soit pas séparés après ça.

Enfant, Bree avait senti le manque laissé par cette séparation.

Chaque fois qu'elle faisait un cauchemar, elle aurait voulu se serrer contre son frère et sa sœur, comme elle l'avait fait sous la véranda cette horrible nuit. Mais elle avait été seule – isolée.

— Ouais, moi aussi.

— On ne peut pas changer le passé, Adam, mais on peut tracer un nouveau chemin, celui de notre choix. On peut apprendre de ces erreurs et ne pas faire les mêmes avec les enfants d'Erin.

Adam fit une pause, puis demanda :

— Est-ce que tu irais à la maison avec moi, un jour, quand tu auras le temps ?

Le froid pénétra Bree jusqu'aux os et elle eut un sourire crispé.

— Oui. Bien sûr.

— Merci. Je sais que tu n'en as pas envie.

— Ça me fera peut-être du bien. Tu sais, affronter le passé et tout ça.

Bree avait évité son passé toute sa vie. Elle sourit et se prit le visage dans les mains.

— On ira ensemble. Merci de m'avoir demandé.

— Je sais que tu ne le penses pas, mais j'apprécie quand même que tu acceptes.

Il la serra brièvement dans ses bras.

— Tu es frigorifiée. Rentre.

Bree recula. Il ferma sa portière et elle le regarda s'éloigner. Leur conversation se rejoua dans sa tête. Elle pensait connaître son frère, mais elle s'était trompée sur tant de choses. Elle courut jusqu'à la grange et enferma les chevaux pour la nuit. Puis elle courut jusqu'à la véranda et entra dans la maison, où l'attendait une chaleur bienvenue.

Dana était dans le salon, lisant un livre de cuisine et buvant du thé. Elle regarda Bree par-dessus ses lunettes de lecture.

— Est-ce que tout va bien ?

— Oui.

Bree avait beaucoup de choses à digérer. Elle n'était pas encore prête à partager la demande d'Adam avec qui que ce soit, pas même avec sa meilleure amie, pas même avec elle-même.

— Je vais faire la lecture à Kayla, maintenant.

Dana se leva et éteignit la lumière.

— Je vais me coucher aussi.

Dans la chambre de Kayla, Bree ouvrit *Harry Potter* et lut pendant une demi-heure. Elle devait admettre qu'elle aimait l'histoire autant que Kayla. Peut-être qu'elle avait aussi besoin de s'échapper dans un monde fantastique. Elle embrassa Kayla pour lui souhaiter une bonne nuit et alla dans sa propre chambre se mettre en pyjama. Elle se lava le visage, se brossa les dents et se coucha. Un quart d'heure plus tard, la lumière s'alluma dans le couloir.

Kayla, Ladybug, et Vader apparurent dans la chambre et grimpèrent dans son lit. Le chien et l'enfant se serrèrent contre Bree. Ils avaient tous les deux besoin d'un contact physique avec elle pendant leur sommeil. Le chat s'appropria le deuxième oreiller.

Malgré son épuisement, Bree regarda fixement le plafond tandis que ses compagnons de lit respiraient profondément et que le chien ronflait. Sa conversation avec Adam avait fait resurgir trop de souvenirs. Lorsqu'elle finit par s'endormir, elle rêva d'hommes en colère, de coups de feu et d'un cadavre sans visage qui se révéla être elle.

Elle se réveilla dans le noir, le cœur battant, couverte de sueur et frissonnante. Il lui fallut quelques secondes pour s'orienter dans la pièce.

Kayla et le chien levèrent tous les deux la tête.

— Tu as fait un mauvais rêve ? demanda Kayla d'une voix endormie, à quelques centimètres du visage de Bree.

Ils étaient tous les trois serrés sur un quart du matelas. Le chat soupira et se recroquevilla sur l'autre oreiller, comme si c'était une corvée d'avoir à les ignorer. Le reste du lit était vide. Bree songea à se lever et à faire le tour pour s'installer de l'autre côté.

— Oui.

La voix de Bree était rauque.

— C'est fini, maintenant. Tu es en sécurité.

Kayla répéta à Bree ses propres mots. La petite fille se rapprocha et jeta un bras maigre autour de la taille de Bree. Le chien roula jusqu'à ce que son dos soit appuyé contre la jambe de Bree.

Bree posa la tête contre celle de Kayla, mais sans se rendormir. Elle n'avait pas envie de retrouver son cauchemar. Finalement, la chaleur des corps de ses compagnons permit à Bree d'arrêter de frissonner. Peut-être que vivre dans une maison bondée était mieux qu'être seule.

Chapitre Vingt Et Un

Il ralentit en passant devant une chambre d'hôtes. Si le shérif avait caché un témoin quelque part, les options à Grey's Hollow se limitaient à quelques motels et chambres d'hôtes. Le motel le plus proche était près de l'autoroute. Mais un témoin aurait besoin de protection, non ? Il devrait y avoir un véhicule officiel.

Deux véhicules étaient garés sur le minuscule parking en gravier : une fourgonnette et un grand 4 x 4. Pas de voiture de shérif. Les vives lumières extérieures ne laissaient aucune zone d'ombre où dissimuler un véhicule. Donc, probablement pas de témoin caché. Appuyant sur la pédale d'accélérateur, il continua sa route. Il prit un marqueur et barra la chambre d'hôtes. Ensuite, c'était le tour du Tall Tree Inn. Pour être efficace, il avait fait une carte de tous les motels et chambres d'hôtes du coin. Ce soir, il vérifierait tous les endroits possibles.

Il la trouverait.

Le Tall Tree Inn était une vieille ferme à deux étages avec un porche tout autour. Le parking était plein. Il relâcha la pédale d'accélérateur. Aucun des véhicules n'appartenait au département du shérif. Quelle probabilité y avait-il pour que le shérif n'ait pas prévu de protection pour le témoin ?

Et s'il n'arrivait pas à la trouver ? Elle pouvait l'identifier. Ses empreintes digitales et son ADN n'étaient pas dans le fichier. Elle était peut-être la seule à pouvoir l'impliquer. Une idiote qui pouvait le faire arrêter.

Il serra le volant entre ses poings, libérant sa colère jusqu'à ce que ses doigts lui fassent mal. Il se força à les desserrer et les agita pour soulager la douleur.

L'angoisse lui nouait le ventre.

Tout irait bien. Ce n'était pas une femme qui allait le faire tomber, ni cette fille ni le shérif. Il avait vu le nouveau shérif parler aux infos. Elle semblait du genre à respecter les règles. Elle ne prendrait aucun risque avec la vie d'un témoin. Elle agirait de manière prévisible.

Mais il avait l'impression de perdre son temps. La colère monta jusqu'à ce qu'il puisse à peine respirer.

Il repoussa l'envie de passer outre le problème du témoin et de revenir à la seule chose qui libérait sa rage. Il rejoua le dernier meurtre dans son esprit. Il sentit la pression sur la détente et les coups de marteau. Les soi-disant athlètes s'étaient montrés arrogants. Et pour quelle raison ? Parce qu'ils faisaient du sport ? Parce qu'ils étaient nés avec un physique flatteur ? Le résultat leur convenait-il, à présent ? Ils s'en étaient moins bien tirés dans un véritable concours de supériorité physique et mentale. La facilité avec laquelle il les avait vaincus avait été la chose la plus satisfaisante de toutes.

Quand ils étaient morts, ils savaient qu'il leur était supérieur. C'était lui, le vrai chien alpha.

Il se représenta leurs cadavres déformés glissant sous la glace de Gray Lake.

Le volant fit un mouvement saccadé. Il cligna des yeux. La route sombre réapparut à travers son pare-brise. Son véhicule atteignit le bas-côté en cahotant. Il tira sur le volant et la voiture revint sur l'asphalte. Son pouls battait sous son crâne, ses poumons le brûlaient ; il combattit la panique qui montait en lui.

Tu perds le contrôle. Tu vas tout gâcher.

Tue la fille ; ensuite, tu pourras te remettre au boulot.

Il vérifia l'adresse du prochain endroit sur sa liste, l'Evergreen Motel. Il l'entra dans le GPS de son téléphone, puis suivit les instructions sonores.

Un panneau *Ouvert* clignotait devant l'Evergreen. Trois bâtiments de deux étages formaient un U, avec le parking au milieu. Une voiture de police était garée sur le côté gauche.

Un frisson d'excitation le traversa.

Elle était probablement dans l'une des chambres situées en face de la voiture.

Il avait trouvé.

C'était là que le shérif cachait son témoin.

Le soulagement vint remplacer la peur.

Il passa devant le motel. Quelques kilomètres plus loin, il fit demi-tour et passa dans l'autre sens. Ralentissant l'allure, il leva son téléphone et prit une vidéo. Comment pourrait-il l'atteindre avec un adjoint devant sa chambre ? Il devait y avoir un moyen. Il devait analyser l'agencement des lieux et établir un plan.

Il rentra chez lui et téléchargea la vidéo sur son ordinateur. Puis il entra l'adresse dans Google Maps. Derrière le motel se trouvait une petite forêt traversée par une route rurale. Pouvait-il garer sa voiture là-bas et s'approcher du motel par l'arrière ? C'était risqué. Il serait trop loin de sa voiture et l'adjoint le verrait, de toute façon.

Il devait trouver autre chose, mais ça n'allait pas être facile.

Dès qu'il se serait occupé d'elle, il pourrait reprendre son vrai travail. Retourner à sa liste de personnes à tuer.

La liste de ceux qui devaient mourir.

Chapitre Vingt-Deux

Le mercredi matin, le manque de sommeil incita Bree à porter ses lunettes de soleil les plus sombres. Le soleil levant brillait sur le capot de son véhicule. Elle se gara derrière le bureau du shérif et entra par la porte arrière.

Elle accrochait sa veste quand Todd apparut à la porte de son bureau. Son visage était rouge.

— On dirait qu'il s'est déjà passé quelque chose.

Elle regarda son téléphone. Il était sept heures.

— Oui. Plusieurs choses. Matt est dans la salle de conférence.

Déjà ?

— J'arrive tout de suite. Donnez-moi deux minutes pour faire le point avec Marge.

Contournant son bureau, elle planta ses fesses sur sa chaise.

Todd bondit presque hors de la pièce.

Marge entra avec une tasse de café de la taille d'un seau à glace.

Bree fit un signe en direction de la porte.

— Est-il toujours aussi plein d'énergie de bon matin ?

— Oui, mais tu es aussi inhabituellement grincheuse.

Marge posa le café sur le bureau.

— Tu as l'air d'en avoir besoin.

— Merci, Marge. Vous êtes un ange.

Bree inhala la vapeur, puis but une longue gorgée.

— Il me faut une plus grande tasse.

— Je peux t'apporter le pot. Où est Alyssa ? demanda Marge.

— Au motel, dit Bree. Je l'appellerai dans une heure ou deux.

— OK. Dis-moi si tu as besoin que je lui prépare un petit-déjeuner, dit Marge en sortant.

Bree prit encore quelques longues gorgées de café, puis se leva et entra dans la salle de conférence.

Matt était assis, il prenait des notes en buvant du café.

Todd était trop excité pour s'asseoir.

— Les empreintes d'Alyssa ont été relevées sur ses clés et son portefeuille. Mais pas sur les bijoux.

Bree soupira, tout en sachant qu'elle n'aurait pas dû être aussi soulagée. Elle devait rester objective.

Todd appuya les deux poings sur la table, les yeux brillants.

— Ce n'est pas tout. Les empreintes de pas et les traces de pneus de l'hôtel abandonné correspondent à celles de la rampe de mise à l'eau et du chalet. La botte est d'une marque et d'une taille courantes.

Il lança une série de chiffres qui représentaient une taille de pneu.

Bree n'était pas une passionnée de voitures. Ces chiffres ne signifiaient pas grand-chose pour elle.

— C'est un pneu très répandu ?

— Malheureusement, oui. Mais si on trouve un véhicule, on pourra vérifier s'il était sur les lieux. Même chose pour les bottes, continua Todd. Ensuite, la police scientifique a trouvé une correspondance avec les empreintes sur les bijoux volés.

Bree posa son café. Rien de tel qu'une piste solide pour la réveiller.

Todd se glissa sur une chaise, ouvrit le dossier et parcourut la première page.

— Les empreintes digitales trouvées sur les bijoux appartiennent à Sara Harper de Scarlet Falls. Sara est une jeune femme de vingt et un ans avec un casier judiciaire.

Bree se pencha pour voir le dossier.

Todd tapa sur une page.

— Elle a été arrêtée trois fois pour vol, une fois pour vol à l'étalage et une fois pour prostitution.

— Elle a fait de la prison ? demanda Bree.

Todd secoua la tête.

— Deux des plaintes ont été retirées. Les autres cas ont été négociés en probation et travaux d'intérêt général. Dans l'une des affaires de vol, Sara appelait des personnes âgées, se faisait passer pour leur petite-fille et essayait de les amener à lui envoyer de l'argent.

— Donc, Harper Scott est un alias, et c'est une arnaqueuse.

— Ouaip. Il y avait quatre téléphones jetables dans le sac à dos. L'un est le numéro qui communiquait avec le téléphone d'Alyssa. Trois étaient neufs, toujours dans leur emballage.

— Elle avait quelque chose de prévu, dit Bree.

— Désignez un adjoint pour relever l'activité du téléphone utilisé. Je veux savoir qui elle a appelé et contacté par SMS dans les jours précédant la fusillade de lundi matin.

— Le téléphone est protégé par mot de passe, dit Todd.

— Obtenez un mandat pour les enregistrements du fournisseur d'accès.

Ce qui prendrait du temps.

Todd hocha la tête.

— Nous avons besoin d'un spécialiste pour évaluer les bijoux, mais à première vue, le bracelet en rubis et diamant correspond aux photos de celui qui a été volé. Il y avait aussi d'autres belles pièces dans le sac.

— Maintenant, il faut identifier le type qui a suivi Alyssa à Walmart et m'a agressée dans le chalet 19. Est-il fait mention d'un complice dans le dossier de Sara ?

— Non, dit Todd. Mais je vais creuser encore.

— Trouvez qui vit à sa dernière adresse connue et obtenez des informations sur eux. Cherchez des membres de la famille ou un ancien petit ami.

— Oui, chef.

Todd se tourna vers Matt.

— À ton tour.

— Je vais commencer par cette photo d'Eli et de sa petite amie, Sariah.

Matt la fit glisser sur la table.

Bree regarda la photo, puis la compara à celle tirée du fichier de Todd. C'était Sara Harper.

— Donc, Sara Harper est à la fois Sariah Scott et Harper Scott ?

— On dirait bien, dit Matt.

Bree fronça les sourcils. C'était une information importante à digérer. Son cerveau avait besoin de temps pour trier toutes les implications possibles.

— Sara Harper est au centre de cette enquête. Je veux tout savoir sur elle. Elle n'a que vingt et un ans. Je vais demander à Marge l'album de la promo 2016 du lycée de Grey's Hollow. Peut-être qu'elle a toujours les mêmes amis.

— Ce n'est pas tout, dit Matt.

Après avoir parlé à Mme Whitney hier soir, Todd et moi avons parcouru le quartier. Nous avons trouvé une vidéo d'Eli entrant dans un faux véhicule de covoiturage. Nous avons déjà vérifié auprès de la société et confirmé que la voiture qui est venue le chercher n'était pas le bon véhicule. Quelqu'un s'est fait passer pour son chauffeur.

— Vous avez une copie ? demanda Bree.

— Oui, j'en ai une sur mon téléphone et Todd en a demandé une autre directement à l'entreprise.

Matt fit glisser son téléphone sur la table.

Bree le ramassa.

— C'est Eli, dit Matt.

Bree regarda la vidéo en entier.

— Nous avons un faux chauffeur de covoiturage dans ce qui ressemble à une Dodge Charger.

— Oui, approuva Matt. Il a même un panneau lumineux sur son tableau de bord.

— Eli n'a même pas cherché la plaque d'immatriculation.

Bree mit le téléphone de côté.

— La plaque d'immatriculation n'est pas visible.

— Non, dit Todd.

— J'ai fait une recherche sur les Dodge Charger immatriculées dans le comté de Randolph et les comtés voisins.

Bree regarda à nouveau la vidéo. L'image de l'automobile était floue. Une caméra de sonnette était conçue pour capturer des images à proximité de la maison. L'objectif n'était pas adapté à cette distance.

Todd fouilla dans ses papiers.

— Ce modèle de carrosserie est utilisé depuis 2011. Il y en a des pages et des pages dans la zone de recherche.

Bree se frotta la tempe.

— La taille des traces de pneu relevées au chalet, à la rampe de mise à l'eau et au motel peut-elle correspondre à une Dodge Charger ?

Todd ouvrit son téléphone et tapota dessus avec ses pouces. Une minute plus tard, il leva les yeux.

— Oui. Tout à fait.

— Même si je déteste être devant la caméra, je veux programmer une conférence de presse dans une heure. Je veux que les gens se méfient d'une Charger faisant de faux covoiturages.

Bree rendit son téléphone à Matt.

— Mais pourquoi quelqu'un voudrait-il kidnapper Eli ?

Matt posa son téléphone sur la table.

— Il n'a pas de parents riches, donc ce n'est pas l'argent.

— Est-ce que ça pourrait être une farce, et quelque chose a mal tourné ? demanda Todd.

— Rien de tout ça n'a de sens, dit Bree. Comment le kidnappeur aurait-il su qu'Eli avait appelé un covoiturage ?

Matt soupira.

— Eli l'a posté sur Twitter.

Bree fit la grimace.

— Demandez à quelqu'un de trier cette liste de propriétaires de Dodge Charger. Voyez combien d'entre eux ont un casier judiciaire.

— Oui, chef.

Todd se leva.

— Il y a encore une chose.

La voix de Matt indiquait que c'était important.

Le téléphone de Bree vibra. Elle le sortit de sa poche et jeta un coup d'œil à l'écran. Le médecin légiste appelait.

— Je dois prendre cet appel. Excusez-moi.

Dans le couloir, elle porta le téléphone à son oreille.

— Ici le shérif Taggert.

— Docteur Jones. La victime de Grey Lake est Brian O'Neil.

— Vous êtes sûre ?

— Oui, sa mère est venue tard hier. Nous avons reçu son dossier médical tôt ce matin et l'avons confirmé.

Oh, mon Dieu. Cette pauvre femme.

Bree avait identifié le corps de sa sœur. Erin avait reçu une balle dans la poitrine. Le Dr Jones avait fait en sorte que ses blessures ne soient pas visibles pour Bree. Erin avait paru endormie. Bree se souvenait de ce qu'elle avait ressenti à ce moment-là. La souffrance l'avait transpercée avec autant de violence que la balle qui avait tué Erin. Elle ne pensait pas qu'elle aurait été capable de supporter la situation si Erin avait été défigurée. Aucune chance de confirmation visuelle. Aucune chance de dire au revoir.

— Comment l'a-t-elle identifié ? demanda Bree.

— Je ne l'ai certainement pas laissée le voir, dit le Dr Jones en un rare accès d'émotion.

Elle s'éclaircit la gorge.

— Elle a décrit le tatouage en forme de trèfle, une petite cicatrice sur son genou et l'ancienne fracture du tibia. Les dossiers médicaux de son médecin de famille ont confirmé l'identification.

— Merci pour l'appel, Dr Jones.

— Pas de problème, répondit le médecin légiste avant de raccrocher.

Bree ferma les yeux pendant quelques secondes, puis les ouvrit et retourna dans la salle de conférence. Matt et Todd levèrent les yeux à son entrée.

— Le médecin légiste vient d'identifier officiellement le corps du lac comme étant Brian O'Neil, dit-elle.

— Donc, il semble que la disparition d'Eli entre officiellement dans notre affaire d'homicide, dit Todd.

— Oui. Nous devons le trouver au plus vite.

Bree sentait que cette affaire allait finir par révéler ses secrets, en creusant suffisamment.

Matt se leva.

— Brian a disparu vendredi. Son corps a été retrouvé lundi, trois jours plus tard. Eli a disparu tôt le matin, dimanche.

Bree acheva sa pensée.

— Nous sommes aujourd'hui mercredi. Trois jours plus tard.

— Comment ces affaires sont-elles liées ? demanda Matt.

Bree leva les mains.

— Nous avons besoin des relevés financiers et téléphoniques de Brian. Quand j'aurai fini de parler à Mme O'Neil, je devrai interroger les colocataires. La résidence légale de Brian est-elle à l'université ou au domicile de sa mère ?

Matt répondit :

— À l'université.

Il avait fait quelques recherches sur les quatre colocataires.

Bree se tourna vers Todd.

— Alors nous avons besoin d'un mandat de perquisition pour cette adresse. Assurez-vous que la chambre d'Eli Whitney soit incluse. Au plus vite. Demandez aussi à un adjoint de faire une vérification complète des antécédents de Brian O'Neil, Eli Whitney, Dustin Lock et Christian Crone. Je sais que Stella Dane les a déjà faits, mais nous devons procéder à notre propre investigation. Elle a peut-être raté quelque chose. Dès que nous aurons le mandat, nous ferons venir les colocataires pour les interroger. Idéalement, nous les interrogerons pendant la perquisition. De cette façon, si nous trouvons des indices, nous pourrons les utiliser lors de l'interrogatoire.

— Je vais lancer la procédure de mandat.

Todd dressa une liste dans son bloc-notes.

— Maintenant que nous avons une victime, ça ne devrait pas prendre longtemps.

Todd s'éloigna.

Les mandats de perquisition pour les résidences des victimes d'homicide n'étaient pas techniquement nécessaires, mais plusieurs personnes vivaient à l'adresse de Brian. Bree ne pouvait pas risquer de voir des preuves rejetées par un tribunal en raison d'un vice de procédure. Elle ne risquerait pas non plus de garder les colocataires au poste trop longtemps. Plus ils attendraient, plus ils auraient de chances d'appeler un avocat. Et tout bon avocat leur dirait qu'ils n'avaient pas à répondre aux questions.

— Je ne veux pas qu'ils soient prévenus. Si l'un ou plusieurs d'entre eux sont impliqués dans les meurtres, ils pourraient détruire des preuves s'ils pensent qu'on les soupçonne.

— Oui, chef.

Todd quitta la pièce.

Matt se leva et sortit dans le couloir.

Bree le suivit.

— Je vais parler à Mme O'Neil dès que la conférence de presse sera terminée. Qu'est-ce que tu penses faire ?

— Je dois toujours trouver Eli, mais je n'ai aucune piste.

Matt n'avait rien de rien.

— Viens avec moi, alors. Le meurtre de Brian et la disparition d'Eli sont liés. Nous ne savons simplement pas encore comment.

Matt pencha la tête, comme s'il retournait l'idée dans son esprit.

— J'ai l'impression que la motivation doit être personnelle.

— Je suis d'accord. Le meurtre de Brian exprimait une rage absolue.

Chapitre Vingt-Trois

Matt regarda la conférence de presse de Bree en se tenant à l'écart. Plantée sur le trottoir devant le poste, elle donna quelques informations de base sur le meurtre de Brian et l'enlèvement d'Eli. La vidéo de surveillance du suspect avait été diffusée, tout comme la photo de la marque sur le dos de sa main et le fait qu'Eli avait été enlevé par un faux chauffeur de covoiturage.

— Il conduisait une Dodge Charger, mais il peut avoir accès à d'autres véhicules. Soyez prudents lorsque vous utilisez des applications de covoiturage, déclara Bree en concluant la conférence. Vérifiez la plaque d'immatriculation. Si vous avez le moindre doute, ne montez pas dans le véhicule.

Pendant les dix minutes suivantes, Bree répondit patiemment aux questions des journalistes, n'omettant que les détails qui pouvaient entraver l'enquête ou blesser les familles des victimes. Puis elle s'excusa et mit fin à la conférence.

Matt la suivit à l'intérieur du poste.

— Je suis désolée que ça ait pris si longtemps.

Elle tira sur le col de sa chemise d'uniforme.

— Je n'aime pas passer à la télé.

— Tu as fait illusion. La presse t'aime bien.

— Je suppose que c'est mieux que s'ils me détestaient.

Elle se frotta les yeux.

— C'est une partie du travail à laquelle je ne m'habituerai jamais, mais le public a le droit de savoir ce qu'il se passe. Si je ne leur donne pas les faits, ils vont commencer à élaborer des théories. La curiosité déclenche des rumeurs qui peuvent être dangereuses.

Sur le chemin menant au domicile de Mme O'Neil, Bree reçut un appel de Kayla. Elle garda les yeux fixés sur le pare-brise, mais son visage s'adoucit en parlant à sa nièce.

— Bien sûr, je viendrai. Tu peux le mettre sur le calendrier.

Bree esquissa un sourire.

— Je t'aime aussi.

Elle raccrocha et jeta un coup d'œil à Matt.

— Journée d'orientation à l'école. Kayla veut que je parle de mon métier à sa classe.

— Ça a l'air amusant, non ?

— Si tu m'avais demandé ça l'année dernière, j'aurais dit non. Ce n'est pas que je n'aimais pas les enfants, mais je me concentrais sur mon travail. Mais maintenant…

Elle s'interrompit.

— Je ne vis avec eux que depuis deux mois, et je ne peux déjà plus m'imaginer vivre seule.

— Les enfants sont attachants. Comment se sont-ils adaptés à ton nouveau travail et aux horaires ? demanda Matt.

— Avant cette affaire, j'essayais de les en protéger autant que possible.

Bree fronça les sourcils.

— Je rentre généralement à la maison pour le dîner, puis je travaille encore quand ils sont couchés. Luke doit être content que je sois occupée, cette semaine. Il m'évite, en ce moment.

— Qu'est-ce qui arrive à Luke ?

— Je ne sais pas. Il ne veut pas me parler, ni à Dana. Même Adam a échoué. Luke se jette à corps perdu dans le baseball, ses devoirs et les travaux d'écurie. On dirait qu'il ne veut pas avoir une minute à lui.

— Certaines personnes aiment être occupées pour soulager le stress.

— Si je savais que c'est ce qu'il fait, je le respecterais.

Elle s'arrêta à un feu rouge.

— Pour l'instant, je continue à m'inquiéter.

Matt pensait que le frère de Bree était trop excentrique pour être très utile.

— Et Adam, il vient souvent depuis que tu as emménagé ?

— Il vient dîner une fois par semaine, dit Bree. Mais surtout, il est présent…

Elle sembla chercher le bon mot.

— Émotionnellement. Je ne sais pas comment décrire ça autrement, mais nous avons eu une discussion hier soir. Une vraie discussion.

Elle fronça les sourcils, apparemment troublée.

Matt attendit, mais Bree ne précisa pas sa pensée. Elle et son neveu se ressemblaient beaucoup. Bree utilisait le travail de la même manière que Luke les devoirs et le baseball.

— Et Kayla ? demanda-t-il.

— Elle est collante et fait des cauchemars.

— Collante semble normal après ce qu'elle a vécu.

— Elle dort toujours avec moi ou Dana, dit Bree. Mais son psychologue dit que c'est normal. Elle a peur de nous perdre aussi. Ironiquement, je m'inquiète moins pour elle. Elle nous parle de sa mère tout le temps, à moi et à Dana. Je sais ce qu'il se passe dans sa tête. Elle est plus jeune que Luke. Elle semble moins réticente à accepter de l'aide.

— Être adolescent est déjà assez difficile sans perdre sa mère à cause d'un crime violent.

— Je sais.

Le feu passa au vert et Bree appuya sur l'accélérateur.

— Pourquoi ne viendrais-tu pas dîner quand cette affaire sera terminée ? Les enfants seront ravis de te voir. Dana te fera de bons petits plats.

— Je ne veux pas gêner.

Mais l'invitation lui faisait plaisir.

— Tu ne gêneras pas. Je suis désolée si je t'ai fait ressentir ça, dit Bree. Je suis débordée, en ce moment. Gérer les enfants et le travail est plus difficile que je ne le pensais. Mais les enfants t'aiment bien, et je t'aime bien. On peut en rester là pour le moment ? Quand cette affaire sera terminée, je trouverai un moyen d'intégrer une vie personnelle à ma charge de responsabilités.

— Tu m'aimes bien ?

Elle soupira et roula des yeux.

— Tu le sais très bien.

— Je ne voulais pas supposer, mais c'est sympa de l'entendre.

Son aveu signifiait plus pour lui qu'il ne s'y attendait.

Elle lui fit un petit sourire et son cœur battit plus vite.

Elle comptait plus pour lui qu'il ne l'aurait cru.

Il n'y avait personne d'autre dans le véhicule et il la prit par la main.

— Tu te souviens de notre première rencontre ?

Elle baissa les yeux vers leurs mains jointes et haussa un sourcil. Il l'avait surprise. Parfait.

— Oui.

Elle n'avait pas retiré sa main.

— Le mariage d'Erin. Je me souviens avoir été surprise que tu sois si bon danseur.

— Ma mère m'avait forcé à prendre des cours.

Adolescent, il avait détesté ces leçons.

Bree sourit à nouveau. Ses doigts pressèrent les siens.

— C'était une bonne idée.

Matt nota mentalement qu'il devait envoyer des fleurs à sa mère.

Bree dégagea sa main pour utiliser le clignotant et prendre un virage.

— Je serais ravi de venir dîner.

Mais Matt se promit aussi de l'emmener danser à nouveau.

Il était neuf heures quand Bree tourna dans la longue allée d'une maison au bord du lac. Un SUV Mercedes était garé devant un perron en briques. Bree utilisa son ordinateur de bord pour vérifier la plaque d'immatriculation du véhicule.

— C'est celui de Mme O'Neil.

Matt sortit du 4 x 4. La lumière du soleil faisait scintiller l'eau. La maison avait une vue magnifique sur le lac. C'était une grande structure à plusieurs bâtiments, avec beaucoup de bois, de verre et de verdure.

Bree avança vers la porte d'entrée. Les bottes de Matt crissèrent sur des cristaux de sel lorsqu'il s'arrêta à côté d'elle, face aux doubles portes de l'immense maison. Bree frappa à la porte, son souffle fumant dans la lumière du matin. Ils gardèrent tous deux le silence. Sans avoir besoin de parler, Matt savait que Bree redoutait autant que lui l'entretien avec la mère du jeune homme mutilé.

Personne ne répondit.

— Ce n'est pas normal.

Bree jeta un coup d'œil à la Mercedes.

— Elle est là.

Elle frappa plus fort. Comme la maison restait silencieuse, Bree essaya la poignée. Elle tourna. La porte s'ouvrit. Un chien aboya et quelque chose de lourd vint frapper l'autre côté de la porte. Bree fit un bond en arrière. Matt regarda à travers l'étroit panneau de verre qui se trouvait à côté de la porte. Un gros chien duveteux aboyait et remuait la queue, tout excité. Matt se tourna vers Bree. Elle avait le visage d'une pâleur funèbre.

— C'est bon. C'est juste un golden retriever.

Bree inspira profondément, mais sans se rapprocher de la maison. Tout son corps était aussi rigide qu'un bloc de granit.

— Je suis sérieux, dit Matt. Les goldens retrievers ne sont pas des chiens de garde, il vient juste nous accueillir.

L'humiliation la fit rougir.

— Je suis désolée. Je ne peux pas.

— Je vais entrer et tenir le chien.

Matt ouvrit doucement la porte. Le chien aboya une fois et salua Matt avec des coups de langue affectueux.

— Tu es un sacré chien de garde, toi.

Matt gratta le crâne robuste de l'animal.

— Qui est un bon garçon ?

Le chien, un jeune mâle, haletait, sa langue pendant sur le côté de sa bouche.

Matt tint le chien par le collier et fit signe à Bree d'entrer. Elle ouvrit la porte et se glissa à l'intérieur, gardant le dos plaqué au mur et regardant le chien comme si c'était un grizzly affamé. Le chien gémit et essaya de se dégager.

— Je te promets que ce chien ne te fera pas de mal, dit-il. C'est un golden retriever. Il a un aboiement qui fait peur parce qu'il est gros, mais il laisserait n'importe qui entrer dans la maison. En échange d'un massage du ventre, il aiderait les voleurs à transporter les objets de valeur jusqu'à leur voiture.

— Hm, hm.

Elle n'avait pas l'air convaincue.

— Je vais faire passer le chien devant toi.

— Pourquoi ?

Bree se pressa plus fort contre le mur.

Matt l'avait vue affronter un tireur armé et le cadavre de sa propre sœur, mais un golden retriever la terrifiait jusqu'à la paralysie.

— Il semble agité. Il veut nous montrer quelque chose.

Bree haussa un sourcil.

— Fais-moi confiance.

— D'accord.

Sa voix était dure.

— Alors mets-toi derrière moi.

Elle fit ce qu'il lui disait.

Il lui prit la main, la serra de manière rassurante et relâcha le chien.

— Va chercher maman.

Le golden se précipita hors du hall, en agitant sa queue derrière lui.

— Tu t'attends vraiment à ce qu'il te comprenne ?

Le ton de Bree était incrédule.

— Non.

Matt commença à suivre le chien.

— Mais il veut qu'on le suive – avec un peu de chance, jusqu'à sa propriétaire.

— Madame O'Neil ? appela Bree, alors qu'ils suivaient le chien. C'est le shérif Taggert.

Le hall d'entrée donnait sur une grande salle à deux étages avec vue sur le lac gelé. D'immenses portes vitrées occupaient tout le fond de la pièce. Une cheminée en pierre massive faisait face à la cuisine. Les deux étaient froides et vides. Matt aperçut un mouvement à travers la vitre. Le chien courut vers l'une des portes, aboya et gratta la base de la porte. Quelqu'un était assis sur la terrasse. De la fumée s'élevait au-dessus du dossier d'une grande chaise Adirondack.

— Elle est dehors.

Matt avança vers les portes vitrées et les ouvrit. Le chien passa le premier. Un vent froid s'élevait du lac. Matt sortit sur la terrasse. Une femme d'une cinquantaine d'années regardait fixement l'étendue glacée. Seule bougeait de temps à autre sa cigarette. Elle portait un pull et un jean. Pas de manteau, de gants ou de bonnet, même si la température était en dessous de zéro. Elle tendit automatiquement la main vers son chien, qui planta sa grosse tête sur ses genoux.

Bree dépassa Matt.

— Madame O'Neil ?

Elle ne répondit pas. Elle n'avait même pas remarqué leur présence. Elle devait être en état de choc.

En gardant un œil sur le chien, Bree vint s'accroupir devant elle.

— Y a-t-il quelqu'un que je peux appeler pour vous ?

Madame O'Neil leva le menton. Elle écrasa sa cigarette dans le cendrier qui se trouvait à côté d'elle.

— J'ai arrêté il y a deux ans. J'ai trouvé ce paquet dans mon bureau.

Sa peau était d'une pâleur cireuse, ses lèvres presque bleues. Depuis combien de temps était-elle là ?

— Allons à l'intérieur.

Bree la prit par un bras, Matt par l'autre.

Madame O'Neil ne résista pas. Ils la firent entrer dans la grande salle. Bree la fit asseoir sur le canapé. Matt prit une couverture sur une chaise et la lui enroula autour des épaules. Le chien sauta sur le canapé et s'allongea contre sa maîtresse.

— Le médecin légiste ne m'a pas laissée le voir. Elle a dit qu'ils l'avaient battu et que je ne reconnaîtrais pas son visage. Mais je l'aurais reconnu. Quoi qu'il en soit. Je connais mon fils.

Matt ne fit pas de commentaire. Le médecin légiste avait été bien délicat en utilisant le mot « battu » pour décrire les blessures au visage de Brian. Il aperçut la télécommande de la cheminée à gaz et l'alluma. Les flammes jaillirent et la chaleur se répandit instantanément.

— Je vais lui faire du thé.

— Il n'était pas parfait, mais c'était un bon garçon, dit Mme O'Neil d'une voix absente. Pourquoi quelqu'un lui a-t-il fait ça ?

— Je ne sais pas, dit Bree.

Matt fouilla les armoires jusqu'à trouver des sachets de thé et une tasse. Il utilisa le distributeur d'eau chaude instantanée sur l'évier. Après avoir ajouté une bonne cuillère à café de sucre, il apporta le thé à Mme O'Neil.

Elle tremblait. Le thé déborda de la tasse. Mais elle ne réagit pas ou ne sembla pas s'en soucier.

Bree la força à boire quelques gorgées de liquide chaud. Madame O'Neil repoussa la tasse. Elle la posa dans la petite flaque qui s'était formée sur la table. Puis elle se leva et traversa la pièce en vacillant. D'une main tremblante, elle prit une carafe en cristal et se servit un verre de whisky. Elle souleva le verre à deux mains et avala une généreuse gorgée. Elle rajouta une lampée de whisky pour faire bonne mesure et retourna s'asseoir sur le canapé.

— Pouvez-vous trouver la personne qui a fait ça à mon fils ?

Matt aurait voulu le lui promettre, mais il avait déjà commis cette erreur avec Mme Whitney. Il fallait pourtant qu'il dise quelque chose.

— Nous ferons tout ce qui est en notre pouvoir pour que la personne responsable soit traduite en justice.

— Tout ce que je veux, c'est un nom. Je peux rendre justice moi-même.

Sa voix était sourde et amère. Elle les regarda.

— Vous êtes surpris ? Il ne faut pas. Rien n'est plus dangereux qu'une mère. Rien ne compte plus pour moi. Je n'ai plus rien à perdre. Tout est mort avec Brian.

Madame O'Neil n'aurait pas dû être seule. Elle n'était pas dans son état normal.

Matt s'éclaircit la gorge.

— Brian a-t-il eu des désaccords avec quelqu'un récemment ?

— Lui et ses amis étaient en froid, dit Mme O'Neil d'une voix neutre.

— Ils étaient tous un peu jaloux de Brian. Il est – *était* – plus beau que les autres. Je suppose que ce n'est plus le cas, à présent.

Elle s'interrompit. Tenta de réprimer un sanglot. Elle appuya le poing contre sa bouche. Deux bagues scintillèrent de mille feux. L'une portait un groupe de pierres claires que Matt supposa être des diamants. Le deuxième carré bleu profond de la taille d'une bille. Un saphir ? Elle laissa retomber sa main, prit son verre et le vida.

— Par amis, vous voulez dire colocataires, précisa Bree.

— Oui.

Madame O'Neil se leva à nouveau pour remplir son verre. À ce rythme, elle n'allait pas être cohérente bien longtemps. Matt ne lui donnait pas tort. Le chien suivait tristement sa maîtresse des yeux depuis le canapé.

Elle revint vers eux et resta debout. Elle regardait en direction du lac, mais ses yeux semblaient perdus dans le vide.

— Brian et ses colocataires sont amis depuis leur première année d'université. Christian, Dustin et Eli viennent au lac pendant une semaine en été.

— Vous avez dit qu'ils étaient jaloux. Pensez-vous qu'ils auraient pu faire du mal à Brian ? demanda Bree.

Madame O'Neil sursauta et faillit laisser tomber son verre.

— Je ne veux pas le croire. Mais je pense aussi que tout le monde cache toujours quelque chose. Personne n'est jamais entièrement transparent. On ne sait jamais à quoi s'en tenir. Je sais qu'ils étaient tous jaloux de lui. Je le gâtais, parfois. Une belle voiture. De beaux vêtements.

Elle eut un sourire dévasté.

— Maintenant, je suis contente de l'avoir fait.

— Depuis combien de temps vivez-vous ici ? demanda Matt.

— Depuis que Brian est bébé. Mon mari et moi avons acheté la maison pour élever une grande famille. Puis il nous a quittés.

Elle commençait à ne plus s'exprimer très clairement. Elle posa la main sur son front.

— Avant que vous ne me posiez la question, c'est moi qui ai acheté la maison. Ma famille a de l'argent. Il était toujours fauché, mais je l'aimais. Je m'en moquais. Quelle idiote j'étais.

— Quand l'avez-vous vu pour la dernière fois ? demanda Matt.

Elle haussa les épaules.

— Je ne sais même pas. Quinze ans, au moins. Au début, il envoyait des mails toutes les semaines, puis juste pour les fêtes et les anniversaires. Puis plus rien.

— Pourquoi est-il parti ? demanda Bree.

— Il ne pouvait pas assumer la responsabilité d'être parent, dit Mme O'Neil. Je sais que les couples se séparent, mais comment fait-on pour quitter son enfant ? Brian avait trois ans quand il est parti.

Matt n'avait pas de réponse.

— Est-ce que Brian a une chambre, ici ?

— Oui.

Madame O'Neil posa la tête dans sa main.

— Nous aimerions voir sa chambre, dit Bree.

— Allez-y.

Madame O'Neil indiqua un escalier derrière la cheminée.

Bree et Matt l'empruntèrent. Les deux chambres qui donnaient sur la route étaient des chambres d'amis. La chambre de Brian était facile à trouver. Des fanions d'université et de lycée étaient épinglés au-dessus du lit. Bree s'arrêta et regarda une rangée de trophées de baseball alignés sur une bibliothèque. Elle s'éclaircit la gorge et sortit une paire de gants de sa poche. Elle en offrit une paire à Matt. Il les prit et les enfila.

— Tu veux prendre le placard ?

Elle ouvrit un tiroir de la commode.

— Pas de souci.

Matt ouvrit la porte. Le placard était à moitié plein. Il fouilla dans les poches des pantalons et des vestes. Il déplaça les pulls sur l'étagère du haut. Deux boîtes à chaussures contenaient des chaussures de ville. Une troisième était pleine de cartes de baseball. Matt ne trouva rien qui ait le moindre intérêt pour l'enquête.

— Rien dans la commode, dit Bree en se retournant.

— Pareil. On a terminé ? demanda Matt.

— Presque.

Bree prit des photos de la chambre.

— Je ne m'attendais pas à trouver grand-chose ici. Il vivait sur le campus la plupart du temps.

Matt désigna le placard.

— On dirait qu'il utilisait cette chambre pour stocker les affaires dont il n'a pas besoin à la fac.

Bree remit son téléphone dans sa poche.

— OK. Nous dirons au revoir à Mme O'Neil en sortant.

Ils descendirent. Madame O'Neil traversait la pièce pour se servir un autre verre. Ses yeux étaient vitreux et sa démarche instable. Mais elle avait l'air plus lucide qu'elle ne le souhaitait sans doute.

Matt s'arrêta pour regarder une rangée de photos encadrées. Il repéra une photo de Brian en compagnie d'une fille aux cheveux noirs, au bord d'un lac. C'était Sara Harper. Elle et Brian étaient penchés l'un vers l'autre et souriaient pour la caméra. Matt regarda par les portes vitrées et reconnut l'endroit. Il prit la photo et la montra à la mère de Brian.

— Quand a-t-elle été prise ?

Madame O'Neil y jeta un coup d'œil.

— Il y a quelques semaines ? Brian a amené Sariah ici pour la journée.

Elle prit une inspiration tremblante.

— Est-ce qu'elle sait ?

Christian avait dit que ni Brian ni Eli n'étaient sortis avec Sariah. Mais il semblait qu'elle soit sortie avec les deux. Les colocataires avaient-ils menti, ou leur avait-on menti ?

— Nous essayons de la contacter, dit Bree. Mais nous n'avons pas été en mesure de la trouver. Savez-vous où elle est ?

Madame O'Neil secoua la tête.

— Elle n'est venue ici qu'une seule fois. Mais j'ai bien vu que Brian l'aimait vraiment. Il parle tout le temps d'elle – *parlait* tout le temps d'elle.

Elle ferma les yeux une seconde.

Lorsqu'elle les rouvrit, ils étaient pleins de larmes.

— Ils passaient beaucoup de temps ensemble.

Matt tourna la photo de Sara Harper et Brian en direction de Bree. Elle ne montra aucune surprise.

Madame O'Neil s'essuya les yeux du bout des doigts. Ses bagues attirèrent à nouveau l'attention de Matt.

— Madame O'Neil, est-ce que certains de vos bijoux ont disparu, dernièrement ?

Elle se figea et baissa les mains.

— Oui. Comment le savez-vous ?

— Il y a eu une série de cambriolages, récemment, répondit-il.

— Pensez-vous que ce soit lié à la mort de Brian ? demanda-t-elle.

Matt regarda Bree. Entendait-elle révéler cette possibilité ?

— Nous ne savons pas si les crimes sont liés ou si c'est une coïncidence, déclara Bree. Pouvez-vous me dire ce qui a disparu ?

Madame O'Neil cueillit une larme qui roulait sur sa joue.

— Je garde mes bijoux de valeur dans un coffre-fort, mais il y avait quelques petites pièces dans ma boîte à bijoux que je portais souvent – de petites boucles d'oreilles en diamant et un pendentif assorti.

— Pouvez-vous estimer leur valeur ? demanda Bree.

— Environ huit ou neuf mille dollars, dit Mme O'Neil comme s'il s'était agi d'une dizaine de dollars.

— Avez-vous appelé la police ? demanda Matt.

— Non.

Madame O'Neil secoua la tête.

— Je pensais les avoir simplement égarés. La dernière fois que je les ai portés, c'était pour une soirée. J'avais bu trop de champagne.

Bree haussa les sourcils.

— Quand ont-ils disparu ?

— Il y a deux ou trois semaines.

Madame O'Neil leva une épaule.

— Peu de temps après la visite de Sariah.

— Avez-vous de la famille à proximité, Mme O'Neil ?

— Ma sœur.

— Permettez-moi de l'appeler, dit Bree.

— Très bien.

Madame O'Neil lut un numéro sur son téléphone. Matt et Bree attendirent d'être sûrs que la sœur était en route avant de quitter la maison et de retourner à leur véhicule.

Sur le siège passager, Matt boucla sa ceinture de sécurité.

— Sara Harper semble être au centre de toute cette affaire.

Bree démarra et fit demi-tour.

— Elle est sortie avec Eli et Brian.

Aucun des deux ne l'avait dit à ses colocataires. Garder leur relation secrète, c'était son idée ou celle des garçons ?

— Je parie que c'était son idée. Si elle visait Brian pour les bijoux de sa mère, elle n'aurait pas voulu que leur relation s'ébruite.

— Cela expliquerait aussi pourquoi elle était moins intéressée par Eli. Sa grand-mère n'a pas d'argent.

— Sara Harper pourrait-elle être derrière la mort de Brian et la disparition d'Eli ? demanda Bree.

— Pourquoi voudrait-elle la mort de Brian ?

— Il a peut-être compris qu'elle avait volé les bijoux de sa mère et a menacé d'aller à la police.

Bree engagea le véhicule dans l'allée.

— Alors, elle l'a tué pour le faire taire.

— Avec ses quatre arrestations précédentes et deux condamnations, je doute qu'elle s'en serait sortie avec des travaux d'intérêt général ou de la probation. Elle aurait certainement passé quelque temps en prison. Mais comment une jeune femme fluette peut-elle déplacer un cadavre pour le jeter dans le lac ?

— Brouette, diable, complice… il y a toujours un moyen.

Bree ne semblait pas préoccupée par la logistique.

— Mais si on en croit le récit d'Alyssa, alors Sara Harper a été abattue lundi matin.

Elle tourna sur la route principale.

— Qui l'a tuée ? réfléchit Matt.

— Nous savons que Sara Harper est une arnaqueuse. Et si elle avait mis en scène une fausse fusillade pour nous faire perdre sa piste ?

— Voyons ce que Todd a trouvé.

Bree composa le numéro de Todd et le mit sur haut-parleur.

— Todd, avez-vous une dernière adresse connue pour Sara Harper ?

— Oui. Deux cent un, Mallard Lane.

Bree entra l'adresse dans son GPS.

— Que pouvez-vous nous dire d'autre ?

— La propriété appartient à Earl Harper, âgé de quarante-huit ans, depuis un peu plus de vingt ans. Earl a purgé cinq ans de prison pour vol au premier degré. Il a tabassé le vendeur d'une épicerie avec une batte de baseball. Malheureusement, il a plaidé coupable et obtenu une peine minimale. Il y a aussi une liste d'autres petits délits dans son casier judiciaire. Earl est actuellement travailleur indépendant.

Todd reprit son souffle. Un froissement de papier se fit entendre.

— Vivant également à cette adresse, Rowdy Harper, âgé de vingt-sept ans. Rowdy a fait dix-huit mois de prison pour vol aggravé. Il a aussi un casier judiciaire avec des délits mineurs. Le seul crime violent est une arrestation pour agression sexuelle. Mais la victime a retiré sa plainte avant que l'affaire ne passe au tribunal.

— C'est tout ? demanda Bree.

— Ce n'est pas suffisant ? répliqua Todd. Je vous ai fourni deux autres suspects. Mais oui. C'est tout pour le moment. Je vous tiendrai au courant de ce que je trouve d'autre.

— Quel genre de véhicules conduisent Earl et Rowdy ?

Todd marqua une pause.

— Earl a une vieille F-150. Il n'y a pas de véhicule immatriculé au nom de Rowdy.

— Merci.

Bree raccrocha.

— Peut-être que la famille de Sara était impliquée dans les cambriolages. Brian a pu menacer de dénoncer Sara, ce qui les aurait tous envoyés en prison. Sara est allée voir papa ou grand frère et leur a demandé de s'occuper du problème Brian.

— Ça collerait avec leurs antécédents de vol et de violence. Si seulement l'un d'eux conduisait une Dodge Charger.

— Ce serait trop facile.

Bree se tourna vers Matt.

— Prêt à interroger deux criminels violents ?

Chapitre Vingt-Quatre

En vérifiant son GPS, Bree ralentit progressivement. Sur le côté droit de la route, elle distinguait l'éclat de la glace à travers les arbres.

— Le père de Sara Harper vit à Grey Lake ?

— Plutôt stupide de se débarrasser du corps si près de chez soi, dit Matt.

— Mais la plupart des criminels ne sont pas des génies.

Elle tourna dans l'allée en gravier. La voie n'avait pas été nivelée depuis des décennies et son 4 x 4 cahota jusqu'à la maison. Les Harper vivaient dans un pavillon délabré. En guise de jardin, des déchets ménagers jonchaient le sol autour du bâtiment. Bree se gara entre un évier de cuisine et un matelas. La seule ressemblance entre la résidence des O'Neil et la maison des Harper était la vue sur le lac.

— Comment veux-tu aborder l'entretien ? demanda Matt.

— Les criminels avertis ont généralement une bonne connaissance de la loi. Ils réclameront un avocat dès qu'ils se sentiront menacés.

— C'est juste. Approchons-les en leur disant que Sara a disparu et qu'elle a peut-être été tuée. Ils seront peut-être plus disposés à parler de Sara que d'eux-mêmes.

— Ça vaut la peine d'essayer.

— Voyons qui est à la maison.

Bree sortit du 4 x 4. Un bruit métallique résonnait à travers les arbres, comme un écho de son enfance. Ce souvenir lui retourna l'estomac. La propriété des Harper lui rappelait celle des Taggert : rurale, envahie par les mauvaises herbes et mal entretenue.

— Quelqu'un est en train de couper du bois.

Elle s'arrêta pour prendre des photos du pavillon, en s'assurant de bien y inclure le pick-up garé dans l'allée. Puis Matt la suivit jusqu'à la porte d'entrée. Elle appuya sur la sonnette, mais n'entendit aucun son. Comme personne ne répondait, elle frappa à la porte. Celle-ci s'ouvrit et un homme en jean, veste de flanelle matelassée, gants et bottes apparut dans l'entrée. Il avait environ vingt-cinq ans. Ses yeux étaient trop rapprochés et il ne s'était pas rasé depuis longtemps. Contrairement à la barbe bien taillée de Matt, la pilosité faciale de ce type évoquait surtout la saleté. Il scruta Bree de la tête aux pieds et revint à son visage. Son regard était froid et hostile.

— Qu'est-ce que vous voulez ? demanda-t-il.

— Je suis le shérif Taggert.

Bree présenta Matt.

— Nous essayons de trouver Sara Harper.

— Elle n'est pas là.

Il fit mine de fermer la porte.

Bree fit un pas en avant.

— Vous l'avez vue, récemment ?

— Non, pas depuis un moment.

Il se gratta la tête.

— Vous êtes de la famille de Sara ? demanda Bree.

— Je suis son frère.

Il avait les mêmes cheveux noirs que Sara, mais elle avait hérité de toute la beauté contenue dans leur ADN commun.

— Quel est votre nom ? demanda Bree.

Il fronça les sourcils et réfléchit à sa question pendant une longue minute, comme s'il essayait de trouver une raison pour laquelle il ne devrait pas répondre, sans y parvenir. Pas un génie, en effet.

— Rowdy Harper.

— Lundi, une jeune femme aurait été victime d'une fusillade, expliqua Bree.

— Lorsque nous avons répondu à l'appel, elle avait disparu. Nous venons d'apprendre que la victime est votre sœur.

Il plissa le front, l'air confus.

— C'est bizarre.

— Nous sommes d'accord. Nous aimerions vraiment retrouver Sara. Elle est peut-être blessée… ou pire.

Bree n'alla pas au bout de sa pensée. À ce stade, si Sara avait survécu à la fusillade initiale, elle pouvait très bien être morte. Ou si la fusillade avait été mise en scène pour tromper Alyssa, alors Sara était probablement impliquée dans le meurtre de Brian. Au minimum, Sara était une voleuse, et la boîte d'allumettes trouvée dans son sac à dos la reliait à la scène du crime.

— Et qu'est-ce que je peux y faire ? demanda-t-il.

— Nous donner des informations sur votre sœur, dit Bree. Ses amis. Les endroits qu'elle fréquente. Ce qu'elle fait. La dernière fois que vous l'avez vue, etc.

— Attendez ici.

Il leur ferma la porte au nez. Trente secondes plus tard, le bruit métallique s'interrompit. Deux minutes de plus s'écoulèrent avant qu'il ne reprenne. La porte s'ouvrit.

— Papa coupe du bois à l'arrière. Vous pouvez lui poser vos questions.

Bree s'avança vers la porte ouverte.

Il la bloqua de son corps, la colère brillant dans ses yeux.

— Vous pouvez faire le tour.

— Bien sûr.

Bree descendit les marches sans tourner le dos à Rowdy.

Une fois qu'ils se furent éloignés, Bree attendit Matt pour marcher à côté de lui.

— Je préférerais que Brody soit là, dit-il.

— Moi aussi, admit Bree.

Elle avait vu des criminels plus effrayés par un chien que par une arme pointée droit sur leur visage, une réaction qu'elle comprenait parfaitement.

La neige craqua sous leurs bottes tandis qu'ils contournaient la maison. Aussitôt, un énorme pitbull se mit à aboyer. Le gros chien tirait sur sa chaîne qui était attachée à un arbre.

Bree sursauta. De la sueur apparut entre ses omoplates. Elle respira profondément.

Vraiment ? Encore un chien ?

Elle se remit à marcher en évitant de regarder l'animal, malgré tout le tapage que celui-ci produisait. De l'extérieur, elle espérait ressembler à un officier de police, calme et plein d'autorité. Mais le chien, la cour pleine de déchets, le sol enneigé, même l'homme qui fendait le bois – tout cela lui rappelait des souvenirs d'enfance qu'elle n'avait pas le temps de ressasser pour le moment. Elle commençait à manquer de compartiments pour y refouler tous ses traumatismes.

Matt vint appuyer son épaule contre la sienne et ce contact la fit émerger de son cauchemar et revenir au moment présent.

Un garage pour deux voitures, en blocs de béton, se trouvait à l'écart derrière la maison, et un ponton branlant s'avançait sur l'eau. Les portes du garage étaient relevées. La moitié était occupée par des détritus et de la ferraille. L'autre contenait un établi et des outils. En face, un long bâtiment s'étendait sous les arbres. Du lierre grimpait sur les parpaings jusqu'au toit métallique.

À une dizaine de mètres derrière la maison, un homme brandissait une masse. Celle-ci heurta un coin métallique et fendit une grosse bûche en deux. Ressemblant à Rowdy en plus vieux, Earl

Harper leva les yeux de son travail, le regard méchant et fermé. Comme son fils, il portait des jeans, des bottes de travail et une chemise en flanelle. Il portait des gants de travail en cuir qui avaient visiblement beaucoup servi. De la sueur perlait sur son front et une veste était jetée sur le tas de bois à proximité. Le chien continua d'aboyer, irritant le système nerveux de Bree.

— La ferme, Rufus !

Earl ramassa une pierre et la lança sur le chien. Le jet était trop court, mais le chien battit tout de même en retraite dans sa niche.

Bree eut un mouvement de colère. Ce n'était pas parce qu'elle avait peur du chien qu'elle voulait qu'il soit maltraité. Elle jeta un coup d'œil à Matt. Ses yeux étaient plissés, sa mâchoire contractée.

Earl laissa tomber sa masse au sol avec un bruit sourd.

— Donc, vous êtes le nouveau shérif.

Il parcourut son corps du regard. Elle réprima son dégoût pour ne pas lui donner cette satisfaction.

— Monsieur Harper.

Bree présenta Matt à nouveau. Elle jeta un coup d'œil au garage plein de bric-à-brac.

— Quel est votre métier ?

— Je suis réparateur. Les gens jettent tout et n'importe quoi. Prenez les aspirateurs, par exemple. La plupart du temps, je remplace une courroie et ils fonctionnent très bien. Une réparation à cinq dollars. Les gens sont idiots.

La porte arrière s'ouvrit et Rowdy apparut. Il tira sur un bonnet en tricot et commença à ramasser les bûches que son père avait fendues et à les ajouter à une pile.

Earl s'appuya sur la poignée de sa masse.

— Rowdy dit que vous cherchez Sara.

Bree répéta son bref récit de la disparition mystérieuse de Sara.

— C'est bizarre.

Le ton d'Earl était indifférent.

— Vous n'avez pas l'air inquiet.

Matt se déplaça pour faire face à la fois à Earl et à son fils.

Earl gloussa.

— Ma fille est un sacré numéro. La dernière fois qu'elle est venue ici, elle est partie avec tout mon argent.

Bree l'observa attentivement, sans distinguer de faille dans son attitude bravache.

— Que pensez-vous qu'il lui soit arrivé ?

— Je n'en ai aucune idée.

Earl prit une nouvelle bûche. Il la positionna sur la souche d'arbre et inséra le coin dans une fissure.

— Mais Sara est une battante. Si quelqu'un s'est fait tirer dessus, je parierais qu'elle est la coupable, pas la victime.

— Nous avons un témoin oculaire, dit Bree.

Il lui jeta un coup d'œil et quelque chose brilla dans son regard. De la nervosité ? De l'anxiété ? Avant que Bree ne sache l'identifier, il avait repris son air impassible.

— Si quelqu'un a tiré sur Sara, alors pourquoi ne pouvez-vous pas la trouver ?

— C'est ce que nous aimerions savoir, dit Bree.

— Vous avez un témoin oculaire ? C'est tout ?

Il gloussa.

— Les gens voient ce qu'ils veulent.

Il n'avait pas entièrement tort. Les témoins oculaires étaient parfaits pour convaincre un jury, mais leur valeur réelle était nulle.

Vingt personnes pouvaient assister à un crime, elles auraient toutes une histoire différente et des descriptions variables de son auteur.

Mais au lieu de répondre, Bree lui rendit simplement son regard pendant quelques secondes. Elle voulait qu'il se demande quelles autres preuves elle pouvait avoir. Une brève émotion brilla à nouveau dans son regard. Cette fois, elle sut la définir. Le doute. Inquiet pour sa fille ? Mais cela ne dura pas.

Il fit la grimace.

— Je vous le répète. Ce n'est pas une victime. C'est une prédatrice. C'est aussi une petite salope sournoise et calculatrice. Mais je lui reconnais un talent.

Son ton était empreint de respect.

— Elle a de plus grosses couilles que Rowdy.

— Hé ! protesta Rowdy.

Earl ignora sa réaction.

— Sara volerait le lait d'un bébé, puis juste après elle serait capable de le revendre à la mère. Elle a toujours une petite arnaque en cours et elle se fait rarement prendre.

Cette dernière phrase était prononcée avec un sentiment de fierté. Il balança sa masse d'un mouvement sûr et précis. Elle frappa le coin de plein fouet. La bûche tomba au sol en deux morceaux.

— Non, Sara n'est pas morte. Il est plus probable qu'elle prépare quelque chose.

Bree décida d'insister.

— Vous pouvez me parler de ses amis ?

— Sara n'a pas d'amis, intervint Rowdy. Juste des gens qu'elle utilise.

Earl approuva d'un hochement de tête.

— Il a raison.

— Et un petit ami ? demanda Matt.

Earl haussa les épaules.

— Pas que je sache, dernièrement.

Bree essaya de nouveau.

— Quand l'avez-vous vue pour la dernière fois ?

— Il y a plus d'un mois. Six semaines, peut-être.

Il posa une autre bûche sur la souche et positionna le coin.

— Je ne compte pas vraiment. Je lui ai dit de ne pas revenir. Pas après qu'elle m'a volé.

— Sara a-t-elle laissé des affaires ici ? demanda Bree.

— Je ne sais pas.

Earl se figea, la masse à la main.

— Vous avez un mandat ?

— Non, admit Bree. Mais je peux en obtenir un.

— Bon courage, alors.

Earl lui tourna le dos et balança à nouveau sa masse.

— Vous n'avez aucune preuve que j'ai fait quelque chose de mal.

— Où étiez-vous, tôt lundi matin ? demanda Bree.

— C'est le genre de question à laquelle je ne réponds pas sans un avocat.

— Et vous, Rowdy ? dit Bree en se tournant vers le fils Harper.

— Vous rappelez-vous où vous étiez, tôt lundi matin ?

— Ne réponds pas, dit Earl. Nous n'avons à répondre à aucune des questions du shérif. Nous lui parlons seulement par simple courtoisie.

C'était vrai. Personne n'était obligé de parler à la police. Bree n'avait aucune preuve établissant un lien entre Earl ou Rowdy et les cambriolages ou le meurtre de Brian.

Earl fendit une autre bûche, puis se retourna pour faire face à Bree et Matt.

— La conversation est terminée, shérif. Il est temps que vous partiez.

Sans élever la voix, et en gardant tout du long un ton poli, il exprimait malgré tout la menace par son attitude et son regard froids. Malgré son calme extérieur, une violence certaine mijotait juste sous la surface. Son hostilité était une énergie cinétique palpable qui émanait de lui comme la chaleur des pavés sous le soleil d'été.

Bree aurait voulu le traîner au poste, mais il avait raison. Elle n'avait pas de raison pour ça et un procès pour harcèlement pouvait entraver la poursuite de son enquête.

Elle tenta une dernière question.

— Vous voulez bien enlever vos gants ? Tous les deux ?

— Non.

Earl fronça les sourcils d'un air surpris.

Elle recula et dit d'un ton tout aussi poli :

— Merci pour votre accueil.

Mais en prononçant ces mots, elle lui rendit son regard pendant quelques secondes. Elle n'avait pas le droit légal de l'arrêter, mais elle n'était pas intimidée. Pas par lui, en tout cas. C'était le pitbull qui la faisait trembler intérieurement. Le chien attira son regard. Il faisait les cent pas au bout de sa chaîne dans un cliquetis métallique.

Earl se redressa de toute sa hauteur et posa le marteau sur son épaule. Il haussa un sourcil d'un air de défi. Il savait que la présence du chien la bouleversait. Elle ne pouvait pas cacher sa réaction à un type comme Earl. On ne peut pas arnaquer un arnaqueur.

Bree et Matt firent à nouveau le tour de la maison.

— Parlons aux voisins, dit-elle.

— J'ai de la peine pour eux, dit Matt. Je ne peux pas imaginer vivre à côté des Harper.

La maison d'à côté n'était pas luxueuse, mais elle était bien entretenue. La limite entre les deux propriétés était claire, marquée par l'absence de déchets. Le garage et le ponton du voisin semblaient tous deux en bon état. Un homme sortit de la maison, attrapa une poubelle et la fit rouler en direction de la rue.

Bree et Matt l'interceptèrent au niveau de sa camionnette. Il avait une vingtaine d'années, mais son acné le faisait paraître plus jeune.

Son regard passa de l'uniforme de Bree à la maison des Harper.

— Qu'est-ce que vous voulez ?

— Je suis le shérif Taggert et voici mon enquêteur, Matt Flynn. Nous aimerions vous poser quelques questions. Quel est votre nom ?

— Je suis Joe Marcus.

Joe portait une veste et des gants, mais il avait la tête nue.

— De quoi s'agit-il ?

— Votre voisin, Earl.

Bree indiqua la maison des Harper.

— Depuis combien de temps le connaissez-vous ?

— Toute ma vie, malheureusement.

Joe pencha la tête.

— Qu'est-ce que vous voulez savoir ?

— Est-ce qu'il vous pose des problèmes, comme voisin ? demanda Matt.

— Pas vraiment.

Joe croisa les bras et rentra la tête dans les épaules, comme s'il avait froid.

— Son chien est toujours en train de s'échapper. Il y a quelques semaines, il a tué des poulets en bas de la route.

Bree frissonna. Les chiens de son père tuaient tout ce qu'ils pouvaient attraper : lapins, écureuils, chats.

Papa aimait qu'ils soient affamés.

— Avez-vous appelé le département du shérif ? demanda Bree.

— Moi ?

Joe pointa le doigt sur sa poitrine, puis secoua la tête.

— Alors là, non. Ce n'étaient pas mes poules. Je n'ai pas de problème avec Earl.

Bree tenta une autre approche.

— Et le voisin qui a perdu ses poulets ?

— Ce ne sont pas mes affaires.

Joe leva les deux mains, paumes vers l'extérieur, d'un air décidé. Puis il baissa la voix.

— Les Harper sont discrets la plupart du temps, mais ce n'est pas le genre de personne avec lequel on veut avoir des ennuis, si vous voyez ce que je veux dire.

— Vous avez peur de lui ?

Matt croisa les bras. Il leva le menton et considéra Joe.

Le visage de ce dernier rougit, soulignant son acné.

— Je suis prudent, disons. Je ne suis pas stupide. Earl est instable.

Matt fit un signe en direction de la maison voisine.

— Vous avez vu si Earl était dans le coin, le week-end dernier ?

— Il était là au moins une partie du temps, dit Joe. Ça fait des jours qu'il bosse sur ce stère.

— Vous souvenez-vous d'un moment précis où vous l'avez vu ici ? demanda Bree.

— Non, répondit Joe, et son ton sec indiquait qu'il n'entendait donner aucune information sur Earl.

— Connaissez-vous bien sa fille, Sara ?

Bree essaya un autre sujet. Peut-être qu'elle pourrait l'amener à révéler quelque chose.

— Pas très bien.

Joe croisa à nouveau les bras, cette fois-ci avec un air plus têtu que frigorifié.

— On est allés au même lycée. Elle était incontrôlable, à l'époque. Je sais qu'elle a eu des ennuis depuis, aussi. Mais elle n'habite plus ici.

— Savez-vous pourquoi elle a déménagé ?

Joe haussa une épaule.

— C'est une adulte. C'est une raison suffisante.

— Est-ce que Sara a une bonne relation avec son père ?

Bree sursauta en entendant le chien aboyer.

Et merde. L'animal est enchaîné. Ce n'est pas une menace.

— Non.

Joe secoua la tête.

— Elle et Earl ne s'entendent pas du tout. Rowdy est le souffre-douleur d'Earl, mais pas Sara. Elle ressemble trop à son père. Ils ne peuvent jamais être d'accord.

— Quand l'avez-vous vue pour la dernière fois ?

Bree essaya de se concentrer sur Joe, mais le chien n'arrêtait pas d'aboyer. Elle avait de plus en plus de mal à l'ignorer.

— Je ne lui ai pas parlé depuis longtemps, mais je crois l'avoir vue là-bas la semaine dernière.

Il leva les yeux.

— Ne vous fatiguez pas, je ne sais pas quel jour ni à quelle heure. J'ai été occupé tout le week-end.

Ou il refusait de servir de témoin contre Earl.

Il y eut un moment de silence. Puis le chien se mit à hurler. Bree eut soudain la chair de poule. Elle oublia sa question suivante. Ses mains devinrent moites à l'intérieur de ses gants.

En lui jetant un bref coup d'œil, Matt prit le relais.

— Occupé à quoi ?

— À mes oignons, dit Joe en élevant la voix.

Concentre-toi !

Bree secoua la tête pour s'éclaircir les idées.

— Vous êtes sûr que c'est Sara que vous avez vue ?

Joe renifla et passa une main gantée sous son nez.

— Il n'y a pas de risque que je confonde Sara avec son frère ou son père.

— C'est peut-être la copine d'Earl que vous avez vue ? demanda Matt.

— Earl n'a pas de petite amie, à ce que je sache.

La tête de Joe pivota au son d'un moteur. Un camion de livraison passait sur la route.

Une nouvelle série d'aboiements éclata derrière la maison des Harper. Bree déglutit, des crampes à l'estomac, de la sueur perlant dans son dos.

Matt dit :

— Est-ce que Sara a un petit ami ?

— Je ne sais pas avec qui elle sort en ce moment.

Une voiture descendit la rue et le regard de Joe la suivit jusqu'à ce qu'elle ait dépassé sa maison.

— Mais Sara est douée pour amener les gens – surtout les mecs – à faire ce qu'elle veut. Ça l'aide, d'être sexy, tout comme le fait de ne pas se soucier des autres.

Ses yeux se tournèrent vers la maison Harper pendant quelques secondes.

— C'est dans son ADN, je suppose.

— Y a-t-il quelqu'un qui pourrait savoir où se trouve Sara ?

Matt fit un signe vague.

— Est-ce qu'elle a des amis proches ou un ancien petit ami ?

— Elle est sortie avec Zachary Baker en terminale.

Joe leur adressa un nouveau haussement d'épaules saccadé.

— Il vit avec sa mère en bas de la rue. La maison avec les poulets. Vous ne pouvez pas la manquer.

Joe fit un pas en arrière.

— Je dois aller bosser.

— Merci pour votre accueil.

Bree prit ses coordonnées avant de partir. Puis elle et Matt regagnèrent leur véhicule. Bree se glissa derrière le volant, épuisée. Elle avait perdu beaucoup de forces à tenter de se maîtriser. Le chien l'avait mise sur les nerfs. Elle avait vraiment besoin d'apprendre à maîtriser sa peur. Cela n'avait jamais affecté son travail à ce point, auparavant. Elle avait toujours été capable de contrôler sa réaction face aux chiens – ou du moins de la dissimuler. Mais aujourd'hui, elle avait atteint sa limite.

— Merci d'être intervenu.

— Pas de problème.

Elle serra le poing malgré elle.

— Personne n'est parfait, Bree, dit Matt d'une voix douce.

— Je sais.

Mais elle était déçue par son comportement. Elle ramena la conversation à l'enquête.

— On va parler à Zachary Baker ?

— C'est parti.

Bree descendit lentement la route. Alors qu'ils approchaient de la quatrième boîte aux lettres, Matt tendit le doigt.

— C'est là.

Le poulailler qui occupait la cour latérale était aussi grand qu'un garage. À côté, une structure branlante en bois et en fil de fer entourait une zone de la taille d'un terrain de basket.

Bree se gara devant la maison. Celle-ci ressemblait à un cottage anglais habité par une vieille dame.

Ils descendirent de voiture et approchèrent de la porte. Un grincement de charnières attira leur attention. Matt et Bree se retournèrent à l'unisson et virent un jeune homme sortir du poulailler, un panier métallique plein d'œufs à la main. Il portait une parka noire et des gants en cuir.

Matt et Bree se dirigèrent vers lui et le rejoignirent dans la cour.

— Je suis le shérif Taggert.

Bree montra son badge.

— Je cherche Zachary Baker.

— C'est moi, dit-il d'une voix hésitante.

— J'aimerais vous poser quelques questions sur votre voisin Earl Harper, commença Bree.

— Je n'ai rien à dire sur lui.

Zachary semblait mal à l'aise. Il se déplaça légèrement vers la gauche, comme s'il comptait contourner Matt et partir en courant.

— Nous avons entendu dire que son chien a tué certains de vos poulets.

Du coin de l'œil, Bree vit Matt faire un demi-pas identique, imitant Zachary et bloquant subtilement son chemin.

— C'était il y a longtemps.

Zachary jeta un coup d'œil à sa maison par-dessus l'épaule de Matt. Il ne voulait clairement pas leur parler.

— Mais c'est arrivé ? demanda Bree.

Zachary croisa son regard pendant une fraction de seconde avant de détourner les yeux.

— Ouais. C'est arrivé. Le chien a traversé la clôture et tué cinq de nos poulets.

— Comment Earl a-t-il réagi ?

Zachary se lécha les lèvres.

— Il nous a donné cinquante dollars et a dit que c'était juste.

— Et ça l'était ?

Bree essaya de croiser son regard.

Zachary se tourna dans la direction opposée, observant attentivement le sol.

— Je suppose.

— Mais vous ne lui avez pas demandé plus ? Vous ne nous avez pas appelés ?

Bree tenta à nouveau de le forcer à la regarder dans les yeux.

Zachary s'y refusait désespérément.

— Tout le monde ici se souvient qu'Earl est allé en prison pour avoir tabassé un type avec une batte de baseball. Personne ne va rien dire contre lui.

— Vous connaissez Sara Harper ?

Zachary renifla.

— Ouais. On est allés au lycée ensemble.

— On nous a dit que vous étiez sorti avec elle.

— Juste une partie de la terminale.

Il rougit.

— Mais je ne l'ai pas vue depuis longtemps, pas depuis qu'elle a quitté le quartier.

Un éclair de colère illumina ses yeux et son regard se posa dans celui de Bree pendant deux bonnes secondes avant de s'écarter.

— Elle avait besoin d'aide pour plusieurs matières ou elle n'aurait pas eu son diplôme. Je l'ai aidée et dès que ça a été fini, elle m'a largué.

Sa mâchoire se contracta fugacement et son expression sembla se faire nostalgique.

— Sara était pom-pom girl au lycée. Elle était trop bien pour moi. J'aurais dû le savoir.

Il s'éclaircit la gorge.

— J'ai du travail. J'ai fini de répondre à vos questions.

— Nous aimerions parler à votre mère, dit Bree.

— Sa maladie de Parkinson est devenue vraiment grave. Elle ne veut voir personne. Excusez-moi.

Il redressa les épaules, contourna Bree et se dirigea vers la maison.

— Vous travaillez ? l'interpella Matt.

Zachary s'arrêta et répondit sans se retourner.

— Je suis designer web indépendant. Je travaille de chez moi.

Il se hâta vers la maison et ferma la porte.

Bree se dirigea vers son 4 x 4.

Matt lui emboîta le pas.

— Bizarre, ce type. Il semblait incapable de nous regarder dans les yeux.

— C'est peut-être un introverti.

Mais Bree était d'accord. Le comportement de Zachary Baker était plutôt étrange.

— Ou il a peur qu'Earl apprenne qu'il nous a parlé de lui. Ni Joe ni Zachary ne voulaient parler d'Earl.

— On ne peut pas leur en vouloir.

— Pas du tout.

Bree s'installa au volant de son 4 x 4. Matt grimpa dans le véhicule et Bree dit :

— Je crois aussi que Zachary a gardé un mauvais souvenir de Sara.

Matt acquiesça d'un hochement de tête. Ils repartirent en sens inverse. Bree ralentit en passant devant le domicile d'Earl.

Matt lança un regard noir par la fenêtre.

— J'ai de la peine pour le chien.

— On ne peut rien y faire.

Bree lui jeta un coup d'œil.

Matt semblait en colère, la mâchoire crispée.

— Tu sais que ce chien n'est pas responsable de son agressivité. Il est attaché et effrayé. Les animaux piégés deviennent défensifs.

Bree hocha la tête. Elle ne voulait pas parler du chien. Elle voulait l'oublier.

— Tu pourrais envoyer la fourrière le chercher ? demanda Matt.

— Tu sais bien que non.

Bree jeta un coup d'œil dans le rétroviseur.

— Il y avait de la nourriture, de l'eau et un abri. Nous ne l'avons pas vu lui faire du mal.

Matt croisa les bras.

— Nous savons tous les deux qu'Earl maltraite cet animal. Le chien est maigre.

— Il n'avait pas l'air d'être affamé, et ce que nous savons et ce que nous pouvons prouver sont deux choses totalement différentes.

— L'histoire de nos vies, non ?

Matt tapa sur son genou, frustré.

— Ouaip.

Chassant le chien de son esprit, Bree tourna l'ordinateur du tableau de bord vers Matt.

— Regarde si Joe ou Zachary conduit une Dodge Charger.

Matt s'exécuta.

— Non.

— Des casiers judiciaires ?

Matt poursuivit sa recherche.

— Rien sur Joe. Zachary a quelques arrestations pour marijuana. Il a payé des amendes. Le gars de la Charger avait pu emprunter ou louer une voiture, fit remarquer Matt.

Le véhicule ne lui appartient pas nécessairement.

— Je sais, mais nous avons si peu de preuves matérielles. Ce serait génial si on pouvait avoir une piste sur la Charger ou la tache de naissance.

— Dommage que ce ne soit pas l'été. Personne ne porterait de gants.

— C'est dommage, oui.

Le téléphone de Bree sonna. Elle jeta un coup d'œil à l'écran. Todd. Elle décrocha.

— Qu'est-ce qu'il se passe ?

— On a une nouvelle victime, dit Todd.

— Merde. Où ? demanda Bree.

— Près du ponton de Grey Lake Inn.

Chapitre Vingt-Cinq

Traversant le jardin de l'hôtel, Matt suivit Bree jusqu'au bord du lac. Le soleil brillait dans un ciel sans nuage. À l'abri du vent, la journée était presque chaude. Des plaques d'herbe apparaissaient à travers la neige en train de fondre.

Une nouvelle victime n'arrangeait pas leurs affaires. Ils avaient déjà du mal à suivre le rythme des meurtres.

Todd marchait à côté de Bree en lui expliquant les détails de la découverte.

— Les techniciens de la scientifique ont apporté des lampes et ont travaillé toute la nuit pour traiter les preuves que vous avez trouvées dans le garage hier, dit Todd. L'adjoint Oscar est arrivé cet après-midi pour remplacer son collègue. Oscar a repéré deux enfants sur le lac en train de regarder la scène. Il s'est approché pour les faire circuler et c'est là qu'il a aperçu le corps.

Ils suivirent la rive sur une trentaine de mètres jusqu'à atteindre un petit fossé. L'adjoint les attendait. Un vent glacial balayait le lac.

Matt fourra sa main blessée dans la poche de son manteau. Les gants ne suffisaient pas, un jour comme celui-ci.

Oscar répéta son récit. Il courba les épaules pour se protéger d'une rafale soudaine.

— Il était juste sous mes pieds. J'étais au-dessus.

Matt pensait que les frissons de l'adjoint n'avaient rien à voir avec le froid.

Mais Bree eut pitié de lui.

— Merci, adjoint Oscar. Si vous avez besoin de vous réchauffer, allez vous asseoir dans votre voiture pendant un moment.

Oscar secoua la tête.

— Je vais rester.

Ils observèrent la glace à l'endroit où le fossé et un tuyau de drainage atteignaient le lac.

— Où est-il ? demanda Bree en balayant la zone du regard.

Todd tendit le doigt. Ils baissèrent tous les yeux.

Et Matt aperçut l'arrière d'un crâne, à peine visible à travers la glace opaque.

— Le médecin légiste a-t-il été informé ? demanda Bree.

— Oui, chef, dit Todd. Et l'équipe de plongée est en route.

De nombreux agents du comté de Randolph appartenaient à des brigades spéciales, y compris une équipe de plongée pour la recherche et la récupération sous-marines.

Oscar croisa les bras et glissa ses mains sous ses aisselles, comme si l'idée d'entrer dans l'eau glaciale le refroidissait encore davantage.

Matt balaya le lac du regard. Son ventre se noua. Qui était là-dessous ?

Un bruit de bottes s'éleva derrière eux. Ils se retournèrent comme un seul homme. Le médecin légiste et son assistant approchaient, chacun portant une mallette. Le Dr Jones s'arrêta à côté de Bree et fit signe à son assistant.

— Prenez des photos d'ensemble. Nous allons déterminer comment le corps est orienté afin de ne pas endommager la dépouille lors de sa récupération.

Le médecin légiste attendit que son assistant photographie l'endroit sous différents angles et à différentes distances. Puis le Dr Jones prit un pinceau dans son étui et se rapprocha. Elle s'accroupit et commença à brosser la glace. La suppression de la couche supérieure de givre améliora légèrement la visibilité.

— Voilà le cou. Le dos s'étend de cette façon.

Elle fit un geste.

— Je dois marquer ces emplacements.

— J'ai de la peinture en bombe dans mon coffre.

Todd se retourna et remonta la pente en trottinant vers l'auberge. Il revint quelques instants plus tard avec une bombe, qu'il tendit à la légiste. Celle-ci traça un ovale grossier en pointillés sur la surface gelée pour marquer l'emplacement du corps.

En attendant l'équipe de plongée, le médecin légiste et son assistant prirent des échantillons, des mesures et des relevés de température.

Quatre membres de l'équipe de plongée arrivèrent. Ils garèrent leur camionnette et la remorque de matériel à l'arrière de l'hôtel. Deux adjoints installèrent le matériel tandis que les deux autres enfilaient des combinaisons étanches orange foncé qui les protégeraient de l'eau glacée. Une fois le corps ramené, ils devraient fouiller le fond du lac à la recherche d'indices, comme ils le feraient pour une scène de crime classique.

Matt et Bree reculèrent le temps que les adjoints coupent la glace en morceaux. Il leur fallut trente minutes pour tailler un rectangle suffisamment grand pour permettre aux plongeurs d'entrer dans l'eau avec un sac mortuaire sous-marin ; il était fait d'un filet résistant recouvert de vinyle, laissant l'eau s'écouler lorsqu'il était ramené à terre tout en préservant les preuves médico-légales à l'intérieur. Le maillage serré permettait également de protéger l'intimité de la victime des regards lorsque le corps était retiré du lac. Les cadavres ayant passé beaucoup de temps dans l'eau pouvaient être horribles à voir. Les membres de la famille n'avaient pas besoin de voir les restes gonflés de leur proche à leur sortie de l'eau.

Le médecin légiste s'entretint avec les plongeurs pendant qu'ils s'équipaient.

— Le corps précédent avait des blessures de défense et du tissu sous les ongles. C'est la première fois que nous travaillons ensemble, donc je ne connais pas vos méthodes. Je veux être certaine que toute trace pouvant se situer sous les ongles ne sera pas délogée pendant le retrait.

Les sacs en papier que le légiste utilisait sur terre ne fonctionneraient pas sous l'eau.

Les plongeurs froncèrent les sourcils.

La légiste sortit des sacs à fermeture éclair de son kit.

— Ce sont des bas nylon pour femme. Je les ai roulés pour que vous puissiez les dérouler sur les mains et les pieds de la victime, comme si vous mettiez un préservatif. L'eau s'écoule, mais le nylon devrait protéger et préserver toute trace sous les ongles.

— C'est une sacrée bonne idée.

Le plongeur prit deux sacs et en remit deux à son partenaire.

La légiste recula, satisfaite.

Les deux plongeurs enfilèrent des bouteilles et des casques équipés de mini-caméras. Matt observa les adjoints qui vérifiaient une dernière fois l'équipement permettant de suivre l'activité des plongeurs.

Ceux-ci se glissèrent dans le lac. La récupération du corps prit près de trente minutes. Ils finirent par sortir le sac mortuaire fermé et par le poser sur la glace. L'eau s'écoula, puis le sac fut chargé sur la civière du médecin légiste et transporté vers sa camionnette.

Matt et Bree suivirent la civière jusqu'au parking, l'estomac noué. Ils échangèrent un regard.

S'agissait-il d'Eli ?

Bree interrompit la légiste avant qu'elle et son assistant ne chargent le corps dans la fourgonnette.

— Pouvez-vous l'ouvrir juste un peu ? J'ai besoin de voir le corps.

La légiste jeta un coup d'œil circulaire. Les équipes de télévision étaient au bord de l'eau, observant la brigade de plongée.

Les plongeurs s'apprêtaient à retourner dans l'eau pour fouiller le fond du lac à la recherche d'indices. Le Dr Jones ouvrit la fermeture éclair sur quelques dizaines de centimètres. Le corps était celui d'un jeune homme. Il ne portait qu'un caleçon et son visage était décomposé. Il avait les cheveux rasés, comme ceux de Brian.

Matt baissa la voix.

— Notre personne disparue a une tache de naissance rectangulaire sur le dos de l'épaule.

La légiste hocha la tête. Elle avait déjà examiné le dossier médical d'Eli quand elle essayait d'identifier le corps de Brian. Elle se souvenait certainement de la tache de naissance. Matt se prépara tandis qu'elle soulevait l'une des épaules du cadavre. La tache de naissance avait la taille d'une carte à jouer.

C'était Eli.

Matt imagina aussitôt Mme Whitney et se sentit mal à l'idée de ce que la mort d'Eli allait lui faire.

Bree s'avança à côté du Dr Jones. Elle parla également à voix basse.

— Une estimation du temps qu'il a passé dans le lac ?

Mais le Dr Jones avait déjà refermé le sac.

— Laissez-moi le ramener à la morgue et faire les calculs.

Comme pour le corps de Brian O'Neil, il serait difficile de déterminer l'heure du décès, et le médecin légiste ne pourrait donner qu'une indication globale.

— Je ferai son autopsie cet après-midi, dit le Dr Jones. Vous aurez des réponses d'ici ce soir.

— Merci, dit Bree.

Puis la victime fut chargée dans la camionnette.

Bree et Matt retournèrent dans la cour arrière. L'auberge était désignée comme scène de crime, mais plusieurs équipes de télévision s'étaient aventurées sur la glace depuis la propriété adjacente pour tenter d'obtenir une image claire de l'équipe de plongeurs au travail.

Quelques minutes plus tard, l'un des plongeurs émergea du trou. Il posa un sac transparent sur la glace à côté de lui. Il cracha son embout et retira son casque.

— Shérif !

Il lui fit signe de se rapprocher.

Bree se hâta vers lui et s'accroupit. Matt tendit l'oreille également.

Le plongeur dit :

— Il y a un autre corps en bas.

Matt ressentit un choc violent. C'était la dernière chose à laquelle il s'attendait.

— Il nous faut un autre sac mortuaire.

Bree jeta un coup d'œil aux journalistes.

— Et plus de ces bas nylon.

Elle appela son adjoint en chef.

— Todd, voyez si le médecin légiste est toujours là.

Le Dr Jones n'avait pas encore quitté le parking. Elle revint avec d'autres bas nylon. La presse sentit que quelque chose se passait et se mit à filmer.

Peu de temps après, le deuxième plongeur refit surface et les autres membres de l'équipe l'aidèrent à sortir le deuxième sac de l'eau. Le plongeur s'extirpa du trou, s'assit sur le bord et retira son masque. Bree et le médecin légiste se rapprochèrent.

— Un corps de sexe masculin, là aussi ? demanda Bree.

Le plongeur secoua la tête.

— Je ne suis pas sûr. Il fait sombre en bas, mais le corps a les cheveux longs et est toujours habillé.

Le Dr Jones s'accroupit à côté du sac et ouvrit discrètement la fermeture éclair, suffisamment pour voir le visage. C'était une femme aux longs cheveux noirs. Le col d'un manteau était également visible.

— Est-ce qu'elle semble familière à quelqu'un ?

— Oui.

Bree chuchota un nom au médecin légiste.

— Ses empreintes sont probablement dans le système.

L'identification devrait être rapide.

Matt murmura à l'oreille de Bree.

— Tu l'as vue ?

Bree hocha la tête.

— Elle était entièrement habillée et son visage était intact. Elle ressemblait à Sara Harper.

Chapitre Vingt-Six

Tuer était addictif.

Mais il devait résister à la tentation d'aller trop vite. Il devait attendre la bonne opportunité, comme il l'avait prévu. Un mauvais *timing* pouvait tout gâcher, mais il devenait de plus en plus difficile d'être patient. Depuis la conférence de presse, il craignait presque d'utiliser sa Charger. Mais c'était un véhicule assez courant. Il n'attirait pas vraiment l'attention. Il avait enlevé le panneau de l'application de covoiturage. Mais le fait que le shérif ait une photo de la voiture le dissuadait d'utiliser son propre véhicule. La Charger, il pouvait la cacher, mais il n'avait pas les moyens de remplacer son véhicule habituel.

Il avait également pris soin de porter des gants partout où c'était possible et d'utiliser un maquillage spécial pour couvrir le dos de sa main. Cette salope de shérif voulait tout gâcher. Peut-être qu'après en avoir terminé avec sa liste actuelle, il ferait de Bree Taggert une future cible. Les trous du cul qu'il chassait en ce moment n'étaient pas très intelligents. Le shérif présenterait un tout nouveau défi.

À travers son pare-brise, il regarda des piétons traverser la rue À quelques pâtés de maisons de la route principale qui traversait le campus, des véhicules en stationnement obstruaient la rue. Ici, les maisons étaient grandes et vieilles. La plupart avaient été divisées en appartements. Le feu passa au vert et il laissa la voiture démarrer lentement.

Deux pâtés de maisons plus loin, le quartier résidentiel laissait place à des bâtiments universitaires. Le foyer des étudiants était au coin de la rue. Il s'arrêta au feu et scruta les trottoirs. Il avait traqué sa proie assez longtemps sur les réseaux sociaux. La cible se rendait généralement au foyer des étudiants avant son cours de l'après-midi.

Il eut de la chance : une voiture s'éloigna du trottoir juste devant lui et il put se garer à proximité du foyer.

Trois filles émergèrent du bâtiment. Elles portaient des pantalons noirs moulants et des vestes bouffantes, des sacs à dos en bandoulière. Sous des bonnets en tricot, des cheveux noirs cascadaient sur leurs dos. L'une des filles se tourna et dit quelque chose à son amie. Elle était belle. Le genre de femme qui pensait être trop bien pour lui. Elle sourit et son sourire parfait le fit grimacer.

Une profonde amertume brûlait son ventre. Bouillonnant, il s'affala sur son siège, croisa les bras sur sa poitrine et attendit. La frustration le consumait. Il fallait que ce soit aujourd'hui. Il ne pouvait plus attendre. Il serra le poing et se frappa la jambe.

Cette rue était trop fréquentée. Le froid s'infiltrait dans la voiture, mais la colère le réchauffait de l'intérieur.

Une demi-heure plus tard, sa cible sortit du foyer, en retard pour son cours, comme d'habitude. Il marchait les yeux rivés sur l'écran de son téléphone. Au lieu d'avancer jusqu'au coin de la rue, il se faufila entre deux voitures et traversa en dehors des clous.

Il voulait tellement le tuer que ses doigts lui faisaient mal. Ses mains s'enroulèrent autour du volant et son orteil toucha la pédale d'accélérateur. Il pourrait juste le renverser maintenant. Facile. Ce serait fait.

Un de plus. Il imagina sa voiture heurtant le corps, le jeune homme projeté dans les airs et s'effondrant dans la rue.

L'excitation bouillonnait dans ses veines. Y aurait-il du sang ? La cible mourrait-elle sur le coup ? Trop d'incertitudes. Il avait besoin d'être sûr.

De plus, ce n'était pas comme ça que c'était censé se passer. Utiliser la voiture était trop rapide, trop impersonnel. Il ne pourrait pas dire à cet enfoiré pourquoi il le tuait. Il ne pourrait pas voir le choc sur le visage de sa proie quand elle le reconnaîtrait.

Non. Cette mort devait être aussi personnelle que les autres.

Il réprima son excitation – pour l'instant. Il ferait ça correctement. Il regarderait le gars dans les yeux en appuyant sur la détente. Il était vital que ses victimes sachent exactement qui les tuait et pourquoi. Sinon, quel était le but ?

Il devait être puni !

Sans doute celui-ci savait-il ce qui était arrivé à ses amis et serait-il encore plus effrayé.

Il fit rouler ses épaules et redémarra. Il s'éloigna du trottoir et suivit sa proie.

Le connard regarda par-dessus son épaule. Pouvait-il sentir le danger ? Était-il déjà nerveux ?

Je l'espère.

Il roula doucement, en vitesse de croisière, gardant une trentaine de mètres entre lui et sa cible. Le connard tourna dans la rue suivante. Il prit le virage à son tour. La rue était presque vide. Les étudiants les plus proches étaient à un demi-pâté de maisons. Il attendit qu'ils tournent le coin et disparaissent, puis vérifia la route dans les deux sens.

Personne. Pas de voiture. Pas de passant. Mais il devait se dépêcher.

Il abaissa le masque de ski sur son visage. Il avait étalé de la boue sur sa plaque d'immatriculation. Même si son véhicule était filmé, cette salope de shérif n'aurait pas plus d'indices qu'elle n'en avait déjà.

Maintenant.

Il enfonça l'accélérateur. La voiture bondit en avant, rattrapant la cible en quelques secondes.

Le jeune homme se dirigea vers la rue. Il allait traverser en diagonale.

Parfait.

Il visa juste devant sa proie, s'arrêtant avant de le heurter, comme s'il était parvenu à éviter l'accident au dernier moment. Le bref moment de peur dans le regard de sa cible lui fit un bien fou.

— Connard !

Le crétin sursauta et laissa tomber son téléphone. Il tapa de la main sur le capot de la voiture.

— Qu'est-ce qui ne va pas chez toi ?

— Moi ? Tu t'es jeté devant ma voiture !

Il regarda dans le rétroviseur. L'horizon était dégagé.

Il prit son arme sur le siège passager et la braqua directement sur le visage du gars. Le connard ouvrit de grands yeux. Il ouvrit la portière de sa voiture et sortit, gardant l'arme stable.

— Monte à l'arrière.

— Non.

Les yeux écarquillés, le gars recula. Son visage avait pâli. Il jeta un coup d'œil au téléphone qui se trouvait à ses pieds.

— N'y touche pas.

Une vague d'énergie le traversa.

— Je peux aussi te buter tout de suite.

La cible se dirigea en vacillant vers la portière de la voiture, l'ouvrit et monta à l'arrière. Il hésita en se rendant compte qu'il y avait un séparateur entre les sièges avant et arrière.

Il s'agissait d'un ancien véhicule de police acheté aux enchères.

Scrutant à nouveau la rue, il se glissa derrière le volant et verrouilla les portes. La proie se glissa sur la banquette et saisit la poignée de la portière opposée. Non. Comme c'était une ancienne voiture de police, les portes arrière ne s'ouvraient pas de l'intérieur.

— Il y a des menottes sur le sol, ordonna-t-il. Mets-les.

Cette fois, le gars ne discuta pas. Il fit ce qu'on lui disait.

— Pourquoi tu me fais ça ? demanda-t-il en gémissant.

— Ta gueule.

Il redressa son véhicule. Il fallait qu'il mette les bouts au plus vite. Il écrasa le téléphone. Une bouffée d'excitation le parcourut. Il avait réussi. Rien ne valait un plan parfaitement exécuté.

Sauf une exécution parfaite.

Il enleva son masque de ski et le jeta sur le siège passager. Si quelqu'un les voyait maintenant, ce serait juste un type assis sur le siège arrière d'une voiture. C'était tout. Rien de suspect là-dedans.

Il quitta le campus et se dirigea vers le nouvel endroit qu'il avait choisi.

— Je te paierai pour me laisser partir, supplia le gars.

Il regarda dans le rétroviseur.

— Si tu dis encore un mot, je vais m'arrêter et te tirer une balle dans la jambe.

Le reste du trajet se déroula en silence. Il en profita pour imaginer ce qu'il allait faire à l'occupant du siège arrière. Il l'imagina encore et encore. Tout comme il regarderait la vidéo après le meurtre.

Mais il devait être patient. L'anticipation faisait partie du plaisir.

En arrivant à destination, il sortit de voiture et ouvrit la portière arrière.

— Allons-y.

Maintenant que le shérif avait localisé l'hôtel, il ne pouvait plus y retourner.

Sa victime descendit, se rua en avant et tenta de porter ses mains menottées à son visage.

Il s'était attendu à ce genre d'effort ultime pour s'échapper. Ces connards étaient tellement prévisibles. Il sortit un pistolet paralysant de sa poche et l'appuya sur l'avant-bras de sa proie, le maintenant en place pendant plusieurs secondes. Le corps du jeune homme fut pris de secousses, puis devint mou et glissa au sol. Ça le ferait se tenir tranquille pendant quelques minutes. Les impulsions électriques émises par un pistolet paralysant se propageaient dans les muscles. Les gars plus gros et plus costauds étaient le plus durement touchés.

C'était tellement facile.

Chacun de ces gars faisait exactement la même chose. Des idiots sans cervelle, tous autant qu'ils étaient. Pourtant, ils se considéraient comme les mâles supérieurs de l'espèce.

S'il vous plaît.

Ces étudiants ne faisaient rien d'autre que baiser, boire et gaspiller l'argent de leurs parents. Ils étaient tous plus inutiles les uns que les autres.

La colère brouilla sa vision. Il cligna des yeux, inspira et retint l'air au plus profond de ses poumons. Il avait hâte de le tuer.

La cible remua et gémit comme s'il sentait l'attention dont il était l'objet.

La menace.

Il lui donna une nouvelle décharge électrique, trop faible pour le neutraliser complètement. Juste pour le plaisir. Il rit en voyant le gars se convulser.

Il dansait comme une marionnette et c'était lui qui tirait les ficelles.

Il attendit que sa proie reprenne connaissance. Puis il la fit rouler sur le dos et la gifla.

Sa victime gémit. Ses yeux papillonnèrent.

— C'est fini. Réveille-toi. La suite ne sera pas drôle si tu n'es pas là pour la voir venir. Lève-toi !

La cible bégaya et cligna des yeux, retrouvant rapidement ses esprits. Les effets du pistolet paralysant étaient de courte durée. S'il avait utilisé des drogues, sa deuxième option, il aurait dû attendre longtemps avant de passer à la suite.

De cette façon, toute l'affaire était terminée en une nuit. Contrairement à l'homme qui allait bientôt mourir, il n'avait pas le temps de s'amuser.

La victime avait retrouvé un regard normal. Elle essaya de s'asseoir. Elle fronça les sourcils en constatant que ses mains étaient toujours liées.

— Tu ne vas nulle part.

L'homme leva vivement les yeux. La confusion se transforma en peur.

— Qu'est-ce qu'il se passe ?

Sa voix tremblait.

Qui est le mâle alpha maintenant, mon joli ?

— Voilà ce qu'il va se passer, commença-t-il.

Il lui exposa étape par étape le déroulement de la soirée à venir.

— Maintenant, lève-toi et entre.

— Quoi ? Non. Tu es fou.

Le connard secouait lentement la tête, incrédule.

— Tu vas le faire ou mourir maintenant.

Il lui montra son arme.

— Ou je te remets une décharge électrique et je te traîne à l'intérieur. C'est toi qui vois. Lève-toi !

— Non.

La cible leva le menton d'un air de défi.

Il aurait mieux fait d'attendre que le connard soit complètement rétabli. Ce serait plus amusant qu'il soit alerte et effrayé.

Mais sa patience était à bout. Il voulait – devait – commencer.

Il souleva l'arme à feu et le pistolet paralysant et les déplaça de haut en bas, comme sur une balance.

— Alors, lequel des deux ? C'est ton choix.

Chapitre Vingt-Sept

Il faisait noir avant que Bree ne soit prête à quitter le Grey Lake Inn. Le médecin légiste avait emmené les deux corps à la morgue. L'équipe de plongée remballait son équipement. Bree, Matt et deux adjoints avaient parcouru la rive du lac, à la recherche de tout indice supplémentaire dans les hautes herbes et la glace. Ils avaient ramassé tous les déchets qu'ils avaient trouvés. Chaque élément serait examiné, mais à ce stade, rien ne semblait pertinent. Ils retournèrent au parking de l'hôtel.

— Qu'est-ce qu'on fait, maintenant ? demanda Todd.

— Le mandat de perquisition pour la maison où vivaient les quatre garçons est arrivé.

— Je veux que les colocataires, Christian Crone et Dustin Lock, soient arrêtés et amenés au poste pour être interrogés immédiatement.

Bree frissonna. Ce n'était pas elle qui avait plongé dans le lac, mais elle était frigorifiée jusqu'à la moelle.

— Je vous retrouve là-bas. On va envoyer des adjoints fouiller la maison pendant qu'on interroge les colocs.

— Oui, chef.

Todd s'éloigna.

Bree et Matt se dépêchèrent de rejoindre son véhicule. Elle mit le chauffage à fond et prit le chemin du retour.

— Je dois appeler la maison.

Elle allait certainement rentrer très tard.

Elle expliqua la situation à Dana, puis parla aux enfants. Matt passa ses propres appels, en particulier pour demander à sa sœur de s'occuper de ses chiens. Ils reposèrent leurs téléphones au même moment.

— Nous pensons que ces corps sont ceux d'Eli Whitney et de Sara Harper, n'est-ce pas ? demanda Bree.

— Oui, approuva Matt.

— Ça signifie que nous nous sommes trompés sur tout. Ni Eli ni Sara n'ont tué personne.

Elle fouilla dans sa boîte à gants à la recherche d'un ibuprofène pour son mal de crâne, mais rentra bredouille.

— C'est toute l'affaire qui a changé. Ce n'est plus un seul homicide très personnel. Mais un triple meurtre avec un tueur en liberté. Puisque nous savons que les meurtres sont liés aux cambriolages d'une manière ou d'une autre, je dois appeler l'inspectrice Dane. J'aimerais qu'elle travaille avec nous. Je suppose que je dois d'abord en parler au chef de la police de Scarlet Falls.

Bree avait tenu à se présenter aux chefs de police de sa juridiction peu après son entrée en fonction. Mais elle avait été tellement absorbée par les problèmes de son propre département qu'elle n'avait revu aucun des chefs depuis. Elle composa d'abord le numéro de Stella Dane. Après avoir obtenu l'accord de Stella, Bree appela le chef du département de police de Scarlet Falls.

Avant qu'elle puisse reposer son téléphone, celui-ci sonna.

— C'est le Dr Jones.

— C'est rapide, dit Matt.

— Elle a promis de faire les autopsies ce soir, mais elles ne peuvent pas être déjà terminées.

Bree regarda sa montre. Il était dix-huit heures. Le médecin légiste avait quitté les lieux plusieurs heures auparavant, mais chaque autopsie prendrait environ quatre heures. Il était peu probable qu'elles soient terminées avant minuit. Tout le monde allait faire des heures supplémentaires jusqu'à ce que l'affaire soit résolue. Un triple meurtre avec un tueur toujours en liberté prenait le pas sur tout le reste. Elle décrocha.

— Oui. Docteur Jones ?

— Nous avons confirmé l'identité des deux victimes. L'homme est bien Eli Whitney, dit le Dr Jones. J'avais déjà son dossier médical, donc la comparaison n'a pas pris longtemps. Comme vous le soupçonniez, les empreintes de la femme correspondent à celles de Sara Harper. Je vous recontacterai dès que j'aurai fini les autopsies.

— Est-ce que l'inspectrice Dane sait déjà pour Eli Whitney ? demanda Bree.

La disparition d'Eli était du ressort de la police de Scarlet Falls.

— Oui, dit le Dr Jones. Elle a dit qu'elle ferait la notification de décès. Voulez-vous prévenir la famille de Sara Harper, ou voulez-vous que je le fasse ?

— Je vais le faire.

Bree voulait voir la réaction d'Earl Harper en personne.

— Merci.

Le Dr Jones raccrocha.

Bree posa son téléphone et regarda Matt.

— Tu as entendu ?

— Oui. On a l'identité des victimes.

Elle se gara derrière le poste. Son téléphone vibra. Elle lut le message à haute voix.

— Stella dit qu'elle sera là après avoir effectué la notification de décès. Elle voudrait savoir qui elle peut appeler pour Mme Whitney.

Matt se passa la main sur le visage.

— Ma sœur saura qui appeler, ou elle ira elle-même. Cady Flynn.

Il lut son numéro de téléphone.

Bree l'envoya à Stella.

— Je vais probablement travailler toute la nuit.

— Pareil.

Le regard de Matt se durcit.

— Ça va détruire Mme Whitney. Je dois découvrir qui a tué Eli.

— Merci. J'apprécie ton aide.

Bree sortit de son véhicule.

— Je dois faire le point avec Todd et Marge, puis on ira informer Earl Harper.

— OK.

Ils entrèrent dans le bureau du shérif.

Marge les suivit dans le bureau de Bree.

— Alyssa est toujours au motel, mais elle n'est pas contente. Elle a vu à la télé les corps retrouvés au Grey Lake Inn. Elle est bouleversée.

— Je vais l'appeler. Trois personnes sont mortes, et on ne sait toujours pas comment Alyssa est mêlée à tout ça. Je ne veux pas qu'il lui arrive quelque chose.

Brian était mort avant que Bree ne prenne l'affaire en main, mais si elle avait fait les choses différemment, aurait-elle pu sauver Sara ou Eli ? Seule la légiste pourrait le dire.

— La nuit va être longue, dit Marge en fronçant les sourcils. Je vais commander un plateau de sandwiches. Autre chose ?

— Attendez.

Bree composa le numéro de la chambre d'Alyssa. Lorsque celle-ci répondit, Bree dit :

— C'est le shérif Taggert. J'ai une mauvaise nouvelle. On a retrouvé le corps de Harper aujourd'hui.

Alyssa poussa un petit cri étouffé.

— Je le savais. Quand j'ai vu les nouvelles, j'ai su que c'était Harper.

— Je sais que ça a été dur pour toi, dit Bree. Son vrai nom est Sara Harper.

La ligne resta silencieuse quelques instants, puis Alyssa dit :

— J'ai peur.

— Je veux te garder en sécurité, c'est pourquoi je veux que tu restes dans ta chambre avec l'adjoint à l'extérieur. Ne contacte personne.

— Je n'ai personne à appeler, même si j'avais mon téléphone.

Alyssa renifla.

— Je n'aime pas être ici. Cette pièce me rend claustrophobe. Je me sens piégée.

— On fait tout ce qu'on peut pour retrouver ce tueur, Alyssa. Tiens bon, OK ?

— OK.

Mais Alyssa n'avait pas l'air convaincue.

Bree raccrocha.

Elle leva les yeux vers Marge.

— Après avoir commandé ces sandwiches, contactez l'adjoint qui surveille Alyssa toutes les trente minutes.

— Bien reçu.

Marge quitta la pièce. Matt resta debout. Il fit les cent pas devant le bureau.

Bree se laissa tomber sur sa chaise, toujours vêtue de son manteau. Elle n'arrivait pas à se réchauffer. Elle attrapa les dossiers de l'affaire.

— J'ai besoin de dix minutes pour revoir mes notes sur notre entretien précédent avec Earl avant d'aller chez les Harper.

Elle ne voulait pas qu'Earl apprenne la mort de sa fille aux infos. La légiste ne divulguerait pas les noms tant que les plus proches parents n'avaient pas été informés, mais ces choses avaient tendance à fuiter dans la presse.

Bree consulta sa liste de suspects. Les deux premiers étaient morts.

— Dans mon esprit, Earl Harper est maintenant le suspect le plus important. Il a des antécédents de vol. Lui et sa fille ne s'entendaient pas. Il a même dit qu'elle l'avait volé.

Matt faisait les cent pas dans la pièce.

— Il semblait en colère à ce sujet, et la quantité de dégâts au visage indique une forte émotion.

— Mais le visage de Sara n'était pas endommagé.

— Peut-être qu'il ne pouvait pas faire ça à sa propre fille. Ça expliquerait pourquoi les corps n'ont pas le même aspect.

— Mais pourquoi aurait-il tué Eli et Brian ? demanda Bree.

— Ils étaient tous les deux sortis avec Sara.

Bree se frotta les yeux.

— Il a refusé d'enlever son gant quand je le lui ai demandé. Donc, on ne sait pas s'il a une marque sur la main.

Matt leva une épaule.

— Il ne voulait coopérer d'aucune façon. Mais c'est un crétin. Difficile de dire s'il cache quelque chose ou si c'est juste sa personnalité.

— Le frère ne semble pas assez intelligent pour organiser tout ça, dit Bree.

— Est-ce qu'il faisait semblant ?

— Il m'a semblé vraiment stupide, mais ça ne l'exclut pas complètement, à mon avis. Ces meurtres semblent plus brutaux que géniaux. De plus, son casier judiciaire nous oblige à le garder sur la liste.

— Rowdy portait aussi des gants. On ne pouvait pas voir ses mains.

— C'est vrai.

Matt s'arrêta pour s'étirer le dos.

— Est-ce que lui ou Earl pourrait être l'homme qui t'a attaquée au camping ?

Bree pensa à sa morphologie, et à la façon dont Earl avait balancé sa masse. C'était un homme dur sur le plan émotionnel autant que physique.

— Il est certainement assez costaud pour ça.

— C'était peut-être un projet familial. Earl et Rowdy peuvent être impliqués tous les deux.

Quelqu'un frappa à la porte et Bree leva les yeux.

— Entrez.

Todd entra dans la pièce.

— Un adjoint a récupéré Dustin Lock. Christian Crone n'était pas chez lui.

— Où est-il ?

Bree frissonna.

— C'est le problème, dit Todd. Personne ne le sait.

Bree se leva et contourna la table.

— Où est Dustin ?

— Salle d'interrogatoire 1.

Todd s'écarta pour laisser passer Bree.

Dustin Lock donnait l'impression d'avoir été tiré du lit à l'instant. Il portait un pantalon de survêtement et un t-shirt de l'université. Il avait enfilé des baskets sur ses pieds nus et ses cheveux étaient ébouriffés. Une veste d'hiver était posée sur le dossier de sa chaise.

Il avait l'air stupéfait.

— Je ne comprends pas ce qui se passe.

Bree se présenta et tourna la chaise voisine pour s'asseoir face à lui.

— Brian a été assassiné. Nous avons trouvé un autre corps à Grey Lake aujourd'hui. Le médecin légiste a identifié le corps comme étant celui d'Eli. Il y avait aussi le corps d'une femme dans le lac près de lui.

Le visage de Dustin pâlit.

— C'est Sariah ?

— Oui, dit Bree.

— Eli est mort ?

Son regard était vide, comme s'il ne comprenait pas bien la situation.

— Oui.

— Je ne comprends pas.

Dustin laissa tomber sa tête dans ses mains.

— Qu'est-ce qui se passe ?

Sa voix était aiguë et paniquée.

— C'est ce que nous essayons d'établir, dit Bree d'une voix calme.

Où est Christian ?

Dustin leva la tête et mordilla son pouce.

— Je ne sais pas. Je lui ai envoyé un texto, mais il n'a pas répondu.

— Il était censé être à la maison, ce soir ? demanda Matt.

— Ouais, répondit Dustin. On allait jouer à *Call of Duty*.

— Où était-il, aujourd'hui ? demanda Bree.

Dustin laissa retomber sa main.

— Il avait un cours, cet après-midi. C'était censé se terminer vers dix-sept heures trente. Puis il devait rentrer à la maison.

— Où était son cours ?

Elle prit son stylo. Dustin lui donna le nom d'un bâtiment. Bree le nota.

— A-t-il l'habitude de marcher ou de prendre le bus pour aller en cours ?

— Ça dépend. Ce cours est de l'autre côté du campus. En été, il prend son vélo, mais avec la neige, il marche ou il prend un Uber.

Bree se figea.

— Un Uber ?

— Ouais.

Dustin hocha la tête.

— Surtout s'il fait froid.

Bree se tourna vers Todd.

— Lancez un avis de recherche et envoyez deux adjoints à l'université pour chercher Christian. Appelez son fournisseur de téléphone portable. Dites-leur que c'est une urgence et que nous devons trouver son téléphone.

Dans les situations de danger imminent, l'obligation d'avoir un mandat de perquisition pouvait être contournée pour accéder aux données de localisation cellulaire.

Avec un signe de tête, Todd se leva et quitta la pièce.

Bree avait une sensation désagréable au fond du ventre.

— Dustin, y a-t-il quelque chose que tu puisses nous dire sur l'endroit où Christian pourrait être ? Des amis, une petite amie, quelqu'un qu'il aurait pu passer voir…

Dustin secoua la tête.

— La famille de Christian est en Floride, et il n'a pas de petite amie en ce moment. De nous quatre, c'est lui qui est le plus souvent à la maison.

Dustin déglutit.

— Il devrait être là.

— Où étais-tu, toute la journée ? demanda Bree.

— J'avais deux cours et j'ai déjeuné au foyer des étudiants entre les deux.

Dustin se passa la main sur le visage.

— Je suis rentré environ une demi-heure avant que l'adjoint ne vienne à la maison.

— Tu as utilisé ta carte d'étudiant pour le repas ? demanda Bree.

— Oui.

Dustin regarda autour de lui. Il semblait perdu.

Bree n'avait obtenu son diplôme universitaire que treize ans auparavant, mais ça lui paraissait beaucoup plus éloigné. Avait-elle un jour déjà été jeune ?

— C'est une carte à puce ?

Il hocha la tête.

— Tes professeurs font l'appel ? demanda-t-elle.

— Ouais.

Bree déchira un morceau de papier au dos de son bloc-notes.

— Je veux que tu notes tes mouvements pendant toute la journée. Donne-nous les noms, les lieux, les heures et les numéros des personnes avec lesquelles tu es entré en contact. Donne-moi aussi une liste des gens que Christian fréquente, et leurs numéros de téléphone, si tu les as. Toute information que tu aurais sur l'emploi du temps de Christian serait également utile. Aucun détail n'est insignifiant, à ce stade.

— Est-ce que je suis en danger ?

Dustin se tortilla sur sa chaise.

— Je pense que oui.

Bree préférait être honnête.

— Mais tu es en sécurité, ici, et je veux que tu restes avec nous pour l'instant. Ça te convient ?

Dustin poussa un bref soupir de soulagement.

— Merci.

— Tu as besoin de quelque chose ? Tu as faim ?

— Non, madame.

Il prit un stylo et se mit à écrire.

Bree et Matt se levèrent et quittèrent la pièce, fermant la porte derrière eux.

Todd les rejoignit dans le couloir. Bree indiqua la porte de la salle d'interrogatoire et expliqua la situation de Dustin.

— Vérifiez ses déplacements tout au long de la journée. Voyez aussi si vous pouvez vérifier avec l'université si Christian a assisté à son cours d'aujourd'hui ou utilisé sa carte de repas.

Le regard de Todd se dirigea vers la porte fermée.

— Pensez-vous qu'il a tué ses amis ?

— Honnêtement, non, dit Bree. Je ne vois pas de mobile et il semble vraiment choqué et effrayé.

— Deux de ses colocataires sont morts et le troisième est porté disparu. Il faudrait être bête pour ne pas avoir peur, dit Matt.

Bree approuva d'un hochement de tête.

— C'est pour ça qu'on va le garder au chaud. Nous n'avons pas d'adjoints libres pour le garder, donc il va rester ici.

Logiquement, Dustin serait la victime suivante.

— Allons voir Earl Harper, dit Bree. C'est toujours intéressant quand votre plus proche parent est aussi votre principal suspect.

Chapitre Vingt-Huit

Matt regarda la maison d'Earl Harper à travers le pare-brise. Il avait besoin d'une douche, de vêtements propres et d'une brosse à dents, mais il allait devoir s'en passer encore un moment.

Bree lui offrit une pastille à la menthe.

— Merci.

Matt prit la pastille et la glissa dans sa bouche.

Dans l'obscurité, l'endroit avait l'air sinistre. La seule lumière provenait d'une fenêtre sur le côté du pavillon. Earl n'avait pas laissé la lumière de l'entrée allumée pour d'éventuels visiteurs.

— Allons-y.

Bree gara son 4 x 4 près de la maison et attrapa sa lampe torche.

Matt sortit la sienne de sa poche. Ils sortirent du véhicule et s'engagèrent dans l'allée verglacée. Le chien aboya derrière la maison. Bree sursauta, puis glissa.

Matt la prit par le coude.

— Ça va ?

— Je vais bien, dit-elle sèchement en se dégageant.

— Désolé. Je ne voulais pas te vexer.

— Pas de souci.

Matt savait que ce n'était pas personnel. Le chien la mettait sur les nerfs.

Ils gravirent deux marches en béton et se mirent en position de chaque côté de la porte. Bree frappa.

Personne ne répondit pendant une bonne minute. Elle frappa à nouveau, plus fort cette fois. Une autre minute s'écoula, puis des pas lourds s'approchèrent de la porte. Un rideau bougea derrière la fenêtre. Finalement, la porte d'entrée s'ouvrit et Earl Harper les regarda du haut du perron.

Il croisa les bras et glissa les mains sous ses aisselles. Avait-il froid ?

Ou bien voulait-il leur cacher le dos de ses mains ?

— Puis-je vous parler, M. Harper ? demanda Bree.

Earl regarda par-dessus leur tête et inspecta sa propriété, comme pour vérifier qu'il n'y avait pas d'autres policiers.

— Qu'est-ce que vous voulez ?

— J'aimerais entrer, dit Bree. Je préférerais ne pas faire ça en public.

— Dommage pour vous.

Earl secoua la tête.

— Dites ce que vous avez à dire.

Bree s'éclaircit la gorge.

— Le corps de votre fille, Sara, a été retrouvé aujourd'hui à Grey Lake. Je vous présente mes condoléances.

Earl ne répondit pas. Il déglutit avec difficulté. Matt le regardait dans les yeux. Il y vit la surprise se transformer en quelque chose d'autre. De l'abattement ? De la tristesse ? De la peur ? L'émotion disparut avant que Matt ne puisse l'identifier.

Après quelques minutes, Earl demanda :

— Vous êtes sûrs ?

— Oui, monsieur, dit Bree. Le médecin légiste a identifié Sara avec certitude. Ses empreintes digitales étaient dans nos dossiers.

Earl plissa les yeux. Il secoua lentement la tête, incrédule.

— Je ne le croirai pas tant que je ne l'aurai pas vue de mes propres yeux.

— Elle est au bureau du médecin légiste du comté.

Bree traitait Earl avec autant de douceur que n'importe quel autre parent d'une victime, indépendamment de sa personnalité difficile ou de son casier judiciaire.

— Vous devrez choisir un funérarium. Vous êtes sûr de ne pas préférer avoir cette discussion à l'intérieur ?

Earl ne bougea pas de la porte et ses mains restèrent fermement nichées sous ses bras.

— Comment est-elle morte ?

— Le médecin légiste ne l'a pas encore établi.

Bree évita de prononcer le terme « autopsie ».

— Je vous tiendrai informé.

— Elle a été tuée, n'est-ce pas ?

Les petits yeux d'Earl devinrent encore plus petits, plus en colère, et son poids se déplaça vers l'avant. Son corps rappela à Matt un serpent s'enroulant pour frapper.

Matt se figea, prêt à réagir.

— Je devrais pouvoir vous le dire demain, dit Bree.

Bree et Earl se regardèrent fixement pendant de longues secondes.

Matt intervint.

— Vous connaissez Zachary Baker ?

— L'intello ?

Earl sembla pris au dépourvu par la question.

— Ouais.

— Sara l'avait-elle vu, récemment ? demanda Matt.

— Qu'est-ce que vous voulez que j'en sache ?

Le visage d'Earl rougit. Il pointa un index à quelques centimètres du visage de Matt. Son autre main se porta à sa hanche. Pas de marque rouge sur ses mains.

— Je ne suis pas obligé de répondre à vos questions.

Matt ignora le doigt pointé sur son visage.

— Nous essayons de découvrir ce qui est arrivé à Sara.

— Ouais. C'est ça.

Earl recula et se prépara à fermer la porte.

— Monsieur Harper, dit Bree, je dois vous poser quelques questions sur votre fille.

— Vous savez quoi, shérif ? Allez vous faire foutre. Je vous ai dit tout à l'heure que je ne savais pas où elle était ni ce qu'elle faisait. Ça n'a pas changé. Revenez quand vous saurez vraiment quelque chose. Et si vous voulez que je réponde à vos questions, appelez-moi à l'avance pour que mon avocat soit présent.

— J'aimerais voir l'ancienne chambre de Sara, dit Bree. Et j'aimerais parler à Rowdy.

— Obtenez un mandat ou allez vous faire foutre.

Earl recula et leur claqua la porte au nez.

— Ça s'est plutôt bien passé, dit Matt.

Bree descendit les marches.

— Je l'ai informé. Je ne peux rien faire d'autre. Il n'a aucune obligation de répondre à nos questions. Je n'ai pas le droit d'entrer chez lui sans mandat, et je n'ai aucune raison valable d'en obtenir un.

— Il nous faudrait quelque chose pour le relier aux cambriolages ou aux meurtres.

— Mais quoi ? demanda Bree. Il a un casier. Ses empreintes digitales sont dans le fichier. Mais c'étaient les empreintes de Sara sur les bijoux, pas celles de son père. Il n'avait pas de marque sur les mains. Il ne conduit pas de Dodge Charger. Nous n'avons rien sur Earl Harper. On est peut-être sur une fausse piste. Il a semblé choqué par la nouvelle de la mort de Sara.

— C'est vrai.

Matt s'était-il trompé à son sujet ? Ce n'était pas parce que cet homme était un connard qu'il était coupable.

Ou du moins coupable d'avoir tué sa fille.

Bree vérifia l'heure.

— Nous avons rempli notre obligation ici. Allons retrouver Todd et Stella. Peut-être que l'un d'entre eux a eu plus de chance. Todd faisait des recherches, et la police scientifique devrait avoir quelque chose pour nous ce soir.

Ils retournèrent au poste. Marge les accueillit dans le bureau de Bree.

— Merci d'être restée.

Bree accrocha son manteau.

— Pas de problème. L'inspectrice Dane vient d'arriver. Je l'ai installée dans la salle de conférence. Il y a aussi des sandwiches. Vous avez tous les deux besoin de manger quelque chose.

Marge lança à Bree et Matt un regard sévère.

— Oui, madame, dit Matt.

Marge renifla.

— J'ai envoyé de la nourriture à Alyssa et à l'adjoint de service au motel. J'ai aussi nourri Dustin. Il est toujours dans la salle d'interrogatoire 1. Il semble satisfait de rester là.

— Je ne sais pas ce que je ferais sans vous, Marge.

Bree se frotta la nuque.

— Moi non plus, dit Marge en sortant de la pièce.

Bree rassembla ses notes et ses fichiers et sortit de son bureau, suivie par Matt. Dans la salle principale, Todd leva les yeux de son ordinateur. Bree fit un geste, et il se leva et les suivit dans la salle de conférence, apportant son ordinateur.

À l'intérieur, Stella enlevait son manteau. Elle avait l'air épuisée. De gros cernes ronds flottaient sous ses yeux et le bord de ses paupières était rouge, comme si elle avait pleuré.

Bree s'assit en tête de table. Matt se laissa tomber sur une chaise. Il attrapa un sandwich et en croqua une bouchée.

Todd posa son téléphone et se pencha sur le plateau.

— Ils sont à quoi ?

— Je ne sais pas.

Matt baissa les yeux. Il avait à peine fait attention à ce qu'il mangeait.

— On dirait des jambon-fromage.

Il prit une autre bouchée.

Bree n'avait pas non plus l'air d'avoir faim, mais elle prit aussi un sandwich et mangea mécaniquement.

Stella s'assit sur une chaise et attrapa une bouteille d'eau.

— Votre sœur a été très utile. Merci de l'avoir envoyée.

— Cady est la meilleure.

Matt poussa le plateau de sandwiches vers elle.

— Comment va Mme Whitney ?

Sans prendre de nourriture, Stella repoussa le plateau vers Matt.

— Pas bien. Pas bien du tout.

Stella appuya la bouteille froide contre son front.

— Votre sœur a dit qu'elle ferait en sorte qu'elle ne soit pas seule.

— On ne peut pas faire grand-chose d'autre.

Matt ne savait pas comment Mme Whitney pourrait survivre à la mort de son petit-fils.

— Sauf trouver la personne responsable, dit Bree.

— Ouais. Faisons ça.

Todd posa la main sur la table.

Bree mit Stella au courant.

— Earl Harper n'a pas été aussi réactif quand on lui a annoncé la mort de sa fille. Je ne sais pas comment il l'a pris. Il est difficile à comprendre. Dustin Lock est en salle d'interrogatoire 1. Christian

Crone a disparu. On attend toujours des nouvelles du médecin légiste.

— Stella, avez-vous progressé sur les cambriolages ? demanda Matt.

Stella secoua la tête.

— Non. Un de mes agents a fait des recherches sur les entreprises de travaux, depuis notre dernière conversation. J'ai maintenant une liste des entrepreneurs qui ont travaillé dans chacune des maisons cambriolées au cours des trois mois précédant le cambriolage. Je vois une ou deux entreprises qui reviennent, mais aucune n'est citée plus de deux fois.

Elle ferma les yeux pendant quelques secondes. Quand elle les rouvrit, elle avait l'air en colère.

— Par pitié, dites-moi que vous avez des suspects ?

— Le père et le frère de Sara Harper semblaient être les deux plus probables. Aucun des deux ne conduit une Dodge Charger. Earl n'avait pas de marque sur les mains, mais Rowdy portait des gants.

— Je vois bien Earl laisser Rowdy faire le sale boulot, dit Matt.

Bree leva la main.

— Préparons un tableau de photos pour Alyssa. Quand on aura fini ici, je le lui apporterai et je verrai si elle reconnaît Earl ou Rowdy.

Todd s'esquiva et chargea un adjoint de rassembler des photos d'Earl, Rowdy et de quelques autres hommes qui répondaient à la même description physique. Il revint quelques minutes plus tard.

Bree posa son sandwich sur une serviette. Elle n'avait presque rien mangé.

— Si Alyssa reconnaît Earl ou Rowdy, nous obtiendrons un mandat de perquisition pour leur propriété. Il ne sert à rien de les faire venir pour un entretien. Earl ne nous a même pas laissés entrer dans la maison pour la notification de décès. Il ne dira pas un mot si on l'amène ici.

— On dirait qu'il a quelque chose à cacher.

Stella but une longue gorgée d'eau.

— Mais qui sait si ça a quelque chose à voir avec l'affaire.

Bree poussa un soupir de frustration.

— Nous devons arrêter ce tueur et nous avons besoin de preuves matérielles pour y parvenir.

Todd revint.

— J'ai reçu un mail de la scientifique. Le compte rendu des scènes de crime.

— Enfin.

Matt massa sa main blessée. Rester dehors chez Earl dans le froid avait déclenché une douleur au niveau de la cicatrice.

— Ce tueur élimine les gens plus vite que la police scientifique ne peut traiter les cadavres.

Bree hocha la tête.

— Si on a une autre scène de crime, on devra peut-être appeler le laboratoire d'État à l'aide.

Todd secoua la tête.

— Le laboratoire d'État est débordé. Nous n'obtiendrons pas de résultats avant plusieurs mois. Au moins, vous pouvez faire pression sur le laboratoire du comté.

— D'autres suspects ? demanda Stella.

— Phil Dunlop ? suggéra Todd.

— Nous n'avons rien sur lui sauf un bandage à la main.

Bree joua machinalement avec son stylo.

— Nous sommes tous d'accord pour dire que Christian a probablement été kidnappé ?

Tout le monde approuva en chœur.

— Oui.

Le téléphone de Todd sonna et il répondit. Il reposa son téléphone quelques minutes plus tard.

— Les adjoints qui sont au campus ont confirmé la présence de Dustin à ses cours d'aujourd'hui, et sa carte de repas a été utilisée au foyer étudiant. Christian n'est pas allé à son cours de seize heures trente. La carte repas de Christian a été utilisée au foyer étudiant à quinze heures. Donc, il a probablement été enlevé entre quinze et seize heures trente cet après-midi. Dustin était à son cours à ce moment-là.

— Ça lui fait un alibi, dit Bree.

— Oui, continua Todd.

— Les adjoints ont montré la photo de Christian sur le campus. Ils ont fait le trajet entre la cafétéria et sa salle de classe. Ils sont actuellement avec la sécurité du campus à la recherche de vidéos de surveillance le long de l'itinéraire que Christian aurait dû emprunter pour se rendre en classe.

— OK. Dites-leur de continuer.

Bree chassa ses cheveux de son visage.

— Sara avait un ex-petit ami, Zachary Baker. Il vit près d'Earl et a récemment eu des mots avec lui.

Bree nota le nom et l'adresse.

— Il a deux arrestations pour possession de marijuana. À part ça, il est *clean*. Il conduit une Toyota Camry. Demandez à un adjoint de le retrouver et de l'amener au poste pour interrogatoire.

— Mobile ? demanda Todd.

— La jalousie, dit Bree.

— Quand on lui a parlé, il semblait avoir encore des sentiments pour Sara, mais elle ne s'intéressait pas à lui. Il était aussi en colère contre Earl. Peut-être que tuer Sara était sa façon de lui faire du mal.

Todd prit le morceau de papier.

— Nous sommes à court d'adjoints.

— Appelez-en d'autres, dit Bree. J'approuverai les heures supplémentaires et trouverai comment les payer plus tard.

S'ils sauvaient Christian, Matt ne doutait pas que le conseil d'administration du comté trouverait de l'argent supplémentaire pour le département du shérif. Si Christian mourait, les décisions de Bree seraient retenues contre elle.

En tant que nouveau shérif, elle n'avait pas beaucoup d'atouts politiques à faire valoir. Mais elle ne laisserait jamais les ramifications politiques potentielles peser sur ses décisions. Son refus de faire de la politique pouvait lui revenir en pleine figure.

Marge entra dans la pièce, un gros livre relié dans les bras.

— Voici l'album de la promotion 2016 de Grey's Hollow High School. Qui en veut ?

Stella leva la main.

— Faites passer. Si Sara était pom-pom girl, elle devait être sur beaucoup de photos.

Elle le posa, puis prit un dossier dans sa mallette.

— Voici une liste des entrepreneurs et artisans qui ont travaillé dans les maisons cambriolées. Cette liste a besoin d'un regard neuf.

— Je prends.

Matt attrapa le dossier.

— Qui veut examiner les registres de preuves des scènes de crime ? demanda Bree.

— Moi, dit Todd.

— Je vais aussi rappeler la compagnie de téléphone à propos des fadettes de Sara.

— Où est la liste des Dodge Charger de la région ? demanda Bree.

— Ici.

Todd la passa à Bree.

— J'ai filtré celles qui appartiennent à des hommes âgés de dix-huit à quarante ans.

— Il y a encore des dizaines de noms sur cette liste.

L'ordinateur portable de Bree sonna pour annoncer un mail entrant.

— Alléluia. Les rapports de la scientifique sur les scènes de crime de lundi.

Matt parcourut un dossier plein de documents. Il devait y avoir un indice là-dedans, quelque part.

Et ils avaient intérêt à le dénicher avant que Christian ne soit retrouvé mort.

Chapitre Vingt-Neuf

Bree lut la dernière page du rapport médico-légal sur la scène de crime de la rampe de mise à l'eau. L'épuisement entravait sa compréhension. Elle cligna des yeux pour éclaircir sa vision. Le deuxième paragraphe de la page attira son attention.

— Les techniciens ont trouvé des traces de pâte à reboucher et de colle à solvant PVC dans les empreintes de bottes du suspect. Qu'est-ce que ça veut dire ?

— Il est allé sur un chantier de construction ou une rénovation de maison.

Stella repoussa sa chaise.

— J'ai besoin de café. Quelqu'un d'autre ?

L'estomac acide de Bree lui dit non, mais son cerveau fatigué s'imposa d'un oui catégorique. Elle leva la main.

— S'il vous plaît.

Stella sortit de la pièce.

— Alors, peut-être qu'il travaille pour un entrepreneur ? demanda Matt.

— C'est ce que je pensais.

Bree fouilla dans les documents pour retrouver la liste de Stella sur les entrepreneurs ayant travaillé dans les résidences cambriolées. Elle parcourut la liste du bout du doigt et s'arrêta sur un nom.

— Celle-là me dit quelque chose. ABC Plumbing. Ils ont travaillé dans deux des maisons cambriolées.

Stella revint avec deux tasses de café. Elle en tendit une à Bree.

Bree l'accepta et prit une gorgée, bien que le nouveau faisceau d'indices ait déjà stimulé son cerveau.

Elle sentait que les morceaux du puzzle commençaient à s'assembler.

— Quelles maisons ?

Stella se pencha sur la table et parcourut la liste.

Todd lut les adresses.

— La première est celle où le bracelet de rubis et diamants a été volé, dit Stella.

— ABC Plumbing ? J'ai déjà lu ce nom, moi aussi.

Matt se pencha en arrière et se frotta le visage des deux mains. Il ouvrit l'ordinateur portable de Bree et tourna l'écran vers lui.

— ABC Plumbing appartient à Stanley Hoover, trente-huit ans. Stanley est un artisan plombier avec seize ans d'expérience.

— Je ne connais pas ce nom.

Bree jeta un coup d'œil autour de la table. Personne ne semblait réagir davantage.

— Donnez-moi la liste des Dodge Charger immatriculées dans le comté de Randolph.

Matt la lui passa.

Bree chercha le nom de Stanley Hoover.

— Mince. Il n'y est pas. Mais attendez. Voilà une Dodge Charger dans la même rue que celle où vit Earl Harper.

Elle fit glisser son doigt jusqu'au nom.

— Devinez à qui il appartient ?

— Qui ? demanda Matt.

Bree posa le papier sur la table et tapa sur le nom.

— Roger Marcus.

— C'est le même nom de famille que le voisin que nous avons interrogé.

Matt se redressa.

— Il s'appelait Joe.

Bree vérifia l'adresse indiquée sur le permis de conduire de Joe.

— Même adresse aussi.

Todd tapa sur son ordinateur.

— Une Toyota Corolla est enregistrée au nom de Joe.

— Mais il a dit qu'il avait hérité de la maison de son père, dit Bree. La Charger aurait pu aussi appartenir à son père. Peut-être qu'il a hérité du véhicule.

— Est-il possible qu'Earl ait utilisé la Charger de Joe, avec ou sans sa permission ? demanda Todd.

Le regard de Matt s'aiguisa.

— Ils ne semblaient pas si proches, mais qui sait ? Tout ce que nous avons, c'est la déclaration de Joe. On n'a pas parlé de Joe à Earl.

— Il y avait une camionnette garée devant chez Joe.

Bree attrapa son téléphone.

— J'ai pris des photos de la façade de chez Earl Harper.

Elle fit défiler les clichés.

— Là.

Bree transféra les images sur son ordinateur portable.

Matt tapa sur l'écran pour zoomer sur la camionnette garée dans l'allée du voisin.

— ABC Plumbing.

Bree sortit les infos du permis de conduire de Joe.

— C'est lui.

Elle fit tourner le portable pour que Stella et Todd puissent voir la photo.

— Comment est-il lié à tout ça ?

— Il est allé au lycée avec Sara, dit Matt. Il l'a connue toute sa vie.

Stella attrapa l'album.

— Je l'ai vu quelque part là-dedans. Là.

Elle tapota une page.

Ils se penchèrent tous au-dessus de la table pour voir la photo. C'était Sara Harper, en jupe de pom-pom girl, pressant son visage contre celui de Joe et l'embrassant pour la galerie.

— J'ai marqué toutes les photos de l'album où Sara apparaît.

Stella avait utilisé des post-it. Elle passa de page en page.

— Il y a une seule photo de Sara avec son supposé petit ami Zachary Baker dans tout l'album, mais trois avec Joe.

Matt tapota le visage de Joe.

— Peut-être que ce n'était pas Zachary qui se faisait pigeonner par Sara. C'était peut-être Joe.

— Qu'est-ce qu'il avait dit ?

Bree ferma les yeux et essaya de se souvenir de leur conversation.

— Il a dit que Sara avait le chic pour faire faire à un mec ce qu'elle voulait.

— Peut-être qu'elle a convaincu Joe de faire quelque chose de mal, dit Matt.

— Est-ce qu'il l'a tuée ? demanda Stella.

— Sara était sexy. Joe, pas trop. Au lycée, les relations entre individus n'ayant pas le même niveau de sex-appeal ne sont pas très courantes.

Bree tambourina des doigts sur la table.

— Joe semblait nerveux quand on lui a parlé. À l'époque, on avait attribué sa nervosité à la crainte de représailles de la part d'Earl. Mais on se trompait peut-être.

Ils avaient fait des suppositions basées sur le casier judiciaire d'Earl et sur son mauvais caractère. Une des principales règles de l'enquêteur était de garder l'esprit ouvert. Laissez les indices vous guider, et non l'inverse. Bree s'en voulut. Earl était un con. Mais c'était peut-être un con innocent.

Ou du moins, innocent de ces meurtres.

— Alors, comment Eli, Brian, et Christian apparaissent-ils dans tout ça ?

Stella avala son café comme un étudiant avec une pinte de bière.

— Demandons à Dustin s'il reconnaît Joe.

Bree imprima la photo du permis de conduire de Joe. Par acquit de conscience, elle imprima également des photos d'Earl et Rowdy Harper.

— Todd, où est le tableau photo que vous avez préparé pour Alyssa ?

Todd sortit une pile de photos d'un dossier. Bree les emporta et récupéra ses trois photos dans l'imprimante. La salle principale était calme à vingt-deux heures. L'équipe de nuit était en patrouille. Les adjoints envoyés à l'université parcouraient toujours le campus à la recherche de caméras de surveillance qui auraient pu capter une image de Christian.

Bree entra dans la salle d'interrogatoire. Dustin dormait profondément sur la table, la tête appuyée sur ses bras croisés. Elle lui tapota l'épaule.

— Dustin. Réveille-toi. Je dois te demander quelque chose.

Il sursauta, puis se redressa et cligna des yeux.

— Oh. OK.

— Connais-tu l'un de ces hommes ?

Bree plaça les photos en rang sur la table, ajoutant des photos d'Earl, Rowdy et Joe au mélange.

Dustin se passa une main dans les cheveux et se frotta les yeux avant de se concentrer sur les images.

— Ouais. Je connais ce type.

Il montra la photo de Joe Marcus.

— C'est le plombier qui a vidangé et débranché notre chauffe-eau quand il a fui il y a quelque temps. Notre crétin de propriétaire ne l'a jamais remplacé.

— Est-ce qu'il s'est passé quelque chose le jour où il a travaillé chez vous ? demanda Bree.

Dustin rougit et détourna les yeux.

Bree lui toucha le bras.

— Qu'est-ce qui s'est passé ?

Dustin soupira.

— Eli s'est moqué de lui. Ce type était un idiot. Il s'est même brûlé la main sur un élément du chauffe-eau. Son pantalon ne restait pas en place. Sa raie des fesses dépassait.

Dustin garda les yeux baissés.

— Ce type était un *loser*. Eli a pris sa photo et l'a postée sur Twitter.

Un côté de la bouche de Dustin trembla, comme s'il pensait toujours que c'était drôle.

— Eli a un fil qu'il appelle – ou appelait – « les fichiers de Philippe Laraie », où il postait des photos de fesses.

Dustin se calma. Se souvenait-il que son ami était mort ?

La marque rouge n'était ni un tatouage ni une tache de naissance. C'était une brûlure.

— Eli était le seul à se moquer de lui ? demanda Bree.

L'épaule de Dustin frémit. Puis il secoua la tête.

— Non, on lui a tous fait passer un mauvais quart d'heure.

— Donc, cet homme est venu réparer votre chauffe-eau, et vous l'avez tourmenté tous les quatre ? demanda Bree.

— Ouais, reconnut Dustin.

Le regret semblait l'envahir.

— Avez-vous retrouvé Christian ?

Joe avait-il tué Eli et Brian pour se venger parce qu'ils se moquaient de lui ?

— Pas encore. Sois patient encore un peu, d'accord ?

Bree ferma la porte et retourna dans la salle de conférence. Elle répéta aux autres ce que Dustin lui avait dit.

— Rassemblons toutes les informations que nous pouvons sur Joe Marcus.

— Qu'est-ce qu'on a, jusqu'à présent ? demanda Stella.

Bree énuméra les éléments sur ses doigts.

— Un, on sait qu'il était ami de longue date avec Sara Harper. Deux, il a accès à une Dodge Charger, le modèle de véhicule utilisé dans l'enlèvement d'Eli. Trois, l'entrepreneur en plomberie qui l'emploie a travaillé dans deux des maisons qui ont été récemment cambriolées à Scarlet Falls.

Bree soupira, frustrée.

— Tout ça est circonstanciel. Si on veut un mandat de perquisition, il nous faut quelque chose de plus direct pour établir une cause probable.

— Nous devons également vérifier que Joe a effectivement travaillé dans les maisons qui ont été cambriolées, pas seulement pour la même entreprise, fit remarquer Stella.

— J'appelle le propriétaire d'ABC Plumbing.

Matt quitta la pièce, téléphone à la main.

— Tout a commencé avec un homme qui a tiré sur Sara Harper au camping de Grey Lake. Comment pouvait-il savoir où elle était ? s'interrogea Bree à voix haute.

— Si Sara a été tuée par son complice de cambriolage, alors peut-être qu'elle lui a dit où elle logeait, dit Todd.

— S'ils étaient complices, ils étaient sans doute en communication l'un avec l'autre, approuva Bree.

— Avons-nous les données du téléphone prépayé de Sara Harper ?

— Je vérifie.

Todd sortit son ordinateur de sous un dossier et l'ouvrit.

— Oui. C'est reçu.

Bree fit le tour de la table pour regarder par-dessus son épaule. Elle avait pris les coordonnées de Joe Marcus après lui avoir parlé, elle avait donc son numéro de téléphone. Elle déverrouilla son téléphone pour consulter les notes qu'elle avait prises lors de l'entretien, puis compara le numéro que Joe lui avait donné avec la liste des appels de Sara. Aucune correspondance.

— Il y a un numéro dans sa liste de contacts sous l'initiale J. Sara a appelé ce numéro dimanche à vingt-trois heures. C'est le dernier appel qu'elle a passé.

— Il n'y a aucune information personnelle liée à ce numéro. C'est peut-être un téléphone jetable.

Todd fit défiler la liste.

— Peut-être.

Bree ferma les yeux et retourna ces nouvelles idées dans sa tête.

— J peut toujours signifier Joe. Il a peut-être un autre téléphone. Ce serait plutôt stupide d'utiliser son téléphone portable habituel.

Mais ça faisait beaucoup de suppositions.

— Todd, vous rédigez l'*affidavit* pour le mandat de perquisition avec nos preuves telles qu'elles sont à cet instant. Je vous appellerai si Alyssa identifie Joe, et vous pourrez ajouter sa déclaration. Assurez-vous d'inclure le garage, les autres dépendances, le quai, les bois et tous les véhicules se trouvant sur les lieux. Je veux comparer les traces de pneus avec les impressions que nous avons faites à la rampe de lancement. Il nous faudra aussi des chaussures, pour comparer les traces de pas, des équipements informatiques et électroniques, des prélèvements biologiques.

Bree énuméra les termes spécifiques qu'elle voulait voir figurer sur le mandat de perquisition. Si elle ne couvrait pas toutes les possibilités, leurs recherches seraient limitées, ou les preuves recueillies pourraient être contestées ultérieurement devant un tribunal.

— Nous devons être en mesure d'exécuter le mandat ce soir, alors détaillez la situation d'urgence pour le juge. C'est une question de vie ou de mort. Nous devons retrouver Christian avant qu'il ne devienne la prochaine victime.

Normalement, les mandats de perquisition ne pouvaient être exécutés qu'à des horaires raisonnables. Bree ne voulait pas courir le risque que les preuves trouvées soient rejetées par un juge parce qu'elle n'avait pas correctement élaboré son mandat de perquisition.

Elle rassembla les six photos qu'elle avait montrées à Dustin.

— Je vais les apporter à Alyssa et voir si elle reconnaît Joe comme l'homme qui a tiré sur Sara Harper.

Elle avait été un témoin peu convaincant, mais l'identification de Joe par Alyssa renforcerait la demande de mandat.

Sinon, Bree devrait convaincre un juge qu'elle n'avait jamais rencontré d'avoir confiance en elle.

Matt revint.

— J'ai appelé le propriétaire d'ABC Plumbing. Il a confirmé que Joe a travaillé sur les maisons cambriolées. Il a aussi dit que Joe ne s'est pas présenté au travail aujourd'hui.

— C'est très utile, merci.

Bree prit ses propres notes tout en entrant dans le détail avec Todd.

— Dites-moi quand la demande de mandat sera prête. J'appellerai le juge et lui demanderai s'il peut signer électroniquement. Ça nous fera gagner du temps.

Bree se tourna vers Stella.

— Seriez-vous prête à rester et à aider à l'exécution du mandat ?

— Bien évidemment.

Stella se leva et prit sa tasse de café.

— Je vais me recharger en caféine.

— Je t'accompagne, Bree.

Matt la suivit hors de la pièce.

Elle s'arrêta dans son bureau pour prendre son manteau. Puis ils se hâtèrent vers son 4 x 4.

Un frisson de nervosité traversa le corps de Bree. Elle pria pour ne pas s'être trompée. La vie d'un jeune homme en dépendait.

Elle savait au fond d'elle-même que s'ils ne le trouvaient pas, il serait mort au matin.

— On y est presque.

Matt boucla sa ceinture de sécurité.

— Je le sens.

— Il faut qu'on trouve Christian ce soir.

Bree sortit du parking en accélérant.

— Rien n'indique que ce tueur retienne longtemps ses victimes avant de les tuer.

— Il n'emmènera pas Christian à l'hôtel où il a tué Eli et laissé Sara.

— Non. On lui a gâché cet endroit. Je doute également qu'il revienne à la rampe de mise à l'eau où il a laissé Brian, approuva Bree.

— Joe avait un garage derrière chez lui. Peut-être qu'il l'a emmené là-bas.

Le trajet jusqu'au motel dura moins de dix minutes. Bree leva le pied de la pédale d'accélérateur en approchant de l'entrée.

Matt se pencha en avant et plissa les yeux en regardant à travers le pare-brise.

— C'est de la fumée ?

Il entrouvrit sa fenêtre.

Une odeur de fumée frappa Bree aux narines. Elle vira dans le parking sans ralentir suffisamment. Le 4 x 4 fit une embardée. Les pneus grincèrent. Matt attrapa l'accoudoir.

De la fumée s'échappait du bâtiment à deux étages. Une alarme se mit à hurler. Des gens sortaient des chambres du motel.

— Merde.

Bree attrapa sa radio et signala le feu aux services d'urgence tout en serrant le frein à main et en sautant du véhicule. Elle sprinta vers la voiture de l'adjoint qui montait la garde devant la chambre d'Alyssa. Bree leva la main pour frapper à la fenêtre, mais se figea, la main en l'air. Il y avait un trou dans le plexiglas. L'adjoint était penché en avant. Du sang recouvrait l'arrière de sa tête.

— Il s'est fait tirer dessus !

Est-il mort ? Où est Alyssa ?

Bree eut intensément peur pour la jeune fille. Elle dégaina son arme et utilisa la crosse pour briser la vitre. Elle tendit la main à travers le verre brisé et appuya deux doigts sur le cou de l'adjoint.

— C'est Wallace. Il est vivant.

Mais sa blessure saignait abondamment.

— Il a perdu beaucoup de sang.

Elle et Matt traînèrent l'adjoint hors de sa voiture.

Un homme sortit de la réception et courut vers Bree. Il s'arrêta, haletant.

— Je suis le gérant. Qu'est-ce qu'il se passe, shérif ?

— Cet adjoint s'est fait tirer dessus ! cria Bree.

— Savez-vous quelles chambres sont occupées ?

— Oui.

L'homme regarda autour de lui, l'air stupéfait.

Bree désigna le petit groupe qui se rassemblait de l'autre côté du parking.

— Essayez de compter tous vos clients.

Il se rendit dans cette direction.

Matt utilisait la radio, signalant un adjoint blessé et demandant une ambulance et des renforts.

Une femme en peignoir traversa le parking en courant, pieds nus. Elle portait une petite pile de serviettes.

Elle tomba à genoux à côté du corps immobile de Wallace.

— Je suis infirmière.

Elle appuya une serviette pliée à l'arrière de la tête de l'adjoint et fit pression.

— Merci.

Bree se tourna vers le bâtiment. Alyssa était-elle toujours à l'intérieur ?

De la fumée s'échappait des fenêtres de la chambre située en dessous de celle d'Alyssa. Était-elle en vie ? Bree ne voyait pas de flammes, mais la plupart des victimes d'incendie ne mouraient pas brûlées. Elles mouraient étouffées par la fumée.

Ravalant sa colère, Bree courut vers les marches en béton qui menaient au palier du deuxième étage, l'arme à la main. Matt était à ses côtés.

— Attention !

Matt toucha légèrement la porte du bout des doigts, vérifiant si elle était chaude.

— Ça semble bon.

La porte était verrouillée. Matt recula et donna un coup de pied dans la porte. Elle résista. Il donna deux autres coups de pied avant que le cadre cède. Le bois se fendit. La porte vola vers l'intérieur, rebondissant sur le mur.

Bree entra la première, l'arme en avant. Elle balaya la pièce du canon de son arme jusqu'à ce qu'elle soit sûre que tout était OK. La fumée remplissait la moitié supérieure de la pièce et lui brûlait les yeux. Sa vision se brouilla sous l'effet des larmes. Elle se passa l'avant-bras sur le visage et cligna des yeux plusieurs fois. Les lits n'avaient plus de draps. La fumée obstruait le nez de Bree. Elle toussa et se baissa, essayant de rester sous la couche de fumée la plus épaisse.

— Alyssa ? hurla-t-elle en s'étouffant.

Matt se rua dans la pièce. En toussant, il remonta le col de sa veste sur sa bouche et son nez. Il ouvrit la porte de la salle de bains. Bree se pencha pour regarder derrière lui. Une corde en draps était attachée autour de la base des toilettes et passée à travers la petite fenêtre. Peu de gens auraient pu se faufiler par une si petite ouverture. Alyssa était très mince, mais sortir par la fenêtre avait dû exiger une certaine gymnastique – et du désespoir. Mais le motel était en feu. Alors, oui. Elle était désespérée.

Elle était aussi prévoyante. Il était peu probable qu'elle ait fabriqué cette corde à la dernière minute. Elle l'avait probablement préparée.

Bree ne savait pas si elle devait être soulagée ou paniquée.

— Alyssa n'est plus là.

Matt toussa et ramena Bree vers la porte.

— Il faut qu'on sorte d'ici.

Bree dégagea son bras. Elle grimpa dans la baignoire et regarda par la fenêtre. La corde de draps menait presque jusqu'au sol sous la fenêtre.

Comment était-elle sortie ? Elle devait être d'une souplesse incroyable ! Mais quand Bree avait choisi la chambre, elle craignait plus qu'un homme entre que voir Alyssa sortir.

La fumée s'épaissit et des larmes lui coulèrent des yeux.

— Bree !

Matt l'attrapa par le bras et la tira hors de la pièce.

Une fois sur la passerelle, Bree dévala les marches et contourna le bâtiment.

Toute la neige avait presque fondu au soleil pendant la journée, laissant des flaques de boue ici et là. Quinze mètres de terrain couvert de mauvaises herbes séparaient le motel des bois. Bree sortit sa lampe de poche et la braqua sur le sol. Des traces de pas dans la boue partaient du point d'atterrissage d'Alyssa à la base du mur en direction des arbres.

Bree partit en courant, mais ses poumons remplis de fumée protestèrent et elle dut s'arrêter en atteignant l'orée de la forêt. Elle appuya les mains sur ses cuisses et toussa, un goût de fumée emplissant sa bouche et sa gorge.

Merde !

Matt était à ses côtés, toussant également.

— Respire juste une minute, puis on la poursuivra.

Bree se redressa et s'essuya la bouche du revers de la manche. Son inquiétude pour Alyssa la poussa en avant. Elle trébucha le long du sentier. L'air froid de la nuit apaisait ses poumons. En quelques pas, elle retrouva son souffle et se mit à courir lentement. À deux cents mètres, le sentier se terminait par une route étroite et pavée.

Bree tourna sur elle-même.

— Où est-elle ?

— Elle n'a pas pu aller bien loin.

Matt pointa sa propre lampe de poche sur le sol et marcha le long de l'accotement.

Bree prit l'autre côté, cherchant l'endroit où Alyssa avait quitté la route.

— Quelle est cette route ?

Matt avait son téléphone à la main.

— Route rurale 31. Elle est parallèle à l'autoroute. Il n'y a pas grand-chose à part quelques fermes. Elle traverse des kilomètres de néant et croise plusieurs autres routes de campagne.

— Je ne peux pas la suivre sur la chaussée.

Bree baissa les yeux.

— J'aimerais que Brody ne soit pas blessé. Mon département a besoin d'un chien.

— Oui, je vois.

La blessure de Brody l'avait convaincue. Elle ne pouvait pas compter sur un chien à la retraite, même excellent. Brody n'était plus au faîte de sa forme. Elle devait mettre ses propres peurs de côté et trouver un moyen d'acquérir un chien.

Elle appela la police d'État et demanda une brigade canine, mais elle n'avait pas le temps d'attendre qu'elle arrive.

Matt et Bree retournèrent sur le parking du motel. Deux camions de pompiers arrosaient le motel.

Les clients observaient la scène par petits groupes.

Bree prit Matt par la manche.

— Tu veux bien prendre mon 4 x 4 et rouler quelques kilomètres sur cette route pour voir si tu retrouves Alyssa ?

— Bien sûr.

Matt prit les clés qu'elle lui tendait. Bree le regarda s'éloigner dans son véhicule. Puis elle se tourna vers le chaos. L'alarme incendie du motel sonnait toujours. Une sirène annonça l'arrivée d'un autre camion de pompiers.

Il semblait impossible qu'Alyssa se soit enfuie à pied aussi rapidement. Le feu venait de démarrer. S'était-elle échappée ?

Ou Alyssa avait-elle aussi été enlevée ?

Si Joe lui mettait la main dessus, il la tuerait certainement.

Chapitre Trente

La tondeuse électrique bourdonnait dans sa main et le petit con se tortillait sur sa chaise. Mais il était solidement attaché. Il ne pouvait aller nulle part. Une goutte de sang coula de son poignet sur le sol en béton.

Le plastique s'enfonçait dans sa peau.

— Arrête.

Il saisit une poignée de cheveux blonds et passa la tondeuse sur le cuir chevelu.

— Tu vas juste te faire encore plus mal.

Poignée par poignée, les cheveux s'empilaient sur la bâche. Les cheveux, songea-t-il, étaient un aspect important de l'image.

Sans eux, le type avait l'air pathétique et faible. La tondeuse glissa une ou deux fois. La cible tressaillait à chaque fois que son cuir chevelu était entaillé.

Quelle mauviette.

L'homme gémit derrière son bâillon. Son maillot de rugby à rayures bleues et rouges et son jean qui coûtait une semaine de salaire étaient pliés dans un coin. Il frissonnait.

Ces connards prétendaient être des durs, mais ils n'étaient en fait que des façades aux dents bien alignées, aux vêtements coûteux et aux coupes de cheveux aussi chères que le loyer de la plupart des gens. En dessous, ils n'étaient rien. Tout leur univers était superficiel. Ils ne savaient pas ce que c'était d'être un homme.

Il s'était fait tout seul. Il n'avait pas eu de parents pour lui ouvrir la voie. Contrairement à ce crétin privilégié, qui avait reçu sa vie et son apparence en héritage. Le travail ne signifiait-il plus rien ? Pourquoi les femmes se jetaient-elles sur de riches crétins alors qu'elles pouvaient avoir de vrais hommes ?

Sa victime frissonna plus fort. Il avait la chair de poule. Le garage était froid, mais ça n'avait pas d'importance. Bientôt, il ne se soucierait plus du froid.

Quand la tête fut complètement rasée, il admira son travail. Sans ses jolis cheveux et vêtements, le gars n'avait rien de spécial.

Il retira son bâillon.

— Convaincs-moi de ne pas te tuer.

— Qu'est-ce qui ne va pas chez toi, mec ?

La voix de la cible se brisa. Il allait pleurer.

Il ressentit une joie profonde. Il avait déjà brisé la volonté de ce crétin.

— Tu ne fais rien pour améliorer ta situation.

— Qu'est-ce que tu veux ?

L'homme renifla. Il avait les yeux larmoyants et les lèvres qui devenaient bleues.

— Je ne sais pas. Peut-être que je veux juste savoir que tu n'es pas un connard fini.

— Écoute, mec. Je suis désolé si on t'a vexé. On ne faisait que plaisanter.

Le connard essayait de l'amadouer.

— Tu n'es pas drôle.

Il fit le tour de la chaise.

La tête de la cible pivota, essayant de le garder dans son champ de vision. Il se mit derrière lui, juste pour le faire flipper.

— Qu'est-ce que tu fabriques ?

La panique rendait sa voix haut perchée.

La peur.

Il pouvait la sentir. La goûter. En jouir.

Il était temps que quelqu'un ait peur de lui, pour changer. Il avait passé toute sa vie à passer après ces soi-disant mâles alpha. Eh bien, ce ne serait plus comme ça à partir de maintenant. C'était lui, l'alpha, ce soir. Lui qui prenait toutes les décisions.

— Je te donnerai ce que tu veux. Mais laisse-moi partir, supplia la cible.

— Tes amis aussi m'ont supplié.

Il se pencha à l'oreille de sa victime.

— Tu veux savoir ce qui leur est arrivé ?

La respiration de la cible s'accéléra, jusqu'à ce qu'elle soit presque en hyperventilation. Qu'est-ce qui était le plus amusant, les effrayer ou les tuer ? Difficile à dire.

Il se souvint de sa deuxième victime. Les tuer. Absolument.

La torture, c'était comme des préliminaires.

— Je vais te dire exactement comment tes amis sont morts.

Il ferma les yeux et se rappela le deuxième meurtre.

Le souvenir apparut dans son esprit, clair comme une vidéo. Il se pencha et lui murmura à l'oreille.

Lorsqu'il eut fini de décrire chaque détail, il ouvrit les yeux.

— C'est exactement ce que je vais te faire.

Sa victime respirait difficilement elle aussi, et son corps tout entier tremblait. Il inhala le parfum de la peur. Ça lui donna envie d'aller plus loin.

Il voulait que cette nuit dure toujours.

Chapitre Trente Et Un

Matt s'appuya contre le 4 x 4 de Bree. À quelques mètres de là, Bree parlait avec le chef des pompiers. Elle lui serra la main, puis fit volte-face et revint vers Matt.

Le parking du motel était envahi par divers services de secours. Une ambulance attendait pour emmener l'adjoint Wallace. Deux ambulanciers poussèrent sa civière vers l'arrière du véhicule. Bree s'avança pour le regarder.

Wallace avait repris connaissance et tendit la main vers elle. Bree la lui serra, puis recula d'un pas. Les ambulanciers chargèrent la civière dans leur véhicule.

L'infirmière qui avait administré les premiers soins s'était levée et nettoyait le sel et la neige sale de ses vêtements. Le sang tachait le tissu-éponge bleu pâle. Bree s'arrêta également pour lui serrer la main.

Bree se plaignait peut-être des efforts de diplomatie qu'exigeait son travail, mais elle y était en fait sacrément douée.

C'était un leader naturel. Elle appréciait les gens et leur faisait savoir pourquoi. Ses éloges étaient authentiques, sincères.

— J'ai roulé sur cinq kilomètres.

Il tendit les clés à Bree.

— Pas de signe d'Alyssa, mais il y a plein d'endroits où elle a pu quitter la route sans laisser de traces.

— Merci.

Bree se frotta le front, y laissant une empreinte de suie.

— Elle a pu entendre le coup de feu et s'échapper avant que le feu ne démarre.

Les possibilités tournoyaient dans la tête de Matt.

— Ou il a utilisé le feu pour la débusquer. Il est même possible qu'elle soit partie plus tôt. Tu as dit qu'elle était plutôt effrayée quand tu lui as parlé.

— C'est vrai. L'adjoint Wallace ne surveillait que l'avant de sa chambre.

Bree hocha la tête.

— Todd a appelé. Un des adjoints qui enquêtaient à l'université a trouvé une cassette de vidéosurveillance dans un bâtiment proche de la classe de Christian. La vidéo montre Christian forcé de monter dans une Dodge Charger sous la menace d'une arme. La plaque d'immatriculation est couverte de boue, mais Todd a confirmé que Roger est le père décédé de Joe Marcus et que Roger avait un Glock 9 millimètres enregistré à son nom. Les balles utilisées pour tuer Brian étaient des 9 millimètres.

— Comment le feu a-t-il démarré ? demanda Matt.

— Quelqu'un s'est introduit dans la chambre en dessous de celle d'Alyssa, a versé de l'essence sur les lits et y a mis le feu.

Bree serra les dents.

— Il a fait ça après avoir tiré sur Wallace. La caméra de sécurité du motel a enregistré tout l'incident. L'image est granuleuse, mais le tireur pyromane conduisait une Dodge Charger. Encore une fois, on ne voit pas la plaque d'immatriculation et son visage est couvert par un masque de ski.

— Personne n'a entendu le coup de feu ? demanda Matt.

— Si, plusieurs personnes. Mais la proximité du motel avec l'autoroute leur a fait penser qu'il s'agissait d'une pétarade de véhicule.

— Il ne se montre pas aussi prudent ou intelligent qu'avec les premières victimes. L'incendie allait forcément attirer plus d'attention que les autres enlèvements, qui étaient rapides et sans bavures. Est-ce qu'il perd le contrôle ou devient trop confiant ?

— Quoi qu'il en soit, on ferait mieux de se dépêcher. Croise les doigts pour que je puisse convaincre le juge.

Bree monta sur le siège conducteur de son 4 x 4 et composa un numéro de téléphone. Matt resta devant la portière ouverte du véhicule. Il nota à quel point l'ère numérique facilitait les choses, en écoutant Bree exposer le dossier au juge. Les nerfs mis à rude épreuve, Matt se mit à taper du pied sur l'asphalte. Bree ne bougeait pas d'un cil. Tout son corps était concentré sur son objectif.

— Merci, votre honneur.

Elle raccrocha et posa son téléphone.

— Il a accepté. Il signera le mandat par voie électronique.

Un processus qui prenait autrefois des heures avait été réduit à trente minutes.

Un vrai progrès.

— Félicitations, dit-il.

Bree fit la grimace. Le soulagement qui perça dans sa voix lui donna l'impression qu'elle avait retenu sa respiration.

— Même si le juge a dit que je ferais mieux de ne pas me tromper.

— Tu ne te trompes pas, dit Matt.

— Espérons-le. Si je me trompe, c'est Christian qui va payer.

Des rides d'épuisement encadraient sa bouche.

— Il est temps de servir ce mandat.

Matt regarda sa montre. Il était minuit passé.

— C'est parti.

Quarante-cinq minutes plus tard, Matt fixait la sangle d'un gilet en kevlar avec le mot *Shérif* imprimé à l'avant et à l'arrière.

Son corps bourdonnait d'une nervosité contenue, au souvenir d'une opération nocturne similaire où il avait été blessé par balle, trois ans auparavant. Il ravala ce souvenir et se concentra sur le présent.

Ce genre de mission était toujours dangereux. Il ne pouvait pas se permettre d'être distrait.

Bree, Stella et Todd se tenaient dans la rue devant la maison de Joe Marcus. La place de parking était vide. Pas de fourgon de plombier. Pas de Corolla.

Où est Joe ?

Ils ne le prenaient pas par surprise. Chez les Harper, le chien d'Earl n'arrêtait pas d'aboyer. Tout le monde dans un rayon d'un kilomètre carré savait qu'ils étaient là.

Le chien aboya à nouveau et Bree sursauta. Des gouttes de sueur parsemaient son front. Elle s'essuya le visage du revers de la manche.

Deux véhicules de patrouille se garèrent sur le bas-côté. Les adjoints Rogers et Oscar rejoignirent le groupe. Bree les mit au courant en quelques phrases.

— Joe Marcus est armé et dangereux. Il a déjà tué trois personnes. Cet après-midi, il a kidnappé une quatrième victime sous la menace d'une arme à feu.

— On dirait qu'il n'est pas chez lui, dit Matt.

— Sortez le bélier.

Bree vérifia son propre gilet.

— Adjoint Oscar et inspectrice Dane, couvrez la porte arrière. Nous ne voulons pas qu'il s'échappe.

Les deux policiers disparurent sur le côté de la maison.

Rogers sortit le bélier en métal noir, surnommé le Juge de paix, de son coffre. Ils approchèrent de la porte dans l'obscurité. Bree et Todd se postèrent de part et d'autre. Bree frappa des coups retentissants.

— Shérif ! Ouvrez la porte. Nous avons un mandat de perquisition !

Le silence s'étira pendant une minute entière.

Bree frappa à nouveau et hurla plus fort.

— C'est le département du shérif. J'ai besoin que vous ouvriez la porte maintenant ou nous allons forcer l'entrée.

Personne ne répondit et, après plusieurs minutes, elle se mit de côté et fit signe à Rogers d'avancer. Il balança le bélier et enfonça la porte d'un seul coup. Ils entrèrent dans la maison, lampes de poche et armes pointées devant eux.

Bree appuya sur l'interrupteur mural. De la lumière inonda le couloir d'entrée. Le mobilier était en pin foncé. Les seuls objets modernes du salon étaient la télévision à écran plat et le système de jeu vidéo.

La maison avait trois chambres à coucher de plain-pied. Il ne fallut pas longtemps pour confirmer que Joe n'était pas chez lui.

Stella et Oscar entrèrent par la porte arrière. Enfilant des gants, ils se séparèrent et commencèrent leurs recherches.

— Sa Corolla est dans le garage, dit Stella.

— Donc, il conduit probablement la Charger.

— Où est-il ?

Bree scruta la cuisine vide. Son visage était tendu.

— Il doit y avoir un signe de l'endroit où il a emmené Christian.

— Shérif ? appela Todd depuis une porte. Vous devriez voir ça.

Bree suivit le petit couloir qui menait aux chambres. Matt la suivit de près.

— On dirait que Joe vit toujours dans sa chambre d'enfant.

Todd désigna la plus grande chambre.

— La grande est toujours pleine des affaires de son père, comme un sanctuaire ou quelque chose comme ça.

Il les conduisit dans une chambre plus petite.

— Mais ce n'est même pas la partie la plus étrange.

Les meubles évoquaient une chambre d'adolescent, avec un lit simple, une commode et un bureau assortis. Une chaise de bureau était tirée devant l'ordinateur.

— Tout d'abord, dit Todd. Nous avons trouvé un téléphone portable prépayé dans le tiroir. C'est un modèle super bon marché sans protection par mot de passe. C'est le numéro sur le téléphone de Sara, marqué J. Le dernier appel de son historique. La deuxième chose est probablement la pire que j'aie jamais vue.

Matt se prépara et Bree se raidit.

Todd tapa sur le clavier et sortit l'ordinateur de veille. L'écran s'éclaira, révélant une vidéo d'un jeune homme attaché à une chaise. Brian. Ses cheveux étaient grossièrement tondus et il avait été déshabillé jusqu'à son boxer. Sur le côté, ses vêtements étaient pliés en une pile sur le sol de ce qui ressemblait au garage du Grey Lake Inn. Le béton était propre.

Le visage sombre, Todd cliqua sur *Play*.

Bree écarta les jambes, se préparant visiblement à ce qu'ils anticipaient tous.

Matt voulait détourner le regard, mais il ne le fit pas.

Sur l'écran, Joe Marcus apparut. Il se planta devant Brian, penchant le visage sur lui.

— Tu n'es plus aussi joli maintenant, hein ?

— Qu'est-ce que tu fais, mec ? s'écria Brian.

Des larmes coulaient sur son visage.

— On n'était pas sérieux. On ne le pensait pas.

— Tu es un connard.

Joe sortit un pistolet de sa ceinture.

— Un petit connard prétentieux. Tu ne te soucies de personne à part toi. Je parie que tu ne sais même pas que le vrai nom de Sariah est Sara. Tu ne l'aimes pas vraiment, mais tu l'as quand même baisée, hein ?

— Mais si, je l'aime.

La voix de Brian tremblait de froid et de peur. Sa peau était pâle et hérissée par la chair de poule. Des larmes coulaient de ses yeux rouges.

— C'est bon. Elle ne t'aime pas non plus. Tu l'as baisée parce que c'est ton truc. Elle t'a baisé pour voler les bijoux de ta mère.

Brian se raidit sur sa chaise.

— Tu ne le savais pas ?

Joe secoua la tête.

— Tu es vraiment stupide. Tu pensais te servir d'elle, mais c'était elle qui se servait de toi. Tu veux savoir comment je le sais ? Parce que la petite salope me l'a fait en premier. Vraiment, vous êtes parfaits l'un pour l'autre. Même si peu importe. Je vais la tuer ensuite.

Joe pointa l'arme sur le visage de Brian.

— Puis je vais tuer tes trois connards de potes.

— Non.

Brian voulut reculer, mais ne put que bouger la tête.

— Ça fait des années que je pense à tuer des connards comme vous.

La respiration de Joe s'accéléra. Son visage rougit.

— Les types comme toi m'ont traité comme de la merde toute ma vie.

Il se lécha les lèvres. Ses yeux étaient écarquillés, luisants d'excitation.

— Non, cria Brian.

Joe appuya sur la détente. La tête de Brian fut projetée en arrière par la balle qui l'atteignit à la joue. Un nuage de sang frappa le mur et Brian s'affaissa sur le côté. Les sourcils de Joe retombèrent. Il avait l'air déçu. Il appuya à nouveau sur la détente. La deuxième balle frappa le front de Brian, mais il était déjà mort. Il ne se passa pas grand-chose à part une giclée de sang.

Joe s'avança. Avec un froncement de sourcils déçu, il poussa le pied de Brian du bout de sa botte.

Brian était clairement mort. Joe sortit un couteau de sa poche et coupa ses liens. Le corps de Brian s'effondra de côté sur le sol. Joe le fit rouler sur le dos. Il fit les cent pas à côté du corps, le frappant tous les deux pas, comme si le meurtre n'avait pas été satisfaisant.

Laissant le pistolet de côté, il attrapa un marteau sur l'établi. La rage éclaira son visage alors qu'il le soulevait haut et l'abattait sur le visage de Brian. Le résultat sembla lui plaire. Il frappa de nouveau le visage de Brian, encore et encore. Lorsqu'il eut terminé, la pièce et lui-même étaient couverts de sang, mais son visage était étrangement calme.

Il se redressa et eut un sourire satisfait. Il se tourna vers la caméra.

— Ça, c'était de la vengeance.

La vidéo s'arrêta. Il y eut un long silence. Matt réprima un haut-le-cœur. Il avait vu pas mal de choses au cours de sa carrière, mais c'était peut-être la pire.

— Regardez ça, shérif.

Stella se tenait devant le placard. À ses pieds se trouvaient deux boîtes en carton.

Les boîtes étaient étiquetées *Brian* et *Eli*. À l'intérieur de chacune se trouvait un sac en plastique contenant des cheveux coupés. En dessous, des vêtements soigneusement pliés.

— Pourquoi a-t-il gardé les vêtements ? demanda Matt.

— En souvenir ?

— Voilà pourquoi, dit Todd en désignant l'ordinateur.

Au milieu de l'écran, il y avait une photo de Joe portant les vêtements de Brian.

— Il les a tués, mais il voulait aussi être comme eux.

Le visage de Bree avait pris une teinte lugubre. Elle ouvrit la bouche pour dire quelque chose, mais seul un coassement sec en sortit. Elle déglutit et s'éclaircit la gorge.

— Il faut qu'on trouve où il a emmené Christian. Envoyez quelques adjoints vérifier le garage de Grey Lake Inn, mais je doute sérieusement qu'il y retourne. L'endroit est toujours identifié comme scène de crime. Des idées ?

Matt regarda par la fenêtre. Derrière la maison, la glace de Grey Lake scintillait au clair de lune.

— Tous les endroits qu'il a choisis jusqu'à présent se trouvaient au bord du lac.

— Allons voir une carte.

Bree tourna le talon et quitta la pièce. Matt la suivit. Elle marcha jusqu'à son 4 x 4 et s'installa au volant.

Le chien d'Earl lança une nouvelle salve d'aboiements et Bree sursauta. Elle posa la main sur sa poitrine et inspira profondément.

Matt s'installa sur le siège passager.

— Ça va ?

— Ouais.

À la lumière de l'ordinateur du tableau de bord, le visage de Bree était blafard. Elle ouvrit une carte de Grey Lake.

— Voici le terrain de camping.

Elle indiqua un point de l'écran.

— La rampe de mise à l'eau est ici et le Grey Lake Inn est par là.

— Et la maison de Joe est tout au bout du lac. À des kilomètres des trois autres endroits.

— Oui, dit Bree.

— Qu'est-ce qu'il y a entre les deux ?

Matt étudia la carte.

— Pas grand-chose.

— On dirait des hectares et des hectares de nature sauvage.

— Tu peux avoir une image satellite ? demanda Matt.

Bree cliqua sur une icône et l'écran afficha une vue aérienne. Elle zooma et suivit le bord du lac.

— Il y a quelques bâtiments sur le rivage, mais je ne vois pas les détails.

— Je connais l'endroit. C'est une ferme, indiqua Matt.

— La superficie est trop grande, dit Bree.

— Il doit y avoir un moyen de réduire la zone de recherche.

Matt sortit son téléphone de sa poche et composa le numéro du propriétaire d'ABC Plumbing. Une voix endormie répondit à l'appel :

— Monsieur Hoover ?

— Qui est-ce ? demanda Hoover.

— Matt Flynn, enquêteur du shérif. On s'est parlé tout à l'heure. Je suis désolé de vous réveiller, monsieur, mais c'est une question de vie ou de mort. Joe Marcus a-t-il participé à des travaux sur Grey Lake ? Un endroit qui serait vide, mais qui fournirait une certaine tranquillité, peut-être un bâtiment vacant.

— Nous avons travaillé sur le projet de Grey Lake Estates. Tous les employés ont travaillé dessus à un moment ou à un autre, le mois dernier. Mais des problèmes de permis sont apparus, la construction a été interrompue et le projet a été retardé. Deux maisons modèles sont déjà construites. Nous avons fait le gros œuvre, mais aucune des installations n'est encore en place.

Hoover donna l'adresse à Matt.

— Merci, monsieur.

Matt raccrocha et entra l'adresse dans le GPS de son téléphone.

— À quelques kilomètres d'ici, il y a deux maisons modèles vides et inachevées où Joe a travaillé récemment.

Deux autres voitures du shérif arrivèrent, alors que Bree sautait de son 4 x 4. Elle chargea les deux nouveaux adjoints de sécuriser la maison de Joe Marcus comme scène de crime.

— Il va y avoir trop d'indices pour que la fouille ait lieu rapidement. Nous allons retrouver Christian, puis on s'occupera de recueillir des preuves.

Puis elle appela l'équipe initiale au-dehors.

— Nous avons une piste sur deux endroits possibles où Joe aurait pu emmener Christian.

Elle donna les adresses à tout le monde.

— Todd, vous emmenez Oscar et Stella à la première maison. Matt, Rogers et moi allons voir la maison numéro deux. On avance sans sirène et sans contact radio. Je ne veux pas l'effrayer et risquer une réaction de sa part.

Oscar et Rogers se dirigèrent vers leurs voitures de patrouille. Rogers trébucha. Sa démarche était instable. Il transpirait et semblait presque fiévreux. Oscar le prit par le bras et demanda :

— Ça va ?

— Très bien. Laisse-moi tranquille.

Rogers se dégagea. Les deux adjoints se glissèrent dans leur voiture.

Stella et Todd firent de même.

Matt se dirigea vers le 4 x 4 de Bree. Contournant le véhicule, il ouvrit la portière du côté passager. Bree se tenait dans l'allée, donnant des instructions aux deux adjoints restant au domicile de Joe Marcus.

Elle fit demi-tour et se dirigea vers Matt. Quelque chose cliqueta et un bruit de respiration rauque approcha soudain. Derrière elle, le gros chien d'Earl courait dans l'allée, fonçant directement sur Bree.

Le cœur de Matt bondit dans sa poitrine. Il commença à contourner le véhicule, sachant qu'il arriverait trop tard. Il ne pouvait pas courir plus vite qu'un chien. L'animal l'atteindrait avant Matt et elle était à cinq mètres de son 4 x 4.

Elle ne pourrait jamais l'atteindre.

Chapitre Trente-Deux

Bree aperçut le chien du coin de l'œil. Son rythme cardiaque accéléra, mais son corps se figea.

— Ne cours pas ! cria Matt.

Mais Bree ne pouvait pas courir. Elle ne pouvait pas bouger. Elle ne pouvait même pas respirer. Sa gorge était nouée.

Même crier était impossible. Ses pieds étaient rivés au sol et la terreur court-circuitait son cerveau. Toute pensée était bloquée par le souffle du chien, le tintement de son collier, la course musclée de son corps svelte dans sa direction. Le temps ralentit.

Il n'était qu'à une dizaine de mètres.

Son propre pouls battait à ses oreilles. Son champ de vision se rétrécit.

Cinq mètres.

Son regard se fixa sur la tête du grand chien. Il avait la bouche ouverte, ses dents brillaient.

— Descends-le ! cria quelqu'un.

— Je ne peux pas ! répondit une autre voix.

Mais Bree ne pouvait pas répondre. Son corps se tendit, se préparant à l'impact, à la douleur, à l'afflux de sang chaud.

Le chien ralentit, s'arrêtant à quelques pas. La bête grogna, baissa la tête et regarda Bree de côté. Son corps était raide. Ses oreilles avaient été coupées. Les triangles de cartilage restants étaient collés au crâne de l'animal.

Bree ne pouvait toujours pas bouger.

Quelqu'un sauta entre Bree et le chien.

Matt.

Dès que sa grande carcasse fut devant elle, Bree parvint à respirer. L'oxygène atteignit ses poumons et relança son cerveau. Même si le chien était toujours en liberté et grognait dans sa direction, elle savait qu'elle était en sécurité. Matt s'occuperait de l'animal. Elle sentit une vague d'humiliation l'envahir, se mélangeant à la peur et la terrassant.

Matt s'accroupit et se tourna vers le chien. Il regarda le sol devant lui et lui parla d'une voix aiguë.

— Voilà un bon garçon.

La posture du chien se ramollit, il cessa de grogner et s'ébroua violemment.

— C'est ça, dit Matt. Élimine toute cette tension.

Les pattes raides et le corps abaissé, le chien tourna le cou vers Matt et huma l'air.

— Qui est un bon garçon ? roucoula Matt.

Un frémissement apparut au bout de la queue du chien. Matt étendit lentement la main et le chien la renifla. Une minute plus tard, Matt retournait sa main et grattait le chien derrière les oreilles. L'animal était complètement détendu et se serrait contre lui.

La vision et l'audition de Bree revenaient lentement à la normale. Un mouvement de l'autre côté de l'allée attira son attention. Earl se tenait à quelques mètres de Matt. Il avait les bras croisés sur la poitrine et les lèvres tordues par la colère. Il était déçu que le chien ne l'ait pas attaquée. Bree le lisait sur son visage.

— Désolé. Je ne sais pas comment il s'est échappé.

C'était clairement un mensonge.

— Rufus ! Ramène un peu ton cul.

Le chien se recroquevilla tandis qu'Earl s'approchait pour le prendre par le collier. Alors que son maître le ramenait chez lui, Rufus jeta un coup d'œil à Matt par-dessus son épaule, d'un air empreint de tristesse.

Les genoux de Bree tremblaient tellement qu'elle craignait de tomber si elle essayait de marcher. Elle serra les dents et força son corps à se retourner.

Todd était à quelques mètres d'elle, son arme dégainée, l'air profondément surpris.

Il avait fait ce dont Bree avait été incapable : se préparer à éliminer une menace. Personne ne veut tirer sur un chien, mais parfois, vous n'avez pas le choix.

Trop gênée – et trop secouée – pour répondre à la question muette de Todd, elle se dirigea vers son véhicule. Elle avait un tueur à attraper. Elle avait intérêt à reprendre du poil de la bête.

Elle était soulagée qu'Oscar, Rogers et Stella aient été dans leurs véhicules à ce moment-là. Peut-être qu'ils n'avaient pas vu. Mais Todd, si. Bree se mit au volant. Ses mains tremblaient. Il lui fallut trois tentatives pour insérer la clé de contact.

Matt grimpa sur le siège passager.

— Respire profondément.

— Je n'ai pas le temps de respirer profondément. On essaie de sauver quelqu'un, ce soir.

— Earl a lâché son chien exprès.

— Je sais.

Elle démarra et s'éloigna du trottoir.

— Le chien n'est pas méchant. Il a peur.

— Mes actions – ou leur absence – n'étaient pas rationnelles.

En pinçant les lèvres, elle appuya sur l'accélérateur.

— Merci. Si tu n'étais pas intervenu, je ne sais pas ce qui se serait passé.

— Todd était presque en position pour tirer sur le chien, dit Matt. Tu t'en serais sortie.

— Mais pas grâce à mon comportement.

Bree était dépitée par son attitude. Elle avait une arme à feu en parfait état sur sa hanche. Son Glock suffisait largement à arrêter un pitbull. Mais elle était restée plantée là, impuissante.

— Tu as défendu ta position. Si tu avais fui, tu aurais pu déclencher son instinct de prédateur, la situation aurait pu être bien pire.

La voix de Bree était rauque.

— Je n'ai pas défendu ma position. Je suis restée bloquée. J'étais incapable de bouger.

Matt soupira.

— Personne n'est parfait, Bree. Pas même toi.

Le chien avait bouleversé tout le système nerveux de Bree. Son estomac gronda. Sous son gilet pare-balles, la sueur imprégnait sa chemise.

— Tu es en état de conduire ? demanda Matt.

— Oui.

Elle avait intérêt. Elle rassembla toute son énergie et remisa la rencontre avec le chien à l'arrière-plan. Elle y réfléchirait demain.

Le trajet de cinq kilomètres leur prit dix minutes. Bree arrêta le véhicule sur le bord de la route. Le reste de l'équipe était déjà garé sur le bas-côté, près de l'entrée du lotissement en construction. À une centaine de mètres de là, les coquilles vides de deux grandes maisons se dressaient au bord de l'eau. Oscar, Rogers, Stella et Todd se tenaient en cercle à côté du véhicule de Todd.

Ils t'attendent. Reprends-toi.

Bree sortit de voiture et s'approcha du groupe.

— On va marcher à partir d'ici. Pas de lampes de poche, sauf en cas de nécessité absolue. Je ne veux pas l'avertir de notre présence.

— Oui, chef, dit Todd.

Bree prit une paire de jumelles et une petite trousse à outils dans son véhicule. Rejetant toutes les pensées qui ne concernaient pas la tâche à accomplir, Bree vérifia son gilet pare-balles et son arme. Rogers et Oscar sortirent leurs AR-15 de leur coffre. Stella tira son Glock de son étui.

L'équipe se sépara en deux groupes. Bree vira à droite, Matt et Rogers juste derrière elle. Todd, Stella et Oscar tournèrent à gauche et se dirigèrent vers l'autre maison. Plus tôt dans la journée, le soleil avait fait fondre la neige, laissant de la boue qui regelait dans l'air froid de la nuit. Une fine couche de glace craqua sous leurs bottes.

Ils approchaient du bâtiment. Une bâche de protection recouvrait l'extérieur et les fenêtres avaient été installées. Cela suffirait-il à étouffer le bruit de leur approche ?

La maison était immense, au moins six cents mètres carrés, avec un foyer ouvert sur deux étages et un garage attenant pour trois voitures. Les fenêtres étaient sombres. Bree ouvrit la voie. Elle s'arrêta pour regarder à travers ses jumelles.

— Je ne vois pas à l'intérieur. Les fenêtres sont trop hautes.

Matt scruta les environs.

— Il n'y a pas de point surélevé.

— On va faire le tour.

Bree fit un mouvement circulaire avec son index.

— Essayons de localiser Joe et Christian à l'intérieur de la maison avant d'entrer.

Les bâtiments en construction étaient complètement à découvert. Bree retint son souffle tandis que son équipe traversait le terrain à la lumière du clair de lune. Ils s'arrêtèrent devant la façade. Derrière le bâtiment, Bree apercevait la lune se refléter sur le lac gelé.

Matt et Rogers s'accroupirent de chaque côté du perron en béton. Bree monta les marches et jeta un coup d'œil par l'étroite fenêtre située à côté de la porte. Il faisait sombre à l'intérieur. Si Joe était là, il aurait besoin de s'éclairer. Elle fit à nouveau un mouvement circulaire de l'index.

L'arme à la main, elle contourna la maison en courant. Rogers et Matt la suivaient de près. Les fenêtres étaient au-dessus d'eux. Bree fit signe à Matt de lui faire la courte échelle. Pendant que Rogers les couvrait avec son AR, Matt entrelaça ses doigts et Bree y posa le pied. Il la souleva pour qu'elle puisse jeter un coup d'œil par la fenêtre. Ils répétèrent l'opération aux suivantes. Mais Bree ne vit personne. À la dernière fenêtre, elle attrapa le rebord à deux mains et regarda par-dessus. Le clair de lune pénétrait par une fenêtre arrière. La pièce était vide.

Et si ce n'était pas la bonne maison ?

Elle jeta un coup d'œil à l'autre bâtiment, mais elle ne distinguait pas le reste de son équipe.

Bree ressentit un premier frisson de panique. Elle sauta à terre et murmura :

— Il n'y a personne.

Matt lui fit signe de continuer à avancer vers l'arrière de la maison. Ils passèrent devant une réserve de matériaux de construction : des palettes de bardeaux, un rouleau de clôtures de sécurité orange, du bois et des sacs de béton prêt à mélanger enveloppés de plastique transparent. Ils contournèrent le bâtiment. Une lueur au niveau du sol attira l'attention de Bree. Elle l'indiqua du canon de son arme. Quelqu'un avait cloué du contreplaqué sur l'étroite fenêtre du sous-sol, mais de la lumière s'échappait par les bords.

Bree s'accroupit et écouta. Elle entendit des voix étouffées. Il y avait quelqu'un.

Chapitre Trente-Trois

Matt écouta. Il ne reconnaissait pas la voix, mais le ton lui sembla masculin.

Ils devaient gagner le sous-sol, et ils ne pouvaient pas passer par la fenêtre. Cela prendrait trop longtemps de défoncer la planche à coups de pied et de passer à travers l'étroite ouverture un par un. Joe était armé. Il tirerait sur le premier intrus. Celui-là serait mort avant d'avoir atteint le sol. Ils allaient devoir trouver une porte.

Matt leur fit signe de continuer à contourner la maison. Il repéra des portes vitrées, mais le seuil était à un mètre cinquante dans les airs, clairement conçu pour s'ouvrir sur une terrasse qui n'était pas encore construite. Ils s'arrêtèrent au coin opposé, face à une porte extérieure ordinaire. Le clair de lune brillait à travers les vitres de la moitié supérieure de la porte. Matt se protégea les yeux et regarda à travers. La forme de la pièce et l'emplacement des tuyaux dans le mur suggéraient qu'il s'agirait d'une buanderie.

Bree leur fit signe de se rapprocher. Elle murmura :

— Il faut qu'on entre et qu'on trouve les escaliers. Je vais crocheter la serrure. Couvrez-moi.

Rogers reprit son fusil en main. Bree rangea son arme dans son étui et fouilla dans sa poche, cherchant sa petite trousse à outils. Elle sortit deux minces outils métalliques et les inséra dans la serrure. Le mécanisme cliqua doucement. Remettant la trousse à outils dans sa poche, elle tira à nouveau son arme et ouvrit la porte. Elle se glissa à l'intérieur. Matt laissa Rogers, qui portait l'AR-15, passer ensuite. Non armé, Matt se sentait un tantinet inutile. Il sortit son couteau de sa poche et le déplia. Une lame était moins subtile à manier qu'une arme à feu.

Les pièces intérieures étaient dégrossies avec des cloisons sèches, mais les portes n'étaient pas encore en place. Des panneaux de particules recouvraient le sol. Matt posa les pieds le long du mur pour minimiser le risque de grincement du sous-plancher. Ils traversèrent la buanderie et débouchèrent dans un petit couloir. Son cœur battait la chamade, et sous son gilet pare-balles, la sueur coulait dans son dos.

Ils se déplaçaient lentement, en essayant d'être silencieux. Le couloir donnait sur une grande pièce. Les tuyaux dépassant du mur indiquaient que ce serait la cuisine. Des matériaux de construction jonchaient le sol. Une faible lumière brillait à travers l'embrasure d'une porte. Bree s'approcha et pencha la tête.

Matt enjamba une bobine de fil électrique, se rapprocha et tendit l'oreille.

La voix de Joe s'éleva dans les escaliers.

— Tu vas mourir.

Il semblait de bonne humeur.

Matt repensa à la vidéo de Joe en train de tuer Brian. Le meurtre de trois personnes l'avait mis en confiance.

— Pourquoi ?

En revanche, la voix de Christian exprimait une terreur absolue. Si Joe était resté fidèle à son mode opératoire, le jeune homme était probablement aussi frigorifié. Il n'y avait pas de chauffage dans cette maison inachevée.

Bree descendit une marche de plus.

— Parce que tu es un petit con prétentieux, dit Joe. Un riche et inutile connard que les filles veulent baiser juste parce qu'il est assez privilégié pour être né riche et beau. Tu as gagné à la loterie génétique. Au lieu d'utiliser cet avantage pour faire quelque chose de bien, tu as choisi d'être un crétin.

— Je ne comprends pas ! s'écria Christian. Qu'est-ce que ça a à voir avec toi ? Je suis désolé qu'on t'ait traité comme une merde. Parfois, on est cons. Mais ce n'est pas une raison pour tuer les gens.

— Bien sûr que si. Tuer tes amis m'a fait me sentir beaucoup mieux dans ma peau. J'ai hâte de te tuer. Je contribue à créer un monde meilleur. Si tous les abrutis privilégiés dans ton genre ne sont plus là, les femmes devront considérer des gars comme moi. Des gars qui travaillent pour gagner leur vie et se font leur propre place dans le monde.

Christian ne répondit pas – qu'aurait-il pu répondre ? Joe était un cinglé. Un cinglé armé et en colère.

— S'il te plaît, ne fais pas ça, supplia une voix féminine.

Alyssa ?

— Je ferai ce que je veux, putain ! cria Joe. Tu es loin d'être innocente, ma chérie.

— Personne n'était censé mourir ! s'exclama Alyssa. Tu as tué Harper.

— C'est ce qui arrive quand on fait chanter quelqu'un.

La voix de Joe était condescendante.

— Pourquoi ça te défrise, d'ailleurs ? Sara s'est moquée de toi. Elle t'a entraînée dans ses manigances, toi aussi. Elle allait te trahir comme elle l'a fait avec moi. Elle allait s'enfuir avec tout votre butin. Maintenant, la police a les bijoux, et on est baisés. Tout ce boulot pour rien.

— J'ai fait des erreurs, admit Alyssa. Mais le tuer ne va pas nous rendre les bijoux.

— Le tuer n'a rien à voir avec ce que nous avons volé, dit Joe. Les cambriolages, c'était un travail. Ça, c'est juste du plaisir.

— Alors, je suppose que tu vas me tuer aussi ? dit Alyssa, sa voix passant de la peur à une amère résignation.

— Tu ne m'as pas laissé le choix. Tu as appelé le shérif ! cria Joe.

— Parce que tu as tiré sur Harper ! cria Alyssa en retour.

Joe baissa la voix.

— Tais-toi ou je te tire dessus tout de suite. J'aurais dû te tuer plus tôt. Je n'aurais pas dû t'amener ici, mais je pensais que je pourrais te convaincre d'être de mon côté.

La voix de Joe passa de la colère à une tristesse maussade.

— Mais tu es comme les autres. Tu ne me comprends pas non plus.

Bree descendit une marche. Rogers ne bougea pas et Matt faillit lui rentrer dedans. La sueur perlait sur le front de l'adjoint, et son visage semblait pâteux dans la lumière de la lune qui traversait les fenêtres nues.

Ses doigts s'ouvraient et se refermaient sur son fusil. Il avait les yeux écarquillés.

Matt sentait l'effet du stress, mais Rogers semblait plus que nerveux. Il avait l'air terrifié.

Mais il n'y avait pas le temps de le rassurer ou de faire le point sur son état.

Bree s'accroupit et se pencha pour tenter d'obtenir un meilleur point de vue. Rogers aurait dû la suivre, mais il semblait figé sur place. Ses yeux n'exprimaient plus que la peur, comme ceux de Bree un peu plus tôt, quand le chien s'était précipité sur elle. Matt lui donna un coup de coude, mais l'adjoint ne réagit pas.

Bree regarda en arrière. Elle scruta le visage de Rogers d'un air inquiet. Du menton, elle indiqua le fusil, puis Matt. Rogers se colla au mur, tremblant.

Le cœur battant, Matt prit l'AR-15 des mains de Rogers. Au moins, c'était une arme d'épaule. Quelqu'un devait couvrir Bree, et il pouvait tirer au fusil bien mieux qu'avec une arme de poing de la main gauche. Bree descendit une marche de plus. Matt passa devant Rogers et descendit rapidement pour rattraper Bree. Il ne fallait pas qu'elle affronte Joe toute seule.

La marche suivante grinça sous la botte de Bree. Un coup de feu retentit et des fragments de bois éclatèrent près de son pied.

Chapitre Trente-Quatre

Un morceau de bois frappa la joue de Bree, mais la douleur disparut presque instantanément sous l'effet de l'adrénaline qui se déversait dans ses veines. Elle sauta des marches et se mit à couvert derrière l'escalier en bois. Levant les yeux, elle vit Matt dévaler les marches.

À l'autre bout du sous-sol, Christian était assis, les poignets liés derrière le dossier de la chaise. Ses chevilles étaient attachées elles aussi. Ses cheveux avaient été rasés de si près que la tondeuse avait laissé des traces sanglantes sur son cuir chevelu. Vêtu uniquement d'un caleçon, il frissonnait de la tête aux pieds.

Alyssa était attachée à une poutre de soutien, de l'autre côté de la pièce. Elle avait le visage strié de suie et de larmes. Elle se recroquevilla derrière le poteau en métal, semblant à bout de forces. Joe se tenait derrière Christian, pointant une arme de poing sur Matt. Mais celui-ci était à au moins six mètres et se déplaçait rapidement. Le deuxième tir de Joe le manqua également. Joe s'accroupit, regardant par-dessus l'épaule de Christian et l'utilisant comme bouclier. Il était vêtu d'un épais sweat-shirt gris et d'un jean. Un manteau était jeté sur le sol à proximité.

Bree n'avait pas d'angle pour l'atteindre.

Matt bondit et atterrit à côté de Bree. Se laissant tomber sur un genou, il posa le fusil sur la troisième marche et visa, son index gauche sur la détente.

— C'est le shérif, Joe, cria Bree. Pose ton arme. Tu n'es pas forcé de mourir ce soir.

Joe appuya son arme sur la tempe de Christian.

— Ce n'est pas moi qui vais mourir ce soir. Si vous ne me laissez pas partir, je le tue.

— C'est grâce à lui que tu es encore en vie, dit Bree.

— Sans blague.

Joe fit passer son arme dans sa main gauche. Il sortit un couteau de sa poche et libéra les chevilles de Christian. Empochant la lame, il força Christian à se lever. D'un coup de pied, il fit tomber la chaise sur le côté, dégageant les bras du jeune homme, qui étaient toujours attachés derrière son dos.

— Reculez, shérif, ou je vais le tuer.

— Pourquoi je te laisserais sortir d'ici ? demanda Bree. Tu vas le tuer, de toute façon.

— C'est un risque à prendre, répliqua Joe.

Il fit une clé de bras à Christian et le poussa devant lui.

— Lâchez votre arme, ou il est mort.

Des larmes coulaient sur le visage de Christian et ses yeux imploraient le shérif d'obéir.

Joe enfonça le canon de l'arme dans la nuque de Christian jusqu'à ce qu'il crie de douleur.

À côté de Bree, le corps de Matt était tendu, figé. Elle savait qu'il n'avait pas non plus de ligne de tir.

Joe maintenait le corps de Christian devant le sien. Bree ne pouvait pas risquer la vie de l'otage. Elle espérait que Joe verrait en Christian son ticket de sortie et le garderait en vie.

Bree abaissa son arme et la posa sur le sol.

— OK, Joe. Tu as gagné. Ne lui fais pas de mal.

Un éclair de triomphe brilla dans le regard de Joe.

— Dites à votre homme de poser son arme aussi. Et reculez tous les deux.

Matt posa le fusil sur le sol et recula de deux pas.

— C'est seulement grâce à lui que tu n'es pas mort.

— Continuez à reculer, jusqu'au mur, dit Joe. Je ne vais pas vous laisser me sauter dessus.

Bree et Matt reculèrent jusqu'à avoir le dos contre les parpaings.

Tant bien que mal, Joe tira sa victime dans l'escalier. Il garda le canon de son arme contre la tête de Christian. Les mouvements de ce dernier étaient raides et il tremblait. Ses pieds étaient nus et probablement engourdis par le froid. Il trébucha sur la quatrième marche. Son bras était toujours en torsion, et il tomba de tout son poids. Bree entendit un bruit sec. L'épaule de Christian s'était déboîtée. Son visage se tordit de douleur. Il sembla s'être évanoui.

Joe transféra sa prise sur l'autre bras.

— Marche, ou je te casse l'autre.

Christian recommença à grimper l'escalier en marche arrière.

Bree croisa les doigts pour que Rogers se soit remis de ce qui semblait être une crise d'angoisse, mais elle en doutait. Celle dont elle avait souffert plus tôt n'avait pris fin que lorsque la menace avait disparu. Joe et Christian atteignirent le haut de l'escalier et franchirent le perron du rez-de-chaussée. Quelqu'un se lança sur Joe, le plaquant au milieu du corps. Un bruit de lutte s'éleva.

Rogers !

Matt attrapa l'AR-15 sur le sol et monta les escaliers en courant. Bree ramassa son Glock et courut après lui. Ils atteignirent le haut des marches. Sur le sous-plancher en contreplaqué, Rogers et Joe luttaient pour la possession de l'arme. Christian était tombé à genoux, figé par le choc. Un coup de feu retentit.

Joe s'écarta de Rogers, tirant immédiatement Christian devant lui à nouveau. Rogers tomba au sol en se tenant la jambe. Bree visa aussitôt Joe, mais l'enfoiré était doué pour maintenir son bouclier humain au bon endroit. Il força Christian à se relever et le dirigea vers le couloir qui menait à la buanderie. Ils sortirent de la pièce à reculons. Une porte claqua.

Une flaque de sang s'était déjà formée sous la jambe de Rogers. Bree retira le garrot de combat de sa ceinture et le lança à Matt.

— Arrête l'hémorragie et appelle une ambulance.

Sans attendre son accord, elle s'élança à la suite du tueur et de sa victime.

À la porte de la buanderie, elle s'arrêta et se pencha pour observer la situation. Par l'embrasure de la porte, elle vit Joe qui traversait le jardin au pas de course. Sans doute se dirigeait-il vers sa voiture garée dans les arbres devant la maison. Mais des sirènes approchaient dans cette direction. Joe s'arrêta et regarda autour de lui. Puis il tira Christian vers le lac gelé. Bree franchit la porte et sprinta après eux.

Les cuisses brûlantes, elle allongea sa foulée et chercha à prendre plus de vitesse.

Joe et Christian atteignirent la glace, glissèrent sur quelques pas, puis s'adaptèrent et reprirent leur progression. Mais ils n'allaient pas vite. Christian était pieds nus et blessé. Même s'il s'efforçait de suivre, il en était incapable. À une dizaine de mètres du bord du lac, il trébucha. Joe le traînait à moitié, désormais.

Bree bondit sur la glace. Ses bottes heurtèrent la surface du lac avec un craquement. Elle glissa, retrouva l'équilibre et continua à courir en ajustant sa foulée. Elle gagnait du terrain sur eux. Elle pria pour que Joe se rende compte qu'il devait lâcher Christian, sans quoi elle le rattraperait.

Après, elle n'aurait plus qu'à lui mettre le grappin dessus.

Devant elle, Christian trébucha à nouveau et tomba à genoux. La glace se fissura, avec un bruit sourd qui traversa tout le lac. *Non !* Le souffle coupé, Bree vit le lac gelé s'ouvrir et les deux hommes chuter dans l'eau glacée.

Elle s'arrêta, écartant les jambes et les bras pour garder l'équilibre, retenant sa respiration. La glace allait-elle se briser sous elle aussi ? Non. Elle respira et fit trois pas en avant.

Un grand craquement l'arrêta net. Elle se jeta à plat ventre, écartant les membres pour répartir son poids sur le plus de surface possible.

La glace tint bon et elle se mit à ramper vers le bord du trou. Ni Christian ni Joe n'étaient visibles. Ils avaient tous les deux coulé.

Chapitre Trente-Cinq

En poussant un juron, Matt appliqua le garrot à la jambe de Rogers. La balle avait dû toucher une artère vitale.

Rogers saignait comme un cerf abattu. Matt resserra la sangle du garrot, arrachant un gémissement au blessé. Puis il sortit son téléphone. Tandis que des sirènes se rapprochaient, il appela une ambulance, puis Todd.

Celui-ci répondit d'une voix haletante.

— On a entendu les coups de feu. On est en route.

— Rogers est à l'arrière de la maison, dit Matt. Il saigne beaucoup. Je vais chercher Bree.

Les yeux de Rogers roulèrent en arrière. Matt resserra le garrot. Il ne pouvait pas laisser Rogers seul.

— Au secours ! cria Alyssa depuis le sous-sol. Aidez-moi !

Matt descendit les escaliers en courant. Il utilisa son couteau pour libérer les poignets d'Alyssa qui étaient attachés derrière le poteau en métal.

— Je te fais confiance pour ne pas t'enfuir. Il faut que tu l'aides.

Matt remonta les marches en courant.

— OK.

Se frottant les poignets, Alyssa suivit Matt.

Il enleva sa veste et la pressa contre la jambe de Rogers.

— Maintiens la pression sur ce point.

Sans hésiter, elle posa les deux mains sur la veste et appuya de tout son poids. Son regard était traumatisé, mais son expression déterminée.

— Je peux compter sur toi pour rester ici, n'est-ce pas ? demanda-t-il. Je dois aider le shérif.

Elle acquiesça.

— S'il vous plaît, arrêtez-le.

Matt regarda par la porte-fenêtre. Il scruta l'arrière de la propriété et repéra la silhouette sombre de Bree allongée sur le lac gelé. Quelques mètres devant elle, un trou dans la glace révéla à Matt exactement ce qu'il s'était passé. Quelque chose bougeait dans le trou. Une tête, affleurant à la surface.

Matt sentit un frisson le parcourir.

Joe et Christian étaient passés à travers, et Bree était sur la glace. Malgré le danger qu'elle courait de tomber à son tour, elle avait l'intention de les sauver.

Matt se retourna et regarda la pièce. Il était sur un chantier. Il devait y avoir quelque chose qui puisse servir de corde. Il repéra une bobine de fil électrique. Il faudrait que ça fasse l'affaire. Il attrapa la bobine et l'AR-15 qui gisait sur le sol. Il passa la sangle du fusil sur son épaule. Puis il ouvrit la porte-fenêtre et bondit au-dehors. Il fléchit les genoux pour absorber le choc, puis sprinta vers le lac. Il s'arrêta au bord. Il pesait plus que Bree. Il risquait d'aggraver la situation.

Il mit ses mains autour de sa bouche et cria :

— Bree !

Elle jeta un coup d'œil par-dessus son épaule et l'aperçut.

— Stop ! hurla-t-elle en rampant sur les coudes. La glace ne supportera pas ton poids.

— Attends !

Il commença à dérouler le fil électrique.

La glace craqua, le bruit se répercutant sur toute l'étendue du lac. Bree s'arrêta à peine une seconde avant de continuer à glisser sur la glace. Christian avait les mains liées. En traversant la glace, il avait dû couler comme une brique. Matt savait ce que Bree allait faire.

— Attends !

Il déroula le fil aussi vite qu'il le put. Puis il fit un nœud coulant à l'extrémité et enroula rapidement les premiers mètres de fil.

Elle allait plonger dans l'eau pour chercher Christian.

Chapitre Trente-Six

Bree continua à se traîner vers le trou. Son cœur battait contre ses côtes, comme s'il ne voulait plus être à l'intérieur de son corps. Elle ne lui donnait pas tort. Elle ne voulait pas être là non plus.

Mais elle ne pouvait pas retrouver Christian juste à temps, puis le laisser mourir. Trois mètres devant elle, une main apparut au bord de la glace. Elle portait une grosse marque rouge vif. Le bras qui suivit portait une manche.

Joe.

Il se hissa hors de l'eau sur le ventre et rampa pour faire émerger ses jambes. Dès que ses pieds furent dégagés, il s'éloigna du trou en roulant sur lui-même. Bree rampa plus vite, regardant tour à tour Joe et l'eau noire, où il n'y avait aucun signe de Christian.

— Bree ! appela Matt.

Elle jeta un coup d'œil en arrière. Matt tenait une bobine de ce qui ressemblait à du fil électrique à la main. Il la lança à Bree par en dessous, comme s'il jouait au bowling. La bobine glissa sur la glace. Elle l'attrapa. Matt avait fait un nœud coulant à l'extrémité, ce qu'elle apprécia. Elle n'y serait pas parvenue avec ses doigts engourdis par le froid. Elle se glissa dans la boucle et la resserra autour de sa taille.

Elle s'efforça de ne pas penser à Kayla et à Luke. Christian était aussi l'enfant de quelqu'un. Bree devait risquer sa vie pour le sauver, quitte à laisser sa nièce et son neveu sans tuteur. Christian était sans doute encore vivant dans l'eau froide. Elle imagina sa terreur. Sous la glace, dans l'obscurité, incapable de nager les mains liées.

Impuissant.

Elle continua à avancer. Sur la rive, Matt attacha le fil à un arbre. Au moins, si elle se noyait, Matt pourrait récupérer son corps.

Joe aperçut Bree. Son regard croisa le sien. Un éclair de rage et de frustration passa dans ses yeux, puis il regarda le trou dans la glace et un sourire fou apparut sur son visage.

— Allez vous faire foutre, shérif.

Il se releva et fit quelques pas chancelants. Après avoir ramassé son arme sur la glace là où il avait dû la laisser tomber, il s'éloigna en titubant.

Bree n'avait pas le temps de s'occuper de lui. Elle avait atteint le trou. L'eau sombre scintillait. Elle y plongea les deux mains. Le froid lui coupa le souffle. Elle tendit le bras aussi loin qu'elle le put, mais ne sentit rien.

Où était Christian ?

Non.

Elle eut un moment de panique.

Il ne peut pas mourir.

Elle se résolut, sans y croire elle-même, à commettre l'inévitable. Elle retira les couches extérieures qui l'alourdiraient dans l'eau : veste, gilet pare-balles et bottes. Puis elle se glissa dans le trou les pieds en premier. Même si elle s'était attendue à un froid intense, la réalité la stupéfia. L'hypothermie s'installerait rapidement. Elle n'avait pas beaucoup de temps. Il fallait qu'elle trouve Christian aussitôt. Elle bougea les pieds en les étirant aussi loin que possible, mais ne sentit rien.

Après avoir pris une grande inspiration, elle se laissa couler. L'eau se referma au-dessus d'elle. Même les yeux fermés, le froid lui gelait les globes oculaires. Mais rapidement, ses pieds touchèrent le fond. Le lac avait une profondeur d'environ deux mètres, à cet endroit. Elle tâta le terrain du bout des orteils. Rien. Elle refit surface et haleta. Son corps s'engourdissait rapidement.

Christian avait les mains attachées dans le dos. Il avait dû être impuissant, incapable de se maintenir à flot. Il avait dû couler, mais en restant près du trou.

S'il vous plaît, faites qu'il soit là.

Elle emplit ses poumons, plongea à nouveau, et ouvrit les yeux. L'eau était trop sombre et trouble pour y voir quoi que ce soit. Elle les referma et tâta autour d'elle du bout des pieds. Ses pieds ne rencontrèrent que de la boue et des algues. Elle poussa pour regagner la surface. Mais sa tête heurta la glace. Elle n'était plus sous le trou. Elle ouvrit les yeux, le froid l'attaquant aussitôt. La glace était à peine plus claire que l'obscurité en dessous.

Sa bouche s'ouvrit et l'eau se précipita, l'étouffant. La panique faillit éteindre son cerveau et son organisme, mais elle chercha le fil électrique noué à sa taille et le suivit, méthodiquement, jusqu'au trou.

Elle n'était qu'à un mètre de distance et pourtant, elle s'était presque noyée dans un moment de panique.

Sa tête émergea et elle inspira profondément. Elle ne pouvait pas rester beaucoup plus longtemps dans l'eau et survivre. Son cœur battait sauvagement, de manière erratique, comme s'il savait que son organisme allait bientôt s'arrêter. Ses mains perdaient de leur force et ses doigts étaient gourds. Elle parvenait à peine à tenir le fil électrique. Luttant contre son propre instinct, elle plongea à nouveau, écartant les deux jambes.

Quelque chose effleura son genou. Elle l'attrapa. Un bras ?

Invoquant une force qu'elle ignorait posséder, elle fit remonter le poids mort à la surface. Christian n'était vêtu que d'un boxer et sa peau était glissante. Elle dégagea sa tête hors de l'eau. Il bascula et faillit sombrer à nouveau. Bree jeta un bras sur le bord de la glace et enroula l'autre sous son menton, mais elle ne parvint pas à le tirer hors de l'eau. Elle ne pouvait pas prendre appui au fond et n'avait pas la force de le sortir du lac avec ses seuls bras. Elle essaya de détacher le fil électrique de sa taille, dans l'intention de sécuriser Christian à la place, mais ses doigts refusèrent de coopérer. Elle avait perdu toute dextérité.

— Christian, dit-elle d'une voix rauque. Je suis désolée.

Il ne répondit pas. Sa peau était grise et son corps sans vie. Il ne respirait pas.

Chapitre Trente-Sept

Matt attrapa le rouleau de clôture de sécurité orange et courut vers le lac. Il repéra la tête de Bree à la surface de l'eau. Elle tenait Christian, mais à peine. Même depuis la rive, Matt voyait ses mains glisser. Elle s'enfonça à nouveau dans l'eau un bref instant, mais parvint à remettre son bras sur la glace. Elle n'avait pas lâché Christian.

Elle mourrait avant de lâcher prise.

Matt enroula plusieurs fois la clôture orange autour de l'arbre. Puis il la déroula sur la glace comme une échelle de corde horizontale. Il se mit à plat ventre et rampa sur le lac.

— Tiens bon, Bree, cria-t-il. J'arrive.

Pas de réponse.

Il avança aussi vite que possible. La glace gémissait sous lui, mais elle tiendrait bon tant qu'il répartirait correctement son poids. Il atteignit le trou juste au moment où Bree lâchait prise. Elle et Christian coulèrent à nouveau. Matt plongea les bras dans l'eau. Le froid transperça sa main blessée comme un couteau. Il attrapa Bree et la tira vers lui. Elle avait les yeux fermés. Elle lâcha Christian progressivement. Matt tendit les bras vers le jeune homme et réussit à l'attraper par l'épaule.

Bree ouvrit les yeux.

— Sors-le en premier.

Elle était attachée à l'arbre, mais si Christian s'enfonçait sous l'eau, Matt risquait de ne pas le retrouver. Même s'il ne voulait pas la lâcher, il le devait pour sortir Christian de l'eau.

Matt poussa le filet orange dans l'eau. Bree passa ses mains à travers les trous et verrouilla ses bras au niveau des coudes. Matt parvint à hisser Christian sur la glace. Il était froid et inerte. Sa peau était aussi pâle que la glace sur laquelle il reposait.

Matt se tourna vers Bree. Elle essayait d'escalader la clôture, mais ses mouvements étaient maladroits à cause du froid.

Matt l'attrapa par la ceinture et la tira sur la glace.

En claquant des dents, elle roula loin du trou.

— Emporte-le.

Matt fit glisser Christian le long de la clôture de sécurité. Bree attrapa sa veste, son gilet pare-balles et ses bottes, puis se dirigea vers le rivage. Lorsqu'ils atteignirent la terre ferme, Matt traîna Christian sur le rivage.

Bree rampa jusqu'à eux et s'effondra en toussant.

Todd et Stella coururent à leur rencontre. Stella avait apporté des couvertures et une trousse de premiers soins qu'elle conservait dans son véhicule.

Elle en couvrit Christian pendant que Todd commençait un massage cardiaque. Stella tomba à genoux à côté de Christian, lui pinça le nez et couvrit sa bouche de la sienne. Elle lui insuffla de l'air, puis attendit pendant que Todd comptait les compressions thoraciques.

— Les ambulances seront là dans quelques minutes, dit Todd. J'ai appelé la police d'État pour obtenir de l'aide. Oscar est avec Rogers. La fille est toujours là aussi.

Christian cracha une gorgée d'eau. Stella le fit rouler sur le côté et lui frotta le dos.

Bree enfila ses bottes, puis son gilet et sa veste. Elle vérifia son arme et regarda Matt. Elle avait les lèvres bleues, tremblait de façon presque incontrôlable et du sang coulait d'une coupure sur sa joue.

— Je vais traquer Joe, dit-elle entre deux claquements de dents.

Matt ne prit pas la peine d'essayer de l'arrêter, mais il ne comptait pas la laisser partir seule. Il reprit le fusil et la regarda :

— Je viens avec toi.

Ils partirent au petit trot le long du rivage. Bree ne pouvait compter que sur sa volonté pour lui donner de l'énergie.

Matt serra et relâcha sa prise sur la crosse de l'AR-15.

— Je doute qu'il soit allé loin, après avoir été immergé dans le lac. Il est mouillé. Il doit être en train d'entrer en hypothermie, s'il est toujours dehors.

Bree parvenait toujours à suivre son rythme. Ses foulées étaient inégales et sa respiration irrégulière. Comment tenait-elle encore debout ?

Cinq minutes plus tard, ils atteignirent un chalet. Matt entendit de la musique et des rires.

En se haussant sur la pointe des pieds, il aperçut des gens rassemblés autour d'un feu dans le jardin. Une fête.

Il se tourna vers le lac et repéra une silhouette qui trébuchait sur la glace, approchant du ponton.

— Le voilà !

Mais Joe les avait vus lui aussi. Il changea de cap et repartit en vacillant vers le centre du lac.

Bree mit sa main autour de sa bouche et cria :

— Joe, la glace n'est pas solide. Tu ne peux pas t'échapper !

Joe trébucha, mais continua d'avancer. Il semblait peiner à tenir debout. La glace gémit et craqua à nouveau, le son se répercutant sur le lac, et il revint vers le rivage.

Matt accéléra. Il prit de l'avance sur Bree.

Et intercepta Joe au moment où il atteignait la rive. Joe sortit son pistolet. Sa main tremblait. Derrière lui, Matt entendit à nouveau des rires. Il ne pouvait pas laisser Joe tirer et risquer que les fêtards soient touchés par des balles perdues.

Il pointa l'AR-15 sur Joe.

— Lâche ton arme.

— Non. Je ne me laisserai pas arrêter.

La voix de Joe était étonnamment forte. Il tremblait de froid, mais pas de peur.

Il avait pris sa décision.

— Je n'irai pas en prison.

Matt sut aussitôt ce qu'il avait décidé. Son ventre se noua. Matt ne voulait pas le tuer. Il voulait qu'il paie pour ce qu'il avait fait.

— Tu n'es pas obligé de mourir, Joe.

Matt regarda le long du canon et visa.

Mais le regard de Joe était défait, sa mâchoire serrée et sa posture rigide.

— Je t'emmerde.

La scène sembla se dérouler au ralenti. Joe croisa le regard de Matt. Il leva son arme pour la pointer sur Matt. L'entraînement prit le relais et Matt appuya deux fois sur la détente.

Joe ne bougea pas pendant quelques secondes. Il regarda sa poitrine, puis le ciel nocturne. Finalement, il tomba en arrière sur les fesses, les bras écartés. Sa tête rebondit deux fois sur la glace. Il lâcha son arme, qui glissa vers le rivage.

Haletante, Bree atteignit le bord du lac et s'arrêta à côté de Matt.

— Tu n'avais pas le choix. S'il avait tiré, il aurait pu atteindre ces enfants.

— Je sais.

Matt s'éloigna de quelques mètres sur le lac, en veillant à garder l'équilibre, son arme toujours pointée sur Joe. L'adrénaline inondait son organisme. Sa vision s'était rétrécie pour ne voir que la menace et son ouïe était étouffée par le bruit de son propre pouls. La glace se fissura. Une longue ligne se forma à travers le lac.

— Arrête.

Bree avait sorti son téléphone.

— La glace se brise.

— Il est peut-être encore en vie.

Matt regarda Joe. Le clair de lune était intense et Matt distinguait une tache sombre sur le sweat-shirt de Joe.

Bree croisa son regard pendant un bref instant.

Ils savaient tous les deux que les chances que Joe soit vivant étaient minces. Mais elle comprenait. Elle examina les alentours. Puis elle indiqua la maison qui se trouvait en face d'eux.

— Il y a un kayak sous ce ponton. On peut s'en servir pour l'atteindre.

Matt courut jusqu'à la maison et détacha le kayak et la pagaie qui étaient rangés sous le ponton pour l'hiver. Il traîna l'embarcation jusqu'à l'eau et la poussa sur le lac. Le kayak traversa la glace, mais lentement. Cinq bonnes minutes s'écoulèrent avant que Matt n'atteigne Joe. Les yeux de Joe étaient ouverts et vitreux. Matt posa les doigts sur sa jugulaire. Pas de pouls. Il était mort.

Matt chargea le corps sur l'avant du kayak et pagaya vers le rivage. Le voyage de retour fut plus facile, la glace étant déjà brisée.

Bree l'aida à ramener le bateau à terre. Ils regardèrent tous les deux le corps pendant quelques secondes.

— Tu n'aurais pas pu le sauver, dit Bree, lisant apparemment dans ses pensées. Tu l'as touché deux fois en plein milieu de la poitrine.

Son ton était sombre, mais objectif.

— Nous connaissons tous les deux les dégâts causés par un AR-15.

Les blessures par balle provoquaient normalement des lacérations. Même une balle de pistolet dans le cœur pouvait ne pas être fatale, si la blessure recevait rapidement un traitement médical. Mais un AR-15 propulsait les balles à grande vitesse. Cela provoquait des dégâts considérables à l'arrivée. Les os et les organes explosaient sous l'impact. Les tirs de Matt avaient probablement déchiqueté le cœur de Joe. Matt réprima une vague de nausée.

— Joe a pointé son arme sur toi en sachant exactement ce qui allait se passer, dit Bree d'une voix basse. Il t'a forcé à tirer. C'était une forme de suicide.

— Je sais.

Matt avait tiré au centre du corps, exactement comme il l'avait appris à l'entraînement. Il aurait souhaité ne pas être obligé d'appuyer sur la gâchette. Il ne pouvait pas regretter d'avoir arrêté Joe avant qu'il ne tue quelqu'un d'autre, mais il allait devoir vivre avec un souvenir traumatisant de plus.

— C'était un meurtrier. Je ne sais pas pourquoi ça me touche.

— Le fait que tu ne voulais pas qu'il meure n'a rien à voir avec qui il était et tout à voir avec qui tu es toi, dit Bree. Tu es un mec bien, Matt Flynn.

Chapitre Trente-Huit

Après l'arrivée d'un policier d'État qui prit en charge le corps de Joe, Bree retourna au chantier, les jambes caoutchouteuses. Elle était gelée, à l'intérieur comme à l'extérieur.

Matt marchait à ses côtés.

— Difficile de croire que c'est fini.

Sous sa veste, ses vêtements étaient mouillés. Toutes les trente secondes ou presque, elle était prise d'un frisson insensé. Elle claquait des dents furieusement. Ses émotions étaient aussi engourdies que son corps. Il s'était passé trop de choses en une nuit.

Deux ambulances étaient garées devant la maison où Joe avait retenu Christian et Alyssa en otage. Christian était déjà chargé à l'arrière de la première ambulance. L'ambulancier à ses côtés avait l'air sinistre. Un coup d'œil rassura Bree : Christian respirait et son cœur battait. C'était plus qu'elle ne l'avait espéré tout à l'heure. Elle ne perdit pas de temps à poser des questions. L'ambulancier ferma les portières et sauta derrière le volant. Le véhicule s'éloigna dans un hurlement de sirènes et sous les feux du gyrophare.

Elle le suivit des yeux jusqu'à ce qu'il disparaisse.

— Combien de temps penses-tu qu'il a été immergé ?

Matt leva la main.

— Je n'en ai aucune idée. Cinq minutes ? Peut-être dix. J'ai perdu la notion du temps.

— Moi aussi.

À Bree, cela avait semblé une éternité.

— Il n'est pas encore tiré d'affaire.

Matt lui serra brièvement la main, puis la relâcha.

Elle continua jusqu'à la deuxième ambulance. Rogers était en train d'être chargé à l'arrière. Il avait les yeux fermés. Il portait un masque à oxygène et une perfusion émergeait d'une pile de couvertures.

Bree toucha l'avant-bras de son adjoint.

— Comment va-t-il ? demanda-t-elle à l'ambulancier.

— On a arrêté l'hémorragie, mais il a perdu beaucoup de sang.

L'ambulancier attacha le corps de Rogers avec une sangle.

Bree s'inquiétait également de son état émotionnel, mais sa santé mentale devrait attendre un meilleur moment. Elle partit à la recherche d'Alyssa. Tout le monde, sauf Joe, avait survécu, et Bree n'était pas mécontente d'un tel résultat.

Devant la maison, Stella avait menotté Alyssa et la faisait monter à l'arrière de son véhicule. Cette scène déprima Bree.

— Elle a été impliquée dans une série de cambriolages qui se sont soldés par trois – près de quatre – meurtres, dit Matt, comme s'il pouvait lire dans ses pensées.

— Je sais. Elle n'est pas innocente.

— Peut-être que Sara Harper l'a manipulée, suggéra Matt.

— Ça ne l'excuse pas de nous avoir caché des informations. Elle en savait plus qu'elle ne voulait l'admettre depuis le début. Elle voulait qu'on la protège, mais elle n'était pas honnête avec nous. Si elle avait dit la vérité, elle aurait pu éviter l'enlèvement de Christian et tout ce cauchemar.

Bree eut un geste d'agacement.

— Alors, pourquoi je me soucie de ce qui lui arrive ?

— Mais c'est plus compliqué que ça, dit Matt. Pour reprendre ce que tu m'as dit tout à l'heure, tu te soucies d'elle parce que c'est qui tu es.

— Peut-être, dit Bree.

Compliqué était un euphémisme, en l'occurrence.

— L'affaire de cambriolage appartient à la police de Scarlet Falls. C'est hors de mon contrôle, ce qui est sans doute préférable.

Bree était trop impliquée émotionnellement. Elle avait vu le chagrin de Luke dans la réaction d'Alyssa à la perte de son père. Dès le début, Bree avait établi des parallèles personnels.

— Je n'ai pas l'impression d'avoir été complètement objective.

— Stella semble être un bon flic. Je ne la vois pas accabler Alyssa plus qu'elle ne le mérite.

— Non, dit Bree.

— Mais tu te sentirais mieux si elle avait un bon avocat pour la défendre.

Bree gloussa.

— C'est bien la première fois que ça m'arrive.

— Parfois, il faut faire ce qui est juste, pas ce qui est habituel.

— Tu connais un bon avocat ? demanda Bree.

— C'est amusant, le meilleur de la région est la sœur de Stella, Morgan Dane.

— Très amusant, dit Bree. Mais Alyssa n'a pas d'argent. Elle ne peut pas embaucher ce genre d'avocate.

— Morgan Dane a la réputation de prendre des cas *pro bono*. Je connais son mari. Je vais voir si je peux faire passer un message à Morgan discrètement.

— Ce serait préférable. Un employé du département du shérif ne peut pas interférer avec une affaire d'un autre département.

— Bien sûr que non, dit Matt. Et maintenant, je peux te conduire aux urgences pour te faire recoudre le visage ?

Bree se toucha la joue. Elle retira ses doigts tachés de sang. Elle avait besoin de soins.

— Je suppose. J'aimerais garder un œil sur Christian et Rogers, de toute façon. Todd peut gérer les choses ici.

Mais elle passa tout de même une demi-heure à donner des instructions avant de monter sur le siège passager de son 4 x 4. Normalement, elle préférait conduire. Oui, elle avait besoin de tenir les rênes. Mais ce soir, elle était heureuse de s'en remettre à Matt.

Une heure plus tard, Bree était assise sur un brancard à l'accueil des urgences, diagnostiquée comme souffrant d'une légère hypothermie.

Elle avait l'impression qu'elle n'aurait plus jamais chaud. La compresse froide sur sa joue n'aidait pas. Elle était glacée de l'intérieur. La perte d'adrénaline la faisait trembler, et une faible anxiété persistante lui donnait une légère nausée. Sous la couverture chauffante, son pied tapait impatiemment sur le brancard.

Le rideau s'ouvrit brusquement. Bree sursauta. C'était une infirmière qui venait l'examiner.

— Comment vous sentez-vous ? demanda-t-elle.

— Je vais bien, dit Bree. Où est le docteur ?

— Il sera bientôt là, shérif.

L'infirmière soupira.

Bree avait dû poser la même question une douzaine de fois. Elle serait allée le chercher elle-même… si elle avait eu un pantalon. Mais il était hors de question qu'elle remette son uniforme froid et humide.

— Avez-vous des nouvelles de Christian Crone ? demanda Bree.

— Non, madame. Je n'ai pas le droit de divulguer d'informations, c'est le règlement de l'hôpital.

L'infirmière s'en alla.

— Bien sûr.

— Toc, toc, dit Matt de l'autre côté du rideau.

— Entre, dit Bree.

Matt approcha et posa un sac de voyage au bout du brancard. Il était passé au poste lui prendre un uniforme sec.

— Comment va le visage ?

— Ça ne fait pas trop mal.

Bree chercha des signes de traumatisme dans ses yeux. Deux mois plus tôt, elle avait tué un homme. Le fait qu'il l'ait mérité n'avait pas rendu les choses plus faciles. Matt souffrirait aussi de ce que Joe lui avait fait faire.

— Ça va ? demanda-t-elle.

— Ça ira, dit-il. Avec le temps.

Ironiquement, le fait qu'il ne nie pas la difficulté était rassurant.

— Tu as appelé Dana ? demanda-t-il.

— Oui. Heureusement, les enfants dormaient avant que la télévision n'en parle, et je devrais être à la maison pour le petit-déjeuner.

Bree attrapa le sac et le poussa de l'autre côté du rideau pour se changer. Elle enfila des chaussettes en laine. Ses bottes étaient sous la chaise en plastique dans le coin. Elle y glissa ses pieds, puis mit les vêtements mouillés dans le sac de voyage et jeta son gilet pare-balles par-dessus. Après avoir ajusté sa ceinture de service et son arme autour de sa taille, elle ouvrit le rideau.

— Tu as toujours besoin de te faire recoudre le visage.

Matt s'approcha.

— Où vas-tu ?

— Je ne sais pas.

Mais Bree sentait qu'elle devait continuer à avancer, comme si s'arrêter allait permettre à ses nerfs de la rattraper.

Matt referma le rideau et passa les bras autour d'elle.

— Qu'est-ce que tu fabriques ?

Bree se raidit.

— Accorde-moi juste un instant. On est seuls.

Bree se laissa aller contre lui. Au début, cette étreinte lui parut superflue. Mais bientôt, ses muscles se relâchèrent et ce contact physique se transforma en quelque chose que Bree ne pouvait pas vraiment identifier.

Quelque chose qu'elle n'avait jamais ressenti. Son pouls ralentit et ses nerfs se calmèrent. Elle ferma les yeux et respira les odeurs de fumée, d'eau stagnante et de sueur qui lui collaient à la peau.

Ils auraient pu mourir ce soir, mais ils avaient survécu. Ce contact physique servait à confirmer qu'ils avaient survécu, mais ce n'était pas la seule raison de cette étreinte.

Toutefois, elle était trop fatiguée pour tout analyser. Pour l'instant, elle allait juste vivre. Quoi qu'il en soit, elle se sentit dix fois mieux quand il la relâcha une minute plus tard.

Il recula d'un pas.

— Merci.

— J'ai l'impression que je devrais te dire la même chose.

L'anxiété post-adrénaline qui remuait les tripes de Bree s'était calmée.

Des pas approchaient dans le couloir. Matt ouvrit le rideau et Bree aperçut le docteur qui se dirigeait dans sa direction.

— J'ai appelé un chirurgien plasticien pour vous recoudre le visage, dit-il en inspectant la plaie.

— Combien de temps cela va-t-il prendre ? demanda Bree.

Il vérifia l'heure sur une horloge murale.

— Il sera là dans une heure.

— OK.

C'était peut-être superficiel, mais Bree ne voulait pas d'une grosse cicatrice sur le visage. De plus, elle ne comptait pas quitter l'hôpital tant que Rogers n'était pas hors de danger.

— Je repasserai. Je dois aller voir mon adjoint au bout du couloir. Il va se faire opérer.

Le docteur consulta son dossier.

— Votre température corporelle est encore basse.

— Je vais prendre un café chaud, promit-elle.

Le médecin hocha la tête.

— N'oubliez pas.

— Merci.

Bree se rendit à l'autre bout du couloir des urgences, où Christian était soigné pour une quasi-noyade et une hypothermie. À l'extérieur d'un box fermé par un rideau, un couple d'âge moyen était blotti sur des chaises en plastique.

— Shérif !

La dame attrapa Bree à deux mains, l'enveloppant dans une étreinte.

— Je suis la mère de Christian.

Bree ne retint pas son prénom.

Le père de Christian l'étreignit à son tour.

— Nous ne savons pas comment vous remercier.

Bree lui rendit son étreinte énergique, puis le tint à bout de bras.

— Je vous en prie. Prenez soin de lui.

Sa mère essuya des larmes.

— Nous le ferons. Ne vous inquiétez pas.

— Il va mieux ? demanda Bree.

— Ils le gardent pendant un jour ou deux, au cas où il y aurait des complications, mais il est réveillé et alerte, dit-elle. Nous l'avons échappé belle.

— Bonne chance, dit Bree. Nous aurons besoin d'une déclaration de Christian, mais nous pouvons attendre qu'il se sente à la hauteur.

Ses parents la serrèrent à nouveau dans leurs bras avant de la laisser s'éloigner.

Bree regarda dans le couloir et aperçut l'adjoint Oscar debout devant une baie vitrée dans la zone de traumatologie. De l'autre côté de la vitre se trouvait Rogers allongé dans un lit. Des intraveineuses étaient posées dans ses deux bras et un moniteur cardiaque fonctionnait à un rythme régulier. Bree se hâta dans sa direction.

Matt alla s'adosser au mur à côté d'Oscar.

— J'attends ici.

Bree s'approcha du lit.

Rogers ouvrit les yeux. Ils étaient injectés de sang et sa peau avait la couleur d'un cadavre.

— Comment va la jambe ? demanda-t-elle.

— Une blessure propre.

Rogers fronça les sourcils.

— Mais je serai probablement en arrêt maladie pendant quelques mois.

— Je ne m'inquiète pas pour votre rétablissement physique.

Bree avait entendu le rapport du médecin en arrivant aux urgences.

Le visage de Rogers rougit.

— Je suis désolé pour ce qui s'est passé.

— Nous n'avons pas besoin d'en parler maintenant.

— Si.

Il avait élevé la voix.

— OK.

— J'étais pétrifié. J'ai paniqué. Si Matt n'avait pas été là, j'aurais pu vous faire tuer.

Rogers détourna le visage.

Bree tira une chaise en plastique et s'assit à côté de lui.

— Vous avez vu le chien me charger chez Joe Marcus ?

Il fronça les sourcils.

— J'étais dans ma voiture. J'ai vu le chien, mais pas ce qu'il s'est passé.

— J'ai paniqué parce que j'ai peur des chiens.

Rogers tourna la tête vers elle. Elle l'avait surpris avec cet aveu.

Elle poursuivit.

— J'ai été attaquée par un chien quand j'étais enfant. J'essaie de surmonter le problème, mais je n'ai pas encore réussi. Matt a dû intervenir et prendre le contrôle de la situation.

Rogers croisa son regard.

— De toute évidence, j'ai un problème important sur lequel je dois travailler, dit Bree. Depuis combien de temps avez-vous ces difficultés ?

Il répondit, le regard fixé sur son drap :

— Depuis la fusillade.

— Quelle fusillade ? demanda-t-elle.

Il n'avait pas été présent, lors de l'affaire dont Bree et Matt s'étaient occupés en janvier.

— Quand j'ai tiré sur Matt Flynn et Brody.

Rogers leva la main et se couvrit les yeux.

— C'était il y a plus de trois ans.

Rogers baissa la main et ferma les yeux pendant quelques secondes. Quand il les ouvrit, son expression était sombre.

— J'ai réussi à le refouler jusqu'en janvier, quand j'ai revu Matt.

— Et ça s'est renforcé depuis ?

Bree avait vu son niveau de stress augmenter depuis qu'elle avait pris son poste, trois semaines plus tôt.

— Ouais.

Il déglutit.

— Je sais. J'ai merdé. Je pensais…

Il soupira profondément.

— J'ai pensé que je devais me débrouiller, qu'admettre le problème était un signe de faiblesse. Ça semble stupide, maintenant.

— Pas du tout. J'ai laissé mon traumatisme s'envenimer pendant trente ans, alors je comprends. Vous voulez de l'aide ?

Bree ne voulait rien décider pour lui, ni lui dire qu'il ne reprendrait pas le travail tant qu'il n'y aurait pas été autorisé par un psychiatre.

Il répondit en un murmure rauque :

— Ouais. Je ne sais pas si j'y arriverai.

— Vous aurez de l'aide et nous verrons comment ça se passe.

Elle montra sa jambe, enveloppée de bandages sous le drap.

— Vous allez avoir du temps.

— On dirait bien.

Il soupira longuement.

— Je dois parler à Matt.

— Vous sortirez du bloc opératoire dans quelques heures, dit Bree.

— Non.

Rogers la prit par le bras.

— Je dois lui parler maintenant. J'ai quelque chose à dire, au cas où…

— Rogers… Jim…

Bree lui serra la main.

— Tout va bien se passer.

— S'il vous plaît.

— OK. Je vais le chercher. Pouvez-vous garder le truc du chien pour vous ? J'aimerais autant que ça ne soit pas de notoriété publique.

Rogers traça une croix sur sa poitrine du bout du doigt.

— Promis, je ne dirai rien à personne.

— Merci.

Bree sortit de la pièce et appela Matt.

Il approcha de la porte.

Bree dit :

— Rogers voudrait te parler.

Chapitre Trente-Neuf

Appréhendant, Matt entra dans la chambre de Rogers. Celui-ci avait l'air mal en point, avec tous les tubes, les câbles et sa peau pâteuse.

— Restez aussi, shérif. S'il vous plaît.

Rogers lécha ses lèvres gercées. Sa voix était rauque. Il allait être opéré, donc pas d'eau.

Matt approcha du lit.

— Ça peut attendre jusqu'à demain. Tu as l'air fatigué.

Rogers répondit en secouant légèrement la tête.

— Juste au cas où. Je veux que tu saches. Ce n'était pas intentionnel. Quand je vous ai tiré dessus, sur toi et Brody. Il faisait sombre, et le shérif m'a dit que vous étiez de l'autre côté du bâtiment. Je pensais que tu étais un des trafiquants de drogue.

Matt ouvrit la bouche pour répondre.

— Laisse-moi finir avant que je manque d'air.

Rogers leva une main faible.

— Je ne prétends pas connaître les intentions du shérif. Je ne peux parler que des miennes, et je suis désolé. Tu ne sauras jamais à quel point.

— Merci pour ça.

Matt lui posa la main sur l'épaule.

— Je crois que je comprends.

Rogers ferma les yeux. Son corps se détendit, comme s'il venait de se débarrasser d'un poids important.

— Je reviendrai plus tard voir comment vous allez, dit Bree.

Elle et Matt retournèrent dans le couloir. Le pas de l'ancien agent était plus léger, comme si c'était lui qui avait fait un aveu et non Rogers.

— Tu le crois ? demanda Bree. Je sais que tu craignais que le shérif ne t'ait pris pour cible.

— Ouais. Je le crois.

Matt et Rogers avaient tous deux souffert aux mains de l'ancien shérif. Peut-être que Matt pourrait laisser son passé derrière lui, désormais. Il espérait que Rogers pourrait faire de même.

— Moi aussi.

Ils retournèrent à l'accueil des urgences. Le chirurgien plasticien fit cinq minuscules points de suture et recouvrit la blessure avec un petit pansement. Puis Bree et Matt allèrent s'installer dans la salle d'attente et burent du café jusqu'à ce que Rogers sorte du bloc opératoire. Une fois qu'elle fut rassurée quant au sort de son adjoint, Bree accepta enfin de rentrer chez elle.

Il était quatre heures lorsqu'ils se dirigèrent vers la sortie. Les projecteurs des journalistes les attendaient à la porte vitrée de l'hôpital.

— Tu veux qu'on s'échappe par une autre sortie ? demanda Matt.

— Non. Ça fait partie du job.

Elle poussa la porte.

Matt s'écarta et la laissa faire son boulot. Elle fit une brève déclaration sur l'état de santé de son adjoint, celui de la victime secourue et la mort malheureuse du suspect. Elle le fit sans en rajouter et remercia ses adjoints et la police de Scarlet Falls. Mais l'épuisement dans son regard et le bandage sur sa joue témoignaient de son implication.

Elle avait l'air d'une dure à cuire.

Lorsqu'un journaliste voulut poser une question, elle leva la main.

— Pour les questions, vous devrez attendre que j'aie eu le temps de consulter les enquêteurs.

Elle prit congé. La foule de journalistes s'écarta pour la laisser regagner son véhicule.

Matt grimpa sur le siège passager et Bree le conduisit au poste, où elle le déposa devant son 4 x 4.

Il attrapa la poignée de la portière.

— Bonne nuit.

— Plutôt bonjour.

Bree tendit le bras et prit sa main dans la sienne.

— Merci de m'avoir soutenue.

Matt serra ses doigts brièvement.

— Je t'en prie.

Elle garda sa main dans la sienne quelques instants. Le lien créé par ce simple contact physique était d'une intensité incroyable.

— Essaie de dormir un peu.

Elle lâcha prise.

Le contact de sa main lui manqua aussitôt.

— Tu rentres chez toi ?

Bree jeta un coup d'œil à l'horloge du tableau de bord.

— Je vais d'abord rédiger quelques notes. J'ai un peu de temps avant que les enfants se réveillent. Je veux noter certains détails tant qu'ils sont encore frais dans mon esprit. J'aurai aussi besoin d'une déclaration de ta part, mais je peux attendre que tu aies dormi.

— À tout à l'heure, alors.

Matt avait aussi quelque chose à faire, pendant qu'il restait encore une heure d'obscurité.

Il conduisit jusqu'à Grey Lake et se gara à huit cents mètres de la maison de Joe Marcus. Puis il sortit, remplit ses poches avec les croquettes de Brody et une laisse supplémentaire, et entra dans les bois. Il suivit une piste parallèle au lac jusqu'à atteindre l'arrière de la propriété d'Earl Harper. Plusieurs véhicules de police et une unité médico-légale étaient garés devant la maison voisine. Le chien avait sans doute aboyé toute la nuit. Avec un peu de chance, Earl ne faisait plus attention à lui.

Mais le gros chien n'aboya pas lorsque Matt se faufila à travers les arbres. Il se mit à gémir.

— Chut.

Matt lui jeta une poignée de croquettes.

Rufus arpenta la longueur de sa chaîne plusieurs fois, puis il baissa la tête et s'approcha des croquettes. Il avait faim et leur odeur l'attirait.

Matt lui en jeta une autre poignée et se rapprocha de quelques pas.

— Tu te souviens de moi, mon pote ? Je ne vais pas te faire de mal.

Rufus continua de manger tandis que Matt s'approchait de lui et lui grattait les oreilles. Le collier du chien n'était pas serré.

Matt le fit glisser et le laissa tomber dans la boue. Puis il passa sa laisse à travers sa propre poignée et glissa la boucle ainsi formée sur la tête du chien. En lui donnant toujours des croquettes, il l'emmena. Il revint à son 4 x 4 et fit monter le chien sur le siège arrière. En s'éloignant, il passa le bras vers l'arrière et gratta le crâne du chien. Puis il composa le numéro de sa sœur, en parlant au chien pendant que le téléphone sonnait.

— Ta vie vient de changer, mon pote.

Il était presque six heures lorsque Matt se gara devant chez lui. Sa sœur était dans le chenil, nourrissant ses chiens. Elle rajusta sa queue-de-cheval sur son épaule.

— J'ai vu les nouvelles. Tu vas bien ?

— Oui.

Elle le serra dans ses bras, puis baissa les yeux vers Rufus.

— C'est lui ?

— Oui. Il va avoir des problèmes de confiance.

— Où tu l'as trouvé ?

— Disons juste qu'il était perdu à la campagne, dit Matt. Mais ce serait mieux si tu pouvais l'envoyer dans une famille d'accueil hors de la ville et peut-être ne pas mettre sa photo sur Internet.

Cady haussa un sourcil.

Matt lui tapota l'épaule.

— Tu sais quoi ? Ne me demande pas d'où il vient, je ne te demanderai pas où tu l'envoies. Fais-moi confiance.

— OK.

Cady finit de nourrir les chiens, puis prit la laisse de Rufus. Il renifla sa main et se pencha pour qu'elle le caresse.

— Est-ce qu'il a un nom ?

— Non. Chien errant, tu te souviens ?

Rufus allait avoir une nouvelle vie. Il méritait un nouveau nom.

Cady leva les yeux au ciel.

— S'il a une puce électronique…

— Il n'en a pas.

Matt se souvint de la cour boueuse dans laquelle le chien était enchaîné.

— Je doute qu'il soit déjà allé chez un vétérinaire.

Matt regarda Cady charger le chien dans une caisse à l'arrière de sa fourgonnette.

Elle ferma le coffre.

— Je n'ai pas encore nourri Brody et Greta.

— Je vais m'occuper d'eux.

Matt était encore trop excité pour dormir.

— Es-tu complètement attaché à Greta ? Notre magnifique berger noir va-t-il avoir besoin d'une famille d'accueil, finalement ?

La voix de Cady était pleine d'espoir.

— Il n'y a pas beaucoup de gens qui peuvent s'occuper d'un jeune chien comme elle.

Matt secoua la tête.

— J'ai une idée. Laisse-moi y réfléchir un peu avant de décider, d'accord ?

— OK.

Cady l'embrassa sur la joue.

— Tu devrais dormir. Tu as une mine affreuse.

— Je t'aime aussi.

Matt entra dans la maison, s'attendant à ce que Greta soit déchaînée lorsqu'il la laisserait sortir de sa caisse. Mais elle l'accueillit dans la cuisine. La caisse était ouverte. Matt se frotta la barbe. Elle avait trouvé comment ouvrir la porte métallique. Merveilleux.

La vie allait devenir intéressante. Brody n'avait pas l'air ravi.

— Comment as-tu fait ça ? demanda Matt.

Elle remua la queue.

— Tu es trop intelligente, dit-il.

Matt nourrit les deux chiens et les fit sortir dans la cour. De retour à l'intérieur, il ferma la porte de la chambre pour garder ses deux compagnons avec lui. Puis il se doucha et se laissa tomber dans son lit, épuisé. Greta le surprit en se pelotonnant sur le sol et en fermant les yeux.

Il pointa le doigt sur Brody, qui était allongé à côté du lit.

— C'est toi qui montes la garde.

Brody poussa un grognement d'approbation.

Matt espérait que Greta ne dévore pas tout le mobilier pendant son sommeil, mais il était trop fatigué pour s'en soucier.

Chapitre Quarante

Bree entra au poste de police de Scarlet Falls dans l'après-midi. Elle était déjà passée à l'hôpital. Christian en sortirait le soir même s'il ne présentait aucun signe de complication.

L'opération de Rogers s'était déroulée sans encombre. Il devait rester à l'hôpital pendant quelques jours, mais le pronostic était bon. Sa volonté de faire face à son stress post-traumatique était un premier pas vers un rétablissement émotionnel.

Elle s'arrêta à la réception et demanda l'inspectrice Dane. Stella apparut une minute plus tard, l'air aussi épuisé que Bree.

Fronçant les sourcils, Stella escorta Bree jusqu'à la salle d'interrogatoire.

— Du jour au lendemain, Alyssa a comme par magie engagé le meilleur avocat de la région.

— Qui donc ? demanda Bree.

— Ma sœur, Morgan.

Stella scruta le visage de Bree.

— Vous ne l'avez pas appelée, n'est-ce pas ?

— Non.

Bree resta de marbre. Techniquement, ce n'était pas un mensonge.

Stella se détourna.

— Je pensais que vous et moi mènerions l'entretien, puisque nous sommes les plus familières avec l'affaire.

— Très bien.

Elles entrèrent dans la salle d'interrogatoire. Alyssa était assise sur une chaise, les épaules voûtées, la tête baissée. Une femme postée à côté d'elle se leva. Elle était grande, avec de longs cheveux noirs et des yeux bleus.

Elle portait un tailleur bien ajusté, un chemisier de soie et des talons.

Elle tendit la main à Bree.

— Je suis Morgan Dane. Je représente Mme Vincent.

La ressemblance entre Morgan et Stella était évidente. Mais Stella s'habillait comme Bree. Pas de bijoux, pas de maquillage, une coiffure simple, des vêtements utilitaires. Morgan était le genre de femme qui faisait regretter à Bree de ne pas avoir le moindre talent pour choisir des accessoires. Elle portait des perles. Des putains de perles.

Stella et Bree s'installèrent de l'autre côté de la table. Stella énonça le nom de chacun pour l'enregistrement, puis lut ses droits à Alyssa et lui fit signer un formulaire standard. Ensuite, elle entama l'interrogatoire.

— Alyssa, j'aimerais commencer par vous demander comment vous avez connu Joe Marcus.

Morgan se pencha en avant.

— Avant que ma cliente ne réponde à la moindre question, il convient de clarifier sa position.

L'avocate consulta un bloc-notes.

— À ce stade, vous n'avez aucune preuve matérielle liant ma cliente à aucun des cambriolages. Elle n'est pas non plus impliquée dans les meurtres de Sara Harper, Brian O'Neil ou Eli Whitney. En fait, ma cliente a elle-même failli être victime d'un meurtre.

— Avant sa mort, Joe Marcus a déclaré qu'Alyssa était complice des cambriolages commis par Sara Harper, dit Stella. C'est dans le rapport du shérif Taggert, tout comme les aveux de votre cliente.

Morgan leva les yeux de ses notes.

— Votre seule preuve liant ma cliente à une éventuelle accusation de cambriolage est la parole d'un tueur en série mort ?

Trois secondes de silence s'écoulèrent.

Morgan poursuivit.

— Dans le rapport du shérif, Alyssa a admis avoir commis quelques erreurs, et même cette déclaration peut être assimilée à une tentative d'apaiser Joe Marcus afin de rester en vie. Ma cliente n'a avoué aucun crime. Les empreintes digitales de Sara Harper se trouvaient sur les bijoux récupérés, pas celles de Mme Vincent.

— Nous avons des vidéos montrant que le véhicule de votre cliente a servi pendant les cambriolages, déclara Stella.

Morgan feuilleta ses notes.

— Dans l'un des entretiens menés par le shérif Taggert, ma cliente a déjà expliqué que Sara Harper avait utilisé le véhicule sans son autorisation, répliqua-t-elle en brandissant une copie des notes de Bree.

Marge avait envoyé un SMS à Bree tôt ce matin-là pour lui faire savoir que l'avocat de la défense demandait des copies de ses dossiers. Bree n'était pas obligée de les fournir, puisque Alyssa n'avait pas été formellement inculpée, mais elle n'avait vu aucune raison de refuser. Elle devait encore clore son enquête sur les meurtres, mais avec la mort de Joe Marcus, il n'y avait pas de procès à l'horizon.

— Pendant qu'elle dormait ? demanda Stella d'un ton incrédule.

Morgan la regarda sans broncher.

— C'est ce que nous supposons.

Ce qui était une formule d'avocat pour dire : *Pouvez-vous prouver le contraire ?*

Bree se laissa aller en arrière. Morgan avait bien résumé la situation. Tout le monde savait peut-être qu'Alyssa était impliquée dans les cambriolages, mais elles ne pouvaient pas le prouver. Peut-être que des preuves se présenteraient plus tard, mais ça n'avait pas d'importance aujourd'hui.

Morgan avait bien occupé sa matinée. Bree était impressionnée. C'était une sacrée bonne avocate, défendant sa cliente avec méthode et sans artifice. Bree s'était inquiétée de l'inculpation possible d'Alyssa dans l'affaire de cambriolage dirigée par Stella, mais elle n'avait pas eu le temps d'évaluer minutieusement les preuves, ou leur absence. Morgan avait tranché la question avec une précision redoutable.

Morgan rangea ses notes.

— Je vous demanderai de libérer ma cliente immédiatement. Nous demandons également que son véhicule et ses biens personnels lui soient restitués. Quand pensez-vous que cela puisse être fait, shérif ?

— Cela dépend de l'inspectrice Dane, dit Bree. En ce qui concerne les affaires de meurtre, la police scientifique en a fini avec la 4-Runner et le sac à dos d'Alyssa. Son portefeuille a été retrouvé dans le sac de Sara Harper, qui fait partie de l'enquête sur les cambriolages.

Morgan leva un sourcil en direction de sa sœur.

— Entendu, soupira Stella.

— Parfait.

Morgan ferma sa mallette.

— Nous n'avons pas terminé, dit Bree. Madame Vincent peut toujours être accusée d'effraction pour être entrée dans le terrain de camping sans permission.

Morgan se rassit.

— Ce qui constitue un simple délit.

— Mais tout de même passible d'un an de prison.

Bree se sentait un peu ridicule, mais Alyssa avait des informations que personne d'autre ne pouvait lui fournir.

— Que voulez-vous, shérif ? demanda Morgan.

— Des réponses, dit Bree. Les familles des victimes méritent de savoir ce qu'il s'est passé.

Morgan garda le silence pendant quelques secondes.

— Ma cliente ne répondra à vos questions qu'en échange d'une immunité totale. Sinon, elle invoquera son droit de garder le silence au titre du cinquième amendement.

— D'accord, dit Bree.

L'accusation d'effraction était bidon, de toute manière. Il n'y avait pas eu de dégâts matériels. La peine typique était une amende et des travaux d'intérêt général, ce qu'elles savaient toutes. Elle parlerait au procureur plus tard, mais elle doutait qu'il veuille embrouiller une enquête très compliquée sur un tueur en série en accusant le seul témoin d'un crime mineur. De plus, c'était l'affaire de Bree, et sans la coopération d'Alyssa, il serait impossible de monter un dossier solide.

— Très bien.

Stella eut un geste d'agacement, vite réprimé.

Bree se tourna vers Alyssa.

— Dis-nous comment tu as connu Joe Marcus.

Alyssa déglutit.

— Je ne le connaissais pas du tout avant qu'il me force à monter dans sa voiture après avoir mis le feu au motel, mais Harper m'avait parlé de lui. Elle m'avait dit que c'était son ancien partenaire. Elle ne voulait plus travailler avec lui parce qu'il devenait complètement fou. Elle m'avait aussi dit qu'il voulait tuer des gars parce qu'ils s'étaient moqués de lui.

— Elle t'avait expliqué comment il était devenu son partenaire ? demanda Bree.

Alyssa hocha la tête.

— Ils se connaissaient déjà. Il était plombier. Parfois, quand il travaillait, il était seul dans une maison. Il fouillait les lieux pour voir s'il y avait des objets de valeur. Rien qui puisse faire remonter jusqu'à lui, juste des petites choses faciles à voler comme des bijoux et de l'argent.

Elle reprit sa respiration.

— Joe faisait des listes de maisons qu'il pensait faciles à cambrioler. Pas d'alarme, etc. Il notait l'endroit où étaient rangés les objets de valeur et d'autres trucs qui aidaient Harper à entrer et sortir rapidement. Harper était censée attendre trois mois avant de passer à l'action, mais plusieurs fois, elle n'a pas attendu.

— Mais elle ne voulait plus travailler avec lui, reprit Bree.

— Ouais. Il ne l'a pas bien pris.

Alyssa prit une profonde inspiration.

— Quand je l'ai vu lui tirer dessus, je n'étais pas sûre que ce soit lui, mais j'ai supposé que c'était peut-être le cas.

— Mais tu l'as vu clairement ? demanda Bree.

Alyssa prit une mèche de cheveux et la mordilla.

— Oui.

— Tu l'as reconnu au Walmart, dit Bree.

— Oui.

La voix d'Alyssa était à peine audible.

Bree ne s'était pas trompée au sujet de cet incident. Elle était certaine que Joe avait eu l'intention de tester Alyssa, pour voir si elle pouvait l'identifier. Elle l'avait reconnu et il avait décidé qu'elle devait mourir.

— Quelles maisons as-tu aidé Sara Harper à cambrioler ? demanda Stella.

Morgan intervint.

— Il me faudra l'accord d'immunité par écrit avant de permettre à ma cliente de répondre à cette question.

Alyssa posa la main à plat sur la table.

— Écoutez, je sais que j'ai eu tort. Mais j'étais fauchée, déprimée et je m'en suis voulu par la suite. Je ne suis pas une mauvaise personne.

— C'est ce que tu feras à l'avenir qui compte, dit Bree.

Une mauvaise personne aurait fui au lieu d'aider Rogers. Alyssa était restée, même si cette décision avait conduit à son arrestation.

Alyssa écarquilla les yeux.

— Je ne ferai plus jamais rien de stupide comme ça. J'ai appris la leçon.

Bree repoussa sa chaise.

— C'est tout ?

Alyssa regarda tour à tour Morgan, Bree et Stella.

— C'est fini.

Morgan sourit.

— Tu es libre de t'en aller.

— Tu as un endroit où loger ? demanda Bree à Alyssa.

— Ouais. Marge a appelé le directeur du camping. Il va me donner un emploi de gardienne pour les deux prochains mois. Si je fais un bon travail, ça pourra peut-être devenir permanent.

— C'est très bien.

Bree éprouva un grand soulagement. Cette jeune fille avait commis des délits. Mais elle était désespérée et Sara Harper n'avait pas eu de mal à la manipuler. Bree ne pouvait pas excuser son comportement, mais Alyssa avait fait ce qu'il fallait au moment décisif. Personne n'était parfait. Aller en prison n'améliorerait pas ses chances de mettre de l'ordre dans sa vie, mais un peu d'aide pouvait y contribuer.

Bree retourna au bureau du shérif. Ses fesses avaient à peine touché sa chaise de bureau quand Todd frappa à sa porte.

— Entrez, dit-elle. Vous avez pu dormir ?

Il s'étira les cervicales.

— Je suis rentré chez moi pendant quelques heures.

— Bien.

Bree avait petit-déjeuné avec les enfants et fait une sieste de trois heures avant de retourner travailler.

— Où en sommes-nous pour conclure l'enquête ?

Todd soupira.

— La balistique a établi une correspondance entre l'arme de Joe Marcus et les balles utilisées pour tuer Brian O'Neil.

— Bien, dit Bree.

— Le médecin légiste n'a pas encore terminé les autopsies de Sara Harper et d'Eli Whitney, mais j'ai parlé brièvement au Dr Jones de l'absence de sang sur la neige derrière les chalets. Elle ne peut pas se prononcer, mais elle suppose, d'après un examen externe, que les balles qui ont tué Sara l'ont atteinte au foie. Ce qui aurait principalement causé une hémorragie interne.

— C'est logique, dit Todd.

— La police scientifique est toujours en train d'examiner la maison de Joe. Mais son ordinateur est une mine d'informations. Il tenait un journal en ligne, depuis le lycée où il était victime de harcèlement. Il était complètement isolé depuis qu'il avait obtenu son diplôme. Au cours des deux années suivantes, ses messages sont passés d'un sentiment de solitude et d'isolement à de la colère. Tous ses collègues dans l'entreprise de plomberie le trouvaient bizarre. Il n'avait pas d'amis parmi eux. Il mentionne Sara dans un certain nombre de posts, et son amertume en constatant qu'elle ne s'intéressait pas à lui. Quand les quatre colocataires s'en sont pris à lui, il a laissé libre cours à sa rage, en donnant beaucoup de détails sur la façon dont il voulait les tuer. De plus, il avait un dossier complet rempli de photos de Sara Harper, remontant jusqu'au lycée. Il était clairement obsédé par elle, mais elle ne s'intéressait pas à lui. Lui faire plaisir était la seule raison pour laquelle il l'aidait dans ses projets de cambriolage. Et elle s'est servie de lui.

— On dirait bien, acquiesça Todd. Il était convaincu que Sara avait couché avec Eli Whitney et Brian O'Neil.

— C'est possible. Il y avait des photos d'elle avec Eli et Brian, déclara Bree. La société de Joe entretenait régulièrement la maison dans laquelle vivaient Eli, Brian, Christian et Dustin. Joe avait déjà travaillé chez la mère de Brian. C'est donc probablement lui qui a mis Brian dans le viseur de Sara. Sara a ciblé à la fois Eli et Brian, mais a probablement laissé tomber Eli quand elle a compris que sa famille n'avait pas d'argent.

— Oui, approuva Todd. Selon son journal, Joe était déjà jaloux lorsqu'il est allé travailler sur leur chauffe-eau. Eli et ses colocataires s'en sont pris à Joe, ce qui l'a fait basculer.

— Au moins, il n'y a aucun doute que nous avons trouvé le responsable.

— Pas de doute, dit Todd en quittant le bureau.

Marge passa la tête par l'embrasure de la porte.

— Il y a un Earl Harper qui souhaite te parler. Il ne veut voir personne d'autre.

Bree soupira. Elle ne pouvait pas refuser. Sa fille avait été tuée. C'était un con, mais aussi une victime.

— OK. Fais-le entrer.

Une minute plus tard, Marge reparut avec Earl.

— Asseyez-vous.

Bree désigna les chaises qui faisaient face à son bureau.

— Je ne veux pas m'asseoir.

Earl posa ses poings sur le bureau et se pencha en avant, visiblement en colère.

— Comment puis-je vous aider ?

— Vous avez tué Joe Marcus ? demanda Earl.

— Il a été abattu par le bureau du shérif, répondit Bree.

Elle n'entendait pas communiquer le nom de Matt.

Earl se redressa et croisa les bras.

— Quelqu'un m'a volé mon chien.

Le brusque changement de sujet désorienta Bree.

— Quoi donc ?

— Mon chien. Quelqu'un me l'a volé.

Une veine palpitait sur la tempe d'Earl.

Le souvenir du chien courant vers elle lui donna la chair de poule et une légère vague de nausée la traversa. Elle se garda de le laisser paraître. Earl Harper était la dernière personne au monde à qui elle voulait laisser entrevoir sa faiblesse.

— Vous souhaitez déposer plainte ?

— Peut-être.

Ses yeux se plissèrent. Il avait perçu sa réaction.

Merde.

Bree n'aimait pas qu'il ait connaissance de sa phobie.

— Le chien est-il pucé ?

— Non.

Il serra les dents.

— C'est vous qui l'avez volé ?

— Pourquoi ferais-je une chose pareille ?

Il ne répondit pas. Mais qu'aurait-il pu dire ? *Parce que je l'ai lâché sur vous en espérant qu'il vous morde ?*

— Je n'ai pas approché votre chien, dit Bree. Avez-vous un dossier vétérinaire ? Un titre de propriété ? Des photos ?

— Non.

Earl se leva.

— Je savais que vous n'alliez pas m'aider.

— Monsieur Harper… vous pouvez déposer plainte et un de mes adjoints fera une enquête, mais il serait utile d'avoir un titre de propriété et des photos du chien.

Bree se leva.

— Je suis vraiment désolée pour votre fille.

Le visage d'Earl rougit.

— Ça aurait été génial si quelqu'un avait découvert que Marcus était un meurtrier avant qu'il ne tue Sara.

Il sortit en trombe du bureau.

Marge entra.

— Qu'est-ce qui l'agitait comme ça ?

Bree expliqua la situation.

— Je pense qu'il ne sait pas comment gérer la mort de sa fille et qu'il a besoin de quelqu'un contre qui diriger sa colère.

Bree avait le mauvais pressentiment de ne pas en avoir terminé avec la colère de cet homme.

— Qui a volé son chien, selon toi ?

Marge regarda Bree fixement. Elles le savaient toutes les deux.

Matt.

Bree se leva.

— Allez, je rentre chez moi.

Chapitre Quarante Et Un

Bree abandonna sa paperasse et arriva à la maison à temps pour dîner avec sa famille. Elle se gara à côté de la vieille Bronco de son frère. Voulant passer des vêtements frais avant de voir tout le monde, elle emprunta la porte principale, généralement peu utilisée. Elle monta dans sa chambre et enfila un jean et un pull.

Ce soir, elle ne voulait pas être le shérif. Elle voulait juste être avec sa famille.

Bree rejoignit Dana dans la cuisine, qui sentait l'ail et le citron. Vador était perché sur le comptoir, regardant Dana cuisiner. Par la fenêtre arrière, Bree aperçut Kayla en train de toiletter son poney, Pumpkin, sous la lumière du soleil déclinant. Adam était perché au sommet de la clôture, un carnet de croquis sur les genoux. Ladybug faisait la sieste dans l'herbe aux pieds d'Adam. La porte de la grange était ouverte. La journée s'était réchauffée au-dessus du point de congélation et l'herbe luisait au soleil.

— Où est Luke ?

Bree se dirigea vers le frigo.

— Dans la grange.

Dana se tenait devant la cuisinière, remuant quelque chose dans une casserole.

— Ils étaient tous surexcités, y compris ton frère. Je les ai envoyés dehors.

En riant, Bree ouvrit une canette de seltzer, une eau pétillante alcoolisée.

— Qu'est-ce que tu prépares ?

— Poulet piccata avec des penne. Il y a du tiramisu pour le dessert.

— Fait maison ?

Bree vérifia le frigo. Elle n'avait pas mangé de vrai repas depuis des jours.

— Bien sûr, fait maison. Ma grand-mère italienne sortirait de sa tombe et me frapperait avec sa cuillère en bois si je servais du tiramisu acheté en magasin.

Dana secoua la tête.

— Matt a appelé et s'est invité à dîner.

— Matt t'a appelée ?

Bree était méfiante.

Dana haussa une épaule.

Bree vérifia son téléphone. Matt ne l'avait pas appelée. La dernière fois qu'il s'était adressé directement à Dana, Bree s'était retrouvée avec un chien dont elle ne voulait pas.

— Qu'est-ce qu'il mijote ?

— Il n'a rien dit.

Dana se tourna pour croiser le regard de Bree.

— J'ai pensé que, peut-être, il voulait juste te voir.

Bree sentit son visage rougir.

Dana secoua la tête.

— J'allais l'inviter, de toute façon. C'est un homme bien.

— Je sais.

Dana leva les yeux, l'air surpris.

— Alors, pourquoi tu ne sors pas avec lui ?

— Parce que je suis une idiote ?

Bree but une gorgée de seltzer.

— Je pensais avoir besoin de temps libre pour nouer une relation, mais c'est ridicule. Matt s'intègre parfaitement à la famille. Les enfants l'aiment bien. Je l'aime bien.

Elle repensa au moment qu'ils avaient partagé à l'hôpital et sut qu'elle l'aimait sans doute plus que ça.

Dana tapa sur le bord de la casserole avec sa cuillère.

— Je suis contente que tu aies enfin les idées claires.

— Mais je viens d'embaucher Matt comme enquêteur.

Bree fronça les sourcils.

— Je ne sais pas si ça complique les choses.

Dana lui fit signe de ne pas s'inquiéter.

— C'est un employé civil.

— Il reçoit un salaire du bureau du shérif. Ça donnera une sale image, si j'ai une relation amoureuse avec lui. Que vont penser les gens ?

— On s'en fout, des gens, dit Dana.

Bree s'étrangla avec sa seltzer.

— Quoi ?

— Depuis quand tu te soucies de ce que les gens pensent ?

Dana pointa sa cuillère sur Bree.

— Depuis que je suis une élue locale, qui n'a même pas vraiment été élue.

Bree toussa et essuya la seltzer de son menton.

— Ça ne veut pas dire que tu n'as pas le droit d'avoir une vie privée. Que tu sortes ou pas avec l'un de tes enquêteurs ne sera pas la raison pour laquelle les gens te soutiendront ou non. Et puis il te reste trois ans avant la fin de ton mandat actuel. Pas la peine de t'inquiéter tout de suite pour l'élection. Ton prédécesseur était complètement véreux, et il était extrêmement populaire. Les gens verront ce qu'ils veulent voir. Jusqu'à présent, tu as l'air d'un sacré bon shérif. Ne t'inquiète pas pour le reste. Fais simplement ton travail au meilleur de tes capacités. Sois juste. Sois honnête. En bref, sois toi-même.

— J'ai besoin de ce travail.

— Tu as besoin d'un travail, pas nécessairement celui-là.

Dana posa sa cuillère et se mit à couper du pain.

— Si tu n'es pas réélue dans trois ans, tu en trouveras un autre. Ou Adam te fera un gros chèque. Et puis, j'ai ma retraite. Toi et les enfants ne mourrez jamais de faim.

— J'aime être indépendante.

— Tu aimes tout contrôler.

Dana s'interrompit pour regarder Bree dans les yeux.

— Mais ce n'est pas possible, et tu vas te rendre folle en essayant.

Dana avait probablement raison.

Dehors, la portière d'une voiture claqua.

Dana jeta un coup d'œil par la fenêtre et sourit.

— En parlant du loup. Oh, il s'est rasé. Je ne sais pas ce que je préfère.

Bree n'en était pas sûre non plus.

Dana sifflota.

— Il est beau gosse, de toute façon.

Bree acquiesça.

Matt sortit Brody du coffre et le déposa doucement sur le sol. Le gros chien se dirigea vers la maison. Sa démarche était raide, mais il semblait aller mieux. Ladybug se leva et salua Brody en remuant son moignon de queue et en arquant le cou de manière féminine. Coquette.

Bree comprenait ce que ressentait sa chienne.

— Je crois que Ladybug a le béguin pour Brody, dit Dana en riant.

Matt entra dans la grange pendant que Brody et Ladybug se reniflaient. Bree se détendit et mit la table. Quand le dîner fut prêt, elle appela tout le monde. Un dîner avec sa famille – et Matt –, c'était exactement ce dont Bree avait besoin. Adam lui montra le croquis qu'il avait fait de Kayla. Luke et Matt discutèrent du dernier jeu vidéo à la mode. Kayla bavarda sans arrêt. C'était bruyant, chaotique et parfait.

Après le dîner, Adam rentra chez lui, les enfants se mirent à leurs devoirs et Dana nettoya la cuisine.

— Je vais fermer la grange.

Bree mit son manteau et ses bottes.

— Je t'aide.

Matt la suivit à l'extérieur. Ils marchèrent en silence jusqu'à la grange. La nuit était froide et claire, le ciel parsemé d'étoiles.

La grange sentait la chaleur animale et la paille fraîche. Bree vérifia les seaux d'eau et jeta du foin dans les stalles.

Dans la stalle de Pumpkin, elle regarda Matt par-dessus la croupe du poney.

— Tu ne saurais pas où se trouve le chien d'Earl Harper, par hasard ?

— Je n'ai aucune idée de l'endroit où se trouve le chien d'Earl Harper, répondit Matt.

Son expression impassible rappela à Bree la façon dont elle avait répondu à la question de Stella au sujet de son appel à Morgan Dane.

Il ne mentait pas, mais Bree sentait qu'il savait quelque chose. Matt s'était mis entre elle et le chien d'Earl. Il avait risqué de se faire mordre pour la sauver – et aussi sans doute parce qu'il ne voulait pas non plus que Todd tire sur le chien. Earl avait risqué la vie de son chien. Il ne méritait pas de posséder un animal.

Elle décida de ne pas insister.

— Peu importe. Je ne veux pas savoir.

Matt se pencha sur la demi-porte.

— J'ai parlé à Luke, ce soir avant le dîner.

— Merci. Qu'en penses-tu ?

— Il traverse une période difficile, mais il ne veut pas que tu t'inquiètes. Il se considère comme l'homme de la maison. Il veut t'aider à porter le fardeau, pas y ajouter.

— C'est encore un enfant.

— Mais justement : il ne l'est plus.

Matt recula pour que Bree puisse sortir de la stalle du poney.

— Tu as raison.

Bree n'avait pas bien compris la situation. Luke était sur le point de devenir un homme.

— Que penses-tu que je dois faire ?

— Il veut se sentir utile, en ce moment. Laisse-le faire le gros du travail à la ferme. Demande-lui de l'aide. En donnant sa contribution à la famille, il a le sentiment d'en faire partie. Il a besoin d'être nécessaire, si tu vois ce que je veux dire.

— Oui, je vois.

Bree se glissa dans la stalle de Cowboy pour ajuster la couverture du hongre.

— Je dois juste être patiente.

— Essaie de ne pas t'inquiéter. Je continuerai à lui parler.

— Merci. Il avait besoin d'un homme à qui parler. Je ne peux pas l'être pour lui.

Bree flatta le cheval et quitta la stalle.

— Adam essaie vraiment, mais il ne peut pas lire les émotions des gens.

— Pas de souci.

Matt ferma la porte derrière elle.

— J'ai une proposition à te faire.

Bree se tourna vers lui.

— Tu veux un agent cynophile ?

— Pour le département, oui.

— Je travaille déjà avec un jeune berger allemand. Elle a encore besoin de quatre mois environ pour mûrir avant de pouvoir commencer son entraînement, mais je pense qu'elle ferait un excellent chien policier. Elle a le dynamisme, la confiance et l'intelligence.

— Je n'ai pas d'argent dans mon budget pour un chien. Je vais devoir réunir les fonds. Ça va me prendre quelques mois.

— C'est une chienne que j'ai adoptée. Elle serait gratuite. Il suffirait de trouver de l'argent pour le dressage et l'équipement, et je suis sûr que Cady pourrait t'aider. Elle est très douée pour les collectes de fonds. Les gens aiment les chiens. Ils donneront sans problème.

— Et tu penses que cette chienne fera l'affaire ? Parce que je préfère investir dans le bon chien plutôt que de faire des économies.

Bree ne voyait pas l'intérêt d'économiser quelques dollars pour avoir un chien qui ne serait pas à la hauteur.

— Oui. Elle a toutes les qualités requises, comme Brody quand j'ai commencé à travailler avec lui.

Bree l'arrêta.

— Je te fais confiance pour tout ce qui concerne les chiens.

— Tu as confiance en moi ?

Il sourit et la fit reculer jusqu'à ce qu'elle soit adossée au mur.

— Oui.

Son visage se fit sérieux.

— La dernière fois que j'ai essayé de t'embrasser, tu m'as arrêté.

— Ah bon ?

Elle posa les mains sur sa poitrine.

— Oui.

Il pressa son corps massif contre le sien.

— Ce fut un coup dur pour mon fragile ego masculin.

Elle rit et tapota ses pectoraux.

— Il n'y a rien de fragile chez toi ou ton ego.

— Alors pourquoi ai-je envie de contracter mes muscles ?

Elle éclata de rire.

— Je suis désolée de t'avoir arrêté.

C'était vrai. Elle le regrettait profondément. À cet instant, elle ne désirait rien de plus que de l'embrasser.

Il se pencha plus près. Son souffle était chaud sur sa joue.

— Tu veux dire que si j'essaie de t'embrasser maintenant, tu me laisseras faire ?

Elle pencha la tête en arrière et leva les yeux vers lui. Ses yeux bleus étaient devenus sombres. Son regard la pénétra jusqu'au plus profond d'elle-même. Elle sentit un fourmillement la parcourir. Si elle devait abandonner une partie du contrôle étroit qu'elle exerçait sur sa vie, autant en profiter.

— Je dirais que c'est pratiquement certain.

Il baissa la tête de quelques centimètres, puis s'interrompit.

— Mais tu dois aussi me promettre qu'on va passer du temps ensemble sans avoir besoin de trouver un cadavre.

— Marché conclu.

REMERCIEMENTS

Il faut vraiment toute une équipe pour publier un livre. Comme toujours, le mérite revient à mon agent, Jill Marsal, pour dix ans de soutien indéfectible et de conseils judicieux. Je remercie toute l'équipe de Montlake, en particulier mon éditrice, Anh Schluep, et ma responsable du développement, Charlotte Herscher.

Un remerciement spécial à Rayna Vause et Kendra Elliot pour leur aide concernant divers détails techniques, leur soutien moral et leurs conseils au sujet de l'intrigue.

À PROPOS DE L'AUTEURE

Melinda Leigh, auteure de best-sellers primés par Amazon et le *Wall Street Journal*, est une banquière repentie. C'est après avoir rejoint l'association *Romance Writers of America* qu'elle décide que l'écriture l'amuse plus que l'analyse de rapports financiers. Son premier roman, *Traquée*, a été nommé pour le prix du meilleur premier roman des *International Thriller Writers*, et a reçu de nombreux autres prix aux États-Unis. Beaucoup de ses romans suivants ont également été des best-sellers.

Elle est ceinture noire deuxième dan de karaté Kenpo, donne des cours de self-défense féminin et vit dans une maison en désordre avec sa famille et une petite armée d'animaux domestiques. Pour plus d'informations, rendez-vous sur www.melindaleigh.com.

Printed in France by Amazon
Brétigny-sur-Orge, FR

20704156R10243